叙事研究

主　　编　傅修延
执行主编　唐伟胜
书名题字　宁一中

Narrative Studies 4

第4辑

上海外语教育出版社
外教社　SHANGHAI FOREIGN LANGUAGE EDUCATION PRESS

图书在版编目（CIP）数据

叙事研究. 第 4 辑 / 傅修延主编 ; 唐伟胜执行主编. — 上海 :
上海外语教育出版社, 2022
ISBN 978-7-5446-7418-8

Ⅰ. ①叙… Ⅱ. ①傅… ②唐… Ⅲ. ①叙述学—文集 Ⅳ. ①I045-53

中国版本图书馆 CIP 数据核字 (2022) 第 251028 号

出版发行：**上海外语教育出版社**
　　　　　　（上海外国语大学内） 邮编：200083
电　　话：021-65425300 (总机)
电子邮箱：bookinfo@sflep.com.cn
网　　址：http://www.sflep.com
责任编辑：田慧肖

印　　刷：苏州工业园区美柯乐制版印务有限责任公司
开　　本：635×965　1/16　印张 18.25　字数 299 千字
版　　次：2022 年 12 月第 1 版　2022 年 12 月第 1 次印刷

书　　号：ISBN 978-7-5446-7418-8
定　　价：59.00 元

本版图书如有印装质量问题, 可向本社调换
质量服务热线：4008-213-263　电子邮箱：editorial@sflep.com

中国中外文艺理论学会叙事学分会会刊

编委会

主 编 絮 语

《叙事研究 第 4 辑》终于付梓出版,在 2022 年这个特殊的年份,实在不是一件容易的事情,因此我特别要感谢上海外语教育出版社。

很多人都在讲,叙事学在中国已经发展成为一门显学,此言非虚。只要花点时间,在中国知网的搜索栏里输入"叙事"或"叙事学",就能发现相关文献数量之多,研究角度之广,给人目不暇接的感觉。2020 年底,江西师范大学召开题为"新文科背景下的叙事学研究"学术研讨会,超过 15 万人次通过网络直播平台观看这次研讨会! 国际范围内,叙事学研究也是热点。如果大家仔细看看 2022 年斯坦福大学发布的全球前 2% 顶尖科学家榜单,就会在其中发现很多叙事学家的名字,包括詹姆斯·费伦(James Phelan),玛丽-劳拉·瑞安(Marie-Laure Ryan),布莱恩·理查森(Brian Richardson),丽莎·桑塞恩(Lisa Zunshine),莫妮卡·弗卢德尼克(Monika Fludernik)等。特别值得一提的是,北京大学的申丹教授和广东外语外贸大学的聂珍钊教授也名列其中。《叙事研究》尤其感到开心,因为这个名单中的詹姆斯·费伦、玛丽-劳拉·瑞安、丽莎·桑塞恩以及申丹教授,都是《叙事研究》的编委会成员,而且都在《叙事研究》发表过重要作品。

《叙事研究》是中国中外文艺理论学会叙事学分会的会刊。作为全国唯一一份以叙事为研究对象的专业连续出版物,《叙事研究》致力于推广和普及全球叙事学研究动态,建架中西叙事学研究对话交流的桥梁,最终服务于建构中国叙事话语体系。本辑收录的论文,很好地体现了以上宗旨。

本辑由一篇访谈录开始,访谈对象是《修辞叙事学》(*Rhetorical*

Narratology, 1999)的作者迈克尔·卡恩斯(Michael Kearns)。熟悉后经典叙事学的读者都知道,修辞叙事学是当今叙事学研究的一个重要分支,该研究方法将叙事视为作者通过文本与读者进行交流的活动。在这一领域,国内多数读者可能更熟悉韦恩·布斯(Wayne C. Booth)、詹姆斯·费伦、彼得·拉比诺维茨(Peter Rabinowitz)、申丹这些名字(即广义的"芝加哥学派")。卡恩斯对叙事的定义总体上与芝加哥学派相似,但他把重心放在读者的叙事接受这一端,坚持语境主义立场,提出了修辞阅读的四个基本规约,即自然化、作者式阅读、进程和复调。可见,卡恩斯虽然强调语境,但他关注的不是具体语境与读者阐释的关联,而是试图对语境进行理论化。在这篇访谈中,卡恩斯对其23年前发表的观点进行了反思,指出这四个基本规约或许并不完全切合非英语国家的叙事阅读实践,但他仍然坚持"语境"的重要性。如果说以费伦为代表的修辞叙事学区分"隐含读者"的语境和"真实读者"的语境,那么卡恩斯则认为前者只能是一种理想化的语境,应该更关注后者(尤其是在实际课堂教学中)。不难看出,卡恩斯的修辞叙事阅读观可以与芝加哥学派形成有效对读,我们可以借此更深入地理解两者的差异和相似之处。

当被问及如何看待叙事学未来发展方向时,卡恩斯提出"更加深入地探索叙事和叙述过程如何形塑我们的个体和群体生活可能显得尤为重要"。我们觉得,卡恩斯的这个观点或许比他的修辞叙事学观点更值得关注。叙事研究绝不仅仅是书斋里的智力活动,而是要介入"我们的个体和群体生活"。这里涉及叙事何为和叙事价值的问题。习近平总书记提出"要加快构建中国话语和中国叙事体系,用中国理论阐释中国实践",从国家高度指出了话语和叙事对世界观的形塑作用,对我们当前的叙事研究提出了全新的要求。

《叙事研究 第4辑》从两个纬度对这一新要求做出了回应。首先,本辑编发了一篇译文《无法抑制的悲痛叙事》,并组织了一个"医学与叙事"的专栏,均涉及叙事如何帮助我们理解疾病和死亡。《无法抑制的悲痛叙事》中,作者通过访谈的形式,让来自不同阶层的人讲述亲人死亡的悲痛时刻,在叙述语言中分析他们如何理解亲人死亡的事实,以及如何超越亲人死亡带来的悲痛。"医学与叙事"专栏的4篇论文分别关注"青少年心理健康问题""中年生命意义与健康危机""老龄化社会危机""残疾人生命质量问题"等社会热点问题,从叙事素养、叙事闭锁、叙事断裂和叙事生态等源头上阐述问题背后的原因,试图从根本上找出对应策略。该研究倡导人际间叙事关系的构建和叙事照护氛围的形成,旨在提升民众生命质量,推动社会和谐发展,更快、更好地迎接"大健康"时代的到来。这几篇文章有力地证明,叙事可以参与我们的生活,形塑我们的价值观。

其次,本辑还编发了三篇构建中国叙事话语体系的论文,包括董乃斌教授对中国诗歌叙事学的思考、杨志平博士对博物叙事的钩沉和周兴泰博士对唐赋及戏曲叙事关系的讨论,这三篇论文的共通点是"用中国理论阐释中国实践"。董教授指出,中国诗歌的特点是"抒情与叙事混杂",而西方诗歌主要指的是抒情诗歌,因此在对中国诗歌进行叙事学分析之前,需要"弄清楚其抒叙成分的大致比重",为此董教授提出了"光谱分析法"。在这个光谱中,抒叙分居两端,绝大多数中国诗歌居于两端中的某个位置。董教授认为,西方在对诗歌进行叙事学分析时使用的核心概念如"序列性""媒介性"和"表达",有些可以在中国诗歌的叙事分析中使用,有些则需要谨慎对待。我们认为,董教授这篇论文对建构中国诗歌叙事学有十分重要的指导作用。杨志平博士挖掘了中国博物叙事传统的起源及其在文言和白话小说中的变迁,加深了我们对"博物叙事"这一颇具中国特色的叙事传统的认识和理解。当然,西方叙事传统中也有"罗列书写"或"清单式书写",从外表看与博物叙事相似,但两者在叙事中所起的作用以及体现的价值方面存在诸多不同,需要我们进一步去挖掘发现。周兴泰博士梳理了唐赋和戏曲之间的关系,认为唐赋与戏曲之间存在紧密关联,主要体现有二:一是唐赋写出了人物的"独唱独演",二是唐赋本身写出了矛盾冲突与场面。唐赋作品中蕴含的浓厚戏剧性,是赋体叙事与戏曲叙事相契合的鲜明表现。这三篇论文从中国文学作品的实践出发,或提出不同于西方的分析方法,或提出不同于西方的概念和传统,对于建构中国叙事话语有很强的借鉴和示范作用。

本辑选编的《准确计数:19 世纪英国小说中的直接引语》也值得读者关注,这篇论文展示了"数字人文"的力量。简单地说,数字人文就是借鉴网络和语料库提供的工具来提出并解决以往研究方法中无法回答的问题。论文依据的语料库收集了近 900 部发表于 19 世纪的英国小说,对这些小说中的直接引语进行了标注、统计和分析,提出并回答了很多有趣的问题。比如,《简·爱》中的直接引语,有多少是无名无姓的人物说出的?作者为什么把直接引语赋予那么多无名无姓的人物? 再比如,在 19 世纪的 100 年历程中,小说的引语数量和引语长度是否随时间变化而变化?为什么有这些变化? 小说的引语数量在小说的开端、中间和结尾部分如何分布的,是否有明显区别? 的确,数字人文属于"远程阅读"(distant reading)或"表面阅读"(surface reading),但如果把其提出的问题"细读"到文本中,则往往可以带来意想不到的结果。比如,《简·爱》中无名无姓人物的直接引语可以用来解释简·爱在公共生活场域中的孤独感;19世纪后20年引语长度的明显下降可以解释这个时期对"现实主义"写法的重视。目前,数字人文在国内方兴未艾,但主要还是停留在概念引介,这篇论文的意义在于提出了一个将数字人文用于叙事研究的实例。

本辑中其他论文也各有价值。黄灿和易丽君的论文涉及目前在学界影响广泛的"听觉叙事",方英的论文全面梳理了"地理批评"前沿理论,王中强的论文讨论了短篇小说的"神秘性"问题,其他作者则立足中西方文本,探讨叙事视角反讽(汤凯伟)、情感叙事(许庆红、俞荣)和叙事巧合(蒋翃遐、韩阳)等问题。

感谢各位作者对《叙事研究》的支持!《叙事研究》将以一贯的认真态度,力争体现叙事研究前沿,为各位读者奉献精彩的论文!

《叙事研究》执行主编
唐伟胜

目 录

叙事理论关键词

医学与叙事

叙事学新论

书　评

访　　　谈

重访"修辞叙事学"的若干重要问题
——迈克尔·卡恩斯访谈录

罗怀宇　　迈克尔·卡恩斯

内容提要：在《修辞叙事学》中译本即将出版之际，该书作者迈克尔·卡恩斯第一次也是目前唯一一次就《修辞叙事学》这本既有影响又有一定争议的后经典叙事学代表作接受访谈。时隔20余年，在新的叙事理论背景下，卡恩斯回顾了该书的写作和设计初衷，回应了叙事理论界对其理论模式科学性及解释力的质疑，并就情境语境、作者式阅读、言语行为理论、基本规约、修辞影响等理论问题做出解答和澄清。卡恩斯坦率面对叙事学界对该书的评论，或心悦诚服地接受，或据理予以回应，展现出值得尊敬的学人品格。该访谈有益于加深叙事理论学习者对《修辞叙事学》一书的认识，激发他们对该领域的进一步思考和探讨。

关键词：修辞叙事学；卡恩斯；后经典叙事学；情境语境；言语行为；基本规约；修辞影响

罗怀宇（以下简称"罗"）：卡恩斯教授，非常荣幸有这个机会和您探讨您的《修辞叙事学》（*Rhetorical Narratology*，1999）一书和与之相关的学术问题。在大作中译本付梓之际，相信此次访谈能获得中国叙事学界的关注。对于后经典叙事学的研究者和学习者，您1999年出版的这本书可以说是必读书目之一。过去20余年，中国的许多叙事学者和学生也阅读过这本书，他们在受益于书中的学术思想和理论模式的同时，一定也想更多了解它的作者迈克尔·卡恩斯。作为访谈的开始，可否请您向中国同行们分享一点您的情况，特别是《修辞叙事学》出版以后您的工作和生活情况？

迈克尔·卡恩斯(以下简称"卡"):好的。我的整个学术生涯都在美国所谓的"高可及性"(high access)大学里度过,也就是大多数学生只要申请就能获准入学的学校,他们中许多人需要老师给予大量的帮助才能取得学业上的成功。在这样的环境中工作给了我很大的满足感,因为我从事教育的基本使命感一直都十分单纯,那就是帮助学生更好地写作和思考(50年前我便为自己确立了这样的使命)。由于这样一种使命感,也由于我所在的学术环境,我几乎所有的学术研究都源于并服务于我的教学。

在得克萨斯大学帕米亚盆地分校从事教学研究期间,我开始怀念美国的中西部。2002年我选择加入南印第安纳大学,担任该校英语系系主任。5年后,我回归教学,并专心完成我的第三本学术专著《为市井写作,在阁楼写作:梅尔维尔、狄金森及私人出版》[①],在我的一个主要教学领域"基础写作"(developmental writing)上我也倾注了大量的时间和精力。2017年退休后,我兼职开了几门课,同时开始以一种很不一样的方式看待叙事——自己写小说(目前还没出版),而不是像以前那样只分析小说。

我的学术和职业生活大概就是这样。我也喜欢烹饪,非常重视体育锻炼。最后同样重要的是,我正在尽力帮助我18岁的儿子找到他的人生道路,如今这事可是巨大的挑战。

罗:过去二三十年,叙事研究经历了一些深刻的变化和演进。2013年在巴黎召开的欧洲叙事学会年会十分恰当地将这些变化和演进归纳为"巩固与多元"(consolidation and diversification)的会议主题。在各种新潮流、新方法中,修辞叙事学[②](rhetorical narratology)或者说叙事的修辞诗学/叙事的修辞方法(rhetorical poetics of narrative/rhetorical approach to narrative)一直是后经典叙事学的一个主要分支。透过超过20年的时间跨度,以当前的叙事理论图景为背景,您如何看待《修辞叙事学》的写作初衷和理论模式?在这本书问世20余年后,您又是如何看待它的科学性和解释力的?

卡:我刚开始写《修辞叙事学》时是把它当成一本教科书来写的,因为当时我找不到任何一本适合资优生并帮助他们从修辞角度思考一般意义的叙事(而不仅仅是虚构性叙事)的书。在我还是一名博士研究生时,韦恩·布斯(Wayne C. Booth)的《小说修辞学》(*The Rhetoric of Fiction*,1961)对我影响很大。虽然我从未奢望有朝一日我也能写出一本那样重要或者说有用的书,但我心里从此萌生了这样一个理想。

当我将后来成为《修辞叙事学》一部分的样章提交出版社后,有一个出版人给了我很好的反馈。他还指出,我提交的写作计划与其说像一本教材,倒不如说是以论点驱动的论证和分析。他的反馈和建议促使我更加重视作为修辞情形的叙事的生产和接受问题。

现在回顾这本书,我有两点需要自咎。一是,那时的我正变得过度痴迷于自己创造出来的各种分析模式;二是,那时我的学术写作风格特别晦涩难懂。③一言以蔽之,那时的我正在探索属于自己的学术声音。我认为,《修辞叙事学》这本书的长处不在第一章④,而在于后几章的理论应用。关于这本书的科学性和解释力,我认为或许它可以作为一架桥梁,将之前高度技术性的叙事分析方法(比如普林斯和伊瑟尔的方法)和对文学语言的读者反应研究及言语行为研究,与过去二十几年不断涌现的更注重影响叙事生产和接受的种族、性别、阶级及其他文化因素的研究方法衔接起来。另外,我认为《修辞叙事学》促进了——至少有限地促进了——现在已经获得广泛接受的一个共识(至少在美国和欧洲是这样),那就是,叙事对于人们自我理解的方式起着根本性作用,无论我们将考察重点放在宗教研究、创伤研究、政治话语或是人类互动的任何其他领域。在我写作《修辞叙事学》的20世纪90年代中期,这还是一个比较新的思想。

罗:一般认为,作为后经典叙事学分支之一的修辞叙事学与文学批评领域的芝加哥学派密不可分,该学派的思想渊源可以上溯至亚里士多德。作为该学派的重要人物,韦恩·布斯奠定了小说修辞研究的基础;继布斯之后,詹姆斯·费伦(James Phelan)、彼得·拉比诺维茨(Peter Rabinowitz)、中国学者申丹等一直积极倡导和推动这种研究方法,叙事的修辞诗学或者说修辞叙事学已成为后经典叙事学的主流分支。您能否梳理或澄清您的研究同他们的研究之间的关系,从而帮助我们更好理解修辞叙事学看似复杂的系谱关系?

卡:回答这个问题(以及后面其他问题)之前,我想强调《修辞叙事学》现在已经二十几岁了,而且当初我完成这本书后我的学术兴趣就发生了一次大的转向。尤其当我来到印第安纳后,说实话,我无暇在错综复杂的系务、教学和撰写《为市井写作,在阁楼写作》之余紧跟叙事学领域的完整动态(叙事学的新发展是爆炸式的)。在一所高可及性院校工作往往就得面对这样的现实。因此,我仅从自己的角度试着回答这些问题,我的回答不一定基于我在该领域最新的阅读或研究。

做完这点自辩(apology)之后,我想说,正如我在回答上一个问题时所说,韦恩·布斯的作品对我产生过极大的影响,不仅因为他的方法,也因为他追问、明辨和探索的能力,而不是断言的能力——换言之,也因为他的学术风格。布斯固然是一个大学者,地位尊崇,但是我认为在他的内心他自始至终首先是一个师者。在《修辞叙事学》的后几章,我也曾尝试以他那样一种精神气质为榜样,在我的后一本书中更是如此。我的这番话也适用于詹姆斯·费伦。我在俄亥俄卫斯理大学时曾与他有过几年的交情,他就在"路那头"的俄亥俄州立大学。与布斯一样,费伦也以一种非常具有可读性的风格将分析和应用结合起来。我教叙事分析的那些年里,费伦对进程(progression)和张力(tension)的论述是我工具箱里最有用的工具之一。(我还应该提到彼得·拉比诺维茨的《阅读之前》⑤,这本书我也很受用,不论是作为学者还是作为教师。)至于申丹,当我知道她的研究的时候,我的事业正在经历前述的转变,因此我没有继续跟踪她的学术发展,但我最初的印象是,她正在将叙事的修辞研究引向更深层次。

罗:您的《修辞叙事学》序言是这样开始的:"我撰写《修辞叙事学》的目的是以言语行为理论为基础,实现叙事研究的修辞方法和结构主义方法的有机结合"(Kearns 1999:ix)。⑥在我看来,对您这本书的评论大多是围绕这个说法展开的。一些学者表达了对您所谓"叙事研究的修辞方法和结构主义方法的有机结合"的质疑。比如,申丹教授就曾指出,"虽然卡恩斯从强硬的语境主义立场将形式叙事诗学排除在理论之外,但是经典叙事诗学却构成了他修辞研究最重要的技术基础"⑦(Shen 2005:164)。您如何回应这个观点?另外,您是否仍然坚持言语行为理论足以连接从叙事文本到读者的解释鸿沟?

卡:我必须作为一个教师来回答这个问题:当我调动学生思考文本对于读者反应的设计时,我总是感到自己的做法是成功的。这是一个极其复杂的任务,但是(再从教师的角度来说)当我启发学生思考他们自己对文本和语境的期待和体验时,我总感觉效果还不错。我还必须要从一个活了73年、积累了丰厚人生阅历的人的角度来说,这些让我坚信我们所有人都总是在演绎"盲人摸象"的寓言。因此,是的,言语行为理论的基本问题(我将其表述为"这个文本正在尝试对我/为我/与我做什么,我何以会这样认为?"⑧)是一个绝佳的出发点。关于叙事如何真正起作用这样一个问题,如果真存在任何一种被广泛接受的解释的话,那么这种解释应当已经被发现了。

至于申丹的看法,我能理解为什么有人会从我的书中,尤其是我的章节安排中,获得这样一种印象。我对"经典叙事学"当然有所倚赖,但我总是使它服务于我刚才讲的"基本问题",我想,这个基本问题也是任何修辞方法的基本问题。

罗:您提到言语行为理论的基本问题。叙事学界的确很关心将言语行为理论作为修辞叙事学理论基础的适切性问题。我又想起申丹教授的另一个评论,她说:"Kearns 对叙述过程的过度强调也与言语行为理论相违。言语行为理论关注的是说出来的话(words)在特定语境中起了什么作用,而非说话的过程,故其英文名称为'speech-act theory',而非'speaking-act theory'"(申丹 2003:10)。是否可以请您借这个机会一并回应?

卡:如果我正确理解了你的翻译,那么在这个问题上我与她看法不同。言语行为理论并不区分话语的功能和话语的发出过程或者"说话"的行为。"speaking-act theory"这个说法听起来不十分自然,如果奥斯汀当初思考过该采取哪个说法,或许他也会觉得这个说法不太自然。不过,言语行为本身用动名词来标记(比如 asking、demanding、stating 等)倒是很自然的。⑨

罗:您是否读过申丹教授关于修辞叙事学的一些重要论文?比如 2005 年发表在 *Journal of Narrative Theory* 上的"Why Contextual and Formal Narratologies Need Each Other"?在这篇文章中,申丹教授对您着重强调的"强硬的语境主义立场"和"言语行为理论"都做出了精辟的回应。

卡:我昨天才开始读你发来的这篇文章,可以说非常喜爱(enjoyed it immensely)。这篇文章对那个时候叙事理论的样态做了一次绝好的回顾,我隐约感觉熟悉,或许它刚发表的时候我曾读过。读这篇文章让我更清晰地记得我在写《修辞叙事学》时的一个目标:要考虑所有叙事而不只是文学叙事,要提出能适用于所有叙事的"基本规约"(ur-convention)。这在当时似乎是件重要的事情,因为大多数叙事学家都将自己限制在虚构小说叙事上。话虽如此,在这本书出版后我才意识到,我在追求这个目标时还可以更坚决和彻底,因为我选择了小说文本作为我的主要例证,这等于有意无意地将虚构小说文本放在了优先位置。我同意申丹的观点,即用形式主义的工具讨论那些例子间接地挑战了我自己"强硬的语境主义立场"。如果我在写这本书的时候更清晰地看到了这个问题,我想我一定会设法避免的。

罗:您刚才提到"基本规约"。我知道,您从兰瑟那里借用了"基本规约"这个说法,然后您从叙事理论的已有成果中归纳出自然化

（naturalization）、作者式阅读（authorial reading）和进程（progression）这三个基本规约，从巴赫金那里借用"众声喧哗"（heteroglossia）作为第四个基本规约（Kearns 1999：49），我认为这些是重要的创见，当然我想您也完全理解叙事学界会有不同的看法。我想请教您的是一个特别粗浅的问题。我在翻译您这本书时一直有这个疑问：ur-convention 这个词有什么渊源？确切的意思是什么？我在中国的叙事学文献中找不到任何解释。

卡：ur-convention 这个词来自苏珊·兰瑟（Susan Lanser）的《叙事行为：散文体小说中的视点》（*The Narrative Act: Point of View in Prose Fiction*, 1981）。她和我都用这个词指一种根本性甚至普遍性的规约。ur-这个前缀来自德语，意思是"原本的、初始的"（original）；语文学家最早在他们的术语中采用了这个前缀，比如 ur-text，意思是一个文本在历史上的最初版本（甚至有可能只是一个词）。如果我要修订这本书，我想我也可能会考虑其他说法。我采用这个说法是因为那时我对兰瑟的研究印象深刻，然而这个说法隐含的历史世系意味与我在《修辞叙事学》中的研究并不完全协调。

罗：谢谢您释疑。彼得·盖瑞特（Peter K. Garrett）对您的《修辞叙事学》做了另一个有影响的评论。他在肯定这本书的理论成就后也提出了一些批评。其中耐人寻味的是，他引用了一句斯坦利·费什（Stanley Fish）的话："一旦你选择反形式主义的道路走下去，你会发现永无止境"（Garrett 2001：549）。在评论的末尾，他做出这样的总结："叙事学——无论其目的多么具有修辞性——都不可能与它的形式主义根基彻底割裂"（同上）。盖瑞特的总结与刚才我引用的申丹教授的意见不谋而合。这不禁让我好奇，您是否自认为是一个反形式主义者？您又是如何看待经典叙事学和后经典叙事学之间关系的？

卡：斯坦利·费什擅长讲单行俏皮话（one-liner），盖瑞特的引用与其他任何一则单行俏皮话一样合理。我绝不是一个反形式主义者。但是，那时的形式主义方法，比如 20 世纪上半叶的形式主义，对于我理解叙事如何发挥修辞功能或者帮助学生达成这样的理解几乎毫无帮助。我在这里不妨讲个题外话：我大学学的是工科，最后一年才转到人文科学。工科思维影响了我的整个学术生涯，无论是在我作为教师、学者还是作为管理者的时候。我的主要兴趣一直是解决问题。当我深入思考叙事问题和从事叙事作品的教学时，我认准主要的问题是修辞问题。讲到这里，"语境主义"又变得重要起来——关于我自己的语境。我教授的学生绝大多数都是"后进生"（under-prepared），他们普遍不善于阅读，对文学史和思想史欠缺足够的背景知识，系统化思维也比较薄弱。形式主义的体系对他们来说（接受起来）多少有些勉强。

罗：在您的书中，情境语境（situational context）、叙事受众（narrative audience）、叙事交流（narrative communication）、基本规约（ur-convention）、修辞影响（rhetorical effect）等似乎被您赋予了极端重要性。关于语境问题，申丹教授建议我们首先要区分叙事学批评（narratological criticism）和叙事学理论（narratological theorizing），她指出，就叙事学理论而言，"当研究是关于文类性文本结构及其文类功能时，则一般没有可能也没有必要考虑各种不同的具体语境"⑩（Shen 2005：142）。我相信叙事学界很多人都会和我一样赞同申丹教授的这个观点。您是否过于夸大了语境的重要性呢？您是否仍然坚持"适当的语境可以使几乎任何文本被理解为叙事？"（Kearns 1999：2）

卡：要是换作现在，我不会再这样措辞。但是，是的，我仍然认为语境会对特定读者是否将一个文本理解为叙事施加很强的影响，或者说，至少会影响他是否开启这样一种导向。如果重点放在文类性文本结构和功能，是否"有可能或有必要考虑各种不同的具体语境"？我想我会很享受有机会就这个话题与申丹做一次深入的交流。在我看来，不妨将结构的存在方式理解成柏拉图式理想（Platonic Ideals）的存在方式。但是，如果我们要来谈论功能的问题，我们就不能不考虑叙事的具体读者/接收者，除非我们假定一个"理想读者"，文类结构以某种特定的方式对他起作用。我想再次从一个教师的角度来谈这个问题，在教学中，我发现我采用的方法真的有用（"有用"这个词多么重要！）——我邀请学生将他们的阅读反应和假定的理想读者的阅读反应进行比较，很快他们就意识到自己相形见绌甚至相去甚远。让我再做一个简单的类比，这就好比，他们可能只具备十四行诗的初步经验，所以还不能对一首十四行诗中典型的"突转"（turn）做出反应；他们或许能辨别出突转，但它对他们起作用的方式和对我起作用的方式却是不一样的。这又把我们直接带回到情境语境的话题，不是吗？

罗：说到底，还是情境语境，那好吧，我就继续请教一个关于情境语境和作者式阅读（authorial reading）的问题。在最近一篇关于"修辞性叙事学"的文章里，申丹教授指出，您对"作者式阅读"的强调和您所声称的"强硬的语境主义立场"是直接冲突的（申丹 2020：87—88）。您是否接受这个质疑？

卡：我想再说一遍，如果我能有机会和她进行一次详细的对话，我认为那将会非常富有成效。在《修辞叙事学》中我曾这样写道："拉比诺维茨描述的那种作者式阅读一直属于非标记情形，至少从 18 世纪'小说兴起'以来便是如此：读者期待能够推断出一种建构意图；他们期待被要求像叙事受众那样行事；而作者则会自动假定这些期待。……读者在讨论一则叙事时很少有不讨论作者意图的"（Kearns 1999：52）。[11]换言之，"作者式阅读"（按照拉比诺维茨的定义）是"合作原则"的一个例证。因此，在我的方案中，作为一种读者偏见（readerly bias）的"作者式阅读"是情境语境最重要的构成要素之一。然而就在《修辞叙事学》出版后不久，我又开始思考"作者式阅读"是否是一种真正普遍的叙述情形，或许它只限于欧洲语系。

罗：您说作者式阅读"或许只限于欧洲语系"，是否有什么特别的含义？还请您解释一二。

卡：坦率地说，现在的我正在从写《修辞叙事学》时那种中年人的狂妄自大（the hubris of middle-age）中逐渐撤离。现在我确信每种文化、每种语系都有自己的叙事。但是，是不是每一种语系都将"作者式阅读"放在特殊优先位置？我真的不知道。前面我们谈到的 ur-convention 也算是一个例子。

罗：我正好做过西方经典叙事学与中国传统叙事思想的比较研究。我向您保证中国文学和文化中有着极其丰富的"作者式阅读"的思想和传统，有机会我再就这个问题和您交流。虽然文化和语系的差异客观存在，但叙事学里有许多普遍问题（narrative universals）也是不争的事实。从作者到读者的交流过程中到底发生了什么？这个问题似乎就可以概括所有叙事学家面临的普遍性问题。您可否简要分享您对这个问题的答案？

卡：我现在的答案与 20 年前很相近，但不完全相同。在尝试回答这个问题时，另一个问题开始困扰着我：这样的一个答案一定会要求我以一种线性的方式组织我的语言[12]，然而，作者、读者、文本和语境之间的交易（transaction）一定是非线性的。这中间发生的当然是一种交易，（如果我能做一个天体物理学的类比）这种交易的复杂程度就像一个多体系统（many-bodied system）内的运动轨迹。（我也很好奇如果神经学家对正在阅读或聆听叙事的人进行实时脑成像，他们能知道些什么。）我到现在仍然认为，一个人创造一则叙事的目的是使它作为叙事被接受，这则叙事也可以用来服务其创造者/传播者的许多其他修辞目的，但却同样作为叙事被接受。在这些情况（或许包括绝大多数非文学叙事）中，我们不妨将"叙事"理解为一个渠道,在这个渠道中正传输着一种很不一样的交流。与写《修辞叙事学》时相比,现在的我更加清醒地认识到这个问题。事实上,在今天的美国,当你看到这个社会上一些人如何利用叙事助长种族主义甚至煽动暴力,你想不清醒也难。几个世纪以来,"我们"(美国人)分享着一个关于这个国家的缔造的叙事,这个叙事赞美那些起草《独立宣言》、打赢两场与英国的战争、起草《宪法》的人的成就。这个叙事承认这些缔造者的人性弱点,但是认为相对于他们的成就,这些弱点是次要的。然而,过去20年来,为了彰显这个国家的种族主义和奴隶制根基,这个叙事已经被人为地变得更复杂、更微妙。为了达到这种目的,一个原本为了建立团结、建构共同历史和目标的叙事在一定程度上已经被改写。尤其在过去两年,我们看到这个叙事被用来服务于另一个截然不同的目的——赞美和促进"白人权力"、挑战纠正这个国家历史错误的努力。我现在感觉我提出的问题比我回答的还多,但这就是现在的我对这个问题的想法。我希望回答了你的问题。我觉得将回答置于当前的真实世界语境也很重要。要是我还在课堂,还在教学生怎样更好地理解叙事,这些当前的事件一定可以作为叙事的修辞功能的绝佳例证。

罗:您刚才讲到的美国国家叙事问题发人深省。我也认为在教学中它可以成为叙事修辞功能的例证。让我们再来谈谈具体叙事文本的修辞功能。您的《修辞叙事学》另一个关键词就是"修辞影响"(rhetorical effect)。您在书中指出,"结构主义叙事学的一些最有名的分析工具也对修辞效果表现得不敏感"[13](Kearns 1999:85)。关于修辞效果,您能否从文本出发进一步分享您的看法?

卡:修辞影响其实就是文本造成读者做什么、思考什么、感觉到什么;或者,从作者角度,作者试图调动读者做/思考/感觉什么。目前美国文学界讨论正酣的一个话题是《了不起的盖茨比》,这本书在美国的版权今年已经到期,而讲述尼克的故事的"前传"[14]已经出版面世。小说的最后一句话("于是,我们奋力向前划,逆流向上的小舟……")频频被讨论。通常,人们认为这句话是十分积极的,它深化着菲茨杰拉德的修辞目的,一些读者认为这种修辞目的包括将菲茨杰拉德对当前社会的批评升华为对整个美国神话的批判。这些读者认为这句话极具诗意,因而适合这种进一步升华的主题。另一些读者则将这句话当作一个可悲的笑话,只不过代表尼克诗意写作的又一次失败的尝试。菲茨杰拉德并没有告诉我们要怎样读这句话,但是,从主题到反讽,这句话无疑有着非常广的修辞影响。

罗：谢谢您以上的解释，既有契合现实的社会历史叙事，又有联系具体文本的虚构叙事，很有启发意义。接下来，我想听听您对叙事学这门学科的看法。过去几十年来，叙事学似乎获得了蓬勃的发展，但如今也面临着一些严峻的挑战和危机。从您的视角纵观全局，您是否可以提出什么建议，以帮助促进这门学科的健康可持续发展？

卡：我对前面几个问题的回答可能已经隐含了我的态度，我希望看到叙事学采取一次强有力的教学法转向（pedagogical turn）。的确，学生们可以从经典叙事学的方法中获益，而且可以说，他们对经典叙事学理解越多，获益也越多。然而，相比之下，更加深入地探索叙事和叙述过程如何形塑我们的个体和群体生活可能显得尤为重要，至少对于这样一个处在乱世中的美国是如此。这种探索可以增强批判思维的能力和相互理解。此外，我也倾向于认为，将修辞叙事学的一些概念运用到对社交媒体上广泛传播的某些叙事的分析或许有助于我们找到一些技巧，对抗这些叙事产生的恶劣影响。

罗：谢谢您的宝贵建议。最后，让我们回到您《修辞叙事学》的中译本。您的这本大作被纳入宁一中教授发起的"后经典叙事学名著翻译系列"，目前全书已翻译完成，不日将由上海外语教育出版社出版。这意味着时隔20余年后将会有更多的中国读者读到您的这本书。您是否想对中国读者和同行说些什么呢？

卡：我很荣幸这本书能加入"后经典叙事学名著翻译系列"。虽然这本书有它的谬误和局限，但在有一点上我依然同意我年轻时的观点：这种研究方法是值得的。我特别好奇和期待这种方法会不会在文化背景与我迥异的中国学者和教师中引发共鸣。正如我在前面所间接提到的那样，我认为这本书的主要局限在于我不加批判和辨别地断言我所谓的阅读叙事的"基本规约"是放之四海而皆准的。对这样一个断言，中国读者可能会有更多的发言权。我期待你们有人不吝与我分享阅读印象。能在这样一段时间后重访《修辞叙事学》这本书并有机会在中译本出版之际接受你的访谈，我由衷地感到高兴。谢谢你！

罗：谢谢您接受我的访谈并慷慨回答我的提问。相信此次访谈可以加深中国读者和研究叙事的学习者对《修辞叙事学》一书的认识，启发他们对有关问题的更多思考和探讨。也希望能就修辞叙事学相关的学术问题继续与您保持联系。

卡：非常感谢！

注解【Notes】

① *Writing for the Street*, *Writing in the Garret: Melville*, *Dickinson*, *and Private Publication*. Columbus：The Ohio State UP, 2010.

② 申丹采用"修辞性叙事学"的说法。

③ 卡恩斯原文："I fault myself for becoming too enamored of the various analytical schemes I created as well as for my terribly labored academic prose."。

④ 亦即《修辞叙事学》的导论"修辞叙事学和言语行为理论"。

⑤ *Before Reading: Narrative Conventions and the Politics of Interpretation*. Columbus：The Ohio State UP, 1998.

⑥ 卡恩斯原文："My goal in *Rhetorical Narratology* is to provide a coherent synthesis of the rhetorical and structuralist approaches to narrative, grounded in speech-act theory."。

⑦ 申丹原文："despite Kearns' theoretical exclusion of formal narrative poetics from a strong-contextualist position, classic narrative poetics constitutes the most important technical basis for his rhetorical investigation."。

⑧ 卡恩斯原话："what is this text trying to do to/for/with me and why do I think that?"。

⑨ 卡恩斯原话："Speech-act theory does not separate the function of words in an utterance from the delivering of that utterance, i. e. from the act of 'speaking' (engaging in any verbal utterance). 'Speaking-act theory' sounds awkward to my ears, and perhaps it would have to J. L. Austin's as well, if he thought about what term to use, but speech-acts themselves are naturally labeled with gerunds (asking, demanding, stating, etc.)."。

⑩ 申丹原文："when the investigation is concerned with generic textual structures and their generic functions, there is usually no room or need for the consideration of varied specific contexts."。

⑪ 卡恩斯原文："At least since the 'rise of the novel' in the eighteenth century, authorial reading as described by Rabinowitz has been the unmarked case：readers expect to be able to infer a constructive intention; they expect that they may be asked to act as if they belong to the narrative audience; authors automatically assume these expectations... readers can scarcely discuss a narrative without making statements about what the author intended."。

⑫ 卡恩斯所谓的"线性的方式"应是指查特曼的叙事交流模式(从"真实作者"经由"隐含作者""叙述者""受述者""隐含读者"最终到达"真实读者")以及其他叙事学家修正后的类似模式。

⑬ 卡恩斯原话："some of structuralist narratology's best-known analytical tools are not sensitive to rhetorical effects."。

⑭ "前传"是指迈克尔·法里斯·史密斯(Michael Farris Smith)2021年1月出版的小说《尼克》(*Nick*)。

引用文献【Works Cited】

Anastasiou, Eleni. "Rhetorical Narratology by Michael Kearns." *Rocky Mountain Review of Language and Literature* 54.2（2000）：155–157.

Booth, Wayne C. *The Rhetoric of Fiction*（Second Edition）. Chicago and London：The U of Chicago P, 1983.

Clark, Mathew, and James Phelan. *Debating Rhetorical Narratology: On the Synthetic, Mimetic, and Thematic Aspects of Narrative*. Columbus：The Ohio State UP, 2020.

Shen Dan. "Why Contextual for Formal Narratologies Need Each Other?" *Journal of Narrative Theory* 35（Summer 2005）：141–171.

Garrett, Peter K. "Rhetorical Narratology by Michael Kearns." *Modern Fiction Studies* 47（Summer 2001）：547–549.

Kearns, Michael. "Relevance, Rhetoric, Narrative." *Rhetoric Society Quarterly* 31（Summer 2001）：73–79.

–––. *Rhetorical Narratology*. Lincoln and London：U of Nebraska P, 1999.

Lanser, Susan. *The Narrative Act: Point of View in Prose Fiction*. Princeton：Princeton UP, 1981.

Phelan, James. *Narrative as Rhetoric: Technique, Audiences, Ethics, Ideology*. Columbus：The Ohio State UP, 1996.

–––. "Rhetoric, Ethics, and Narrative Communication：Or, from Story and Discourse to Authors, Resources, and Audiences." *Soundings: An Interdisciplinary Journal* 94（Spring/Summer 2011）：55–75.

Rabinowitz, Peter. *Before Reading: Narrative Conventions and the Politics of Interpretation*. Columbus：The Ohio State UP, 1998.

宁一中、申丹：《理论的表象与实质——申丹教授访谈录》，《英语研究》，2018 年第八辑，第 1—10 页。

申丹：《修辞性叙事学》，《外国文学》，2020 年第 1 期，第 80—95 页。

——：《语境、规约、话语——评卡恩斯的修辞性叙事学》，《外语与外语教学》，2003 年第 1 期，第 2—10 页。

基金项目：本文系北京语言大学校级重大项目"后经典叙事学新著翻译与研究"（0120/501220103）、教育部人文社会科学研究项目"中西叙事诗学比较研究：以西方经典叙事学和中国明清叙事思想为对象"（16YJC752015）的阶段性研究成果。

作者简介：罗怀宇，博士，北京语言大学外国语学部副教授。迈克尔·卡恩斯（Michael Kearns），南印第安纳大学英语系荣誉教授，《修辞叙事学》作者。

海 外 译 稿

（本栏目与美国《叙事》杂志合作）

无法抑制的悲痛叙事

威廉姆·拉波夫/文　唐伟胜/译

内容提要：本文讨论的叙事是对叙述者本人来说非同小可的事件，尤其是像家庭至亲不幸去世这样的事件。这类无法抑制的悲痛在表达时，通常涉及沉默，或者宣称语言不足以言说内心需要表达的内容。这种语言表达的隐退，挑战了作为交流方式的人类语言的效力。仔细考察几篇这样的叙事之后，我们发现这些叙事用身体暴力来讲述，而非语言表达。但我们也发现，这些叙事使用了复杂的句法，并借此与情感表达保持距离。

关键词：叙事；悲痛；语言不足

> ……在最空洞的隐喻里，丰满的灵魂仿佛有时没有得到绽放，因为没有人能准确衡量他的欲念、他的思想和他的悲伤；也因为人类语言就像一把破壶，我们在上面敲出曲调想感动星辰，结果却让笨熊闻之起舞。
>
> ——居斯塔夫·福楼拜，《包法利夫人》第12章

来自社会语言学的叙事分析基于口头叙事研究，这些口头叙事产生于社会语言学家的自然访谈对话语境（Labov）。[①]它这样定义叙事：按时间顺序讲述两个或更多事件，这些事件围绕一个最值得讲述的事件，该事件使得讲述者在一定时间内成为合法讲述者（Labov and Waletzky）。这些叙事得以讲述，是因为引入了与讲述者生死攸关且结局难以预料的话题。在这些事件中，死亡自然占据显著位置。在叙事结构分析中，死亡或死亡危险首当其冲。为了获得自然的、个人化的话语，社会语言学访谈经常使用一个关于死亡危险的问题，即：

你是否曾身处这样一个情景，你对自己说："完了！"？

针对这个问题的叙事通常都是不开心的,也不是值得庆贺的(即使结局不错),它们往往是一些严肃的事情,认定这次得以避免的死亡也许会引来不可避免的死亡。因此在这种情况下,死亡是"不可叙述的"(参见 Prince 1988;2005),正如以下讲述九死一生经历的片段:

> 医生告诉我:"只差这么一点点,你现在就没命了。"

在日常生活叙事中,没能避免的死亡能得到很好的再现,但往往不是叙事分析的题材。在"费城社区语料库"②里的 500 例访谈中,共有 529 次提及某个人的死亡。在绝大多数情况下,这些死亡都被认为是生活事实,讲述时没有任何情感流露。本研究将聚焦那一小部分无法如此接受死亡的叙事。这些是关于讲述者至亲不幸死亡的叙事。这些叙事将听者带回讲述者获知至亲死亡的那个时刻——无法抑制的悲痛时刻。

我们也许会问,这些叙事与日常生活讲述死亡的方式是否一样? 在社交聚会中,我们很难见到这样的叙事。我们可以检验一下在任意社交聚会的交谈中死亡话题的接受度。如果我们开始这样的死亡话题,即使该话题在交谈中是相关的,我们也会很快发现无人接话。那么,在"费城社区语料库"的录音访谈中,我们怎样找到不可抑制的悲痛叙事呢? 这样的叙事的确很少见,因此我们的讨论只能基于很少的语料。访谈中,讲述者在回答一些关于家庭的普通问题时,可能开始讲述至亲之死。这样,一场随意的交谈可能演变成关于突然死亡的悲痛讲述,引发讲述的也许是已死之人起居室墙壁上的一幅照片,以"就是他,没错"这句话开始。

家庭至亲之死引起的情感挑战讲述者的语言能力,甚至挑战语言本身的能力。在突然死亡之后进行的种种社交仪式上,我们常发现语言方式不足以传达讲述者的情感。关于佛罗里达高中 17 位学生和成年人被杀事件,2018 年 2 月 14 日《纽约时报》这样报道——警官司各特·以色列对媒体说:"我无话可说……"常见的表达如"我无法告诉你,我是多么……"和"语言无法表达我多么……"表明在这样的时刻,口头语言是多么无力。在葬礼上,失亲之人默默地长时间紧握拳头,以此表明其情感的力度。反过来,"为你失去亲人表示遗憾"这样的套话在电视镜头中频频出现,这种方法传达的情感非常少,因为对方毕竟是陌生人。

语言无法表达强烈情感,这对语言满足我们要求的能力构成了挑战。"我无话可说"经常被用作书名,用来表示悲痛的不可表达性。本文开头引用的福楼拜《包法利夫人》片段承认了语言不足以表达高级情绪。在暴力幸存者的公开话语中,语言之不足是反复出现的主题。在《费城问讯报》2018 年 5 月 16 日刚刚报道的一份公开申明中,桑德拉·迪纳多这样回答法官关于她儿子凶手的问题:

> 我的心痛超越了语言本身。我的情感伤痛如此剧烈,笼罩着我,让我全身作痛,我怎样才能描述这份痛苦?

那么,这些叙事如何解决语言媒介作用不足这个问题呢?

希夫林在分析一名大屠杀幸存者的口述史时直面了这个问题。她说:"也许我们不应该就语言表达能力不足这个问题草率下结论"(Schiffrin 41)。她认为,尽管幸存者和旁观者之间的交流有很多限制,但"很有必要研究语言在何种程度、以何种方式让使用者用语言来完成他想做的工作,而语言学有助于我们发现如何做到这一点"(同上)。本着这种精神,我们将进行叙事分析,在这些叙事中,讲述者表现出无法抑制的悲痛,我们想看看这些讲述者如何使用语言来应对这种情况。

"悲痛"(grief)这个词的应用范围非常有限。它通常被用来指与家庭成员之死有关的强烈情感(这种用法在传统诗歌中应用相当广泛)。在"费城社区语料库"的大量叙事中,除了两处使用幽默短语"该杀的"(Good grief)之外,这个词没有出现过。然而,虽然"悲痛"没有用于口语中,但是在为数不多的讲述父母或孩子死亡的叙事中,我们不难发现"悲痛"的情感。如果能描述这些情感是如何传达给听者的,将大大丰富我们对叙事的理解。

对死亡与死亡过程的研究发展出了一种理论,即悲痛通常会经历五个阶段。根据伊丽莎白·库布勒-罗斯《论死亡与临终》(*On Death and Dying*, 1969)的说法,这些阶段是:

1. 否认:人们认为诊断可能弄错了,并坚持抱着错误的、更愿意相信的现实不放。

2. 愤怒:当人们意识到不能继续否认时,他们会变得懊恼,尤其是对身边的人。

3. 挣扎:在这个阶段,人们希望能躲避令人悲痛的缘由。

4. 抑郁:人们会变得沉默寡言,不愿见人,大部分时间处于悲伤和阴郁的状态。

5. 接受:人们接受死亡或不可避免的未来,这通常会导致他们平静地回看过去。

本文拟考察的叙事将很好地验证以上情感状态之间的紧密关系。否认、愤怒、抑郁和接受交替出现，但挣扎这个特征并不显著。关于这些情感状态的学术讨论多聚焦于它们出现的顺序，以及它们如何影响人们做社会调整以适应外部世界。在"费城社区语料库"的一个叙事中，我们可以发现愤怒和悲痛之间的动态关系。

叙事 1：唐纳德·M.，59 岁，北费城（讲述儿子之死）

1989 年秋，费城大学有一门名为 LING560 的课程（该课程也帮助建设"费城社区语料库"），课程第二小组的一位成员访谈了唐纳德·M.。他时年 59 岁，爱尔兰裔美国人，是一位住在北费城的造船工人。在访谈当天傍晚，他把自己的家庭照片给采访者看，其中包括他 10 岁夭折的儿子。他话语简洁，时而缄默，只言片语，常省略动词，只留下名词短语：

    a. 那天早上我去上班。

    b. 那是早上五点半。

    c. 我，呃……我们习惯看看卧室。

    d. 孩子们在睡觉。

    e. 妻子也正常。

    f. 一切都。

    g. 然后我们就去工作了……

    h. 呃，我，呃……

    i. 在那之前的大约一个星期，我摔倒过。

    j. 我摔倒在主甲板下的舷墙下面。

    k. 一只膝盖受伤了。

        左膝，不是我给你看的这个，是左膝。

    l. 他们只得给它注射。

    m. 他们必须把血和脓给吸出来。

    n. 我在想

        那就是妻子来造船厂看我的目的，对吧？

        就是这样，我以为。

    o. "嘿，哦，亲爱的，"我说，"他们有轿车，如果你受伤，可以送你回家。你知道的。你不必来看我。"

p. 就是这样她来告诉我儿子死了。

q. 我有一根拐杖,

r. 我疯了,砸碎窗户。

s. 我说,"别告诉我。

t. 天哪,我不想听。

u. 快停下。"

v. 我们继续说。

w. 可怕吧? 天啊!

x. 一口……一口白色棺材。

y. 高领衣服。下了坟墓。

z. 我想和他一起下坟墓。啊啊……

aa. 那就是生活。

　　(谁也做不了什么)

bb. 那就是生活,亲爱的。

如上所述,几乎所有个人叙事都聚焦于一个最可讲述的事件。就讲述死亡危险的叙事文类而言,这个事件往往是死亡可能发生但没有发生的那个时刻(Labov and Waletzky)。但在这里,最值得讲述的事件是叙述者的转变:从相信某个错误现实到获悉真实情况③。该叙事重构了一组事件,开始是日常而平凡的情形,最后走向那个可怕的时刻。叙事由句 a 中过去时态动词"去"(went)和句 b 中的具体时间导入,接下来句 c 到句 g 是 5个现在时态的小句,但并不表示历史现在时,而是用现在时态来确立那个错误感知发生的原因:

a. 那天早上我去上班。

b. 那是早上五点半。

c. 我,呃……我们习惯看看卧室。

d. 孩子们在睡觉。

e. 妻子也正常。

f. 一切都。

g. 然后我们就去工作了……

h. 呃,我,呃……

讲述者接着叙述最可报道事件发生前的诸多事件,叙事由此沿时间轴向前发展。但是这些事件并不是按这个顺序安排的。相反,它们是被重新建构的,用来解释和说明即将讲述的那个中心事件。该叙事开始的情景并不需要解释。这样,唐纳德刻意讲述了一个正常的引入部分,叙述了时间、地点、人和行为(所有这些都不需要特别解释),以此强调他没有理由相信有不测发生。然而,接下来该叙事却出现了一个不寻常的特征,在句 i 和句 j 中使用了过去完成时态(斜体为笔者所加):

> i. 在那之前的大约一个星期,我摔倒过。
>
> j. 我摔倒在主甲板下的舷墙下面。
>
> k. 一只膝盖受伤了。
>
> 左膝,不是我给你看的这个,是左膝。
>
> l. 他们只得给它注射。
>
> m. 他们必须把血和脓给吸出来。

一般来说,个人叙事会避免倒叙,而按照时间顺序向前推进,但在当前这个叙事中间,唐纳德回到了之前他在造船厂膝盖受伤的时间。虽然他合理地使用了过去完成时,但这罕见地违反了个人叙事对倒叙的限制。我们也许会问,为什么这个叙事要从他自己的事故开始讲起?事实上,这样开始讲述会错误再现后来那个悲剧的性质,因为他的事故与儿子的死亡毫无关联。他痛苦地意识到,自己的事故导致他误解了妻子去船厂找他的理由。

叙事接着讲述第一个复杂化的行动,即那个早上唐纳德上班时看见妻子来了:

> n. 我在想
>
> 那就是妻子来造船厂看我的目的,对吧?

句 n 占用的时间也许比较长,取决于妻子穿过船厂的距离。唐纳德率先发言:

> o. "嘿,哦,亲爱的,"我说,"他们有轿车,如果你受伤,可以送你回家。你知道的。你不必来看我。"

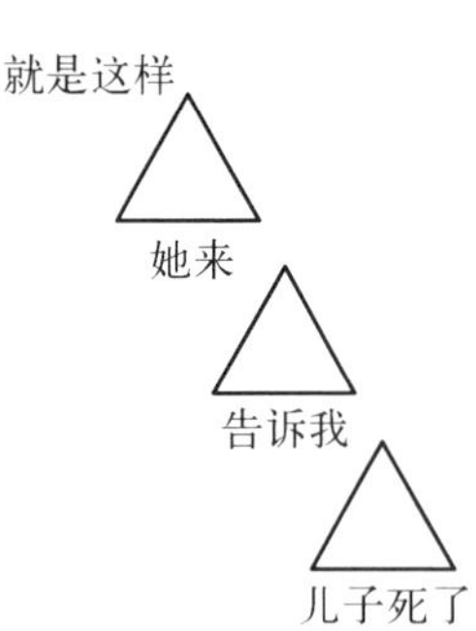

这种情况下,误会这种事情并不奇怪,从而加强了即将到来的信息的力度。

在更常见的叙事形式中,他的话语后应紧跟她的话。如前所述,她讲的就是该叙事最可讲述的事件。然而这里,最可讲述的事件是用一个复杂句式间接讲述的,关键信息被深埋起来。图 1 展示了这个句子的复杂度,可以看到多个谓语动词是如何被融进一个句子的。

就是这样

她来

告诉我

儿子死了

图 1 句 p 的句法复杂度

p. 就是这样她来告诉我儿子死了。

这种构式是一种用来与情感事件保持距离的语言手段。情感不是用话语直接标明,比如"她泣不成声""她哭着说"或者"我无法相信她的话"。相反,从"就是这样"开始,情感信息被掩埋在三层以下。这种叙事小句的句法通常比较简单,但唐纳德·M.却使用了句 p 那样的复杂构式,或许就是认识到普通语言不足以传达如此厚重的情感。该句之后的句子讲述了他自己不受控制的身体暴力行为:

q. 我有一根拐杖,

r. 我疯了,砸碎窗户。

接下来,唐纳德的语言表明,他拒绝接受语言能够表达的一切。

s. 我说,"别告诉我。

t. 天哪,我不想听。

u. 快停下。"

到目前为止,唐纳德一直遵循着库布勒-罗斯所勾勒的进程:从最初的"否认"阶段一下子进入粗暴的"愤怒"阶段。他的讲述表明,他已经发现语言之不足,因此通过身体暴力来表达悲痛。

叙事 2:玛丽·C.,78 岁,南费城(讲述女儿之死)

第二个关于无法抑制的悲痛叙事来自费城南部的玛丽·C.。1973 年 4 月 15 日,她在家中接受了研究小组的两名成员的访谈,他们和玛丽一样,都来自当地意大利裔美国人社区。她时年 78 岁,出生于费城,父母是第一代美国人。她的母语是南费城英语,也能流利地讲几种意大利方言。整个访谈她丈夫都在场,但很少说话。

在玛丽的叙事中,悲痛是以史诗形式表达的,内容囊括家庭和社区,愤怒和身体反应像波涛一样此起彼伏。该叙事展示了一种独特的暴力语言表达,这在意大利裔工人阶级社区并不罕见。

从句 a 到句 v 是叙事的主体部分。玛丽在小女儿马瑞阑尾手术后去医院接她,等候过程中,她感觉到护士们行动异常。叙事以导入开始(句 a 到句 e),讲述玛丽去医院的途中没有预料会发生任何不寻常的事件。与所有叙事导入一样,这部分本身不需要解释,因为它讲述的是一个看上去很正常的行为：

> a. 哦，我把呃……所有东西装进包里，把那件外套挂在胳膊上。
>
> b. 她的衣服挂在胳膊上。
>
> c. 她从窗口看我。在那儿。（啊—哈）在沃尔夫街。
>
> d. 这样，当我去那里时，护士对我说："在这里坐一会儿。"
>
> e. 于是我坐下。

在开始的一系列复杂化行为中（句 f 到句 j），主人公被误导，以为问题出现在另一位病人身上，而不是她女儿。和唐纳德·M. 的叙事一样，这种误解加剧了实际事件带来的震惊效果：

> f. 我在为医院里的一位女士祈祷，她有 10 个孩子。
>
> g. 她刚做了胆囊切除手术。
>
> h. 他们说她的情况很糟糕。
>
> i. 我说道："哦，上帝啊，求您不要把他们的母亲带走，他们还是孩子。"
>
> j. 我还在为她祈祷呢，你看。

在接下来的复杂化行动中（句 k 到句 t），玛丽把自己描绘成一个粗暴而不讲理的人。

> k. 嗯，护士挂了电话，朝我走来。
>
> l. 她说："你女儿以前曾突然晕厥过？"
>
> m. "我的天！"我说，"你该不是在告诉我，你们在为我女儿忙碌吧！"
>
> n. "是的，"她说，"赶紧进来！"

她的悲痛表现为歇斯底里的指责，身体上的异常正好符合她的内心状态：

> o. 我说："你们干了什么，杀了我女儿？你们杀了她！
>
> p. 你们杀了她！"我不停地嚷。
>
> q. 护士对我说："跟她说。"
>
> r. 我说："跟她说？我女儿快死了，要我跟她说什么？"
>
> s. 我喊叫着，扯头发！
>
> t. 我发疯了。你明白我的意思吧？
>
> u. 18 岁。美美的女孩。[指向她的照片]

最可讲述的事件既让人想不到，也讲不清。

> v. 我刚转过身去，我的女儿就没了。（哦，我的天！）

接下来与医疗人员的多次见面中，玛丽继续表现得粗暴而不讲理。当医

生试图让她安静下来,她的愤怒上升为怒火,同时伴有语言及身体暴力:

> w. 一名医生想给我打一针镇静剂。
>
> x. 我说:"滚开,我踢死你!"我说,
>
> y. "你们杀了我女儿,还要杀我吗?"
>
> z. "滚出去!"我说,"你敢靠近我!"
>
> aa. 我那时完全疯了,
>
> bb. 我用头撞墙,见到什么撞什么,
>
> cc. 他们得用力拽住我。

当医生建议可能需要做尸体解剖时,玛丽变得更加狂暴了:

> dd. "我……倒要看看谁敢碰我女儿!
>
> ee. 我要把医院一把火烧了。
>
> ff. 我不管谁在里面。
>
> gg. 我……倒要看看谁敢碰我女儿!"
>
> hh. 我说:"你们想弄明白她怎么死的。"
>
> ii. 我说:"谁碰我女儿,我杀谁!"

从头到尾,玛丽用来描述自己的声音与描述护士的声音之间有一个鲜明对比:自己的声音吵闹、嘶哑、刺耳,而护士的声音安静、耐心、讲理。听玛丽的叙事给我们一种印象,她仍在体会这里表达的那种愤怒。但是,我们必须认识到,就是这同一个人,也重述了护士和医生的礼貌话语。为了能在这些场景中扮演不同角色,讲述者必须意识到她自己当时是多么让人无法忍受:无法抑制的悲痛是不讲理的。因此,作为"叙述之我"的玛丽与作为"经历之我"的玛丽是相当不同的。用戈夫曼的话来说,玛丽是护士们话语的"激活者"(animator),而不是"作者"或"主演"(Goffman 145)。

对令人悲痛的消息产生这样的身体反应,并不只限于玛丽。当消息传到她儿子迈克那里时,他的反应很相似。

> mm. 他说:"怎么了?"
>
> nn. 他说:"发生了什么事?"
>
> oo. "迈克,我们失去马瑞了。马瑞不在了。"
>
> 仿佛触电一般。
>
> pp. 他心脏病发作了。他心脏病发作了。
>
> 啊! 那个晚上。

当玛丽的大女儿丽塔收到这个消息时,她也有肢体上的反应:

qq. 当丽塔走进来，

rr. 看见我这个状况，"妈妈，出了什么事？"

ss. 我说："我们失去马瑞了。马瑞不在了。"

tt. 嗯，这个就是她。［指出丽塔的照片］

uu. 她的。丽塔。这样……她晕过去了，就像晴天霹雳。

vv. 一下子瘫倒在地，那是大理石地板。

ww. 她晕过去了，就像晴天霹雳。

xx. 瞧她大腿后面，硬得像柱子。

yy. 那孩子从此就得了那毛病——自从妹妹死去，有28个年头了吧？

zz. 痛起来，就像得了静脉炎。

因此，对悲痛的身体反应不仅局限于发现的那一时刻，而是延伸到之后的日常生活中。悲痛产生于在医院发生的事件，随着信息、痛苦和疑惑汹涌而来。马瑞死亡的消息在社区传开之后，产生的效果就没那么强烈了，只是有些淡淡的哀伤，人们会回忆她生前到过的地方，心平气和地想念她活着的时候。

迄今为止，我们讨论了爱尔兰和意大利社区成员对无法抑制的悲痛做出的反应。语言表达方式方面他们不太一样：唐纳德·M.简洁而低调，身体反应比语言反应更多；玛丽·C.则滔滔不绝，言语中充满暴力。无论如何，唐纳德·M.和玛丽·C.两人都以自己的方式，使用语言资源捕捉了他们悲痛故事的情感轨迹。

叙事3：无名女性（讲述孙子之死）

为了说明语言暴力和身体暴力相互作用具有普遍性，我们不妨来看看一位美国黑人女性获知其孙子之死时是如何表现愤怒的。以下是一位速记员在非裔美国人社区的现场记录：

他的事今天见报了。他们计划为他守夜，在玩具熊和T恤上印上他的名字。他祖母最近状况不太好，大家都知道他是她的心肝宝贝，因此没有告诉她发生了什么事。她本来在南方度假，他们只告诉她，他的腿给击中了，她必须赶回来。当她回来发现孙子死了，她跑向他以前常站的那个墙角，开始大叫大哭，我的宝贝，以后再也看不到他了，谁干的，谁杀了我宝贝，我要他们死，我要拿枪亲手杀了他们。快，快给我枪……

我们没有这个场景的录音，但速记员准确的记录弥补了这一缺憾。虽然叙述之"我"不同，但这里不断重复的威胁言辞，与唐纳德·M.和玛丽·C.叙述中突然爆发的暴力如出一辙。在这三个工人阶层的故事中，将悲痛表达为暴力的愤怒是共同的主题。然而，库伯勒-罗斯的模式缺失了一个更深的情感层面，在接下来的两个叙事中，我们将看到这个层面。唐纳德·M.在讲述儿子之死及随后的葬礼时，引入了一个核心主题：死亡的恐怖。

死亡的恐怖

    w. 可怕吧？天啊！

    x. 一口……一口白色棺材。

    y. 高领衣服。下了坟墓。

    z. 我想和他一起下坟墓。啊啊……

    aa. 那就是生活。

       （谁也做不了什么）

    bb. 那就是生活，亲爱的。

唐纳德·M. 想到儿子穿着白衬衫被埋进坟墓，说出了 horrible（可怕）这个词。这个词并没有其词根 horror（恐怖）那种含义，即"极端恐惧或害怕"。但正如我们即将看到的那样，与死者接触很少的人完全没有这种情绪。葬礼上的种种常规做法和墓地仪式就是为了将生者和死者严格区隔开来。如果死者和生者没有得到区隔，上面定义的那种恐怖就会出现：与死者不期而遇，生者会感到毛骨悚然。在虚构小说中，恐怖是一种娱乐形式，人们喜闻乐见，并愿意为之付费，但在日常生活中，恐怖与悲痛和撕裂的暴力如影随形。一般人很难做到与死者突然相遇还能马上恢复理智，除非像抬棺人一样，和死者相遇是日常生活。在接下来的两个叙事里，我们可以一窥这种恐怖对死者亲人产生的影响。

叙事 4：艾伦·L.，69 岁，苏格兰（讲述父亲之死）

本则无法抑制的悲痛叙事由苏格兰埃尔市语言学家罗纳德·麦考利

记录。艾伦·L.讲述母亲购物回来,没有像以往一样在门廊看到生病的丈夫:

> a. 这个下午天气好得出奇,
>
> b. 她将他扶进藤椅,坐在外面花园靠窗的位置,
>
> c. 然后就出去了。
>
> d. 她发现藤椅在那儿,
>
> e. 却不见人影。
>
> f. 她根本没有多想,因为天气太暖和了。
>
> g. 她想他肯定是进屋了,
>
> h. 进屋后,看见他躺在沙发上。
>
> i. 她是那种老派人,讲究整洁,非常利索。
>
> j. 一切都要安排得井井有条。

这里,我们再一次看到误会带来的震撼——死者的宣告还没被生者听到:

> k. 她脱下外套,
>
> l. 挂起来,
>
> m. 放好买回的东西。
>
> n. 她说:"下午茶——晚饭时间还早呢,
>   我去问问他想不想喝咖啡。"
>
> o. 她煮了咖啡,
>
> p. 走过去
>
> q. 推了推他,问他想不想喝茶。

这里,我们看到的模式与唐纳德·M.相似,他丝毫不怀疑死亡的消息即将到来。

> r. 他从沙发上掉下来,掉在她跟前。
>
> s. 她,她脑袋嗡的一声,
>
> t. 打那以后就什么都不知道了。

艾伦母亲一如往常的行为导致她破坏了生者和死者的区隔,而这是不可接受的。她那一连串的日常行为在其他情况下完全没有问题,但在那一天却变成了悲剧。艾伦当然是不在场的:我们所知的只能是她从母亲那里获悉的。如果父亲去世之后,她母亲"就什么都不知道了",那么我们只能猜想,这个叙事在很大程度上是艾伦自己对那天发生事情的重构。

叙事 5：乔西·A.，66 岁，新奥尔良（讲述丈夫之死）

以下这则叙事也打破了生者和死者之间必要的区隔。1971 年 5 月，我访谈了新奥尔良郊外小镇上一个 60 多岁的女性。在 90 分钟的对话中，她讲述了她丈夫的死亡。多年来，我把这份访谈文件搁在一边，因为她的叙事听起来很痛苦，而且最后也不甚连贯。乔西整夜都试图唤醒她丈夫，却没有意识到他已经死了。我觉得她还没能理解和评价已发生的事情，因此我认为这则叙事不能用来说明叙述者是如何为自己而改变现实的。但是经过思考，我得出结论，这则叙事在很多方面迥异于其他面对死亡和死者的讲述，从中我们可以学到很多。

这则叙事明显分为三个片段：傍晚、深夜床上和第二天早上。自始至终，乔西似乎都在引用——她丈夫、她自己、医生，跟日常对话没有两样，没有玛丽·C.叙事中那种戏剧性变化。此外，玛丽完全掌控着局势：她威胁、命令、谴责那些她认为应对女儿之死负责的人，而乔西则还在努力弄明白发生了什么。我们这里讨论的是"控制"这个维度。玛丽及其家人使用文化定义的资源对家庭成员之死做出反应，乔西则是茫然无措，没有任何资源。

摘　　要

a. 嗯，那次打击真大，

b. 当我丈夫死的时候，

片　段　1

c. 嗯，那个周五晚上，我在做刺绣活。

d. 我爱做针线——就是刺绣，我正在刺绣，

e. 他问我在绣什么。

f. 我说："我在绣枕套。"

g. 他问："给谁绣？"

h. 我说："我们俩，你退休后。"
因为他很快就要退休了。

i. 他说："不是给我。"

j. 他说："你不是给我绣的。"

k. 我说："好吧，这不是给你的，"

l. 我说："好，等你死了，我就再嫁一个男人。"

m. 我说:"我和另外一个男人共枕。"您瞧,我是在开玩笑。

n. 开得真是时候。

o. 他说:"嗯,宝贝,"他说,呃,他那时说:"你想嫁——你可以再嫁,你想怎么着都可以!"

p. 我说:"嘿嘿,别把我绕进死亡话题。

q. 我到外面院子去了,

r. 我可不想听什么死呀死的。"

s. 他说:"好,明天我就会让你明白。"

对丈夫之死的叙述表明她痛苦地误解了当时的情况,这与唐纳德·M.及玛丽·C.相似,然而乔西手中没有资源来影响医生并把整个社区鼓动起来。她从医生那里听到的判断少得可怜。

片　段　2

a. 这样,我们上床睡觉了,我上床睡觉……

b. 他睡了……

c. 以前,他每晚都要起来,去一两次洗手间,

d. 但那个晚上,他死了,他没有起来去洗手间。

e. 我说:"哦,我的天,我真高兴。"

f. 我说:"他今天居然没有起来去洗手间。"因为他心脏不好,这样。

g. 所以……我走进屋,

h. 但是我叫不醒他……因为他死了,

i. 他的身子已经僵硬了,

j. 你明白僵硬……的意思。

k. 所以我躺床上,

l. 然后去……去弄了一些毯子把他盖上,

m. 我说:"上帝啊,他八成是死了。"

片　段　3

a. 我给医生打了电话……

b. 他说:"得了,睡觉去吧,"他说,"喝点镇定药。"

c. 他说:"你丈夫不可能死,他昨天还到我办公室了呢。"

d. 我说:"可是,可是他现在不说话……"

e. 但是医生说:"得了,睡觉去吧。"

f. 于是我给丈夫的哥哥弟弟们打电话。

g. 他们都来了。

h. 最后……他们给我打了一针,让我醒过来。

i. 这……给我的打击太大了。

j. 我做了疝气手术。

k. 我胸口做了个大手术,

l. 从那以后我就一个人住这儿了。

我们很难说语言没有给乔西·A.提供她需要的工具来表达她对丈夫去世的感受。她对所见所闻的叙述是到位的。她的局限在于她对周围真实情况的感知,但即便如此,她也与我们分享了她的愤怒、困惑和悲痛。我们不能在此得出她不爱丈夫的结论,尽管她不明白他身上发生了什么。为了进一步评估语言处理生死问题的能力,我们不妨来看看另一位讲述者,该讲述者拥有更强的叙事技能和更多的语言资源。

叙事 6:亨利·G.,61 岁,亚特兰大(讲述儿子之死)

这个系列的最后一个叙事是亨利·G. 在 1970 年对我讲述的,他是一位退休铁路工程师,住在佐治亚州的亚特兰大市东部。我问他:"在你家里,有没有人曾预感会发生什么事,而后来确实就发生了?"他拍了拍胸脯,说:"我,我就是那个人。"然后他给我讲了两个预感成真的故事。当他讲完第二个故事时,他吸了口气说:

现在,我要给你讲一个——一个最不可思议、最好的故事。

a. 我失去了长子。

b. 他那时才 20 岁。

c. 死于癌症——脑瘤,

d. (我们看看他的照片……那就是他。那就是我的小亨利,就是他,尼尔,正是他。)

e. 他患癌去世后,我感到不舒服。

f. 我感觉自己也要死了,得了癌症。

g. 这种情况持续了大约 6 个月,或 8 个月,

h. 我去看了医生,

i. 他们说:"你身体没毛病。"

这里,亨利对悲痛做出的身体反应与玛丽·C.讲述女儿之死的效果如出一辙。与唐纳德·M.相似,亨利的一个孩子死于脑瘤。对亨利来说,死去的不是幼子,而是长子。从墙上的照片来看,这孩子长相英俊,20 岁,活力

四射。

随着叙事的展开,我意识到亨利长子之死对他的生活产生了多么深远的影响,对他来说,把这个故事讲述给一个有理解力且愿意倾听的人多么重要。长子之死带来的切肤之痛是一种无法抑制的情感,由此产生的身体症状显而易见,但医生却视而不见。

> j. 有天晚上我睡觉了。
>
> k. 在梦中他向我走来。
>
> l. 他回家了。
>
> m. 嗯,他在说话,
>
> n. 嗯,当然,我朝他转过身。
>
> o. 我说:"尼尔,你回家来接我吗?"就是这么说的。
>
> p. 他说:"爸爸,还要等很久我才能去接您呢。"
>
> q. 然后,我感觉就痊愈了。
>
> r. 我再也不担忧任何事了,不再担忧,因为那天他对我说,他要回家来接我时,我知道我愿意和他同去了。

我们注意到,在这里死者和生者的区隔仅发生于身体交流这个层面,精神或语言交流层面没有我们在其他叙事中看到的那种恐怖。在这个叙事中,亨利的儿子就像死神天使;当他降临,他会带来死亡。悲痛的种种身体表现让位于接受。但和其他叙事案例一样,我们想知道叙事中的事件如何对应亨利对这些事件的体验。该叙事有力量,并非因为它言之凿凿地证明了其信息是来自彼岸的坟墓,而是因为那个梦对讲述者产生了明显的效果。面对死亡的事实,亨利的处理方式与唐纳德·M.截然不同。虽然他们面对同样的情形(年少的孩子死于脑瘤),但唐纳德拒绝接受语言能够表达的一切("别告诉我。我不想听"),而亨利则利用他的修辞技巧开启一段新生。他最后那个句子的句法非常复杂,为那些捍卫语言能力的人提供了支持,即面对无法抑制的悲痛时,语言可以火力全开地起作用。稍做拓展(图2),我们即可看到有 8 个谓语动词被同时使用,这个句子的复杂度可见一斑。

这种死亡观更为引人注目,因为儿子在其中的角色通常应该唤起害怕和恐惧。亨利希望死神天使会扮成尼尔(他 20 岁的儿子)出现,然而这又没有带来预期中的恐惧。这是我们迄今遇到的最为积极的死亡观。此处没有什么生命继续的另一个世界,只有对死亡来临的欣然接受(哪怕不是欢迎)。

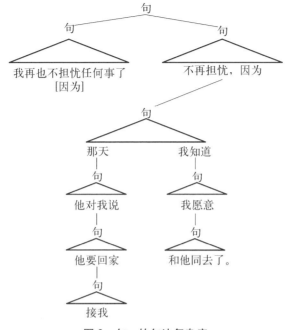

图 2　句 r 的句法复杂度

语言的充足性

本文一开始提出了语言是否足以表达最强烈情感这一问题,这 6 则叙事能否给我们一些启示尚待观察。福楼拜认为,语言就像"一把破壶,我们在上面敲出曲调想感动星辰,结果却让笨熊闻之起舞",我们必须接受他这一判断吗?当我们的亲人生命走向终结,文字真的无法表达我们的感受吗?

毫无疑问,在许多情况下,人们被我们这里所说的无法抑制的悲痛所打击,变得哑口无言,似乎丧失了能力来使用语言学家们津津乐道的语言结构。他们要么不能控制语言产出,要么根本无法产出。但在这些极度悲痛的表达中,我们也发现了许多非常复杂的句法结构,表明讲述者能够调用和控制语言资源来应对紧随死亡而来的情感风暴。为了阐明这一点,我想邀请读者大声重复亨利·G.的叙事的最后一句(用非南方方言):

> 我再也不担忧任何事了,不再担忧,因为那天他对我说,他要回家来接我时,我知道我愿意和他同去了。

叙
事
研
究

第
4
辑

本句中,意义的多重嵌套自然流露出的那种平静和认知平衡,亨利本人也许可以动用宗教资源来获得,而其他人并没有这些资源,但我们也可以使用我们的语言资源来获得。我们意识到,亨利·G.讲的是英语。在需要的时刻,英语没有抛弃他。

注解【Notes】

① 本文最初版本出现在 2017 年 11 月 17 日乔治城纪念黛博拉·希夫林(Deborah Schiffrin)的圆桌会议上。

② 在宾夕法尼亚大学"言语社区研究"课程中,我本人和学生从 1973 年到 2012 年在当地社区进行了一系列社会语言学访谈。

③ 这一观点得益于詹姆斯·费伦。

引用文献【Works Cited】

Flaubert, Gustav. *Madame Bovary*. Trans. Eleanor Marx Aveling. 1886.

Goffman, Erving. *Forms of Talk*. Philadelphia:U of Pennsylvania P, 1981.

Kübler-Ross, Elizabeth. *On Death and Dying*. New York:Routledge, 1969.

Labov, William. *The Language of Life and Death: The Transformation of Experience in Oral Narrative*. Cambridge:Cambridge UP, 2013.

Labov, William, and Joshua Waletzky. "Narrative Analysis:Oral Versions of Personal Experience." In *Essays on the Verbal and Visual Arts*. Ed. June Helm, 12 – 44. Seattle:U of Washington P, 1967. Reprinted in *Journal of Narrative and Life History* 7 (1997):3 – 38.

Prince, Gerald. *Narratology: The Form and Functioning of Narrative*. Berlin:Mouton, 1982.

---. "The Disnarrated." In *The Routledge Encyclopedia of Narrative Theory*. Ed. David Herman, Manfred Jahn, and Marie-Laure Ryan. New York:Routledge, 2005.

Schiffrin, Deborah. "Mother/Daughter Discourse in a Holocaust Oral History:'Because Then You Admit You're Guilty.'" *Narrative Inquiry* 10.(2000):1 – 44.

（原载 *Narrative*,2020 年第 2 期）

作者简介:威廉姆·拉波夫(William Labov),宾夕法尼亚大学语言学教授。

译者简介:唐伟胜,江西师范大学外国语学院教授、博士生导师。

准确计数：19世纪英国小说中的直接引语

塔拉·门农/文　李树春/译　唐伟胜/审校

内容提要： 在本论文中，我运用大数据分析来彰显一个语料库中直接引语的使用趋势，该语料库由1789年至1901年间发表在英国的898部小说组成。文章首先简述了我所使用的量化方法。接着，本文展示了一个令人感到意外的统计——夏洛蒂·勃朗特的小说《简·爱》中讲话人物的数量之多——可以为单部小说带来新的认识。由此，本文认为对小说中的直接引语进行研究，将计算方法与文学分析相结合是有用的。本文进一步展示了整个语料库中有关直接引语的几个事实，并就这些统计对19世纪英国小说中人物引语的作用提出一些假说。最后，本文还提出了一些改进现有语料库和数据的方法，并思考这些改进如何能够进一步加深我们对浪漫主义和维多利亚时期小说中直接引语使用的理解。

关键词： 直接引语；19世纪小说；对话；维多利亚；《简·爱》；夏洛蒂·勃朗特；数字人文

引言

19世纪的英国小说，无论是高雅的还是通俗的，都充满着言说的人物。从奥列弗·特维斯特悲哀的"求您了，先生，再给我点"，到凯瑟琳·恩萧充满激情的"我就是希斯克里夫！"，到贝基·夏普的"报复可能是邪恶的，但它是理所当然的"，直接引语往往是那个世纪最经典作品中最令人难忘的部分。然而，尽管直接引语具有普遍性和重要性，它仍然是叙述类小说和19世纪英国小说中最少被理论化讨论的要素之一。[1]本文聚焦于直接引语——被置于引号中的话语——因此是聚焦于一种特定的叙述形式,它只是叙述类小说中许多呈现对话的方式之一。我这里所思考的是话语(speech)在何时以及为什么要用加引号的言语来再现,而这些言语在传统上被认为是对某个人物发声的实录。

我之所以关注话语的这种再现方式,是因为它看起来非常简单,人们经常不假思索地一读而过。我认为,对直接引语的马虎态度会导致对其叙事重要性的忽视,同时对直接引语的忽视往往也是直接引语如此重要的原因。忽视直接引语主要源于一种普遍的错误认识,即以为直接引语是纯摹仿性的。但事实上,同其他叙事元素一样,直接引语也是建构出来的。直接引语常常有效地制造出摹仿幻象,似乎不值得被正式研究。我认为,因为(而非尽管)这种不假思索的普遍态度,我们必须给予直接引语更仔细的关注。我的观点是,我们理解人物——主要人物和次要人物——通常依赖于这些直接话语与其他基本叙事要素之间的互动,例如情节、背景以及叙述性评论。并且,根据不同人物被赋予的直接话语数量以及人物之间对话的程度,我们能更好地理解小说里社会环境的各种权力结构,以及作者对人物相对重要性的判断。

为了提升我们对直接引语的理解,本文运用大数据分析来凸显 1789 年至 1901 年间在英国发表的小说所构成的这一庞大语料库中直接引语使用的趋势。[②] 本文分为五个部分。第一,我会讨论我使用的数字方法,即如何生成我在后文中使用的数据。第二,我会表明,对某个数据的注意如何能够改变我们对整部小说的理解。譬如,夏洛蒂·勃朗特《简·爱》中讲话人物众多,注意到这一点可让我们考察那些被忽略的场景与人物,而这反过来又会改变我们对这个文本叙述机制的理解——尤其是小说描述的生活世界及其人物的孤独。第三,基于上面这个例子,我提出,在研究 19 世纪英国小说乃至所有小说中的直接引语时,将计算方法同文学分析结合起来是重要的。量化的发现可以改变或补充历史法和叙事学法的细读,从而提升我们的理解,即使是对最熟悉的小说也是如此。我认为,我们既可以使用数据来识别小说中隐含的直接引语的使用模式,也可以分析具体文本如何违反或遵从这些规约模式。因此,我的数字方法既可检测到不规则情况,也可为那些被普遍视为异常的小说找到其遵从的规约。第四,我请大家注意横跨整个语料库的几个发现,并解释这些数据如何阐明了 19 世纪英国叙事小说里直接引语的功能。第五,也是最后一个部分,我会提出一些方法来改进我现在使用的语料库和数据,并思考就浪漫主义和维多利亚时期小说中直接引语的功能这一问题而言,这些改进会产生哪些新的问题和新的答案。

关于方法的说明

本文使用的所有数据均来自我为本项目特别创建的语料库。除了发表的日期和地点不详的小说外,我的语料库能收尽收。在 3 年时间里,我竭尽所能,收集了能找到的从 1789 年到 1901 年发表在英国的所有小说的纯文本文件。[③]我的语料库中收录了 898 部小说。考虑到 19 世纪英国印刷媒介的爆炸性涌现,我们有理由追问这 898 部作品能否真正代表这一时期。这个语料库也许并未覆盖所有小说,但它数量巨大,也颇能代表 19 世纪英国小说惊人的异质性。这个庞大的小说集非常多样:共有 124 名作家,其中男性 82 位,女性 41 位,匿名 1 位,涵盖从经典作家到现在已无人提及的作家;发表日期从 1789 年到 1901 年,每一年都有代表作品;亚类包括哥特小说、历史小说、惊悚小说、工业小说、儿童小说、奇幻小说、冒险小说、侦探小说、喜剧小说、讽刺小说、社会问题小说、科幻小说、色情小说、性爱小说、新女性小说、鲁滨孙式漂流小说、哲学小说、神秘小说、成长小说、情景剧小说、书信体小说、现代主义小说、乌托邦小说、流浪汉小说、政治小说、时尚生活小说、吸血鬼小说、田园小说、雅各宾式小说、恐怖小说、航海小说、犯罪小说、浪漫传奇小说、禁酒小说等;出版形式包括杂志连载和以一、二、三、四卷分卷发表;共有 80 家不同的出版社和 49 家杂志;出版的城市包括伦敦、爱丁堡、都柏林;面向的读者包括儿童与成人、男性与女性、工人阶层与中产阶层;既有无人问津的书,也有畅销书。考虑到这个语料库的规模和多样性,我颇为自信它能概括 19 世纪英国小说的全貌。

为确定文本中哪些部分属于直接引语,我使用了代码,这个代码可以计算引号之内和之外的词语。[④]因此,我的数字方法基于一个重要前提,即引号是直接引语的可靠标志。对于我语料库中的作品(19 世纪英国小说)而言,这总体上是符合实际的。在英国的印刷业和出版业中,把引号固定下来作为直接引语的标志,始于 18 世纪小说。[⑤]亨利·菲尔丁、塞缪尔·理查逊和丹尼尔·笛福这些小说作家,在版面设计外,还试验了各种不同的书写符号,比如引号、破折号、段落间隔号、斜体、类似戏剧底本格式等来再现似乎未经叙述者调和的人物话语。[6]其中有些实验很快被抛弃了,其他的则被保留下来。《克拉丽莎》1748 年版有一个特别有影响的革新:把上引号放在话语开始的位置(而不是通常那样放在页边空白处),并在话语结束时加一个符号,或下引号,与上引号构成一对(Houston 203)。理查逊公开使用上引号和下引号的做法逐渐扩展到其他作品,直到"18 世纪末,人们不再为使用双逗号感到痛苦"(Houston 204)。[7]

正是因为标识直接引语的这些传统——在文本内精确规定引号位置,同时另起一行来表示新的话语——在 19 世纪的英国被广泛使用,我在方法论上才得以继续我的工作。[8]与其他叙事要素(如说明或自由间接引语)相比,直接引语更适合做量化分析,因为标志直接引语的书写符号很容易被计算机识别出来。当然,这里的算法并非无懈可击:有些成分被置于引号之中,却是假性直接引语(比如直接再现的思维,人物、动物或无生命物的想象话语,或对其他文本的引用)。然而,通过手动比对,我确定直接引语的实际数量与直接引语加上那些假性直接引语的平均误差率为2.9%,这个误差率虽然可见但相对较小。[9]

使用这个原创编码,我识别了该语料库里全部小说中的所有直接引语。我们确定了每部小说的以下数据:直接引语所占比例、人物话语总量和话语的平均长度。此外,该算法还显示每一话语的相对位置,因此我们能确定整部小说中直接引语的分布情况(例如,每一章里直接引语的数量)。语料库中每一部小说还配有相关元数据:标题、发表日期、作者姓名以及作者性别。

对于一小部分小说(浪漫主义和维多利亚时期的经典小说),我手动为每一对话添加了以下标签:讲话人、对话动词、指代讲话人的名词。[10]因此,对于这一部分小说,我生成了更准确的数据,这些数据包括(但不限于):讲话人的总数、每个人物的话语数量、每个人物的讲话次数、每个人物讲话的平均长度、单个人物在什么时候(哪一章)讲话、每个人物的多种指称、讲话动词的总数、特定讲话动词出现的频率。每个人物也都配有元数据——名、姓、性别、用人或非用人,等等,因此我还能够发现这些不同属性与直接引语数量和频次之间的关系。例如,我可以确定话语的性别分布、哪些人物最为健谈以及无名讲话人物的数量(我稍后会讨论这个)。下一节我将讨论《简·爱》中单个人物的话语,相关数据就是通过添加标签而获得的。

《简·爱》里的多种声音

无论是在我们的记忆中,还是在批评中,夏洛蒂·勃朗特的《简·爱》都是由三位人物所主导——简、罗切斯特以及圣约翰。使用上一节所描述的步骤,我们能够看到直接引语在小说里的准确分布,并由此廓清产生这种主导性的原因:这三个人物之间的对话超过整部小说直接引语的 70%。其中,罗切斯特占 35.8%,简占 24.5%,而圣约翰则占 10.1%。然而,如图 1 所显示的那样,尽管这三个人物的话语占绝对统治地位,但实际上《简·爱》里的讲话人物有 67 位之多,许多人物只是匆匆过客,其中 21 位甚至连名字都没有。那他们为什么要出现在小说中? 这一大批没有名字的人物有什么功能?

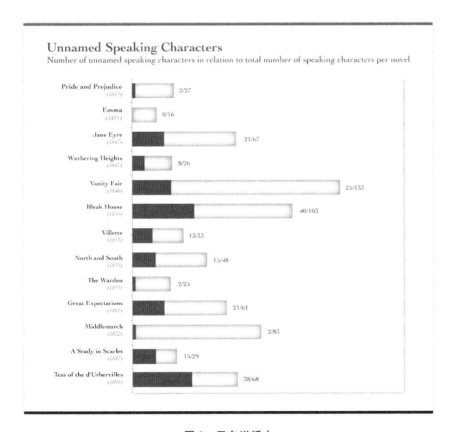

图 1　无名说话人

在这一部分,我拟讨论这一惊人数据所引发的诸多问题:《简·爱》中这些无名人物什么时候说话?为什么说话?起到什么效果?我用"惊人"一词是出于以下原因。首先,它不太符合读者对该小说的记忆。除了三位主要人物之外,读者一般只会记住少数几位其他人物:邪恶的里德夫人、圣徒般的海伦·彭斯、和善的谭波尔小姐、利弗尔斯姐妹,当然还有疯狂的伯莎·梅森。其次,《简·爱》是一部第一人称视角的"成长小说",理应聚焦讲述一个人的生活。再者,《简·爱》是一部彻头彻尾的乡村小说。如雷蒙德·威廉斯所指出的那样,这类小说讲的是"熟人社会"(Williams 165),这意味着出场的人物应该互相认识且知道名字。我们的评论总是固定在几位主要人物身上(包括阁楼上的女人),其结果是我们对夏洛蒂·勃朗特小说里那些边缘的、无名的人物关注不够。《简·爱》里有些人物出场,却只有一句台词,那小说为什么还要写这样的人物?

如图 1 所示,《简·爱》并非例外。无名的讲话人物在 19 世纪中期许多著名的现实主义小说中突然增多起来。一般而言,这些名不见经传且容易被遗忘的人物的直接引语描述的是简短而匿名的相互交流——我把这种交流定义为"不属于同一社区"的两个人之间的面对面接触。大多数对话描写的是有名有姓且相互熟悉的人物之间的关系,而这些言语交流展示的则是两个匿名的陌生人之间简短而且是一次性的交流。我认为,虽然这些交流简短,说的都是日常之事,但其叙事学的意义却相当重要,因为它们描述了交互性的公共场域。其他交互言语的描述处于多数小说的中心且关系紧密的社区,而这种交流揭示的则是一个不同类型的社会:这个社会由原子化的、单独的个体组成,尽管有零星的接触,但他们在"本质上"是"互相隔离的"(Tönnies 52)。[11]正如我在下文论述的那样,这些高摹仿性时刻直接而有力地描绘了资本主义制度下共享社会空间的性质:既相互依赖,又漠不关心。

《简·爱》里大量无名的讲话人物起着相同的作用:它邀请读者去思考处于小说狭窄的社会网络之外的抽象的公共场域。具体而言,简与各色匿名人物之间大量的交流具有两个相互关联的叙事效果。首先,这些交流建构了一种城市外的生活景象,这些景象不同于 19 世纪英国大量现实主义小说所呈现的样子。勃朗特的乡村不是只有空荡荡牧歌式的风景,而是聚集着劳作的人们,他们的社会经济阶层都与女主人公的不相同。简与这些人物之间匆匆的接触,标记出那些被其他乡村小说所忽略的人群。其次,这混杂的人群(侍者、门卫、售货员等)加深了女主人公的孤独感。简深刻的孤独感不但取决于那种本质上是内敛式的第一人称叙述，而且取决于另一种叙述形式，即再现匿名交流中的直接引语。简与匿名人物的匆匆交流实际上强调了她真实人际关系的匮乏与脆弱。在这些场景中，我们看到简身处社会中，却没有社区归属感。

需要说明的是，我这里提出的是两个不同类型的观点。第一，我认为只关注《简·爱》私人和家庭空间的阅读忽略了该小说构建的那个更大的社会。第二，我认为这样的阅读虽然正确地强调了简的疏离感，但是没有注意到产生这种疏离感的一个主要叙事来源。第一人称叙述的确突出了主人公的孤独，但是一系列匿名交流也描写了这种孤独。在某种意义上，通过这一新的量化方法获得的结论（即匿名人物描绘了一个分散的社会）支持了关于简的深刻孤独感的传统读解，但是指出这些匿名交流后，我们意识到夏洛蒂·勃朗特作为小说家，比我们通常认为的要更现代。如果关注以往批评中很大程度上被忽略的人物和场景，我们可以看到勃朗特使用了 19 世纪现实主义的一个普遍技巧（这个技巧也许迄今还没得到关注）。与维多利亚时期那些书写大都市的同辈作家一样，勃朗特也描写公共场域，在这里，互不相干的人们相互交流或快速进行金钱交易。她叙述这些平淡无奇的、与情节似乎毫不相关的时刻，揭示了人物生活于其中的那个更大的、非个人化的世界。毫无疑问，正如弗吉尼亚·伍尔夫说的那句名言，"我"挤满了《简·爱》。[12]然而，如我已经表明的那样，勃朗特也敏锐地意识到了简活动的那个世界。

占据《简·爱》中心的是私密内空间，比如盖茨海德府的大厅、洛伍德学校、桑菲尔德大厅、莫尔府、枫丹庄园等，而简与这些无名人物的交流则发生在这些内空间之外。在这些内空间里，简与那些与她相关或相识的男男女女交谈，在每一个这样的空间里，她是社区的一员。然而，小说也叙述了简从一个地方来到另一个地方，以及在路上与各色陌生人的交流。对这些场景，以及这一串没有名字、过目即忘的讲话人物的讲述，指向了一个非个人化的芸芸世界，它超越了占据小说中心的促狭空间。这些场景也显示了简最为脆弱的时刻——无人陪伴地穿越乡间，或独行在小镇和村庄。在这些时刻，即使身边有另外一个人物在场，女主人公也是在孑孑独行。

有几个这样的交流场景就发生在女主人公从一个地方到另一个地方的路上。我们不妨看看简离开舅妈的房子盖茨海德府前往寄宿学校洛伍德时的场景：

> 马车到了,在大门口停了下来。它套着四匹马,顶座上坐满了旅客。管车人和车夫大声催促着快上车。我的箱子装到了车上,我搂着贝茜的脖子连连吻着,被人给拉开了。
>
> "千万要照顾好她啊!"管车人把我抱上车时,贝茜大声喊着。
>
> "行,行!"管车人回答说。车门"砰"的一声关上了,有人喊了一声"好啦",我们就出发了。就这样,我告别了贝茜,离开了盖茨海德府,给匆匆带往一个陌生的、在我当时看来还是个遥远而又神秘的地方。(Brontë 34)[13]

简坐在马车里,而那些在这里说些只言片语的无名陌生人——一位向导和一位车夫——都是劳动人民。通过描写这个时刻(以及其他类似的时刻),叙述让我们听见了那些通常缄默的人物的声音。《简·爱》里的乡村并不只是偏远的牧歌式风景,相反,它是四通八达的区域交通系统中的组成部分,而这个系统的运行依赖于劳动阶层的劳作。

尽管《简·爱》主要是一部乡村小说,但它也叙述简到过两个小镇:洛顿和米尔科特。每一次她都与无名陌生人说过话。在洛顿,她与邮局女工作人员交谈,在米尔科特,她与酒店招待员说了几句话。以下是她的第二次经历:

> 感到自己在世上孤苦无依,一切联系都已断绝,能否到达目的地难以预测,返回原地又障碍重重,对一个毫无经验的年轻人来说,这实在是一种十分奇特的心情。冒险的魅力使这种心情显得美滋滋的,自豪的喜悦使它变得热乎乎的,可是紧接着恐惧的颤惊又使它不得安宁。当半个小时过去,我依然孤身一人时,恐惧在我心里占了上风。我想起可以打铃。
>
> "这儿附近有个叫桑菲尔德的地方吗?"我问应声而来的侍者。
>
> "桑菲尔德?我不知道,小姐,我到柜台上问问。"他走了,可转眼又回来了。
>
> "你姓爱吗,小姐?"
>
> "是的。"(Brontë 80)[14]

这个时刻,以及在邮局的那个时刻,都是简人生中的重要时刻,也是小说中决定性的转折时刻。但是,为什么要再现这些日常交流呢?为什么不简单写一句,"等了一阵,有人在米尔科特的旅馆里接到了我"?这两处交流尽管简短,是功能性的,平常无奇,却完成了一项重要的叙事功能:它们在描写简参与了一个交易性的公共场域,这个场域不带感情但很可靠。这些语言交流也表明简有经验、有能力,能够在城市空间中生存。正是有这些无名的、几乎没被描写的人物的言语行为,才凸显了这个公共场域。这两处交流都是真诚(即没有虚饰)而直接的:简缺少什么,就索要什么,接着就得到了什么。这种交流的平淡性也体现在形式上——这里的叙事是最平淡无奇的——然而这种平淡却是合适的。这些交流并不友好，它们显得冷淡且无人情味，但它们也是中立可靠的。尽管这些面对面交流真诚可靠，但并未指向或发展出任何关系来。因此，尽管与其他人有面对面的接触，小说中的简却完全没有社区归属感。

另外一组交流——与小村子莫顿的居民们——也同样突出了简在社交上的疏离感。当时简来到莫顿，饥寒交迫，内心惶惶不安。在获知贝尔萨·梅森的真相后，她离开了桑菲尔德，再次孤身一人。在第28章的短短5页里，简同该村各色居民就有5次单独交流。当简从一个陌生人转向另一个陌生人时，她越发感到困顿和饥饿，因而也变得越来越绝望。尽管她的痛苦在加剧，但每次交流都如出一辙：简发起对话，无名陌生人回应，然后得知简需要物质帮助时，他们就匆匆结束了对话。小说接二连三栩栩如生地描写简与这些陌生人见面，每一次都强化了她社区归属感的缺失。

简在莫顿第一次与人相遇（在一家卖面包的商店里）很有代表性，这次相遇显示了该小说再现的公共场域生活的一个基本特征：疏离感。当女主人公走进商店，在那儿工作的女人通过她的着装猜测她的社会地位，估计她要买面包，于是像接待其他顾客那样彬彬有礼地接待她。然而，当她明白没有买卖时，这个女人就从彬彬有礼转为毫无兴致，最后变得不耐烦起来。殷勤是公共场域中金钱交易时的典型特征，在这里让位给了冷漠。既然眼下没有交易，在匿名公共交往中遵守的不言自明的合约也就瓦解了。上述直接引语中的第一人称叙述强调了简利用语言索取和主张权利，寻找物质帮助的失败。这些语言的不断重复，凸显了社会中责任和义务的缺失（或不足）。公共场域应有的和善态度（公共场域里，陌生人很容易也愿意进行公平的金钱交易）在这里被极大限制了。简寻求物质帮助这一过程暴露了社会善意的限度。

简一次又一次地发现，尽管自己与所有交谈的人生活在同一个物理空间内，却没有任何人对她负有责任或义务。这些场景散布在小说中，描绘了一个人与人之间相互隔离的社会。整部小说中简与那些无名但社会定位清晰的陌生人进行的言语交流，戏剧化同时也强化了孤独感（孤独是这部第一人称小说的定义性特征）。不仅如此，通过描写这一系列的交流，勃朗特在这部哥特式家庭小说中，嵌入了对现代公共场域的复杂描写：彬彬有礼而且可靠，但同时也冷漠而疏离。

计数的理由

除了像上面一样对单部小说进行细读外,量化方法还能总览多部小说中直接引语的使用情况。我的数据为898部19世纪英国小说中直接引语的使用提供了很多目前为止其他手段难以获得的信息。这些数据既让我们得以观察整个语料库(并回答此类问题:"这一时期小说中人物话语的平均数量是多少?"或者"人物话语的平均长度如何随时间变化而变化?",下一节中我拟回答这些问题),也让我们得以将单部小说或单个小说家与平均或其他小说家进行比较。例如,我们可以问,"同维多利亚时期其他经典小说家作品中的人物相比,查尔斯·狄更斯作品中的人物话语普遍更短吗?"(是)或者"瓦尔特·斯各特的哪部小说中的直接引语最多?"(《美丽的珀斯姑娘》)。[15]对于每一位人物话语都被标记的小说而言,可获得的信息数量非常巨大。对于这些作品,我们可以问下面这些精确的问题:"谁是简·奥斯丁小说中最健谈的女主人公?"(爱玛)或"在萨克雷的小说《名利场》中,分配给贝基·夏普的话语占全部人物话语的百分比是多少?"(17%)或"在特罗洛普的小说《养老院院长》里所有讲话的人物当中,有多少位是女性?"(3位)。[16]

在这两种情况下,无论是在整体语料库层面上,还是在单部小说层面上,我都建议使用数字工具来进行一项最基本但也是最强大的功能:计数。其他数字人文项目使用计算机来执行复杂的任务(比如内容分析),而我使用的算法则仅通过计数来算出精确的数据:包含在所有引号内的字数(即直接引语的数量),包含在某些选定引号内的字数(即话语长度),分配有直接引语的不同人物(即说话人物),等等。生成出来的数据可以证实一些猜想,挑战一些长期以来的假设,并激发出一些新的问题。凡此种种,说明数字工具对研究直接引语而言是非常有价值的手段。通过为各种假定提供具体证据,这些数据会引发我们重新解释司空见惯的东西;通过揭示意想不到的信息,这些数据会促使我们质疑或者重新审视以前被我们忽略的东西。

与此同时,关于文学作品中直接引语的作用,无论是为了证实现有阐释,还是为了产生新的读解,所需的工作都不能单凭计算机来完成。为了让关于直接引语的量化研究开花结果,我们需要训练有素的文学批评家来完成两项关键任务：提出合适的问题和提供有见地的分析。换句话说，计算机做的是高速运算，批评家做的则是提问、思考、阐释、分析和解释。没有批评家来分析数据，就不会有阐释，不仅如此，没有批评家提出问题并按照问题确定算法，也不会有数据。例如，在上面的例子中，我选择去确认每一部标记过的小说中讲话人物的数量，并且我意识到《简·爱》中极高的(讲话)人物数量颠覆了我们的预期。进一步看，只有观察本身是不够的——仅仅提供统计，其信息量会显得不足。如果文学批评家选择使用量化工具，就必须想法去解释数据，而不是仅仅描述数据。在以上例子中，需要回答的问题不只是"小说中开口讲话的人物有多少位？"，而是"为什么这部小说有这么多位讲话人物？"和"提出并回答前面这些问题为这部小说的批评对话增加了什么？"计算机可以回答第一个问题，但是只有从形式和历史角度理解作品的批评家才能回答第二个和第三个问题。如果使用得当，数字工具可以让我们关注崭新而且重要的研究问题。我认为，这些工具用来引发或补充文本细读特别有效。

数字的意义

在这一节中，我要描述语料库层次上的三个发现——这一时期所有小说中直接引语的平均量，直接引语在各章节中的典型分布，以及话语长度在 19 世纪的历时变化——并为每一个发现提供可能的解释。考虑到我为该项目创建的语料库的规模和多样性，这三个发现都十分重要。

在全部 898 部小说中，直接引语的数量平均占 36%。如图 2 所示，大部分小说都比较均匀地聚集在这个平均量左右，即当与这个平均量的距离(在两个方向)增加时，小说的数量在减少。1/3 的小说里，直接引语量占比在 30% 到 40% 之间，1/2 的小说里，直接引语量占比在 28% 到 43% 之间，3/4 的小说里，占比在 22% 到 49% 之间。这一时期几位主要小说家——简·奥斯丁、查尔斯·狄更斯、乔治·艾略特、伊丽莎白·盖斯凯尔、安东尼·特罗洛普、乔治·梅瑞狄斯——的全部作品都在这个范围内。[17]这些数据显示人物话语数量不是经典小说的区别性因素(经典小说的直接引语数量同该语料库里其他作品相当)，反而是绝大多数 19 世纪英国小说的一个特征。

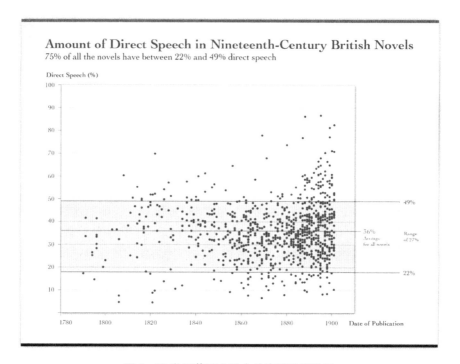

图 2　19 世纪英国小说中的直接引语数量

　　值得注意的是,历时方面没有什么明显变化,即小说发表时间与小说
中的直接引语数量没有关联性。发表于 19 世纪之初的小说与发表于 19
世纪中或 19 世纪末的小说,其引语量占比可能都是 36%。这是一个清晰
而重要的发现:对绝大多数 19 世纪英国小说而言,无论是经典还是非经
典,都有 1/5 到 1/2 的文字是包含在引号之内的。

　　这一发现为什么重要? 首先,因为这些数据表明 19 世纪英国小说的
引语量有某种特色。考虑到在这个世纪发表并收录在语料库中的小说具
有显著的多样性,这个独特的分布范围尤其值得关注。尽管相互差异巨
大,这些作品却共享着一个类型化特征:直接引语量。不妨看看以下小
说:简·波特的《华沙的塔德乌斯》(1803)、爱德华·鲍威尔·李顿的《莱
拉》(1838)、查尔斯·狄更斯的《双城记》(1859)、安东尼·特罗洛普的
《阿灵顿的小屋》(1864)、露易丝·卡罗尔的《爱丽丝奇境漫游记》
(1865)、玛格丽特·奥利芬特的《掌事的副牧师》(1876)、亨利·詹姆斯
的《欧洲人》(1878)、托马斯·哈代的《塔中恋人》(1882)、R. M. 巴兰坦
的《查理来拯救》(1890)、乔治·吉辛的《城市穿行者》(1898)。仅这 10

部小说就包括了：维多利亚时代早、中、晚期的浪漫主义小说，男性和女性作家的作品，儿童和成人的小说，以整卷和连载形式发表的作品，婚姻小说、冒险小说、苏格兰传奇小说、历史小说、荒唐文学，以乡村和以城市为背景的小说，幻想、现实主义和自然主义，平民和精英故事，经典的和基本已被遗忘的小说。这 10 部小说尽管种类多样，但每一部都有占比在 35.5% 到 36.5% 之间的直接引语量，和平均占比相差不到一个百分点。我们长期以为一些小说除了发表地区和时间（即英国和 19 世纪）之外全不相同，但其实它们使用的直接引语量高度相似。⑱

其二，这些数据还可以帮助我们发现异常的情形——直接引语"过少"或"过多"的小说——并让我们思考为什么它们与众不同。有些异常情况容易得到解释。例如，直接引语量最大的 3 部小说——H. G. 威尔斯的《时间机器》（87%）、H. 赖德·哈格德的《麦瓦的复仇》（86%）和约瑟夫·康拉德的《黑暗的心》（81%）——都使用了故事内叙述者，他们通过直接引语将故事传达给小说中的其他人物。然而，另外一些异常情形则打破了我们的假设，需要进一步思考。例如，亨利·詹姆斯的《未成熟的少年时代》被认为完全由直接引语主导：它常被视为一部几乎全部通过对话所讲述的小说。虽然我们有理由认为这部小说的引语比作者其他小说乃至该时期大部分小说都要多，但是我们的数据显示，该小说里直接引语的占比仅为 56%。这部小说并不全由直接引语主导，但让我们产生了那样的错觉，原因在于它突破了我们的期待。

分布范围也需要解释。为什么大多数小说的直接引语占比在 22% 到 49% 之间？换句话说，为什么小说的 1/5 都是直接引语？或者，以另一种方式提问：为什么小说至少有一半都不是引语？这两类问题需要单独回答（尽管它们是相关的）：一类是解决最小值问题，而另一类是解决最大值问题。在回答这些问题之前，我想请读者注意，这个统计凸显了关注直接引语这一小说形式要素的重要性。假如我们忽略直接引语，我们就忽略了小说 1/5 到一半的内容。

为什么似乎有一个最小值？换句话说，为什么直接引语似乎构成了 19 世纪小说中一个必需的形式组件？如诺曼·佩奇认为的那样，这或许是因为对于创造"可信的"甚或"真实的"人物而言，直接引语是不可或缺的。直接引语可以迅速有效地制造出摹仿的感觉。换言之，既然现实主义在 19 世纪英国小说中占据主导地位，一定量的直接引语就是必不可少的。那么，为什么对话的数量还有天花板呢？其上限（49%）表明，尽管直接引语是必需的,但它所起的作用也是受限的。这个最大值说明了这一时期小说中直接引语的叙事限度,或者说,直接引语的阈限值表明了小说对叙述及其形式革新做出的努力——从书信体发展到全知视角再到自由间接引语。不只是直接引语,小说一开始就在不断实验、发展并依赖人物话语和思想的各种再现方式。这一上限表明直接引语能补充但并不能取代其他叙述要素。超过某个点后,直接引语就会破坏小说这一文类。

我得到的数据也可用来绘制引语在小说中各章的分布图。图 3 显示的就是本语料库里所有小说中直接引语在各章分布的一般模型。[⑲]

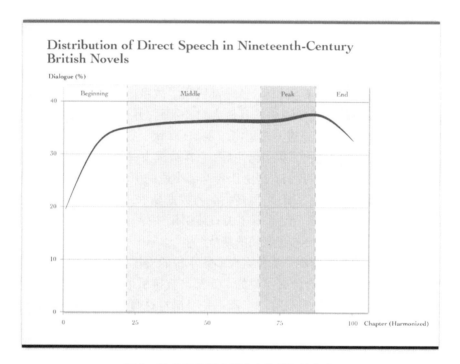

图 3　19 世纪英国小说中直接引语的分布

这张图模糊了内部的差异。没有哪一部小说的直接引语分布会与图示完全相同,也没有哪两部小说的分布完全一样,但是这张图显示了语料库中所有小说直接引语分布的显著模态。这是关于全部 898 部小说的一个相当重要的发现。图 3 显示在 3 个点上直接引语的比例特别有意义,因而表明 19 世纪英国小说中的直接引语有 4 个明显阶段。在第一个阶段(从小说开端进行到大约 22% 篇幅),直接引语从 20% 增加到 35%;在第二阶段(从 22%篇幅到 67%篇幅),直接引语稳定保持在 35%到 36%之间;在第三阶段(从 67%篇幅到 87%篇幅),直接引语从 36%增加到峰值 38%;在第四阶段(从 87%篇幅到小说结尾),直接引语从 38%减少到 33%。我把它们称为四个阶段:开端、中间、高峰和结尾。有几个观察到的现象需要我们继续思考:为什么小说开端的引语比其他阶段要少? 为什么要等到叙事完成 1/5 后直接引语占比才开始稳定下来? 为什么直接引语量在小说几乎一半的篇幅里保持稳定? 为什么接近小说结尾时直接引语总是会达到一个小高峰? 这个高峰与小说的高潮是吻合的吗? 如果是,小说的高潮部分总是包含有长的对话或引语吗? 为什么直接引语到小说的结尾会减少? 为什么这种减少持续的时间如此短暂?

　　我不想回答所有这些问题,而是关注在我看来是这幅图最显著的特征,即直接引语第一阶段的长度和独特性。这个图表明小说的开端在形式上是独特的:这个阶段使用的直接引语明显少于叙事的其他阶段。这是为什么? 为什么要等那么久直接引语才开始大量出现? 伊芙·塞吉维克的一句话提供了一个思路,她认为小说的开端是"高度紧张和依赖感的空间"(Sedgwick 97)。塞吉维克认为,在小说的开始,读者被淹没在一个不熟悉的新叙事世界里,"叙述者大胆地假设读者和她一样熟悉这个世界,而不是感到困惑(事实上读者一定会困惑),这个假设建立起各种关系,如奉承、威胁和合谋等"(同上)。然而,小说开始部分的引语量明显较少,这表明叙述者们并不真正假设读者和他们一样全部熟悉叙事世界。相反,他们似乎想采用一种特殊的形式策略,来缓和塞吉维克所谓的"不可避免的焦虑":他们讲述的远比展示的要多。叙述者们更多是在叙述,而不是把未经过滤而让读者摸不着头脑的直接引语直接端给读者。

　　关于小说开端的独特特征,塞吉维克的观点与弗吉尼亚·伍尔夫形成了呼应。虽然伍尔夫反对许多英国小说开端中的细节外部描写,但她承认这是一种必要的叙事传统,也就是她说的"小说家必须干的苦活"(Woolf 29)。(伍尔夫和塞吉维克不约而同地使用平常的面对面社交活动作为隐喻,来谈论小说开端的叙事程序:伍尔夫使用的隐喻是一位女主人在闲谈天气,而塞吉维克则将读者的困境比拟为晚会上的客人,周围全是陌生人。)同塞吉维克一样,伍尔夫也为叙事开端的这种显著特点提供了一种解释:叙事开端需要让读者感到舒适。作家们使用这种叙事模式,因为他们必须为读者提供可识别的东西,从而让他们"在很难建立亲密感的阅读中愿意合作"(同上)。为了呈现人物及其故事,叙述者首先必须与读者达成某种约定。达成约定最简单的方法是给读者表现熟悉的东西——也就是展示。这样，塞吉维克和伍尔夫都正确地看到了小说开端是独特的。

然而，从 898 部小说中获取的数据表明他们误解了小说开端究竟独特在哪里。图 3 显示了开端所具有的独特的形式特征：较少使用直接引语。塞吉维克和伍尔夫都指出了开始叙事的困难所在（"不可避免的焦虑"），而我的数据则指明了解决叙事开端问题的一种方式，即压缩引语数量。最后，该图还显示这个展示阶段的长度几乎占小说的 1/4——远比我们认为的要长。这一发现特别值得注意，因为 19 世纪小说的叙述者极为多样——第一人称、第三人称、全知、限知、不可靠、故事内、故事外，应有尽有——也因为这一时期小说的展示策略也非常丰富。尽管存在这种公认的异质性，我们的数据显示这些看似不同的作品，却有着形式上的连续性：无论何种类型的叙述者和受述者，也无论何种展示方式，这些小说在开始章节中都习惯性地控制使用直接引语。

最后，我将讨论直接引语的另一特征：不是其使用频率，而是其持续时间长短。历时地看，在 19 世纪小说中人物引语的平均长度在减少。如图 4 所示，这种下降趋势非常显著。

与图 3 一样，这张图也模糊了内部的差异——尤其是一部作品中不同人物引语平均长度的差异，这是塑造人物的一个核心方法——但是它显示了一个清晰的趋势。在 18 世纪最后 10 年里，一部普通小说中的普通人物每次引语里会说 41 个词；而在 19 世纪最后 10 年里，这个数字下降为 26 个。这张图还显示，平均引语长度在 19 世纪 60 年代为最短（每次仅有 23 个词）。

如何解释这种下降趋势？为什么在 19 世纪进程中，人物更少整段说话而更多是只言片语？一个可能的解释是，在 18 世纪晚期和 19 世纪早期发表的小说常常使用直接引语来谈论哲学或政治，而越来越多的维多利亚中期和晚期的小说则使用直接引语来塑造人物或确立人物之间的关系。例如，玛丽·沃斯通克拉夫特或威廉·戈德温小说中那些冗长的演说与查尔斯·狄更斯和伊丽莎白·盖斯凯尔作品中那些快速转换的对话之间就形成了鲜明对比。如此看来，在 19 世纪初，人物常被用作思想的传声筒，但随着时间的推移，直接引语更常用于塑造人物，即塑造参与"真实"交流的"真实"人物。更简短的句子，而非冗长的演说，似乎可以更有效地塑造出来回的对话。

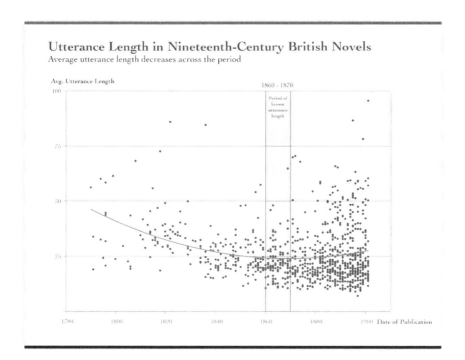

图 4　19 世纪英国小说中的引语长度

引语长度的下降标志着直接引语功能的一个重要变化：在 19 世纪中后期，引语被越来越多地用于摹仿（Page 1973；Chapman 1994；Hodson 2017）。诺曼·佩奇和雷蒙·查普曼详细分析了 19 世纪小说作家们旨在制造摹仿错觉而发展出的人物话语的再现技巧和规约。如查普曼所说，读者大众“越来越要求真实”（Chapman 10），这促使作者们想办法让虚构话语越来越接近真实话语。然而，迄今为止，虚构话语与现实主义如何关联的讨论主要集中于语言变革——语法、拼写和标点符号层面的实验——它们如何造就了独特的个人话语习惯，尤其是方言。[20]我的数据则显示，除了改变虚构话语的语言外，小说家们还改变了虚构话语的长度。我认为，直接引语长度的下降是小说家们进行的系列变革中的一部分，旨在让它显得更为真实。

除了全语料库所表现出的这个趋势外，某一特定小说的平均引语长度也确立了规范，其中单个人物可以据此规范得以评价。人物引语可以比平均长度更长或更短，他们就相应显得或喋喋不休，或沉默寡言。例如，在 19 世纪中期的小说中，如果人物所说的每句话里有 45 个词，就会显得多言多语,但在更早几十年发表的小说中,则显得毫不奇怪。我们不妨看看简·奥斯丁和查尔斯·狄更斯的作品。两位作家都被公认为写"现实主义"对话的大师,但奥斯丁小说中引语的平均长度是 41 个词,而查尔斯·狄更斯小说里每句引语平均仅有 19 个词。这个显著的差异彰显了所谓"现实主义"对话的人为性:它不是摹仿的,而是建构的。

展望

如果有更多的时间和资源,我的语料库和数据就可以从多方面得到改善:收集更多小说,获取更多元的数据,增加更多标注。虽然建立一个"完美的"语料库(收集 1789 年到 1901 年间发表于英国的所有小说)是不可能的,但获取更多文本格式的小说显然是扩大本项目范围的首要方法。[21]同样,如果我们为每一部小说分配更多元数据,就会产生更多数据,我们能够提出并回答的问题也会大大增加。例如,除了作者和出版日期之外,我们还可增加出版方式、出版商、出版地、叙述类型(第一人称或者第三人称)以及亚文类。利用这些增加的信息,我们能够提出的问题的范围就会显著扩大,而且我们能够检验有关不同要素对直接引语使用效果的假说。兹举几例,我们可以问:以连载形式发表的小说与以书本形式发表的小说相比,其直接引语的分布会更均匀吗? 第一人称叙述的小说与第三人称叙述的小说相比,其直接引语会更少吗? 哲学类小说与冒险类小说相比,它的引语会更长吗? 由于可获得的 19 世纪英国小说和作家信息浩如烟海,因此,为了让这些数据发挥作用并带来启发,本项目需要多方合作。如我前面所说,只有那些能够提供历史语境和形式分析的学者才能提出恰当的问题。[22]

另一种改进现有数据的方式是标注更多小说。目前,898 部小说中只有 20 部被标注过。通过增加标注的数量,我们能够对更多小说提出更准确的问题。例如,如果对查尔斯·狄更斯所有小说进行标注,我们将可以考察他的所有小说中主要人物或女性人物或恶棍的引语模式的相似之处。把更多元数据分配给每一位讲话人物,数据也可以进一步得到改进:不只是姓名和性别,还有年龄、职业、阶层、婚姻状态、家庭关系等。有了这些数据,我们可以就引语、人物和人物关系提出更加具体的问题。我们可以考察不同小说、作家、作品类型和不同时代如何通过直接引语来再现阶级和性别:在某个时期的所有小说中,阶级内对话和阶级间对话的比例是多少?与其他作家相比,某些作家作品中的佣人们讲话更多吗?同性之间的对话频率有多高?我们甚至可以精确地提出这样的问题:与19世纪中期有婚姻情节的小说相比,新女性小说中的未婚女性在无已婚人物在场的情况下与未婚男性的对话是更多还是更少?

不难看出,通过恰当地组合使用数字工具和手动标注,我们能够更加容易,也能更大规模地发现直接引语使用的重要信息。那么,这种组合的方法可能带来哪些收获?换句话说,就单部小说乃至所有小说而言,这些关于直接引语的高贵数据能揭示什么呢?我以为,这个数字方法生成了有关直接引语和单个人物的详细量化数据,能够极大地帮助我们研究两个叙事学范畴,这就是埃里克斯·沃洛奇定义的"人物—空间"(即隐含的、无限复杂的人类与有限的叙事形式之间的交汇)和"人物系统"(将多个人物—空间安排到一个统一的叙事结构中)(Woloch 13,14)。

例如,阅读《简·爱》表明,直接引语如何分配给单个人物的准确信息既可阐明主要人物的塑造方法(即女主人公的人物—空间机制),也可阐明其他人物,尤其是那些微不足道的小人物的组合方式(即小说的人物系统)。我对勃朗特小说的阅读关注到那些以前被忽略的人物,甚至包括被沃洛奇排除的人物。在其专著的序言里,沃洛奇简略地提到了《简·爱》的两个小人物——格蕾丝·普尔和贝莎·马森——他把这两个人物视为其讨论的两类小人物的典型代表:工人(扮演单一功能的角色)和怪癖者(具有破坏性或对抗性的碎片化人物)(Woloch 25—26)。我关注的《简·爱》中的那些无名人物非常卑微,甚至都处于隐身状态。然而,正如我已表明的那样,即使是那些最边缘的人物,也都值得关注。

更宏观地看,我的量化方法——展示每一个人物讲话的频率及数量——把沃洛奇"人物—空间"这个隐喻落到了实处。这些数据让人物—空间的组成变得清晰可见:它显示每一个人物—空间有多少是由人物自身的声音所构成,多少是由叙述者或其他人物对他们行为和动作的描述所构成。除了阐明各种人物—空间的构成外,关于直接引语的数据还能显示不同人物之间言语交流的比率和性质(他们彼此交流的次数、交流的时间、对话中话语的长度和频率),从而帮助确定不同人物—空间之间的关系,进而确定人物系统的结构。例如,通过绘制人物网络,我们还能够确定作者构建人物—空间时给每个人物赋予的相对重要性:谁讲的话最多,谁讲的次数最多,谁是最中心的人物(即谁讲话的对象最多)。凡此种种, 证明使用数字工具, 再结合形式解读和历史解读, 能够让我们对文学人物的理解更加精准和深刻。

注解【Notes】

① 直接引语在叙事批评中经常被忽略, 但是也有几个著名的例外: 诺曼·佩奇的《英国小说中的话语》(Page 1973)、杰弗里·利奇和米克·硕特的《小说的风格》(Leech and Short 1981)、马克·兰伯特的《狄更斯与悬置的引语》(Lambert 1981) 以及雷蒙德·查普曼的《维多利亚小说中的言语形式》(Chapman 1994)。直接引语被普遍忽视, 至少部分是因为人们将大量的批评重心给予了自由的间接话语。关于小说形式和风格的里程碑式研究, 例如, 多利特·科恩的《透明的思想》(Cohn 1978)、安·班菲尔德的《不会说话的句子》(Banfield 1982) 和莫妮卡·弗鲁德尼克的《语言的虚构和虚构的语言》(Fludernik 1993), 都集中讨论自由间接话语的演化和使用。尽管这三位也都思考过直接引语, 但是相较而言, 他们对其给予的关注都太少。

② 我选择了从 1789 年到 1901 年(从法国革命到维多利亚女王的去世)这个时间段, 这样就包括了整个浪漫主义和维多利亚时期。

③ 我被限制使用可得到的纯文本文件(如 .txt 文件), 因为这些文件不像 PDF 文件那样, 能够被计算机阅读。我获得这些纯文本(.txt) 文件的来源是古腾堡工程(Project Gutenberg)———一个可免费使用的拥有超过 54 000 本书的线上资源。因为 19 世纪的英国小说经常以多种版式出版(一部小说首先会分为多部分出版, 接着会以三卷本的形式出版, 再接下来, 几年后出版修订本), 那么在创建语料库时就会出现一个问题: 你使用的是哪个版本? 在大多数情况下, 我并没有很多的选择: 对于许多小说而言, 古腾堡工程里可得到的小说只有唯一的版本。当古腾堡中有不止一种版本时, 我选择最早的版本———出版时间最为接近第一版的版本。任何小说我都选择只收入一种版本, 即使学者们已经指出了不同版本间存在的巨大差异。在这些情形中, 我仍然选择最早的版本。几乎总相同的情形是, 古腾堡中的纯文本文件都是从 19 世纪的版本转写而来, 且反映了该时期标点符号的使用情形。密切接触某些特定文本的学者们对于这个或那个版本的标点符号会有一些特定的问题———尤其因为版本和印刷的习惯随着时间而有明显的改变。19 世纪文本中标点符号的差异问题特别有趣, 大家都知道, 不同作家对于他们的印刷手稿的标点有不同程度的参与。有些小说作家, 如查尔斯·狄更斯, 是出了名的对标点符号极为严谨的人。其他的人, 如夏洛蒂·勃朗特, 则乐于把这项权利让渡给了出版商(Parkes 5)。所有这些情况———不同版本间的差异, 手稿与印刷文本之间的差异———都是开展进一步研究的丰富资源, 但其细化程度超出了本文目前的范围。

④ 它曾需要反复尝试、检查、试错, 以建立起可行的算法。我不会列举所有相关步骤, 但是对其中一些进行说明也是必要的: 一、这个算法首先要确立特定的印刷标识用于指示每一个文本中的直接引语。虽然不同的纯文本文件使用不同的引用标识

（双线或单线,曲线或直线）,但文本内部标识是统一的,所以不会影响计算。二、这个算法按段落切分小说,目的在于尽可能减少因一个单独失掉的引号而导致的错误。三、这个算法会从这些段落里去掉计算机误判为直接引语引号的标识:它包括所有字母间的标识(用于表示缩略词或所有格)和所有出现在复数标记"S"后但是在一个空格和下一个词语前面的标识(用于表示复数词语的所有格)。该算法通过手动提交词语列表进行搜索,还排除了任何前附着词素(如 'tis, t'was, t'will 等)的情况。

⑤ 基斯·休斯顿的《荫郁的符号:标点、符号以及其他印刷标识的隐秘生命》(2013)是一本有关标点符号的历史书,内容生动,信息丰富。它以一整章的内容谈及引用的符号。我写的简史得益于他的这本书。休斯顿讨论了引号从亚历山大图书馆中所使用的">"(diple)到今天倒置逗号的演化。他指出首次使用引号标注直接引语出现在一部发表于 1574 年的诗集中,书名是《地方宝鉴》。但是他称该书对引号的使用是"错误的开端"(Houston 202),因此详细讨论了这个印刷符号如何演化并在接下来的数个世纪里在英国小说中固定下来。

⑥ 在此期中还收录有卡蒂·杰米尔的文章《塞缪尔·理查逊的小说〈克拉丽莎〉中的印刷术和对话威胁》,该文讨论了 18 世纪 40 年代中虚构话语的表现,她称之为"英国文学史上一个尤其具有革新精神的时刻",并聚焦于理查逊在页面上表现对话时,对于印刷术和符号表示法所进行的一些实验。如杰米尔在全文中所显示的那样,《克拉丽莎》的写作和印刷发生在这样一个时期:在小说中对话语进行标点的方式是"非常不稳定的",因此作家与作家之间、作品与作品之间都是不同的。

⑦ 标点的历史是复杂的,而且仍然有大量的研究工作要做。标点符号的标准化不是在一夜之间发生,也不是以稳定的步骤进行的。因此,它在何时变得完全稳定下来(假如它的确是那样的话)仍然是一个不确定的问题。休斯顿认为引号稳定下来的时间是"18 世纪末期"(Houston 204),而 M. B. 帕克斯却表示它发生"在 19 世纪"(Parkes 94)。尽管两者的日期都不具体,但是表明了一个大致共同的时间:在 18 世纪末或者 19 世纪初的某个时间。考虑到这个差别,我对该语料库里早年出版的文本进行了手动检查,确保引号表示的都是直接引语。没有以这种方式使用引号的有 8 个纯文本材料。为保证一致性,我从最后的统计中去除了这些文本。再次强调,对于这些引号确实表示话语的作品开展进一步研究也许具有启迪意义,但这超出了本文的研究范围。

⑧ 尤其是该语料库中这些作品的出版日期和地点使得这个数字方法成为可能。对发表于英国 18 世纪大部分时间中的或发表于 19 世纪法国的小说而言,这一方法不可行,因为用于表示直接引语的标点符号在这些文本中没有被标准化。休斯顿在他讨论引用符号的一章中也讨论了引用符号在欧洲大陆的使用情况。

⑨ 我从我手动添加标识的这 20 部小说中获得了这些更加准确的数据,利用它们我得以确定这个数字。我把由该算法计算出的直接引语的数量,与把每一个手动添加标识的言语的总量作为直接引语的数量进行了比较。在全部 20 部小说中,这两个数字的平均差是 2.9%。例如,算法算出的《简·爱》中的直接引语是 43%,而通过手动添加标识得出的直接引语的实际占比是 40%。

叙事研究　第4辑

⑩ 这 20 部小说是:《理智与情感》(1811),简·奥斯丁;《傲慢与偏见》(1813),简·奥斯丁;《曼斯菲尔德公园》(1814);《爱玛》(1815),简·奥斯丁;《诺桑觉寺》(1817),简·奥斯丁;《劝导》(1817),简·奥斯丁;《雾都孤儿》(1838),查尔斯·狄更斯;《简·爱》(1847),夏洛蒂·勃朗特;《呼啸山庄》(1847),艾米莉·勃朗特;《名利场》(1848),威廉·梅克比斯·萨克雷;《玛丽·巴顿》(1848),伊丽莎白·盖斯凯尔;《维莱特》(1853),夏洛蒂·勃朗特;《荒凉山庄》(1853),查尔斯·狄更斯;《北方和南方》(1855),伊丽莎白·盖斯凯尔;《养老院院长》(1855),安东尼·特罗洛普;《小杜丽》(1857),查尔斯·狄更斯;《远大前程》(1861),查尔斯·狄更斯;《米德尔马契》(1871),乔治·艾略特;《血字的研究》(1887),亚瑟·柯南·道尔;《德伯家的苔丝》(1891),托马斯·哈代。

⑪ 德国社会学家斐迪南·滕尼斯在描述 Gemeinschaft(社区)和 Gesellschaft(社会)二者差异时使用了这个词语。Gemeinschaft 首先是基于血缘关系,接着才是基于空间上(房子和田地)的邻近,再是基于心理和精神上的亲密性。在 Gemeinschaft 中的社会存在具有"熟悉的、舒适的和排他的"性质(Tönnies 18),并包含有共同的财物。而 Gesellschaft,指的是公共空间里的或是世界之外的生活。在 Gesellschaft 中,人们彼此一道过着和平的生活(如他们在 Gemeinschaft 中所做的那样),"但是在此情形下,他们并非在本质上是相互联结的——其实相反,在这里,他们在本质上是相互疏离的"(Tönnies 52,强调为笔者所加)。

⑫ 伍尔夫在她的一篇谈论《简·爱》和《呼啸山庄》的论文里提出这个观点。在该文里,她认为夏洛蒂·勃朗特的小说完全是唯我论的。

⑬ 本处译文取自宋兆霖译《简·爱》,北京:中央编译出版社,2015 年,第 41—42 页。——译者注

⑭ 本处译文取自宋兆霖译《简·爱》,北京:中央编译出版社,2015 年,第 103 页。——译者注

⑮ 查尔斯·狄更斯小说中话语的平均长度是每句话 18.8 个词语。它近似于但稍短于托马斯·哈代的(20.3)和安东尼·特罗洛普的(20.5),短于乔治·艾略特的(24.9)、威廉·萨克雷的(25.2)和亚瑟·柯南·道尔的(25.3),并明显短于伊丽莎白·盖斯凯尔的(28.4)和威尔基·柯林斯的(29.9)。瓦尔特·斯各特的《美丽的珀斯姑娘》中的直接引语占 57%。在他的所有小说中,《威弗利》中的直接引语最少(占 30%)。

⑯ 爱玛讲的每句话中(平均)有 43 个词。仅次于她的是安妮·埃利奥特(36)、伊丽莎白·班纳特(35)、爱莲娜·达什伍德(33)、芬妮·普莱斯(29)、凯瑟琳·莫兰(22)。像人们所期望的那样,贝基说的话比《名利场》中的任何一个人物都要多,但是紧随其后的是威廉·多宾(9%)、乔治·奥斯本(8%)以及罗登·克罗莱(6%)。在《养老院院长》中讲话的三个女性人物分别是:玛丽·波尔德、苏珊·格兰特丽以及伊莲娜·哈丁。

⑰ 查尔斯·狄更斯小说中直接引语的占比从 27%(《圣诞颂歌》)到 46%(《我们共同的朋友》),伊丽莎白·盖斯凯尔的小说从 22%(《西尔维亚的恋人》)到 50%(《露丝》)。托马斯·哈代的《远离尘器》占比 19.7%,稍微低于平均范围,但是他其余

的小说,包括含有最多直接引语的《埃塞尔伯塔之手》(41%)都完全处在平均范围内。其他几位著名作家的范围分别是:简·奥斯丁(38%—44%)、本杰明·迪斯雷利(33%—50%)、乔治·爱略特(27%—35%)、乔治·梅瑞迪斯(22%—45%)、玛格丽特·欧丽梵(24%—39%)、安东尼·特罗洛普(21%—45%)。

⑱ 这个范围对于 19 世纪英国小说而言是否详尽,以及如果我们去考察其他地方或时期的小说,这个范围是否会发生改变及有多大的改变,有必要依赖更深入的研究和更庞大的语料库。

⑲ 由于小说章节的数目和长度各不相同,我通过计算不同章节所出现的阶段在小说进程中所占的比例来标准化 X 轴。例如,一部有 50 章的小说中的第 10 章在图 3 中的 X 轴上,与另一部有 100 章的小说中的第 20 章处于同一位置。

⑳ 关于 19 世纪小说中方言兴起的详细讨论,见《漫长的 19 世纪中的方言与文学》(2017),这是由简·霍德森编辑的最新文集。N. F. 布莱克的《英国文学中的非标准语言》(1981)尽管发表于几十年前,但仍然具有知识性。诺曼·佩奇和雷蒙德·查普曼也在他们讨论小说话语的著作中用不少篇幅讨论了小说中方言的表现。

㉑ 我相信我几乎穷尽了可免费获取的纯文本(.txt)文件,尽管获取诸如 Hathi Trust 和 Chadwyck-Healey 语料库中的资源是一种增加语料库容量的方式。

㉒ 就本项目目前的状态来看,它同大多数的项目一样,受限于时间与空间。有了量化的工作,就容易克服这些局限,并扩大本语料库的时间和空间范围。然而,为了使之富有成效,研究这些文学时期的专家们需要考虑数据中的问题,并分析其结果。

引用文献【Works Cited】

Banfield, Ann. *Unspeakable Sentences: Narration and Representation in the Language of Fiction.* Boston: Routledge & Kegan Paul, 1982.

Blake, Norman Francis. *Non-Standard Language in English Literature.* London: Deutsch, 1981.

Brontë, Charlotte. *Jane Eyre.* New York: W. W. Norton & Company, 2001 [1847].

Chapman, Raymond. *Forms of Speech in Victorian Fiction.* New York: Longman, 1994.

Cohn, Dorrit. *Transparent Minds: Narrative Modes for Presenting Consciousness in Fiction.* Princeton: Princeton UP, 1978.

Fludernik, Monika. *The Fictions of Language and the Languages of Fiction: The Linguistic Representation of Speech and Consciousness.* London: Routledge, 1993.

Hodson, Jane. Ed. *Dialect and Literature in the Long Nineteenth Century.* New York: Routledge, 2017.

Houston, Keith. *Shady Characters: Ampersands, Interrobangs, and Other Typographical Curiosities.* London: Particular Books, 2013.

Lambert, Mark. *Dickens and the Suspended Quotation.* New Haven, CT: Yale UP, 1981.

Leech, Geoffrey, and Mick Short. *Style in Fiction: A Linguistic Introduction to English Fictional Prose*. Edinburgh: Pearson, 1981.

Page, Norman. *Speech in the English Novel*. London: Longman, 1973.

Parkes, M. B. *Pause and Effect: A History of Punctuation in the West*. Berkeley and Los Angeles: U of California P, 1992.

Sedgwick, Eve. *Epistemology of the Closet*. Berkeley: U of California P, 1990.

Tönnies, Ferdinand. *Tönnies: Community and Civil Society*. Ed. Jose Harris. Trans. by Margaret Hollis. Cambridge: Cambridge UP, 2001.

Williams, Raymond. *The Country and the City*. Oxford: Oxford UP, 1973.

Woloch, Alex. *The One vs. the Many: Minor Characters and the Space of the Protagonist in the Novel*. Princeton: Princeton UP, 2003.

Woolf, Virginia. "*Jane Eyre* and *Wuthering Heights*." In *The Common Reader*. New York: Harcourt, 1984 [1925].

---. 1924. "Mr. Bennet and Mrs. Brown." In *Essentials of the Theory of Fiction*. Ed. Michael J. Hoffman and Patrick D. Murphy. Durham, NC: Duke UP, 2005.

（原载 *Narrative*, 2019 年第 2 期）

作者简介: 塔拉·门农(Tara Menon),纽约大学英语系博士生。

译者简介: 李树春,博士,江西师范大学外国语学院。

约　　　稿

关于中国诗歌叙事学的一点思考

董乃斌

　　中国是诗国,有源远流长的诗学,但以往只有诗歌抒情学,没有叙事学。抒情在诗歌中一向受重视,叙事却受到轻忽。以致直到 20 世纪 70 年代,旅美学者陈世骧在世界性的比较文学会议上论说中西文学的异同,还提出"中国文学就是一个抒情传统"的观点,来与以叙事为特长的西方文学对论。而陈世骧的这种说法就是以中国诗歌史为依据的。此观点与中国古代的主流文学观念基本吻合,在这个传统影响、熏陶下成长起来的人们自然服膺信从。自那时以来,陈氏理论在海外和中国台湾地区风行一时,直到 21 世纪都过去了 10 年,才开始受到质疑。然而即使今日,此观点的信奉者仍然不少。①

　　叙事学 20 世纪 60 年代产生于法国,80 年代风行于整个西方,并传入中国。近年,西方叙事学出现研究范围扩大的趋势,跨文类与跨媒介叙事学蓬勃兴起,叙事学研究进入了抒情诗歌领域。

　　谭君强教授翻译的《抒情诗叙事学分析——16—20 世纪英诗研究》(以下简称《抒情诗叙事学分析》)一书于 2020 年 4 月由北京师范大学出版社出版。②承谭教授厚意赠我一本,使我得以先睹为快。该书译者前言提到"中国诗歌叙事学"的问题,指出"应该说,国内的抒情诗叙事学研究,与国外的相关研究大体上是同步的,至少不存在太大的距离。国内在这一领域的研究,明确地冠以'诗歌叙事学'之名。而在国外的研究中,我们是找不到这一对应的名称的"。然后谭教授说明了中西诗歌叙事学研究之所以名称不同的原因。他的这一判断给我很大启发和鼓舞。而其译著除开头、结尾的导论和结论外,以 18 篇抒情诗叙事学分析的实例,更为我们做了切实的示范,我从中受到很多教益,也因此思考了一些有关中国诗歌叙事学建设的问题。今天就将这些不成熟的想法与大家交流，希望得到诸位先进的批评指正。

我的基本想法是：中国诗学源远流长，传统深厚，但也有不少陈规旧套，需要突破更新以求发展。诗歌叙事学作为中国诗学一个新的生长点，应该建设，亟待建设，也的确有条件建设，如今在"新文科建设"的宏阔背景下，更可谓正当其时矣。建设诗歌叙事学，当然应该认真吸收西方叙事学，特别是诗歌叙事分析的经验和理论。毕竟人家比我们先走一步，在叙事学方面有成套的理论和成熟的经验，我们需要虚心学习借鉴。但我在读了谭教授这本译著后，又感到对西方叙事学，对西方的抒情诗叙事学分析，我们不能也无法照搬照抄，而只能立足于中国诗歌，特别是在古代诗歌的基础上，做实事求是的研究。我们的观点和理论应该从中国诗歌的实际中产生。对于西方学问，还是应该先继承前辈的"拿来主义"，做量体裁衣式的运用，努力在实践中建设富有中国特色的理论和方法。

一、中国诗歌与西方抒情诗的不同与可通

谭教授在译者前言中论述西方没有与"诗歌叙事学"对应的名称时指出，西方文学分类的基础源自柏拉图、亚里士多德的理论，习惯上将文学分为三大类：抒情诗、史诗小说等叙事作品和戏剧。所以在他们那里有与之对应的抒情文本、叙事文本和戏剧文本的明确划分。中国古代文学分类细致而烦琐，[③]到现代，调和中西古今，将文学文类统分为四，即诗歌、散文、小说、戏剧。另外还有一种韵文、非韵文（散文）、韵散结合（戏曲）的分法。中国古今诗歌数量巨大，与各类文章一起，成为历代文学之主体，无论诗文，实际上都是根据传达意旨的需要将抒情、叙事交融渗透，很难用单一的抒情或叙事将它们界分清楚。以往，在"情志论"的笼盖下，凡见诗歌，皆漫称为抒情（或言志）诗，实属粗疏或误解。西方诗歌则仅限指抒情诗（亦即抒情文学），而史诗、一般叙事诗，虽具诗的形状，却与传奇、小说等列为叙事文学，划分的标准和结果都是不同的。中国诗歌叙事学的研究对象是全部中国诗歌，其中固然有较纯粹典型的抒情诗或叙事诗，但绝大多数却是抒情、叙事混杂的作品。

中国诗歌不是单纯的抒情或叙事文本，而是一种叙述文本。在这里，"叙述"和"叙事"是需要分清的。中国诗歌的本质是诗人的陈述，是诗人

动情后的诉说,所诉所叙的内容可以是"事",但也可以是"情",更多的是"事""情"的混一和夹杂。这个"事"的范围,包括但是远大于西方经典叙事学要求其研究对象所必备的"故事"。由此看来,中国诗与西方诗是有所不同的。西方有抒情诗,叙事学本来对它们无用,但现在叙事学范围扩大了,所以把抒情诗也纳入自己的研究范围。中国诗本来就是抒情与叙事的混杂,只是在习惯上强调诗歌的抒情特征,甚至形成"抒情唯一"的偏见。而我们的根本目标和理想前景,是要在文学史和诗歌史上建立起抒叙两大传统并存(而绝非抒或叙的单一传统)和双轨两翼博弈前行的观点,只因诗歌叙事研究相对滞后,才觉需要着力加强,急起直追,以求平衡。

关于诗歌与事情的关系,古人多有论述。清初叶燮《原诗》中就反复说到此点,如"原夫作诗者之肇端,而有事乎此也。必先有所触以兴起其意,而后措诸辞,属为句,敷之而成章。当其有所触而兴起也,其意,其辞,其句劈空而起,皆自无而有,随在取自于心,出而为情、为景、为事,人未尝言之,而自我始言之"。又说:"自开辟以来,天地之大,古今之变,万汇之赜,日星河岳,赋物象形,兵刑礼乐,饮食男女,于以发为文章,形为诗赋,其道万千,余得以三语蔽之,曰理,曰事,曰情,不出乎此而已。"这两段话说明了事、情、景、理四项与诗歌的关系。事是引起感情波动的根本,因事生情生意,于是寻求表达,或赋物叙事,或直抒胸臆,或借景抒情,或赋、叙、抒、写交错互用,而所成之诗也就情、景、事、理交融互渗,四者汇为一体,难分彼此。这就是中国诗的本质和特点。这样的文本与西方文学分类所定义的抒情诗,显然有所不同,而中国诗歌叙事学面对的正是这样一种文本。我们只能从实际出发,来对它们进行叙事学分析。

值得注意的是,西方叙事学虽然强调自己研究的前提是必须有个故事,没有故事的文本,则不属于他们的研究对象。可是,当叙事学进入抒情诗领域时,他们明智地改变了。现在他们强调的是诗歌与"各种发生之事"有关——请注意,这里强调的是各式各样的"事",而不一定非是故事不可。至少在这一点上,他们与我们有了共同语言。虽然在实际操作时,他们还是不自觉地想到故事、说到故事,但他们的分析毕竟已不限于故事。"各种发生之事"本来也是可以包括而不排除故事的。在《抒情诗叙事学分析》结论部分有这样一句话:"叙述是人类学上普遍的交流行为,在叙事学的意义上,可在两个基本层面进行描述,即其序列性与媒介性,并可用以作为抒情诗文类界定的基础。"④这里,把"叙事"换成了"叙述",所指显然更为宽泛。而用叙事学眼光看抒情诗叙述之事,序列性和媒介性则是两个要点。中国诗歌文本在我们看来,本就是叙述性的,所叙包括事、情、景、物,等等,各项融汇为一,而不是那么单纯,我们的分析正是要将它们分清并揭示它们的关系,序列性、媒介性的概念,也不妨予以试用。这似乎又成了中西诗歌叙事学分析的一个可通之处。

的确,毕竟都是诗歌,所以不同中总会有相同。无论中西,抒情诗的抒情人、叙述者和诗的主人公,往往是合一的。中国诗的情况大家都熟悉,不用多说。西诗也是如此,《抒情诗叙事学分析》就多处说道:"抒情诗中十分典型的是自我呈现的直接性"[5],实际上就是承认这抒情诗所涉的事与情,都是作者本人的(或至少与本人有关)。不过,西方学者一方面看到这种现象,一方面却还是将其视作"通过将自我作为抒情人/叙述者而将自我描述为作为主人公的一种策略性呈现"[6]。他们不同意将作者与诗歌的抒情人、叙述者画等号。对此,我们须借鉴和思考。这似乎又是中西诗学的同中之异。中西诗歌叙事分析充满同中之异和异中之同,这是我读《抒情诗叙事学分析》的一大感想。

二、对叙述文本,是可以进行叙事分析的

据《抒情诗叙事学分析》的 17 个例子来看,西方抒情诗叙事学分析的基本思路是努力将作为抒情文本的抒情诗读解为一个叙事文本,即用叙事学眼光去看抒情诗,把抒情文本当作叙事文本来读。

这里实际上提出了一个读者(研究者、分析者)参与再创造的问题。

任何对作品的解读都不能排除读者的参与和再创造。读者参与的方式是阅读和阐释分析。读者的思维方式、知识储备和所运用的逻辑方法各不相同,读解作品的结果自然也就不同。叙事学是众多方法中的一种。其哲学基础是分析哲学和结构主义,与西方人思维习惯相应,思路往往偏向于精确、精细、精密,即科学化,总想对成分和构造复杂的东西找出内在规律、结构公式并构拟模型,等等。我们觉得这方法对探明诗歌作品的结构、揭示其深层含义较为切实有效,对惯于做印象式、比喻式批评的中国诗学传统是一种很重要的补正。特别是对一些所谓抒情诗进行叙事分析,首先就意味着打破"抒情唯一"的旧观。其次,通过叙事分析和将抒叙浑然结合的诗艺分析,可以发现许多新义。正因如此,我们乐意学习并采用叙事学方法。可是,我们的目的和兴趣似乎与西方人有些不同。我们

更关注的,是由此更好地揭示诗歌的艺术性和美学价值。其实说到底,无论是我们还是西方叙事学者,对诗歌进行叙事学分析的实质,都是一种阅读后的再创造,是读者参与作品传播和实现的过程。我们看到,《抒情诗叙事学分析》中的 17 个例子,研究者对它们做叙事学分析时,总会涉及并要求读者参考此前关于它们的种种解说,总是以不同方式利用前人研究成果,对前人说法做补正或发挥。可见,叙事学分析只是对诗篇提供一种更新的阐释,而这阐释绝对不是终极的结论或什么标准答案。

针对中国诗歌,特别是古代诗歌的实际情况,我们在运用叙事学方法对诗篇进行分析之前,需要先对作品的抒叙结构做出一种基础性分析。因为每首诗都是抒叙成分杂陈,故首先应弄清楚其抒叙成分的大致比重。这是下一步我们对诗歌作品进行叙事分析的基础,也算是我们与西方诗歌叙事学分析不同的一个方面吧。

根据中国诗歌的实际情况,我们为此试创了一种"光谱分析法"。有色光谱从赤橙黄绿到青蓝紫逐渐演变,每种颜色频率不同,由此到彼有个过渡。假设一首诗的抒叙成分总共是 10,那么光谱两端分别是纯抒情(抒10 叙 0)或纯叙事(抒 0 叙 10)的诗(当然这里也只能是相对而言)。从抒情成分占 9、叙事成分占 1,向右延伸,依次便是抒 8 叙 2,抒 7 叙 3,直到抒5 叙 5 的抒叙平衡状态。继续向右,则从抒 4 叙 6 演变到抒 1 叙 9,最后便是纯叙事诗了。这样来确定文本的抒叙比重及文本的抒叙性质,是为了明确我们的研究对象。这个谱系两端,即纯粹的抒情诗和叙事诗,不是我们的主要研究对象(虽然并非不能进行叙事分析),而处于过渡状态、中间类型的诗歌作品,以往被笼统称为"抒情诗",研究者从不考虑它们的叙事特色,更没有诗的抒叙比重、结构乃至博弈互竞这些概念,对它们的思想和艺术价值也往往论述不深不透(印象式、比喻式的批评总是比较模糊),这些都是我们要多加关注的。

三、西方叙事学者怎样进行抒情诗叙事学分析

在这个标题下,主要谈一点学习谭译《抒情诗叙事学分析》的体会。自知尚属初学,认识肤浅,可能不乏错误,冒昧陈献,只为恳请诸位不吝赐教。

西方的抒情诗叙事学分析,从谭教授译著看,前提是努力将作为抒情

文本的抒情诗,当作一个叙事文本来看待,确信它们可以用叙事学方法进行分析。因为只有确认这个先决条件,他们的工作才是合理合法的、才能够进行下去。

上文我们曾引述过"叙述是人类学上普遍的交流行动,在叙事学的意义上,可在两个基本层面进行描述,即其序列性与媒介性,并可用以作为抒情诗文类界定的基础"。现在引出这下面的话:"媒介性可以依据媒介体(真实作者、抽象作者/写作主体、抒情人/叙述者、人物)和媒介调节模式(声音、聚焦)进行分析。因此,狭义的抒情诗(即不单是叙事诗)可被界定为叙述的特殊变体……抒情文本可以同样很好地用具体例子说明叙述进程的两个基本叙事构成:一方面,各种发生之事被安排进时间序列中;另一方面,媒介体的组成与媒介调节的操作模式。""时间结构是所有种类的叙事文本的构成要素。使用概括叙述和压缩时间进程的倾向,是抒情诗中序列性的典型特点,这与叙事文本中往往提供详情细节恰恰相反。"[⑦]以上所言非常概括地说明了西方叙事学者的操作程序和依据。他们对全书 18 篇诗例的分析,确实就是这样做的。

于是,我们看到,西方叙事学者首先就关注存在于诗歌内外的事,即所谓"一切发生之事"。

请注意:他们不再像经典叙事学那样要求自己的分析对象一定要具有一个故事。现在,他们只要求分析对象"有事"即可,"发生之事"是客观存在的一切事情,不一定都形成一个故事,但在抒情诗叙事分析中,已足够应用。这一点与我们读中国诗所获得的认识显然是相通的,甚至是一致的。

再说由之而来的所谓"诗歌内外的事",即"诗内之事"与"诗外之事"的概念。这是我们为中国诗歌叙事学创造并使用的术语,分别指被诗歌写入文本(即诗歌所表现)的事,以及实际存在着的与诗歌有关却未被表现于诗歌之中的事。这也是我们在读中国诗过程中获得的认识。如果用西方叙事学术语来说,那便是所谓"一系列发生之事"。

请注意,这个"发生之事"(happening)是西方叙事学者用得很多因而颇为重要的概念。他们说,"这些发生的事情常常是内心的或精神心理的,但也可以是外在的,如具有社会的性质",然后"通过从一个媒介调节的特定视角来讲述这些发生之事,创造出一致性与相关性。最后,它们需要一个表达行为,凭借这一表达行为,媒介调节在语言文本中获得自己的形式"。这样,他们就引出了叙事学的几个概念:1)"序列性"(发生之事必存在于时间序列之中);2) 媒介性(通过媒介,就把一部分发生之事变成了我们所说的"诗内之事");3) 表达(在所谓"媒介体的组成与媒介调节的操作模式"之中,作者的语言或文字表达,特别是修辞手段居于核心地位)。而这些正是诗歌与小说同样具有的叙事学基本层面。⑧

再说一下,我理解,他们所谓的"发生之事",其实就是促使诗歌产生的外在客观事实,这些事实已经发生、客观存在,可是本来都在诗歌之外,后来其中的一部分通过诗人的创作(媒介),被表达(表现)出来。这些"发生之事"得以进入诗歌,通过媒介体获得序列性,遂成诗内之事,诗歌于是诞生。

我觉得,西方叙事学者的这一说法跟我们原有的观点不但没有矛盾,而且可以相通。我们的说法似乎更容易理解,那就是:世上诸多事情(发生之事)激发诗人的灵感,⑨他们用各种方式和手段(媒介)表达那些事情于文本,所以他们的作品中就总会这样那样地包含一些"发生之事"。还有更多未被表达入诗而留待读者发掘、寻觅和揭示的有关事情,就成了"诗外之事"。这些情况,有的比较容易看出来。有的诗歌读起来就会令人感到,其抒情和叙述的背后确有故事或至少隐约有事(如李商隐的《无题》诸诗),而且诗歌文本也多少涉及了这些事情。这种情况在中外诗歌里都大量存在。读者既可透过"诗内之事"探索更多,亦可通过有关的"诗外之事"反过来深入解读诗篇。另一种情况是在诗面上仿佛看不到有什么事情,这事或故事存在于诗之外——但我们坚信它是存在的,因为天下绝无没事而凭空产生的诗——那就是诗的背景或这首诗之所以会出现的原因、作者的创作动机、此前的相关作品乃至诗写作出版的年代和时代因素,等等。这些都可以成为这首诗的"诗外之事",同样都是读者为读懂此诗所应予考虑的问题。在《抒情诗叙事学分析》17 个诗例中,对此大多有所涉及。可见,中西诗歌研究实际上都不能不"知人论世",不能不对诗外之事给予关注。叙事学与悬置一切外部联系、只单纯研究文本的新批评有所不同。

从《抒情诗叙事学分析》的实例看,16—20 世纪英国抒情诗所涉及的事大致有几方面。有的诗歌所写所涉之事比较单纯,如书中大部分以爱情和人生为主题的作品,其事不外恋爱、失恋与生死,也可简括为"爱与死"。从托马斯·怀亚特继承彼特拉克传统的《她们离我而去》、莎士比亚十四行诗第 107 首和约翰·多恩的《封圣》,到较晚近的《如馅饼皮般的承诺》(克里斯蒂娜·罗塞蒂)、《声音》(托马斯·哈代)、《一个女士的画像》

(T. S. 艾略特)等,大抵是爱情之歌。《斯威夫特博士死亡之诗》(乔纳森·斯威夫特)、《写于乡间教堂墓地的挽歌》(托马斯·格雷)、《圣普拉锡德教堂主教嘱咐后事》(罗伯特·布朗宁)等诗作中人生主题比较突出。济慈的《忧郁颂》主题较为深隐复杂,涉及艺术,但实仍不出爱与死。而《忽必烈汗,或梦中幻景片段》(塞缪尔·T. 柯勒律治)、《第二次降临》(W. B. 叶芝)、《人与蝙蝠》(D. H. 劳伦斯)、两首《我记得,我记得》(菲利普·拉金、托马斯·胡德)以及《郊区颂》(埃万·博览)等或写梦境幻景,或写个人遭遇乃至他人故事,由于主题较为宏大而带上一定的政治内涵。以上作品在西方都是典型的抒情诗。西方学者大抵不承认它们是什么"经验诗"⑩,但实际上诗人(作者)、抒情人、叙述者往往同一或者难分。故该书仍把它们作为抒情诗来做了叙事学分析,并在分析中"注意区分所牵涉的不同主体,尤其是抽象作者/写作主体,叙述者/抒情人和主人公的地位"⑪。全书最后一篇是个特例,此诗名为《虚构》(彼得·雷丁),分析者在讲到其"自反性"(自我反映性)时指出:"这可以看作抒情诗的非典型方式,是我们通常能够在后现代小说中发现的技巧。""在《虚构》中,诗歌的内容具有小说的特征,诗歌出现在小说中。"换句话说,就是《虚构》可以说是用诗歌形式撰写的后现代小说,不妨直接用对待小说的办法来分析它。

从《抒情诗叙事学分析》来看,当叙事学者进入对抒情诗的分析时,往往从说明诗歌所写何事及其叙述结构入手。比如,诗内之事表达得比较具体、明显的《她们离我而去》是一首爱情诗,分析者首先引出爱情诗的彼特拉克传统——男子追求高贵女子受挫,转而反思自省——然后指出此诗与这个传统有关,但又有所突破:诗中男子虽失恋却并不自省,而是索性寻找更多女友,以示反抗。这就是此诗的叙述结构。

也有诗内之事表达得比较曲折隐晦,需要借助诗外之事来分析说明之例,如叶芝的《第二次降临》,据分析,它包含两个故事,或曰其故事包含两个层面。⑫故事 1 是故事层次的史学叙事(1—8 行),故事 2 是故事外层次的叙述者的故事(9—22 行)。故事 1 以抽象概括的语言描述了当下(第一次世界大战后)⑬的政治局面,一切都乱了,整个世界濒临崩溃。故事 2 是抒情人的想象,抒情人将现状与《圣经启示录》联系对照,描绘了关于世界未来的幻景。故事 1 是叙中抒,作为叙述,它是客观的、概括性的,诗人未露态度声色。故事 2 描叙与抒慨并行,抒情人的"我"出现,对《圣经·启示录》有所突破。这里,抒情人与故事叙述者合一了,讲故事和阐释故事成了一回事,而以上这些就是诗歌作者所做的工作。于是,这个抒情人是否可靠(一如小说的叙述人是否可靠)的问题自然产生,随之,叙述的可靠性也成了问题。(由此可见,叙事学中的概念在诗歌叙事分析中大多会用到。)本篇叙事分析的作者主张对此持开放态度。

综观全书各篇,分析者一般都能够用比较简洁清楚的语言把他们看出的故事(整体叙述结构)先予说明,无论抒情诗多长多复杂(该书诗例,超过百行者4首,最长者488行),基本上都可以做到表述明白。在这里,他们关注的是抒情人的思维逻辑、故事序列、叙述框架、时间变换、脚本内容、各种人物(从作者、抒情人、叙述者到登场或未登场的故事人物乃至受述者)等关键性概念。这些关键性概念在中国诗歌的叙事分析中,是很有用的思维素材。虽然我们可以并且必须根据实际情况和需要另行创用,但他们思考的方向和路径,还是应该借鉴的。比如,他们关注诗中所表现的时间变换。西方语言的动词时态对此颇能提供方便,汉语则有所不同,但如果我们注意一下,中国诗中的时间变换还是有或明或暗线索可寻的,而通过对诗中时间变换的梳理来弄清叙述的序列,进而探索诗意,这个方法仍是可取的。又比如,他们关注诗中人物的身份,关注人称代词的运用,努力把诗人(作者)、抒情人、叙述者加以区分,而不是将每一首诗的叙述者都简单地视为作者本人。对于故事中人(可以是个人,也可以是群体)乃至男主人公、女主人公,以及男女主人公在诗中分别变换为叙述人,诗句分别是他们所说的话,即所谓直接或间接引语;通过说话(叙述行为),故事情节得以展开,诗歌获得某种戏剧性,分析者都会做出细致分析。这些都打开我们的思路,在对中国诗做叙事学研究时,很有应用价值。

以该书第十一章托马斯·哈代的《声音》为例,分析者一开始就指出:"这首诗的抒情人,故事外的叙述者,是一位上了年纪的老人。由于他是诗中的主人公,他也是自身故事的叙述者。"也就是说四种身份聚于一人。作者通过这个老人对一个女人关系的回溯,表达了诗歌的主题——对已逝爱情的追忆(亦可谓脚本)。据说这事与哈代第一位妻子的死和他们当初的一度疏远有关。诗歌实际上很可能带有某种自传性,但分析者拒绝把作者与抒情人混为一谈。[14]这种做法与叙事学的要求相符,而与我们常将中国诗作者与抒情人、叙述者和主人公混为一谈的习惯颇为不同,孰是孰非似不可简单论之,须按实际情况而定,但无论如何,他们这种做法还是很值得我们参考借鉴。

在开宗明义指出上面一点之后,分析者进入结构分析。他认为诗的故事存在两个序列。序列 A 写眼下状况(老人的心理过程),"以现在时态来表现,也在这个意义上加以演示"。序列 B 是回顾性的叙说,参差错杂地写了二人关系的三个阶段:和谐—疏远—死亡。序列 A 覆盖全诗,序列 B 镶嵌于序列 A 之中,用男主人公现在仍能听到的女人的呼唤声贯穿起来。(顺便一提:"声音"是此诗标题,也是贯穿性的脚本,其作用犹如中国诗的起兴)。该篇文章小标题清晰地表明了分析者工作的步骤:第一指出"交流状况:力图使过去再次重现",第二论述"回忆的内容:过去变成现在",第三说明"回忆的历程:使回忆在场的过程",然后归纳"事件性与叙述功能"以及"形式的功能"等。

艾略特《一个女士的画像》中的人物,除了作者兼为叙述人,此诗主人公有二:一是年龄较长的女士,一是与此女士有关的年轻男子。诗歌的句子,有的是作者叙述,如题下的引诗,有的是作者或男主人公的话语,如"十二月有个雾气腾腾的下午/你把场面安排妥当——",但紧接着的那句话"我把这个下午留给了你",则是女子所说,而下面的感受又变成男子的视角:"黑暗的房间燃着四支蜡烛,/天花板上映现着四个光圈,/一种朱丽叶墓穴的氛围,/准备好所有要说或不说的事情。"这又是从男子视角而言。全诗 124 行,其结构就复杂得多,变化也更为频繁。分析者的解读对普通读者很有帮助。

上面所引"一种朱丽叶墓穴的氛围",借用以往故事中的情节比喻眼下情景,可以说类似中国诗的用典。此外,同一首诗中的"阿喀琉斯之踵"、《第二次降临》中对《圣经》的引用和《郊区颂》对灰姑娘故事的暗用,在我们看来也属用典。利用前人故事或前人话语,在中西诗歌中都是很普遍的现象,可以成为叙事分析的一个内容。

他们也关注诗中出现的意象,西方称为"母题",如叶芝《第二次降临》中的"猎鹰":"猎鹰已听不到驯鹰人的声音",隐喻世界的变异。

在《抒情诗叙事学分析》中见到许多概念术语,如"框架""脚本"是从认知论中借来,"聚焦"和"声音"从经典叙事学中挪来,它们各有各的用处,有的颇难把握,我们能用就用,不必勉强。

《抒情诗叙事学分析》的内容非常丰富,我虽读了不止一遍,但理解还很肤浅,而且少不了错误。总的体会是:中西诗歌的叙事分析有同有异,可以互相参考,但照搬照抄则非常困难。

四、中国古典诗歌叙事分析举例

以上谈到读西方抒情诗叙事学分析的很多体会,目的还是借他山之石以攻本土之玉。下面就试举几首中国诗来实践一番吧。

像孟浩然《过故人庄》、杜甫《赠卫八处士》这一类诗,本身叙事成分浓重,在我们的抒叙光谱上都靠近叙事比重高的右端。《过故人庄》,五言八句,基本上句句叙事,围绕着去老朋友家做客会餐之事,首联、颈联四句直赋记述,颔联写景(实写赴宴之途),尾联对话(主客依依告别并相约明年之聚),也都属叙事的内容和写法。事件发生的大背景是秋收之后,具体事件时间顺序清晰,地点主要是在一户农家。以抒情人(兼叙述者、作者)角度而言,从受邀到赴宴,到亲切聚会,到临别留言,有的叙述概括,有的叙述细致,可谓按部就班,各得其所。诗内基本上讲述了一天之内发生的事。至于诗外之事,大致可以想象:邀请者和被邀请者有着深厚的交情,邀请者具备较好的物质条件,今年年成不错,主人热情好客。再扩大一点,看来当时农村整个氛围似乎还比较安定祥和,以致临别时主客均对明年的聚会抱有乐观的期待。这是一篇顺时间结构、序列性清晰的记事之作,而每一句诗都在叙述中含蓄地抒发了生活安宁、友谊温馨的美好感情,抒情渗透在叙事之中。

杜甫的《赠卫八处士》,五言二十四句,除开头、结尾共四句是直接抒情外,其余二十句全都是叙事,故该诗在抒叙光谱上的位置亦居于右端。它的结构比《过故人庄》稍稍复杂。开端两句由抒情引入,之后便是叙事序列,抒情人与卫八处士于今夕相见,事件开始的时间分明。双方多年不见,细看均已鬓发苍苍,思绪自然溯回至 20 年前,其间省略了多少寒暄和问候,可以想见。等到卫八的儿女们出场,老友重见、忆往说今达到高潮,叙述则由此推进——孩子们热情地接待父执,乡间的朴素招待穿插着主客的对饮与对话。结尾又是两句抒情:"明日隔山岳,世事两茫茫",使今宵难忘的情意与境界盘旋在主客、也萦绕在读者的心头久久不散。

以上二诗,我们在习惯上觉得作者、抒情人和叙述者是合一的,诗歌叙述的是作者亲身经历的事。它们是西方学者认为的"经验诗"。不过,让西方学者来分析,也许还会另有说法,这不奇怪,叙事分析和艺术鉴赏本都带有再创造的性质,见仁见智是很正常的。但下面两首李商隐诗与前举两首不一样。我们不妨试把它们的作者与抒情人、叙述者分开,作者隐藏得深了,叙事者充当作者的代言人,诗歌的虚构性和戏剧性加强,诗篇思想意义的复杂性与深刻性也被强化了。

请看李商隐的两首咏史诗《龙池》和《骊山有感》:

> 龙池赐酒敞云屏,羯鼓声高众乐停。
> 夜半宴归宫漏永,薛王沉醉寿王醒。(《龙池》)

> 骊岫飞泉泛暖香,九龙呵护玉莲房。
> 平明每幸长生殿,不从金舆惟寿王。(《骊山有感》)

咏史诗是抒情诗的一种,在中国诗里数量颇多,七绝是其主要形式。虽然篇幅有限,但咏史诗的表现方法却很多样:既可以复述某些史事,借"叙中抒"以流露感情倾向;也可以不涉史事而以抒感、评判、议论为主;甚至还可以在事实背景基础上虚构故事,模塑人物,拟言代说,借题发挥,寓意寄讽。李商隐这两首内容上有联系的诗,就属于第三种情况。我们先来看第一首《龙池》。

此诗的抒情人即叙述者,他告诉我们一个有历史依据却又是虚构的故事。故事发生的地点如诗题所示是"龙池"。这是唐长安兴庆宫内的一个风景点,一次热闹的、由皇帝亲自主持的盛大宴会正在这里举行,宴会的时间显然已经不短——唐天宝年间,这是常事。

既然是一个盛大的皇家宴会,出现的人物应该很多,皇帝、后妃、嫔御、亲王、贵戚、重臣,还有大批宫人、优伶、侍卫……即如诗云:"羯鼓声高众乐停",不知涉及多少人!"众乐"指的应是一支庞大乐队,钟磬笙笛弦管鼓角之类应有尽有。按天宝年间的惯例,演奏者中不但会有许多乐师、伶工、梨园子弟,甚至还会有参宴的贵客——皇族中多的是精通各种乐器的行家。但诗句告诉我们,此时宴会上的所有乐器都已停奏,只有羯鼓声高亢激越地响着。这情景说明什么?这就不能不提"诗外之事"了——原来,皇帝李隆基本人是个羯鼓好手,狂热喜爱而且精熟羯鼓音乐。这是有文献记载的,虽然李商隐的诗里没有明白提到。[15]"羯鼓声高众乐停",意味着李隆基击打羯鼓非常投入,非常得意,极为兴高采烈,以至于羯鼓之声压倒众乐,其他所有的乐器不知不觉都停了下来,所有在场的人大概都被羯鼓声吸引,全都注目欣赏那忘情击鼓的皇帝。一句诗,七个字,实际上包含着丰富内容、多层含义。西方叙事学者曾指出,抒情诗有"一种以高度压缩的形式表现发生之事的普遍趋向","使用概括叙述和压缩时间进程的倾向,是抒情诗中序列性的典型特点"。⑯《龙池》诗的这一句印证了他们的话。高度压缩的概括叙述,确是中国古诗的一大特点,咏史诗中就有举不胜举的例子。

除了唐玄宗李隆基,这幕戏剧中登场的还有两个重要人物:薛王和寿王(他们的侍从不计在内)。这里有虚构——薛王与寿王辈分不同,且并不同时,薛王已早死,此诗让他们同时登台,可见其虚构性。二人中,寿王是引人注目的主角,诗歌描写他在延至深夜的宴会结束以后,和喝得醉醺醺的薛王完全不同,离去时仍然非常清醒。这暗示他并没有喝多少酒,不像薛王那样快乐无忧。这当然不是无缘无故的。这句诗制造了一个悬念,关系到一位诗中未写而实际必然在场的重要人物。

这个人物就是贵妃杨玉环。根据当时的情况,唐明皇的宠妃杨玉环必然是在场的,不过叙述者故意没将她推到明处,而是通过寿王的表现,让读者想到她的存在。原来故事中实际上有四个重要人物,整个故事就是在说这四个人的微妙关系。

《龙池》诗的情节或故事框架线索简单说来便是:明皇赐酒,略带家宴性质,诸王出席,贵妃陪侍,云屏大开,音乐歌舞,觥筹交错,场面十分喧闹。到最高潮时,高亢激越的羯鼓声压倒一切音乐。这不仅是皇帝的权威在起作用,也暗示了明皇的兴致很高,他在宴会上开心得很。就这样一直欢宴到深夜才告结束,薛王、寿王二人(也许还有其他人,但不在诗人视野中;薛王代表所有与宴的诸王)自然要离开龙池,各自回宫了。故事到此都还是一次寻常的宫中饮宴,如不细心观察,不会发现什么特别的情况。但此诗的叙述者眼力非凡、用心深细,他在诗的最后一句悄悄地提醒我们:请大家注意,离开龙池的王爷们,有完全不同的表现——瞧,薛王喝得酩酊大醉,而寿王呢? 却跟他迥然不同,他竟清醒如常,似乎根本没有喝什么酒。他们两个以完全不同的姿态离开了明皇的宴席。而与明皇的击鼓取乐、兴高采烈相比,寿王的无奈无趣、低沉失落就更是鲜明对照。七绝的篇幅只能七言四句,容量有限,诗内的故事也就只能到此戛然而止。给读者留下的一个问题是为什么寿王会这样呢? 那便是诗外的故事了。原来,那寿王乃是唐明皇第十八子,几年前杨玉环本是他的妃子,但现在却成了唐明皇李隆基的爱妃,也就是说,他的妻子被父王夺去了!⑰如此,今天在明皇召赐、贵妃作陪的酒宴上,寿王心里是怎样的滋味呢? 这酒他还能喝得下吗? 寿王的清醒背后竟有着这样一个故事呢! 这就是所谓的"诗外故事"。它虽未在诗中正面表现,但与诗内故事在时间上有先后,有重要的因果关系,是读这首诗所必须了解的。

还须注意,《龙池》的诗外故事(父夺子妻)是真实的,是历史;《龙池》的诗内故事却是虚构。像这样的宴会,当时是否真的有过? 寿王是否曾赴宴后清醒而归? 那其实是诗人的想象和假设,而又通过叙述者之口道出。但虚构是在真实历史的基础上产生的,按叙事学观点,诗人隐身,他的想象借助于诗的叙述者这个媒介表达出来,虽只能算是一种"不可靠叙述",但却艺术地暗示了历史故事的秘密,触及了历史人物的痛点(寿王失妻,明皇失德并导致荒政)。只有把诗外、诗内故事联系起来,整合为一,我们才能把握李商隐诗的题旨和深意,却又不会像旧时某些论者那样责怪诗人"无理"和冒犯皇帝。叙事分析对理解咏史诗的复杂意蕴显然有帮助。

现在再看李商隐所写的另一首内容相关的诗——《骊山有感》。它可以说是《龙池》的姐妹篇。光看题目,直感是作者"有感",那么作者似乎就是抒情人、叙述者,其实它仍可是代言和虚构的,事情未必真的存在,也并非诗人自己在叙述,而仍可以是一种假设性的"不可靠叙述"。

这首诗的妙处是连主人公寿王都没有出场,唐明皇杨贵妃则混在一大堆参与仪式的人中,并不起眼。地点变换了,从长安的兴庆宫移到了骊山温泉的长生殿,当年李杨定情之处。时间与情景也由从晚入夜的宴会,改为在长生殿清晨的斋祀活动,且基本上固定于这个时间点。如果寿王这时在骊山,他本应参加仪式,可是他偏偏缺席,而且唯独他一个人"不随金舆"缺席了。原因何在? 叙述者未言,可任读者猜测。无论是他根本不在骊山,还是他虽在但刻意躲避了,归根到底恐怕是与《龙池》的众人皆醉他独醒的缘故相同? 总之,读者可以这样理解:寿王实在是不愿同杨贵妃照面。主题相同,立意相似,但手法稍变,修辞有特色,即叙述者利用的媒介体与媒介调节模式有所不同。《骊山有感》描绘的景致颇为香艳,写景中有寓意。首句写骊山之景,"泛暖香"的描叙,香艳靡丽意味显著,暗寓李隆基与玉环在此度过骄奢淫逸、浓情蜜意的生活。次句则将此意比喻得更加明显,"九龙呵护玉莲房"既可视为实写温泉暖汤的景色,亦可兼有寓意。"九龙"喻明皇,"玉莲房"喻贵妃,由此申足前句"泛暖香"的情味,以重笔皴染李、杨的荒淫生活,但用词优美,不露明显贬义。"平明"句叙事,平平道来,波澜不惊,实为下句蓄势。末句仿佛说相声中的"抖包袱",又像变戏法的揭谜底,给读者一个意想不到的镜头:在那每天的庄严仪式上,唯独寿王没有出现在金舆之后,他为什么总是"溜号"? 是否与杨玉环的被夺有关？就留给读者思考去吧。

一件史事，就这样翻成了多个虚构故事。诗外故事相同，由此引生的诗内故事却可以远远不止一个。这也是诗歌叙事学需要注意的现象。我们试对几首唐诗做了叙事学分析，这种尝试性实践是否可行？是否有意义？是否有进行下去的必要？这是值得思考的。中国的诗歌资源极为丰富，我们难道不该向世界贡献一部甚至多部谭译《抒情诗叙事学分析》这样的著作？该书结论部分，作者既肯定"本书的分析表明，叙事学的概念和方法可以应用于抒情诗中"，又声明"我们的研究主要是一个潜在的尝试性的实践"，同时承认并非所有的诗都适宜运用叙事学方法。[18]我很同意这样的观点和态度。我们愿为建设新文科出一分力，衷心期待读者对我们的论说给予批评指正。

注解【Notes】

① 参见《中国抒情传统的再发现——一个现代学术思潮的论文选集》，柯庆明、萧驰编，台北：台大出版中心，2009 年。

② 该书原是一个相关科研项目的成果，作者为德国彼得·霍恩和詹斯·基弗。译者所据为英文本。

③ 如梁萧统《文选》与宋《文苑英华》均分文类为 38 类（具体名称稍有异同），明吴讷《文章辨体》、徐师曾《文体明辨》分别为 59 类和 127 类，所含文体皆属诗文，而不包括被视为俚俗文体的小说、戏剧、唱本之类。

④ 见《抒情诗叙事学分析》第 245 页。全书导论的开头是这样说的："叙事是在任何文化和时代都存在的用以建构经验、产生和传达意义的人类学普遍的符号实践。"其意和上引结论语相同，但前曰"叙事"，后曰"叙述"，说的实为一回事，从这里可见作者和译者的细心。

⑤ 见《抒情诗叙事学分析》第 265 页。"对自我的主题参照"（第 255 页）和对"自反性"的论述也说到了这一点。

⑥ 参见同上。

⑦ 见《抒情诗叙事学分析》第 245 页，是该书结论部分的引语。

⑧ 见《抒情诗叙事学分析》导论（第 2 页）。前注所引第 245 页，可参看。这里把何谓序列性、何谓媒介性以及抒情诗叙事常用概括叙述的重要特点，讲得很清楚，结合中国诗歌实际，也确实如此。抒情诗叙事常用概括叙述这一点，我们在读中国抒情诗时也深有体会。

⑨ 按西方叙事学说法，诗人的心灵波动、心理状态，也是一种发生之事。

⑩ 经验诗，见《抒情诗叙事学分析》第 138 页注①："原文为德文'Erlebnisgedichte'，其文字上的意思为'经验诗'（'experience poem'），这一概念意指那些对作者个人主

观经验和感受坦率直接、不加掩饰地表达的诗歌。"我觉得,照此标准,中国古代诗歌大多可算是经验诗。历代论者也确实多把古代诗歌视为作者的自述,今人则认为这类诗塑造了作者本人的形象。但西方学者似乎又觉得有必要区分作者、抒情人、叙述者,因为他们认为"叙述者在叙述中将自身卷入其中,始终是不可靠性的主要来源。参见里蒙·凯南"(第144页注①)。

⑪ 见《抒情诗叙事学分析》第265页结论、二。

⑫ 对叶芝此诗的内容主旨,据知曾有多种解释,见译文脚注。

⑬ 这个对诗中之事的时间性说明,是分析者根据此诗创作、发表的时间推论出来的,诗人在诗篇中并未明说。分析者的参与由此可见一斑。这种参与对解读诗歌作品无疑是十分必要的。

⑭ 分析者说明了这情况后,强调:"即便抒情人在诗歌中叙说的对这女子的回忆与现实世界中作者的态度相符,在分析诗歌时也不需要必须对此进行了解。"见《抒情诗叙事学分析》第157页注②。结论中又指出:虽然"发现其中大部分诗歌的抒情人都指涉他或她自己","尽管抒情人与主人公融合而成为同一个人",但是"两者在理论上位置的区分必须加以保留,这时应该将其视为作为主体的'我'与作为对象的'我'的区别"(第246—247页)。

⑮ 唐南卓《羯鼓录》记载了羯鼓的形制和来源,它本是一种少数民族乐器:状如漆桶,以小牙床承之,击用两杖,其声焦杀鸣烈,尤宜促曲急破,作战杖连碎之声。李隆基特喜羯鼓,精于击打演奏,并能用以作曲。其侄汝南王李琎(小名花奴)亦善此道。一次玄宗听琴嫌腻,急令内官:"速召花奴将羯鼓来,为我解秽!"又一次宫中为新进女伶试舞,"就按于清元小殿。宁王(玄宗兄)吹玉笛,上(玄宗)羯鼓,妃(杨玉环)琵琶,马仙期方响,李龟年觱篥,张野狐箜篌,贺怀智拍板自旦至午,欢洽异常"(《杨太真外传》上)。(按:这些都是与此诗有关的"诗外之事",也属"一切发生之事"范围。)

⑯ 见《抒情诗叙事学分析》第248页、245页。

⑰ 杨玉环本是寿王妃,见《唐大诏令集》卷四十开元二十三年(735)之册文。杨玉环度为女道士之时间,《新唐书·玄宗纪》《南部新书》《杨太真外传》等皆记为:"开元二十八年(740)十月,玄宗幸温泉宫。使高力士取杨氏女(玉环)于寿邸。度为女道士,号太真,住内太真宫。"至于玉环由道士册为贵妃,《资治通鉴》记此事于天宝四载(745)八月,而其年七月则册韦昭训女为寿王妃。详参陈寅恪《元白诗笺证稿》第一章《长恨歌》,上海:上海古籍出版社,1978年,第14—20页。

⑱ 见《抒情诗叙事学分析》第266页。

作者简介:董乃斌,上海大学资深教授。

叙事理论关键词

地理批评

方　英

内容提要：人文社科领域的"空间转向"为文学研究带来了新的知识范式、研究范式、研究领域、理论资源和批评方法。"地理批评"便是在此背景下产生的重要理论和批评实践，其中列斐伏尔、福柯等哲学家和人文地理学家对其影响最大。欧美地理批评主要有法国学派和美国学派。法国学派以贝特朗·韦斯特法尔为首，其"地理批评"理论以空时性、越界性和指称性为基本范畴，最独特的贡献是他提倡的"地理中心法"，即以地方为中心，积累并分析多学科、多文类、多作者、多视角、多重感官的广泛文本总汇，建立起关于某个地方的文学地理，其批评实践涉及地中海、澳大利亚、非洲、美洲等区域和相关文本的广泛考察和互文阅读。美国学派以罗伯特·塔利为首，包括塔利本人的研究和麦克米伦出版社的"地理批评与文学空间研究"系列等。塔利的"地理批评"是对作家"文学绘图"工程的阅读与分析，是一种对空间关系、地方和绘图高度敏感的文学阅读方法。两种地理批评有明显差异，但更重要的是共同点：都是面向空间/地方的批评方法、理论和思想体系，并聚焦于考察文学与空间/地方的动态关系。地理批评是本体论层面对空间/地方重要性的强调，是文学研究方法论的革新，展现了（文学）文本与（现实）世界的多维互动；两种地理批评为文学研究提供了考察文学中的地方/空间、沟通文学空间与现实世界的两种进路。

关键词：空间转向；地理批评；贝特朗·韦斯特法尔；罗伯特·塔利

人文社科领域的"空间转向"带来了新的知识范式、研究范式和研究领域，也为文学研究提供了新的层出不穷的空间理论资源和批评方法，促进了文学与其他学科的对话、融合与互相借鉴,也推动了空间研究在文学领域的蓬勃发展。也可以说,自从 20 世纪末 21 世纪初以来,逐渐形成了文学研究的"空间转向",而(文学)地理批评是这场转向的重要维度。

"地理批评"一词的提出有两个源头。一个是法国哲学家贝特朗·韦斯特法尔(Bertrand Westphal):他首次提出"地理批评"(la Géocritique)这个词是在 1999 年利摩日大学举办的学术研讨会上,其论文《走向对文本的地理批评》构成了奠基这一批评理论与实践的宣言[①]。另一个是美国学者罗伯特·塔利(Robert T. Tally Jr.):"早在 20 世纪 90 年代初,我开始使用'地理批评'(geocriticism)这个术语来涉及我研究项目的一个方面,我用这个词,希望在文学研究中更强调文学研究的空间、地方和绘图(mapping)……"(Tally 2011:1)在过去十年中,两位学者的地理批评理论与实践引起了国内学术界日益浓厚的兴趣,关于这个领域的专著、译作、文章、书评、访谈、专栏乃至论文集不断涌现。因此,有必要考察地理批评发生的理论语境、发展脉络、主要学派(法国学派和美国学派)和研究方法,而这一新兴批评所带来的启示,亦值得思考和总结。

一、理论语境

地理批评的发生、发展和兴盛,总体而言主要受到哲学社会科学领域"空间转向"的影响,同时也是"空间转向"在地理学和文学领域的重要成果。空间转向的发生有着复杂而多维的原因,大致可以归为以下几个方面。其一,各个层面、尺度和领域的空间格局的巨变:二战后世界地缘政治秩序的重塑、大规模人口流动(如移民潮、难民潮、工作性"迁徙")、资本与信息的流动(随着技术的进步速度越来越快)、全球化及其影响(包括"反全球化"思潮)、城市化及其不断增速的空间生产、各种新空间(性)的出现(如赛博空间、"超空间"、对"他性"空间越来越复杂具体的想象,等等)。其二,伴随空间格局变化而产生的人们空间经验的巨变:既有全新的空间体验(积极而言,对人类经验的拓展),又有(消极而言)难以适应空间快速巨变而产生的震惊、迷茫、痛苦等空间焦虑,这在本质上类似存在主义的"畏"(angst)和"出离家园"(unheimlich)。其三,理论家的推动:如列斐伏尔的"空间生产"理论和空间性"三元辩证法"(une dialectique de triplicité),福柯对"知识—权力—空间"关系的探究和谱系学考察,德勒兹的"地理哲学"（geophilosophy）和游牧学（nomadology），哈维的"时空压缩"（space-time compression）和"地理不平衡发展"，詹姆逊的"认知绘图"（cognitive mapping）理论，苏贾的"第三空间"（third space），萨义德"对历史经验的地理探索"（Said 7），人文地理学、文学地理学对"地方"（place）的研究和对文学空间的考察，等等。具体而言，地理批评发生的理论语境涉及哲学、社会学、地理学、诗学等领域关于空间、地方和绘图等问题的讨论，其中最重要的影响来自两方面，一是法国哲学家列斐伏尔和福柯的空间理论，二是英美人文地理学关于地方的强调和研究，以及马克思主义地理学和批判地理学对"地理学想象"的强调。

列斐伏尔的空间哲学赋予空间全新的意义，将空间从静止、虚空的容器变成动态的、有生产性的、有增殖性的、不断变化并缠绕着各种变量和关系的实体/场域。尤其是他提出的"社会空间"和"空间生产"概念，强调了空间的经济属性和政治属性，凸显了空间中的生产关系和意识形态性。空间不再是空的，而是充盈着人与人之间纷繁复杂的社会关系。列斐伏尔还列举了政治空间、都市空间、女性空间等几十种空间类型，为文学研究中的空间探索提供了细分和深入的概念参照。他的空间性三元组合［空间实践—空间表征—表征的空间，或，知觉的（perceived）—构想的（conceived）—实际的（lived）空间］直接启发了苏贾的第一空间（物质性空间）—第二空间（精神性空间）—第三空间（既是物质的也是精神的，又超越两者并向他者和各种可能开放）。列斐伏尔的哲学体系，其关于空间的全新阐释启发了各个领域的空间研究，也开启了文学批评中无限广阔的新"空间"。

福柯不仅振聋发聩地宣称当前的时刻代表了"空间的纪元"（Foucault 22），而且在历史研究中增添了一个关键连接——"空间、知识和权力之间的联系"（苏贾 32）；不仅探讨了许多空间问题，而且论证了"空间生产了我们"（Tally 2013：120）。这是对时代空间性和空间重要性的空前强调。就空间转向而言，福柯最重要的贡献是其关于"权力的空间性"的研究。他不仅指出"空间是任何权力运作的基础"（福柯、雷比诺 13—14），而且讨论了权力的空间化与城市运行的关系，以及不同场所如何体现不同权力和秩序，知识的空间化（如空间技术的运用）如何保证了权力在空间中的运行。福柯的讨论触及现代社会中"权力—知识—空间"连接的各个领域：对社会层级的维持、对社会秩序的控制、对疾病的隔离、对不同群体的区隔、对被统治者的监控［以及"全景敞视"（panopticism）技术和"医学凝视"(medical gaze)]、对身体的规训(以及对身体的定位、分布、分类、调节和识别)、绘制权力关系的地图和流动线路图,等等。他的空间理论对许多学科(包括文学)的研究产生了深远影响,构成了地理批评等文学空间研究的重要基石。

地理批评的产生离不开人文地理学对"地方"的强调,即对主体经验的强调。段义孚区分了"空间"和"地方"这两个概念:空间是无限的、开放的、抽象的、流动的、自由的、危险的,而地方则是具体的、稳定的、安全的、静止的,是运动中的暂停(Tuan 3—7);地方吸引着主体的目光,是目光停留处无差别空间中的一段,是独特的、可识别的,被赋予情感、思想、意义和价值,而这些则凝聚于与该地相关的建筑、地标、艺术作品、历史故事、重要人物、节日庆典、风俗传统等(161—178),即来自人的活动和主体性的介入,其核心是人与"这段空间"之间建立了联系。人文地理学强调地方的意义,强调人与地方的关系和联结,这不仅使人文地理学的"地方"与文学所表征的"世界"具有高度相似性和相关性,也启发了地理批评学者以新的视角和方法看待并阐释文学中的地方。一方面,人文地理学的"地方"充盈着意义,而地方的意义产生于主体的观看,因而地方需要主体的阐释(类似于文学批评);另一方面,人文地理学对地方的表征往往带有某些文学情感,属于"文学批评"的对象(Tally 2019:17—18)。更重要的是,人文地理学的研究令地理批评学者将地方(以及空间、空间性等相关问题)作为文学批评的对象和视角,将人—地关系作为考察文学空间的核心,借此打通两个学科的"地方",在这两种地方"之内"和"之间"展开批评。

最后是马克思主义地理学和批判地理学对"地理(学)想象(力)"(geographical imagination)的强调。地理(学)想象(力)被普遍看作"对场所、空间和景观在构成和引导社会生活方面的重要性的一种敏感性"(约翰斯顿 253)。一般认为戴维·哈维对这个概念的使用影响力最大。哈维将"地理想象"与米尔斯的"社会想象"(sociological imagination)相对应,并将两者联系起来。米尔斯的社会(学)想象(力)令个体能够理解历史场景(historical scene)对于不同个体的内在生活和外在职业的意义(Mills 5)。受此启发,哈维认为地理想象或空间意识(spatial consciousness)能够使"个体认识空间和地方在他们自己经历过程中的作用[……]认识个人之间和组织之间的业务往来如何受到分隔他们的空间的影响[……]认识自己和周围街区以及所在地区的关系[……]评价发生在其他地方的事件的关联性［……］创造性地塑造并使用空间,理解他人所创造的空间形式的意义"(Harvey 24)。后来格里高利的专著《地理学想象》(*Geographical Imaginations*, 1994)进一步发展并传播了这个概念,并提出了"更宏大的知识构想"(胡大平 6)。就文学研究而言,地理想象促使人们重新认识人与空间/地方的关系,重新评价空间/地方的不同维度、意义和影响,重新看待文学世界中的空间、地方、地理等问题,重新评价文学中的各种空间形式和意义,并在文学阅读和批评中开展(想象性)空间实践,介入对空间的重构,并打通文学空间与现实世界的空间,实现两种空间的互动,在现实中开展空间实践,(一定程度上)以文学空间改造现实空间。这些正是地理批评的宗旨和特征。

二、法国地理批评

法国学派以贝特朗·韦斯特法尔为首,其理论贡献为韦氏提出的"地理批评",其批评实践涉及韦氏及其团队开展的关于地中海、澳大利亚、非洲、美洲等区域的广泛考察和相关文本的互文阅读。韦斯特法尔是法国利摩日大学哲学系教授,著有《地中海之眼》(*L'œil de la Méditerranée*, 2005)、《地理批评:真实与虚构空间》(*La Géocritique: Réel, fiction, espace*, 2007;英译版 2011)、《拟真世界:空间、地方与地图》(*Le Monde plausible: Espace, lieu, carte*, 2011;英译版 2013)、《子午线的牢笼》(*La Cage des méridiens: la littérature et l'art current ain faceàla globalization*, 2016)等著作。韦斯特法尔的地理批评理论主要集中于两本专著和几篇文章中,下文将逐一介绍。

在《走向对文本的地理批评》[②]这一奠基之作中,韦斯特法尔围绕地理批评的目的,渐次展开以下三点:其一,不是考察文学中的空间表征,而是着眼于人类空间和文学之间的互动,以及对文化身份的确定性/不确定性方面做出贡献(韦斯特法尔 24);其二,虽然从文学出发,但最终目的是超越文学领域,"将空间中阐释人性的虚构部分抽离出来"(26);其三,无限接近被研究空间的真实本质(29)。文章还明确了地理批评的方法:抛弃单一性,强调多重视角和多重感知,因此必然采用跨学科方法,但同时又立足于文本。文章主体部分讨论了三个重要问题。其一,地理批评对地图集的使用。文章认为,地理批评最好从地图集中已经绘制的地方入手,并抛出一个文学与空间关系的重要问题：如何区别对真实空间的表征和展现虚构的乌托邦空间的表征？作为回答，文章讨论了文学所表征的地方与真实地方（指称本身）之间的关系，并指出，"移植到文学中的空间会影响对所谓'真实'指称空间的再现"（25）。其二，地理批评与时间、空间的关系。文章认为，人类空间不应被视为历史长河中不再移动的石碑，也不是自我指涉的整体；所有空间都同时在绵延（durée）和瞬间中显现；空间位于它与历时性（它的时间层）和共时切面（它所容纳的多个世界的共可能性）的关系中。其三，指称与表征的关系。文章认为，这两者是相互依存乃至相互作用的，它们的关系是动态的、辩证的。文章特别强调对他者和他性的表征，并指出，地理批评的多重视角就在本土表征和异地表征的交叉口。这三个方面的讨论实则蕴含了后来关于地理批评三大基本范畴的构架：越界性（transgressivity）、空时性（spatiotemporality）和指称性（referentialality）。

在《地理批评：真实与虚构空间》这本集成之作中，韦斯特法尔对"地理批评"理论和方法做出了更系统深入也更成熟的阐述。在引言部分，作者明确指出地理批评的对象：探索模仿艺术通过文本、图像以及与之相关的文化互动组织而成的人类空间（Westphal 2011b：6）。全书主体部分由五章构成。在第一章"空时性"中，作者展示了二战后空间的地位如何不断上升（各种形式的"时间空间化"、时空重组、空间的反击），现代主义、后现代主义如何从根本上改变了理论家的空间观念，如何令更为动态的越界性运动成为思考的焦点。在第二章"越界性"中，作者首先明确了地理批评的两大前提：其一，时间、空间都服从于"震荡逻辑"，即时空的片段不再被导向一个连贯的整体；其二，空间表征与真实空间的关系是不确定的（37）。这两个前提决定了后现代空间必然是异质的，必然以越界性为常量。这一章主要讨论了德勒兹、索亚等人的空间概念，越界概念的内涵与越界状态，后现代绘图中的边界、身份、危机、悖论，身体、空间与流动性等问题。第三章"指称性"讨论了"空间与空间再现""现实、文学与空间""世界理论""指称的震荡""同境共识"（homotopic consensus）"异境干扰"（heterotopic interference）等九个问题，主要探讨了世界与文本的联系，或者说，指称物（referent）与表征的联系。第四章"地理批评的元素"主张地理批评应该避免传统的以自我为中心的（ego-centred）研究方法，取而代之的是"地理中心法"（geo-centred）。这一章提出了地理批评方法的四种原则，并各分一节详细讨论:(1)多重聚焦(multifocalization),即采用多种视角;(2)拥抱多重感知的聚合(polysensoriality),考察空间不仅仅通过视觉感知,而且通过气味和声音;(3)地层学视野(stratigraphic vision),将地方看作包含多层次意义,这些意义经历了解域(deterritorialization)和再辖域(reterritorialization);(4)将互文性置于研究的首位。在第五章"阅读空间"中,作者考察了文本对地方建构的重要性,尤其是文本中地方的"易读性"问题。作为结语,韦斯特法尔指出,"地理批评的工作场所在'真实'地理和'想象'地理之间……这两种地理颇为相似,都能通向其他地理,而这些都是批评家应当努力发展并探索的"(170)。此处提出的"在'真实'地理和'想象'地理之间"已经预示了其姊妹篇《拟真世界》中"拟真世界"的本质特征。

2011年出版的《拟真世界》可看作《地理批评》的续篇,也是对地理批评研究领域的开拓。该书分析了从古希腊到现代的丰富文本,借鉴了来自世界各地的众多文化和语言传统,以比较文学的视野和方法讨论了各种空间表征,试图探索一个"拟真的"世界。全书主要由五章构成(另有引言和塔利作的前言):"中心的增殖""地平线""空间冲动""对地方的发明""对世界的测量性控制"。在引言部分,作者解释了他对"拟真世界"的理解:"也许在一个被超越的单数和一个被整合的复数之间存在着另一个世界。那将是一个振荡的世界……这将只是一个拟真世界。……形容词 plausible 来源于拉丁语 plausibilis,共有词根 plaudere,意思是'掌声'。……因此,拟真世界将是一个值得称赞的世界"(Westphal 2013:7)。作者将这本书设想成一次跨越时代和文化的旅行,并将旅行的起点设在"世界的中心"(历史上有过许多中心)。因此,他讨论了"omphalos"概念(即"肚脐",世界的中心),并由此扩展到肚脐综合征问题、朝向问题、不同世界的交汇等。接着,作者讨论了地平线对梦想家和航海者的吸引力,考察了作为耶路撒冷对立面的炼狱海滩,以及中世纪对空间的敞开及其对不同地方的奇特编织方式。第三章讨论了各种更广阔的空间探索,这些探索都是出于强烈的空间冲动,选择跨越地平线去发现隐藏在远处的东西——一片纯空间(pure space):阿尔戈英雄们从赫拉克勒斯神柱俯冲而下,哥伦布与马可·波罗的空间探索,非洲的阿布·巴卡里二世的海上探险和遇难,关于不同文本中郑和航海经历的分析等。第四章讨论了西方人面对广袤的空地(如美洲大陆)和无边无际的海洋时,为了实现对这些空间的掌控,通过削减、限制和操纵性实践,将开放的空间塑造成封闭的地方,或者说,"发明了"地方。考察"空间被强行变成地方"的历史构成了这一章和下一章的研究基础。第五章主要是关于对空间的各种测绘(以实现对空间的掌握和控制)。作者还思考了"不测量"(将现代度量衡相对化)和"测量"这两种把握世界的方式,并相信在这两者之间,应该有足够的空间可以让另一个世界升起。《拟真世界》通过对从古至今各种文本的解读,探索了一个似是而非却又尚合情理的世界,这个世界不是一个在物理维度和地理位置上基本稳定的世界,而是位于文本与(真实)世界之间,现实与虚构之间,在诸多世界的缝隙和交汇处,或者说,在地理批评者的解读中。

韦氏在塔利主编的《地理批评的探索》前言中援引托马斯·帕维尔(Thomas Pavel)的"可能世界理论"(possible-world theory),并指出,文学中的可能世界令文本不再仅仅是文本,文本在无数世界中打开了一个新世界(Westphal 2011a:xii),这就是地理批评要探索的空间。关于影响地理批评的重要理论,作者将其概括为"那些以游牧性视角(a nomadic perspective)释放空间感知与表征的理论"(xiii)。这两点既指明了地理批评最重要的哲学基础(可能世界理论和游牧理论),也概括了地理批评场域的本质特点:无限性,开放性,文本与世界的多重关系以及解读的无限可能。

三、美国地理批评

美国的地理批评学派以罗伯特·塔利为代表与核心。塔利是得克萨斯州立大学杰出人文教授(NEH Distinguished Professor in the Humanities),美国文学空间研究领军学者,先后出版了十几本文学空间研究著作,并发表了几十篇相关文章。

塔利早在20世纪90年代就用"geocriticism"一词指称批评家对作家的"文学绘图工程"(literary cartographic project)的分析和阐释,或者说,对作家所绘制的"文学地图"的阅读。这是一种看待文学空间的方式,这个空间既包括读者和作家通过文本所体验的地方,也包括我们的内在空间,以及作为一种存在状态的"置身于"空间(situatedness in space)(Tally 2019:49)。当然,这也是一种文学批评方法:批评者聚焦于叙事表征、形塑、影响社会空间以及被社会空间影响的方式。用塔利的话说,这是一种对空间关系、地方和绘图高度敏感的文学阅读方法(2019：38)。在地理批评实践中,空间/地方不再是空的容器,也不仅仅是事件发生的舞台或衬托人物、烘托主题的背景。地理批评方法要求批评家将空间和地方看作文本中的动态元素与特征,其对人物、事件等其他元素和特征发挥着积极影响,并不断与之互动(2019：39)。关于地理批评的问题域,塔利主张:其一,追问如何创造出新的、不同的故事;其二,思考社会现状的局限性;其三,投射出替代性世界(2019：67)。可见,塔利的地理批评不仅是对文本的阅读,而且是对现实世界的介入和空间实践。关于地理批评的发展前景,塔利非常乐观。他认为在不久的将来,地理批评必将成为文学与文化研究中极为重要的部分;而且,地理批评将提出新问题,采用新的阅读方法和研究方法(往往是其他学科的方法),帮助我们以不同的方式理解我们的世界(2019：49—50)。

塔利的"地理批评"研究还包括大量的文本批评实践,主要涉及赫尔曼·麦尔维尔、埃德加·爱伦·坡、约翰·托尔金、约瑟夫·康拉德、库尔特·冯内古特、J. K.罗琳等人,本文主要讨论他对前三位作家的研究。

首先是关于麦尔维尔文学创作的批评研究,其成果主要体现在《麦尔维尔、绘图与全球化》中。塔利借鉴了许多文学批评与社会批评理论,从空间和绘图的角度,对麦尔维尔的作品做出了全新解读,并分析了其中的叙事形式、游牧思想(Nomadology)、海洋空间、城市空间、全球化、世界体系等问题。这本书最大的原创性在于对麦尔维尔文学创作的历史性、空间性、风格与价值的重新定位:塔利认为麦尔维尔并不属于美国文艺复兴传统,而是创造了一种独特的巴洛克风格的文学绘图,即一种散漫、无节制的叙事风格,试图纳入来自各处的一切元素(Tally 2009：7—8);这种绘图超出了民族/国家叙事的范畴,投射出一种正在兴起的世界体系;这种独特的文学形式使得麦尔维尔能够批评当时占主导地位的民族/国家叙事和国家哲学(American State philosophy),展现出一种后民族的(postnational)力量(2009：65,82,122)。还值得关注的是,塔利讨论了麦尔维尔叙事风格的变化和原因:从早期的个人叙事(personal narrative)转变为晚期恢宏而庞杂的文学叙事(literary narrative)[3],目的是表征他所追求的"真实",一种包括美学、科学和政治的更全面的真实。塔利指出,麦尔维尔不仅以"讲述真实"为目标,而且认为"真实"总是与"空间"有关,因此叙述真实是一个地理工程,这促成了他对南太平洋空间的探索和表征。南太平洋海域在当时世界地图上属于"空白之处",人们对其知之甚少或存在颇多错误认识,因而个人叙事的有限视角无法全面表征此处的真实。塔利通过对《泰比》《奥穆》《玛迪》《白鲸》等作品的解读和对比,指出了《白鲸》如何突破个人叙事的局限并努力表征"真实":不再直接展示事实,而是以夸张、推断、想象等文学叙事手段,跨越各种边界、框架和阐释范畴,绘制出一个更"真实的"世界体系,追求一种宏阔的文学绘图工程(2009:86—101)。

塔利的爱伦·坡研究集中体现于《坡与美国文学之颠覆》。这本书在考察爱伦·坡的文学创作、文学理论与美国文学传统、主流、发展之间的颠覆关系时,在本体论和方法论层面开展了一种"空间性研究"。首先,该书借用德勒兹的地理哲学尤其是"游牧思想"为理论基础,分析了坡的思想、人生经历和作品的游牧主义(nomadism),并主张这种游牧主义通过"奇幻"的讽刺与批判模式颠覆了美国文学——反对并破坏美国国家哲学、文学中的民族主义(nationalism)和地方主义(regional provincialism)。塔利甚至认为,坡试图想象一种不再以民族为主导性文化力量的"后美国"(post-American)世界体系(Tally 2014b:11)。其次,该书的小标题采用了许多空间性词汇,如"向下的诗学""地底下的喧嚣""街头游子""定居者之地的游牧者""夸张的轨迹""未探明的领土"等,这些体现了塔利的空间性思维,及其对作品和作家创作思想的空间性观照。第三,该书辟专章讨论了坡的作品中的都市空间,城市中人们的空间焦虑,以及"人群中的人"(a man of the crowd)。需要指出的是,后来的"游荡者"(flâneur)、"城市行走"和"流动性"(mobility)研究往往都要追溯到坡的作品。第四,塔利将坡的作品归入"奇幻"这一文类,分析了其中的"他性"(otherness)及其对"他性空间"的绘制,以及这种"他性世界特征"(otherworldliness)对美国文学和文化的批评(123—126)。总之,塔利对坡的研究不仅运用了空间理论和方法,采用了空间视角和思维,而且考察了坡作品中的空间、地方与绘图,对坡的作品做出了"空间性"解读和评价。

关于托尔金的研究,塔利主要对《霍比特人》三部曲和《指环王》三部曲展开地理批评。在引入与空间相关的新视角和新理论的同时,塔利得出了一些新结论。其一,通过对《霍比特人》的解读,阐述了真实的地图与文学绘图的关系(前者并非必要的,但前者往往是叙事的动力,也是构成整个文学绘图的元素),并总结出冒险叙事这一文类的绘图特征:徒步英雄在他乡遭遇新奇的事情,再成功返回,其经历变成叙述者的故事(Tally 2016a：20)。其二,通过对托尔金作品中"中土世界"(Middle-earth)的考察,将其界定为奇幻世界的典范,并发现托尔金的奇幻世界具有一种乌托邦式的批判力量(Tally 2014a：43)。其三,通过分析《指环王》电影和原著在地理空间呈现、地缘政治布局等方面的差异,指出彼得·杰克逊的电影三部曲明显削弱了托尔金文学绘图的力量,将后者的多样性和丰富性变成一种简单化形象:比如,对原著做出简化的空间重绘,强调全景监控和肤浅的道德感,用一种被动的幻觉代替托尔金作品中积极主动的奇幻探索,实际上破坏了托尔金地缘政治奇幻的时空力量(Tally 2016b：31);又如,将托尔金通过丰富的地理历史细节建构的可认知的、宏阔而完整的中土世界变成了纯粹的视觉奇观(抽空了小说中用以建构中土世界的叙事部分)(Tally 2016c：127—128)。

塔利不仅积极推进地理批评的理论建构和批评实践,而且凭借其编辑身份,大力倡导地理批评,影响并凝聚了一大批学者参与这项浩大的工程。塔利于2011年主编了《地理批评探索:文学和文化研究中的空间、地方和绘图》,收入了11篇论文,这标志着美国地理批评学派的诞生。此后,塔利又相继主编出版了多部论文集:《文学绘图:空间性、表征和叙事》(Literary Cartographies: Spatiality, Representation, and Narrative, 2014),《萨义德的地理批判遗产:空间性、批判人文主义和比较文学》(The Geocritical Legacies of Edward W. Said: Spatiality, Critical Humanism, and Comparative Literature, 2015),《生态批评与地理批评:环境研究与文学空间研究的重合地带》(Ecocriticism and Geocriticism: Overlapping Territories in Environmental and Spatial Literary Studies, co-edited with Christine M. Battista, 2016),《劳特利奇文学与空间手册》(The Routledge Handbook of Literature and Space, 2017),《教授空间、地方和文学》(Teaching Space, Place, and Literature, 2017)。这些集子大大拓展了地理批评的研究领域。此外,麦克米伦出版社的"地理批评与文学空间研究"系列(Geocriticism and Spatial Literary Studies Series)的出版极大地推动了地理批评学派的发展壮大。塔利是这个系列的主编,先后出版了30多本(卷)书籍,包括专著和论文集,并且仍然以每年一至两本的速度不断增加。还值得一提的是,印第安纳大学出版社推出的"空间人文研究"系列丛书(Spatial Humanities Series)和劳特里奇出版社的相关书籍也见证并推动了美国地理批评的发展。

四、方法论与启示

韦斯特法尔的"地理批评",无论是理论建构还是批评实践,无论是作为地理研究还是比较文学的方法,对文学研究都有很大的启发和借鉴意义。其中最独特的贡献就是他提倡并实践的"地理中心法",即,以地方为中心,通过积累并分析多学科(建筑、城市研究、电影、哲学、社会学、后殖民理论、性别研究、地理学、文学批评等)、多文类(各种文学文类乃至广告、歌曲、旅游手册等非文学文献)、多作者、多视角、多重感官的广泛文本总汇,试图建立起关于某个地方的文学地理学。其研究步骤是,事先确定一个特定的地方以供研究,如某座城市,某个街区,然后收集表征这个地方的各种文本(各种时代、文类和媒介的),形成"足够"大的文本库,再阅读、分析、阐释、比较这些文本,以期最大限度地理解这个地方,尽可能接近这个地方的"真相"/本质。不仅如此,韦氏在对地理文本和文学(乃至非文学)文本的互文阅读中,亦解放了或敞开了"地方"的意义,在真实与想象的世界之间,在诸多文本所开启的"拟真世界"中,追寻着(或创造出)地方的多元身份和多维意义。此外,韦氏的方法强调不同作者(多重视角)、多重感官(视觉、听觉、触觉、嗅觉)、地层学视野(将"处所"看作包含多时代的多层次意义),力图"创造一种多样化的、全面的、很可能是无偏见的空间与地方形象"(Tally 2013:143)。虽然这种努力只是理想化的、难以真正实现的(在选择和阅读文本时,主体性问题无法被真正回避),但其"阐释方式与涉足领域的多样性不仅使地理批评在很大程度上规避了主观主义和民族中心主义的研究倾向"(高方、路斯琪 21),"还对探索多中心而非单一等级秩序的世界文学构想具有一定的启示意义"(22)。

塔利的地理批评体现了一种考察文本的独特视角,即"空间的"角度,体现了对空间性问题的关注和对空间理论的偏好,但同时拥抱各种理论和批评方法。塔利的文本批评实践向我们展示了地理批评的各种可能进路。其一,讨论作品的文学绘图特征、方法和元素等问题。其二,通过对作家创作的整体性空间观照,或对作品中的空间表征、空间元素、人—地关系等具体问题的分析,探讨或重新定位作家的创作风格、与其他作家创作的关系及其在文学史上的位置。其三,对作品中的地方尤其是某些独特的地方展开详细分析,可讨论其中的场所、地理空间、地缘政治、历史文化背景等问题及其与文本中其他元素和话题的互动关系。其四,将文本分析上升到对某种文类的讨论,尤其是文类的空间特征和绘图问题。其五,以比较文学的视野,研究不同媒介文本在空间表征方面的差异及其导致的主题、美学和意识形态表达等方面的差异。总之,塔利通过细致而深入的文本分析,不仅展示了地理批评实践的可能路径、地理批评理论和方法的巨大潜力,还揭示了空间理论在批评实践中的适用性和阐释力。

韦斯特法尔的"la Géocritique"和塔利的"geocriticism"都可译作"地理批评",且塔利将"la Géocritique"也译作"geocriticism"。这两个概念既有重要内在联系和很多相似之处,又有极大差异。两者的差异十分明显。其一,韦氏的研究以"地方"(而非作家)为批评实践的中心,是一种"地理中心"(geocentric)法;而塔利的研究则是对"文学绘图"的阅读与批评,往往围绕作家创作及其作品展开,是一种"以自我为中心"(egocentric)的方法。其二,塔利的地理批评是一种文学研究方法或理论,韦氏的则首先是一种地理学研究,是"将文学应用到地理学里"(朱立元、维斯法尔 11),"是以文学为载体,从空间到文学再到空间的辩证法过程……是地理学对文学的征用"(颜红菲 183)。换句话说,塔利地理批评的目的是文学(和文化)研究,并借此形成对现实世界的再认识与再塑造,而韦氏的目的是地理学研究,并在此过程中展开地理文本与文学文本的互文阅读。其三,韦氏主要受法国哲学和美国后殖民主义的影响(韦斯特法尔、颜红菲 359),而塔利主要受马克思主义和存在主义哲学影响④。然而,两位学者的共同点也很明显,而且更有意义。首先,两者都坚持跨学科方法,借用并整合不同学科的空间思想和理论。其次,两者都是面向空间/地方的批评方法乃至思想体系,都强调空间/地方的重要性,并聚焦于考察文学与空间/地方的相互影响和多维动态关系,两者也都强调人文地理学意义的"地方"。

由于两种地理批评的内在紧密联系,我们可以将"地理批评"看作整个"文学空间研究"(spatial literary studies)的一个分支,即,关于文本与空间/地方/世界之间动态、多维关系的探究,并将法国地理批评和美国地理批评看作考察这种关系的互为补充的两种理念、方法和进路。一是以地方为中心的研究,围绕一个地方,对比不同文本对这个地方的表征之间的异同,并考察这些文本如何重构出一个"真实并想象的"地方。这不仅仅是研究某个作家不同作品关于某个地方的书写,如哈代对威塞克斯的建构,还可以研究某(几)个时期不同作家的不同文本关于同一个地方的书写,以及这些书写建构出怎样的多维而流动的地方形象、文学地图或文化身份。二是以文本为中心,借用最新的(其他学科的)空间理论和方法研究文本/作家创作/某种文类中的地方书写、空间元素、空间建构、空间关系等,探究从前被忽视的空间性问题,并得出某些新发现或新结论。

无论是法国学派还是美国学派,其地理批评都是文学研究方法论的革新,是本体论层面对空间/地方重要性的强调,是在本体论和认识论层面重新看待文学研究,本质上"是一种有关[文本空间与世界之]空间间性的研究"(高方、路斯琪 23);是对空间关系的考察,亦是以空间思维"空间地"看待文学作品和文学现象;既是对空间问题的全新思考,更是对传统文学批评中所考察的元素重新思考和认识。地理批评不仅整合了各种与空间、地理和制图相关的理论,为文学研究提供了新理论、新视角和新领域,而且不断探索解读或阐释空间(性)的新路径和新方法;更重要的是,为我们提供了关于文学、文学与世界、文学与存在关系的新理解,展现了(文学)文本与(现实)世界的多维关系与互动。总之,地理批评是研究范式的革新,是文学理论的更新,也是文学研究范围的扩张。

注解【Notes】

① 参见《关于"地理批评"——朱立元与波特兰·维斯法尔的对话》(朱立元、维斯法尔 2017)。这篇文章后来与当年研讨会上的其他论文一同编入了论文集,见 Bertrand Westphal. " Pour une approche géocritique des textes." In *La Géocritique Mode d'emploi*. Pulim:Limoges, coll, 2000, 9–40.。还可见 http://sflgc.org/bibliotheque/westphal-bertrand-pour-une-approche-geocritique-des-textes/。

② 由于笔者法语水平有限,因此,阅读此文主要参考了陈静弦、乔溪翻译的《地理批评宣言:走向文本的地理批评》,也得到了罗伯特·塔利的帮助。

③ 塔利此处沿用了乔纳森·艾瑞克在《美国文学叙事的发生:1820—1860》(*The Emergence of American Literary Narrative: 1820–1860*)中对文学叙事、国家叙事、地方叙事和个人叙事的区分。

④ 具体可参考方英:《空间转向之后的存在、写作与批评——评塔利的〈处所意识:地方、叙事与空间想象〉》,《外国文学》,2021 年第 3 期,第 181—191 页。

引用文献【Works Cited】

Foucault, Michel. " Of Other Spaces." Trans. Jay Miskowiec. *Diacritics* 16 (Spring 1986), 22–27.

Harvey, David. *Social Justice and the City*. Oxford: Blackwell, 1988.

Mills, C. W. *The Sociological Imagination*. Oxford: Oxford UP, 1959.

Said, Edward. W. *Culture and Imperialism*. New York: Knopf, 1993.

Tally, Robert T. "Adventures in Literary Cartography: Explorations, Representations, Projections." *Literature and Geography: The Writing of Space throughout History*. Ed. Emmanuelle Peraldo. Newcastle-upon-Tyne: Cambridge Scholars, 2016a. 20 – 36.

– – –. "The Geopolitical Aesthetic of Middle-earth: Tolkien, Cinema, and Literary Cartography." *Topographies of Popular Culture*. Eds. Maarit Piipponen and Markku Salmela. Newcastle-upon-Tyne: Cambridge Scholars, 2016b. 11 – 33.

– – –. "Introduction: On Geocriticism." *Geocritical Explorations: Space, Place, and Mapping in Literary and Cultural Studies*. Ed. Robert T. Tally Jr. New York: Palgrave Macmillan, 2011.

– – –. *Melville, Mapping and Globalization: Literary Cartography in the American Baroque Writer*. London and New York: Continuum Books, 2009.

– – –. "Places Where the Stars Are Strange: Fantasy and Utopia in Tolkien's Middle-earth." *Tolkien in the New Century: Essays in Honor of Tom Shippey*. Eds. John Wm. Houghton, Janet Brennan Croft, et al. Jefferson, NC: McFarland, 2014a. 41 – 56.

– – –. *Poe and the Subversion of American Literature: Satire, Fantasy, Critique*. London and New York: Bloomsbury, 2014b.

– – –. *Spatiality*. London and New York: Routledge, 2013.

– – –. "Tolkien's Geopolitical Fantasy: Spatial Narrative in *The Lord of the Rings*." *Popular Fiction and Spatiality: Reading Genre Settings*. Ed. Lisa Fletcher. New York: Palgrave Macmillan, 2016c. 125 – 140.

– – –. *Topophrenia: Place, Narrative, and the Spatial Imagination*. Bloomington: Indiana University Press, 2019.

Tuan, Yi-Fu. *Space and Place: The Perspective of Experience, Minneapolis*. MN: U of Minnesota P, 1977.

Westphal, Bertrand. "Foreword." *Geocritical Explorations: Space, Place, and Mapping in Literary and Cultural Studies*. Ed. Robert T. Tally Jr. New York: Palgrave Macmillan, 2011a.

– – –. *Geocriticism: Real and Fictional Spaces*. Trans. Robert T. Tally Jr. New York: Palgrave Macmillan, 2011b.

– – –. *The Plausible World: A Geocritical Approach to Space, Place, and Maps*. Trans. Amy Wells. New York: Palgrave Macmillan, 2013.

福柯,米歇尔、保罗·雷比诺:《空间、知识、权力——福柯访谈录》,包亚明(编),《后现代性与地理学的政治》,上海:上海教育出版社,2001 年,第1—17 页。

高方、路斯琪:《从文本到世界:一种方法论的探索——贝尔唐·韦斯特法尔〈地理批评:真实、虚构、空间〉评介》,《文艺理论研究》,2020 年第 4 期,第 21—28 页。

胡大平:《地理学想象力和空间生产的知识》,《天津社会科学》,2014 年第 4 期,第 4—12+61 页。

苏贾,E. W.:《后现代地理学》,王文斌译,北京:商务印书馆,2004 年。

韦斯特法尔,波特兰:《地理批评宣言:走向文本的地理批评》,陈静弦、乔溪译,《南京工程学院学报(社会科学版)》,2018 年第 2 期,第 21—35 页。

韦斯特法尔,贝尔唐、颜红菲:《文学·世界·地理批评——贝尔唐·韦斯特法尔教授访谈录》,《浙江工业大学学报(社会科学版)》,2020 年第 3 期,第 354—360 页。

颜红菲:《地理学想象、可能世界理论与文学地理学》,《美学与艺术评论》2018 年第 16 辑,太原:山西教育出版社,第 174—186 页。

约翰斯顿,R. J.:《人文地理学词典》,柴彦威等译,北京:商务印书馆,2004 年。

朱立元、波特兰·维斯法尔:《关于"地理批评"——朱立元与波特兰·维斯法尔的对话》,骆燕灵译,《江淮论坛》,2017 年第 3 期,第 5—12 页。

基金项目: 本文系国家社科基金一般项目"文学空间批评研究"(17BZW057)的阶段性研究成果。

作者简介: 方英,博士,浙江工商大学教授。

博 物 叙 事

杨志平

内容提要：中国古代所谓"博物"主要包括辨识名物兼通达义理等义项，也指由此衍生而来的一种文学叙事方式。作为备陈万物的"博物"与文学叙事有着天然联系。以《山海经》与《博物志》等为代表的文言小说，在博物叙事内容方面追求广博化而非精深化、旨趣方面追求奇异性而非故事性。以《金瓶梅》等为代表的白话小说，其博物叙事内涵多以铺陈名物与夸饰方术为主，在敷衍故事的同时蕴含特定的价值追求。博物叙事是中国古代小说固有却有待深入探讨的重要研究领域，借此文白两种小说系统或许得以通同观照。

关键词：博物；博物叙事；《山海经》；《博物志》；《金瓶梅》

"博物"是当下较为热门的文化关键词，不过从本质上而言，古今"博物"内涵有着明显不同。通常意义下的"博物"内涵多具有西方博物学色彩，即偏重于指涉地理、生物等自然科学背景下的广博知识视域，而中国古代的"博物"则更偏重指涉在人与外界之关系框架下的异域世界，具备更强的人文属性。所谓"博物君子""博物洽闻"云云，其实都是古代士人孜孜以求的精神目标。在这种情形下，古代文学中的博物叙事大都可看成士人精神世界的延伸，其中的博物叙事多与作品的主体意趣存在有机关联，并不像西方文学世界那样成为疏离于主体内容之外的"物自身"。正是在这个意义上，古代小说在产生之初即与博物叙事关联密切（甚至可说以博物叙事呈现了其原初形态），并且在文言小说与白话小说均形成了典型的博物叙事特征。本文拟在追溯"博物"意涵的前提下，结合具体作品，就此问题加以论述。

一、"博物"辨义

"博物"一词的本义即指通晓万事万物,亦可形容万物齐备,进而引申为对全知全能式的品格之褒扬。"博"字最早见于金文,从"十"与"尃",有四方齐备、宽广宏大之义,《说文解字》释为"大通"。"物"字在甲骨文中即可见到,"牛"为形旁,"勿"为声旁。许慎《说文》云:"物,万物也。牛为大物,天地之数,起于牵牛,故从牛,勿声。"王国维、商承祚认为"物"的本义是指"杂色的牛"。张舜徽先生对此进一步补充道:"数,犹事也,民以食为重,牛资农耕,事之大者,故引牛而耕,乃天地间万事万物根本。"结合相关文献,可知古人对"博物"的认识主要包含以下两个方面:

(一)"博物":辨识名物与通达义理的融合

作为一种体认世界的辨识能力,古人普遍重视与推崇"博物"在个人知识素养结构中的分量,进而将"博物"视为识见过人的判断标尺。在古人看来,"博物"之祖应属孔子。孔子有云:"小子,何莫学夫诗?诗,可以兴,可以观,可以群,可以怨。迩之事父,远之事君;多识于鸟兽草木之名"(杨伯峻 185)。"识名"的背后显然是直指博物的诗教追求,即学诗可以广博见识,这对于有心向学者而言是十分有益的。因此,宋人王十朋评价道:"多识鸟兽草木之名,可以博物而不惑,兹其所以为百代指南欤!"(《梅溪全集》卷十五《策问》)四库馆臣则认为:"《三百篇》经圣人手订,鲁《论》云:'多识于鸟兽草木之名',是已为后世博物之宗"(《御制诗五集》卷九十一《荷二首》)。在孔子之后,以辨识殊方异物、通晓古今事典为风尚的"博物"之举日受尊崇,"博物洽闻""博物君子"与"博物多艺"成为士人的普遍追求(这种情形在文化昌明的两宋尤为明显):

> 君膺期诞生,瑰伟大度,黄中通理,博物多识。(《蔡中郎集》卷六《刘镇南碑》)
> 博物君子耻一事之不知,穷河源,探禹穴,无所不至。(《宫教集》卷七)
> 博物强记,贯涉万类,若礼之制度,乐之形声,诗之比兴,易之象数,天文地理,阴阳气运,医药算数之学,无不究其渊源。(《明道文集·华阴侯先生墓志铭》)
> 博物君子识鉴精,包罗错综能成文。(《鲁斋集》卷二《再咏番易方节士》)
> 何当唤起博物者,共骑黄鹤凌昆仑。(《范德机诗集》卷四《古杉行》)

可见,"博物"本身即是士人厚学养、广见闻的切实体现,是士人生活情趣与自我修养的内在要求。大凡辨识名物、畅晓性理、熟知源流、明乎利害等义项,皆构成了"博物"的内涵所在,所谓"博物君子耻一事之不知",即是生动写照。当然,博物之可贵唯有身历其境约略可以感受一二,恰如古人所云:"物不受变,则材不成人,不涉难则智不明,'蒹葭苍苍,白露为霜',此博物君子所由赋也"(释道璨 357)。称誉"博物"之意显而易见,此自不必多论。

由此可知,辨识名物是"博物"的核心义旨,"博物"的立足点在于通过士人自身阅读视野的开拓、知识涵养的积累,进而达到辨认名物之目的。不过,在真正有识之士看来,"博物"固然要求遍识名物,但是"博物"仍应以物"理"感悟为根本。唐代刘知几有云:"魏朝之撰《皇览》,梁世之修《遍略》,务多为美,聚博为功,虽取悦小人,终见嗤于君子矣"(刘知几117)。所论虽并不专指《博物志》之类的著作,但贬抑博物的倾向还是较为明显的。此外,宋人欧阳修也论及其"博物"观:"蠛蠓是何弃物,草木虫鱼,诗家自为一学。博物尤难,然非学者本务"(《笔说·博物说》)。显然,在欧阳修看来,"博物""非学者本务",能"博物"者固然可喜,未能"博物"者亦不必自贱。与之相类似,元人刘因对"博物"境界亦有持平之论:"呜呼!人之于古器物也,强其所不可知而欲知之,则为博物之增惑也"(《静修集》卷十《饕餮古器记》)。古往今来,因种种原因确实会导致某些名物难以辨识,在此情形下,出于博物的动机去追求所谓"知其不可辨而辨之",这对于"博物"本身而言实是无谓的。正如元人吴海所述:

> 其言(指诸子百家杂言邪说)或放荡而无涯,或幽昧而难穷,或狎志易入,或近利而有功,故世鲜有不好之者。至其诙谐鄙俚,隐谬神怪之浅近可笑,诞妄不足信者,则俗儒贱士又争取以为博物洽闻。(《闻过斋集》卷八《书祸》)

正是出于同样的考虑,明人方孝孺亦反对以多闻多识为旨归的"博物"之举:"君子之学贵乎博而能约,博而不得其要,则涣漫而无归。徒约而不尽乎博,则局滞而无术。……士不知道而多闻之为务,适足以祸其身而已"(《逊志斋集》卷四《读〈博物志〉》)。很明显,方孝孺推崇的并不是物本身,而是物"理"。

应该说,上述是古代"博物"观念精髓所在。若止步于辨识殊方异物、稽古考订之类的"博物"层面,那势必物于物而难以物物。真正的"博物君子"应以通达义理为要。这种以"理"为上的"博物"观念显然更为通透。

（二）"博物"：尚奇呈异的虚拟叙事

如上所言，"博物"重在日常生存中的识见辨认与义理审问，因此"博物君子"备受尊崇。受其影响，古代士人往往通过虚拟构建的文学世界，来呈现自身的广博见识，以期赢得"博物洽闻"的美誉。在此情形下，作为文学叙事形态的"博物"即得以形成。

从源头而言，古人眼中的"博物"与"叙事"有着天然的密切关联，甚至可说构成一种彼此互训的关系。一方面，作为叙事形态的"博物"，对于惯常舞文弄墨并且擅于想象之辈而言，应该并非难事，当中关键在于撰述与构思之"物"须以奇异为准的，唯此方可得到世人之关注。明代胡应麟指出："怪力乱神，俗流喜道，而亦博物所珍也"（323），认为奇异之物方可成为博物者重视的对象，非此不能体现博物之意趣。此论实际上是对"博物"作为文学书写内涵的确认。结合古代文学著述而言，此论亦大体符合实际情形。另一方面，作为内蕴复杂的"叙事"概念，其实也含有以奇异为旨归的文学书写意味。这点在以《初学记》为代表的古代类书那里有切实体现。"其他类书，只是把征集的类事，逐条抄上，条与条之间，几乎没有联系，因此仅仅是个资料汇辑的性质。《初学记》的'叙事'部分，虽然也征集类事，然而经过一番组造，把类事连贯起来，成为一篇文章"（胡道静130）"《初学记》中的'叙事'强化'事'的事物性和'叙'的解释性（陈列所释'事'之成说以解释之），将'叙事'视为对于事物的解释，这在古代'叙事'语义流变中是个特例。但其隐性影响值得重视，即唐以后虽然很少再这样使用'叙事'一词，但'叙事'的事物解释性内涵已在具体的创作中得以体现"（谭帆92）。作为以资料齐备著称的典籍形式，类书本身即带有奇异趣味，因而对其中相关事物有必要做解释性说明（只不过《初学记》因"次第若相连属"的解释性文字而彰显文学意味），此举即促成了古代"叙事"的解释事物的语义生成。毋庸置疑，平常所见之物，显然不需解释，唯有奇异难辨之物，需加解释性说明。在这个意义上说，"叙事"确实与"博物"之义极为相通，古代文言小说与白话小说的"博物性"特征大抵因此而形成，古代小说的"博物叙事"意味亦由此而呈现。

需要注意的是，我们翻看《博物志》与《金瓶梅》等古代小说，其中的博物叙事又往往体现出奇异的方术色彩。对此，我们要关注的是，博物叙事为何是此种奇异之态而非别种奇异之态？我们认为，这与博物者的思想背景与身份特征相关联。可以说,早期博物者普遍受到当时方术、神话以及阴阳五行思想的影响,使得《山海经》《博物志》《玄中记》等早期小说呈现出想象奇异的著述特点。明人胡应麟认为:"古今称博识者,公孙大夫、东方待诏、刘中磊、张司空之流尚矣。……两汉以迄六朝,所称博洽之士,于数术方技靡不淹通"(356)。王瑶在《小说与方术》中指出:"无论方士或道士,都是出身民间而以方术知名的人,……利用了那些知识,借着时间空间的隔膜和一些固有的传说,援引荒漠之世,称道绝域之外,以吉凶休咎来感召人;而且把这些来依托古人的名字写下来,算是获得的奇书秘籍,这便是所谓小说家言"(103)。王昕认为:"古代博物之学并非科学的自然史知识,而是建立在方术基础上的,包含着人文性和实用性的一套价值系统和认识方式"(129)。可见,包括《山海经》《博物志》在内的早期小说与方术有着密切关联,方术的呈现方式与内容选择等因素决定了博物者相应的表达形态与著述取向。在此情形下,博物色彩鲜明的《博物志》等文人著述,大体即呈现出与方术等门类相似的奇异风貌,而《金瓶梅》与《红楼梦》等小说的博物叙事则可谓其余波。

"博物"概念在古代文献中的主要意涵大体如上,有侧重现实语境而着眼的,有侧重义理评判而定性的,有侧重奇特书写形式而立论的,语义虽经过衍生,但基本内涵还是较为稳定的,即以奇为上、以广为求、以通为的。据此而展开有关奇异物象与物事的知识性与艺术性叙写,即本文所谓"博物叙事"。"博物"的内涵虽大体有别,但其实是历时共存的。作为一种叙事形态的"博物叙事",在中国古代小说史上一直贯穿始终。换言之,不是所有的小说皆属博物小说,但古代小说普遍有博物叙事的属性。

二、文言小说与博物叙事:以《山海经》与《博物志》为例

作为古代博物类典籍的两部经典之作,《山海经》与《博物志》的博物叙事有着密切关联。宋代李石在《续博物志》中即指出两书有着紧密的承传关系:"张华述地理……虽然,华仿《山海经》而作",清代汪士汉《〈续博物志〉序》有言:"华所志者,仿《山海经》而以地理为编。"当下也有不少研究者认为"《山海经》就是一部原始的《博物志》,是中国博物学的源头"(刘宗迪)。因此,我们以《山海经》与《博物志》作为早期文言小说代表,来考察其中的博物叙事意味。

（一）博物叙事之内容：广博化而非精深化

如上所言，"博物"在古代文人著述语境中，本身就有备陈万物之义。因而，追求记载内容的广博化，即是《山海经》与《博物志》之为"博物书"的基本要义。这两部作为早期小说形态的博物典籍，题材内容确实相对广博，豁人心胸不少，但却并非散漫芜杂。从载述形式上看，《山海经》仿照古代地理书的体例，以诸如"南山经第一""西山经第二"……"海内经第十八"的样式来分领全篇，各篇亦分别记录远方珍异、他国奇俗等内容，无论是形状、性质、特征还是成因、功用，大抵均有详略不等的描述，内容确实非常驳杂。先秦时期民众的世界图景，借此得到大致呈现。就《博物志》而言，情况亦是基本如此。现今所见十卷《博物志》中，大体也是载录山川、物产、人民、异类、鸟兽、物性、物理、方士、典制、异闻、杂说等奇异内容，同样十分繁富。虽撰述次序较之《山海经》相对更为理念化，但从形式上看实质内容却与《山海经》差别不大。从全书整体来看，虽然胡应麟有"《博物》，《杜阳》之祖也"（即《杜阳杂编》）之论，但有关地理博物方面的内容仍占突出地位，这与《山海经》是类似的。与此同时我们还应看到，正是由于《山海经》与《博物志》的叙事内容偏重于广博，因而未能在精深维度上用力掘发。例如，两书均载述了不少奇珍异俗，相较之下其实还是有类同之处的，而晚出的《博物志》在相应叙事中显然未有历时比较进而加以推论的写作意识，仍然仅是将一人一时的博物所见呈列叙事而已，换言之，小说家热衷于面上的视野炫呈，而不深耕于点上的精细推导。这一博物叙事特点，在此后的文言小说中体现得十分鲜明。

必须指出的是，《山海经》与《博物志》的内容广博性，固然是作者追求"博物君子"所致，不过就各自内容来源来说则不尽相同。通常认为，《山海经》的广博内容源自先民当时的实际认知状况，所载内容即是对先民有关世界认识的知识性反映，现实指向性较强，虚构意味并不明显。而《博物志》的相关内容除了承袭包括《山海经》在内的之前典籍载录之外，还吸纳了不少当时的民间传说、方术伎艺甚至街谈巷语等内容，书斋趣味较浓厚。换言之，《博物志》刻意"博物"的主观色彩更为明显，秦汉之前那种古朴活脱的博物意味淡化不少。这也反映了博物叙事的文人化意味，后世文人主撰小说的博物叙事特征于此初露端倪。

（二）博物叙事之旨趣：奇异性而非故事性

好奇尚异，自古皆然。在今人看来，追求与呈现奇异之美亦是普通民众崇尚博物与博物者热衷博物的初衷与目的所在，而奇异之质往往又成为有无故事性的重要评判基石，因此研究者往往将两者关联一体。就《山海经》与《博物志》来看，作者是否"作意好奇"，那倒值得深究。《山海经》中"精卫填海"（《北山经》）、"黄帝战蚩尤"（《大荒北经》）等相关载述，《博物志》中《八月槎》（卷十）、《东方朔窃桃》（卷八）等有关篇章，以神话思维讲述离奇情节，故事意味极强，读者往往视之为志怪小说。不过，在作者看来，奇则奇矣，未必可做小说看。这与当时人们的认识水平与作者的创作观念密切相关。

在人类早期社会中，人们对宇宙自然的认识较为蒙昧而混沌，诸多难以解释的现象往往皆以神话思维去对待，并且将其作为实践行动中的信念教条。而在此后的社会变化与发展过程中，此前难以理解的认知盲区逐渐得到合理解释，因而相关怪异记载相对减少。对此，针对人们以奇异眼光来看待《山海经》的现象，晋人郭璞有较为深刻的认识："世之所谓异，未知其所以异；世之所谓不异，未知其所以不异。何者？物不自异，待我而后异，异果在我，非物异也"（5）。也就是说，审视者主体是否意识到"奇异"，是《山海经》"奇异"能否成立的关键。若阅读者眼界显豁，就不必将"精卫填海"之类的记载以奇异眼光而看待，所谓故事性那就无从谈起。另外，《山海经》的奇异之感可能与书中大量象喻化叙事有关。因在早期社会，诸多事物尚难以确切辨别与命名，因而与当时的思想认识产生隔阂，故此要叙述外在对象时往往用熟悉而又生硬的喻词来加以总体呈现，后世读者对书中所要叙述之对象产生奇异之感就在所难免了（但事实上对当时的民众而言可能至为熟悉不过）。例如，《山海经·南山经》有言："又东三百里柢山。多水，无草木。有鱼焉，其状如牛，陵居，蛇尾有翼，其羽在魼下，其音如留牛，其名曰鯥，冬死而复生。食之无肿疾。"此"鯥"在当下不少学者看来，其实并不奇异，就是平常所说的穿山甲而已，只是这种叙事方式使得读者感觉奇异罢了。

至于《博物志》的奇异意味，因其"刺取故书"的创作方式，鲁迅先生即严加质疑："（《博物志》）殊乏新异，不能副其名，或由后人缀辑复成，非其原本欤？"（25）言外之意，《博物志》实在缺乏称奇之处，以致背离了"博物志"这一名称。我们认为,这一问题需要回到作者张华的创作实际去理解。翻开《博物志》,我们可以看到诸多类似的载述形式:"《河图括地象》曰:……""《史记·封禅书》云:……""《周书》曰:……""《神农经》曰:……"显然,这种叙事形式反映了张华的"怪异"观:是否怪异,应以典籍作为评判依据;纵然有所怪异,因其载籍的经典性也不应以之为怪。这与同时期王嘉的看法有相似之处:"故述作书者,莫不宪章古策,盖以至圣之德列广也。是以尊德崇道,必欲尽其真极。"(72)综合而论,可以看出张华创作《博物志》的初衷就不是炫奇呈异,仅仅是在展现被时人普遍接受的具有神怪意味的博物知识而已,而不是将其作为神怪故事来津津乐道。只不过物换星移之下,今人觉之为奇,并以为故事罢了。

据此而言,《山海经》与《博物志》或许确有不少载述奇异之处,但这只是时人认识水平与对待过往态度之反映,而在今人小说观念与叙事观念主导之下,研究者往往推崇《山海经》与《博物志》中故事性较强的篇什,这种理念实在不得两书趣味之三昧。要知,两书虽有奇异之风,但并不决然存在故事趣味。

早期小说的博物叙事特征大抵如上,其以"博物"的原初语义为核心,通过对成序列的个体之物进行整体炫奇呈异式地叙写,给人以极为震撼的博物洽闻之感。从具体叙事形态而言,总体上呈现小说与非小说、现实载述与虚幻衍生等属性兼容的趋向,呈现出怪奇与寻常、整饬与个性之对立转化的格局。就实际叙事价值来看,博物叙事本身即是目的所在,叙述对象各自争奇而彼此互不干涉,有效地从广度上为何为博物提供了正名。这种博物叙事特征在《山海经》与《博物志》等典型的博物小说中有鲜明体现,在《拾遗记》《搜神记》《玄中记》等非博物小说中同样有生动体现,至于诸如《酉阳杂俎》《清异录》《续博物志》《博物志补》等同类博物小说更有明显烙印。可以说,博物叙事是中国古代文言小说叙事传统中极为突出的叙事特征。

三、白话小说与博物叙事:以《金瓶梅》为例

在《山海经》《博物志》等早期小说之后,博物叙事传统仍得以演进,只不过那种通过集中成规模的方式来展现博物的样式不占主导,取而代之的是以博物视角来聚焦于某个物象、某个场景与某种格调。例如唐人

小说的名篇《古镜记》中的"古镜降妖"叙事、明代话本《蒋兴哥重会珍珠衫》中的"珍珠衫"叙事、小说《西游记》中诸种宝物叙事,其实都可以让人感受到早期小说博物叙事的些许印迹。不过,在后世小说中,相对而言还是《金瓶梅》《红楼梦》与《镜花缘》等作品的博物叙事最令人称道。以下我们即以《金瓶梅》为例,来感受古代小说博物叙事的另一重韵味。

(一)博物叙事之内涵:铺陈名物与夸饰方术

作为一部反映晚明人情世态为主的世情小说,物象铺陈与名物辨识成为《金瓶梅》的常见博物叙事形态,一改此前文言小说大肆概陈物事的单一形态,丰富了博物叙事的样貌。例如第四十回西门庆叫裁缝替吴月娘裁衣服,以此反映西门家族的奢华:

> 先裁月娘的:一件大红遍地锦五彩妆花通袖袄,兽朝麒麟补子段袍儿;一件玄色五彩金遍边葫芦样鸾凤穿花罗袍;一套大红缎子遍地金通麒麟补子袄儿,翠蓝宽拖遍地金裙;一套沉香色妆花补子遍地锦罗袄儿,大红金枝绿叶百花拖泥裙。(兰陵笑笑生374)

再如第六十七回有关"衣梅"的聚焦叙事,反映的则是西门庆个人的夸耀姿态:

> 伯爵才待拿起酒来吃,只见来安儿后边拿了几碟果食,内有一碟酥油泡螺,又一碟黑黑的团儿,用桔叶裹着。伯爵拈将起来,闻着喷鼻香,吃到口犹如饴蜜,细甜美味,不知甚物。西门庆道:"你猜?"伯爵道:"莫非是糖肥皂?"西门庆笑道:"糖肥皂那有这等好吃!"伯爵道:"待要说是梅酥丸,里面又有核儿。"西门庆道:"狗才过来,我说与你罢,你做梦也梦不着,是昨日小价杭州船上捎来,名唤做衣梅。都是各样药料和蜜炼制过,滚在杨梅上,外用薄荷、桔叶包裹,才有这般美味。每日清晨噙一枚在口内,生津补肺,去恶味,煞痰火,解酒克食,比梅酥丸更妙。"(657)

借此"衣梅"叙事,我们看到的不只是一个怎样精致美味的食物,而是在西门庆的"你猜"和应伯爵的"猜不着"的互动之中,见到了一个涎脸蹭吃的帮闲人物应伯爵,还有一个带着得意与炫耀心理的西门庆。除此之外,诸如元宵节放烟花、灯节挂花灯、人际往来赠送的礼品、西门庆帮韩爱姐准备的嫁妆等物象,虽然不再像《博物志》《山海经》当中那样直白的"科普"化表述,甚至铺陈的物象属性也发生了改变——由此前人间罕见的异物变成了更加生活化的常物,但是我们仍旧能明显地感觉到《金瓶梅》对早期博物小说传统的继承——物象铺陈的形式本身就是明显佐证。如果说《山海经》《博物志》中的博物叙事是以奇异之广度引人注目,那么《金瓶梅》的物象铺陈与名物辨识则更主要以奇异之密度而自我敞亮。

此外,在《金瓶梅》中有许多博物叙事是以方术知识为基础的。如果说此前在《山海经》与《博物志》中方术叙事略显琵琶半遮,那么在《金瓶梅》中,方术叙写终于得以正大光明地出现于博物形态之列。例如第二十九回吴神仙给西门庆相面,即是整部书的"大关键"处:

> 神仙道:"请出手来看一看。"西门庆伸手来与神仙看。神仙道:"智慧生于皮毛,苦乐观于手足。细软丰润,必享福禄之人也。两目雌雄,必主富而多诈;眉生二尾,一生常自足欢娱;根有三纹,中岁必然多耗散;奸门红紫,一生广得妻财;黄气发于高旷,旬日内必定加官;红色起于三阳,今岁间必生贵子。又有一件不敢说,泪堂丰厚,亦主贪花;且喜得鼻乃财星,验中年之造化;承浆地阁,管来世之荣枯。"(263)

在这样的方术叙事中,西门庆仿佛预见了自己的命定一般,读者借此也可预先感受到整部小说相关人物的命运走向。除相术之外,《金瓶梅》中还有围绕巫医巫术的详细叙写,这其实也属于博物叙事。例如王姑子和薛姑子是巫医的典型,月娘求的坐胎符药、西门庆求的梵僧药是巫药的典型,李桂姐为报复潘金莲将其头发踩在鞋底、刘理星给潘金莲回背,则是巫术的典型。它们在小说博物叙事中也起到了特定作用。

(二)博物叙事之趣味:故事背后的价值追求

同早期博物类小说相比,《金瓶梅》博物叙事的价值功用发生了明显变化。如果说早期的博物类小说更注重博物叙事的知识性功能,那么《金瓶梅》的博物叙事则更具艺术性功能。可以说,兰陵笑笑生在展现"烟霞满纸"的奇异世界之时,将此琳琅触目的奇物异象、奇观异境真正融入了小说主体叙事的有机链条之中。换言之,《金瓶梅》在扩充小说知识性内涵的同时,也使得博物书写真正内化为小说意趣,进而实现了博物叙事的双重价值。这在以下三方面体现得尤为鲜明:

作为古代世情小说的典范之作,博物叙事在《金瓶梅》叙写世情的过程中起着牵引、缩合情节的微妙作用。不妨看看孙雪娥和庞春梅的"恩怨史"。第十一回孙雪娥与潘金莲、春梅这一对主仆结下了仇怨,后来春梅进了守备府得宠,正遇孙雪娥与来旺拐财被抓,要被发卖。春梅抓住机会将她买进守备府,然后伺机报复,让她做鸡尖汤儿。这当中就有一段博物叙事,演绎了一段绝妙情节:

> 原来这鸡尖汤,是雏鸡脯翅的尖儿碎切的做成汤。这雪娥一面洗手剔甲,旋宰了两只小鸡,退刷干净,剔选翅尖,用快刀碎切成丝,加上椒料、葱花、芫荽、酸笋、油酱之类,揭成清汤。盛了两瓯儿,用红漆盘儿,热腾腾,兰花拿到房中。(970)

这一段描写照映小说开篇所说孙雪娥擅做汤肴,鸡尖汤的做法确实令人眼界大开。然而,无论此时孙雪娥将鸡尖汤做得美味与否都是无谓的——它本来就只是春梅用以惩戒孙雪娥的一个借口。当然,这里把鸡尖汤儿换成别的食物也是一样的,但无论是什么食物,如果缺少了此类博物叙事,都会减少情节的生动而奇异之感。与此同时,又因此"鸡尖汤"终被弃置,使得孙雪娥"用心在做"与庞春梅"存心不吃"之间形成了绝妙的叙事张力。在前后映照的博物叙事中,小说那种"千里伏脉"的深悠之感油然而现。此类博物叙写的存在使得《金瓶梅》绝非"间间之作"①。

《金瓶梅》的博物叙事对于小说人物塑造也起着独特作用,读者从相关博物叙事中不难感受人物的审美品位与性格特征。这点也是此前小说博物叙事不曾出现的。且看第六十一回对西门庆附庸风雅般地赏花的叙写:

> 西门庆到于小卷棚翡翠轩,只见应伯爵与常峙节在松墙下正看菊花。原来松墙两边,摆放二十盆,都是七尺高各样有名的菊花,也有大红袍、状元红、紫袍金带、白粉西、黄粉西、满天星、醉杨妃、玉牡丹、鹅毛菊、鸳鸯花之类……伯爵只顾夸奖不尽好菊花,问:"哥是那里寻的?"西门庆道:"是管砖厂刘太监送的。这二十盆,就连盆都送与我了。"伯爵道:"花到不打紧,这盆正是官窑双箍邓浆盆,都是用绢罗打,用脚跳过泥,才烧造这个物儿,与苏州邓浆砖一个样儿做法。如今那里寻去!"(587)

菊花名目繁多,赏菊本为文人雅事,《枣林杂俎》载录了诸多菊花名贵品种,如金鹤顶、银鹤顶、绛红袍、红鹅毛、状元红、白鹅毛、银蜂窝、金盏银台、荔枝红、大粉息、小粉息等众多品种(谈迁 468),与小说此回所述大体相似,相形之下,《金瓶梅》确实堪称博物之书。不同的是,赏花自古即为雅事,而在西门庆及其帮闲这里,貌似赏花,其看重的只不过是花盆罢了,确可谓暴殄天物。因而,张竹坡讥讽他们赏花"反重在盆,是市井人爱花"。西门庆的俗气与无趣,也就通过这买椟还珠般的形式表现出来,名为赏花,实则辱花。借此,西门庆的市井混混的形象再次得到确认——小说博物叙事的反讽意味亦不难想见。

《金瓶梅》的总体叙事格调呈现出大道幽微、艳歌当哭的趋向。耐人寻味的是,这种趋向同样在博物叙事中有突出体现。透过种种博物书写,读者不免有愈精致、愈惊奇却愈哀悯、愈绝望之感。例如,宋惠莲是小说中颇具争议的女性形象,其卑微出身与非分之想,使其招致灭顶之灾。第二十三回为揶揄此人之出身,刻意叙写其在潘金莲要求之下施展厨艺绝活"猪头肉",确实堪称奇特:

> 蕙莲笑道:"五娘怎么就知道我会烧猪头,栽派与我!"于是起到大厨灶里,舀了一锅水,把那猪首蹄子剃刷干净,只用的一根长柴禾安在灶内,用一大碗油酱,并茴香大料,拌的停当,上下锡古子扣定。那消一个时辰,把个猪头烧的皮脱肉化,香喷喷五味俱全。将大冰盘盛了,连姜蒜碟儿,教小厮儿用方盒拿到前边李瓶儿房里,旋打开金华酒。(兰陵笑笑生 208)

联系前后相关情节,这段博物叙事其实饱含深意。一方面意在暴露其此前委身于厨子的底色,另一方面宋惠莲却要同潘金莲等人争风吃醋,去赢得主子宠幸。这实在是痴心妄想,此后悲剧结局的确属于咎由自取,"猪头"的隐喻意味可以想见。这显然反映了小说作者对此哀其不幸、怒其不识的无奈,由此也不难看出小说博物叙事的背后所隐含的悲悯情怀。再如,第四十九回围绕梵僧和梵僧药而展开的大段双关叙写,与其说是博物叙事,不如说是深刻的隐喻。西门庆沉溺于梵僧药,犹如被动物本能支配一般,丧失了人的理性,最终不可避免地走向了灭亡。这显然不是作者的恶作剧,而是对纵欲之恶的直白训诫。这确如论者所说:"看官睹西门庆等各色幻物,弄影行间,能不怜悯,能不畏惧乎?"(谢颐 1082)博物叙事背后的艳歌当哭意味跃然纸上。

以上我们对《金瓶梅》博物叙事做了粗略勾勒。可以发现,以《金瓶梅》为代表的古代白话小说的博物叙事在总体上是从属于表现"人情世态之歧"这一旨趣的,其中的博物叙事与小说整体命意有机关联,在古代小说博物叙事形态演进历程中有着特殊意义。从形式上看,《金瓶梅》的博物叙事虽亦具有古代小说炫奇呈异这一固有特征,但实际上,小说有意与《山海经》《博物志》之类的博物叙事传统拉开了距离——"博物"是人情世态视域下的可能性"博物",而非超脱于情理事理之外的无解性"博物"[2]——从而使得小说博物叙事既在寻常耳目之外,又在现实情理之中,实现了古代小说博物叙事的截然转变,推动了古代小说叙事理念的演进。如果站在古代小说博物叙事传统宏观视角来看,以《金瓶梅》为代表的博物叙事形态相较于早期小说,其有意"博物洽闻"的意图已然淡化不少,而作为叙事方式或修辞手法的博物意味倒是一直留存,并在相当程度上更为彰显。换言之,《金瓶梅》的博物叙事由因其题材本身的价值敞亮转变为作为一种叙事理念与形式的传达,这一概念本身在审美意义上发生了由实转虚、由奇而常的渐变。

结语

经由以上三部分论述,我们可以得出下列认识:其一,中国传统文化语境中的"博物"大不同于西方学界所谓的"博物",它并不像"地理大发现"那样绝缘于人们生活的世界。虽有作意好奇进而辨识万物的思维印迹,但是总体上还是具有"反求诸己"的色彩。义理识见的探求是古人"博物"的出发点与落脚点,尽可能去探寻未知之物与自得于至明之理,两者并行不悖,"博""约"关系的处理是至为通达的。其二,作为著述形态与文学构思的"博物",在古代小说发展历程中产生了深远影响。"博物"与"叙事"有着原初语义下的互训关联,"博物"与"辨奇""尚奇"之风同样有着天然的密切关联,两方面均对古代小说中博物书写的发生与演进有着推动作用。其三,以《山海经》《博物志》为代表的早期小说,是古代文言小说博物叙事传统的典范,其中的博物叙事是先民思想认识的反映,也是相关早期典籍的实录体现,当中如何看待奇异之风,是研究者审视博物叙事时需审慎对待的。文言小说中的博物叙事因其自身叙事的奇异意趣,使得博物叙事本身即彰显了非同寻常的文学价值。其四,以《金瓶梅》为代表的古代白话小说,接续了博物叙事传统,其聚焦于单个物象与场景的奇异叙写,并将之与小说主体意蕴有机结合,成为看似游离于情节演进之外的赘余书写,实则暗合于小说作者的创作命意,进而成为小说不可或缺的重要组成部分。相较于文言小说那种简短而繁多的奇异叙事形态,白话小说的博物叙事在单个叙事客体的叙写密度与深度上更胜一筹,同样达到了文言小说那种豁人耳目的叙事意图。借此一脉相承的博物叙事传统,或许一定程度上有益于弥合中国古代文白两种小说系统叙事隔阂的固有认识。

注解【Notes】

① 《庄子·齐物论》："大知闲闲,小知间间"。见杨柳桥撰《庄子译诂》,上海:上海古籍出版社,1991 年,第 26 页。

② 学者余欣指出:"中国博物学的本质,不是'物学',而是'人学',是人们关于'人与物'关系的整体理解。"据此看来,确为妙说。

引用文献【Works Cited】

蔡邕:《蔡中郎集》卷六《刘镇南碑》,《文渊阁四库全书》。

程颢:《明道文集·华阴侯先生墓志铭》,《文渊阁四库全书》。

崔敦礼:《宫教集》卷七,《文渊阁四库全书》。

范梈:《范德机诗集》卷四《古杉行》,《文渊阁四库全书》。

方孝孺:《逊志斋集》,卷四《读〈博物志〉》,《四部丛刊》本。

郭璞:《山海经序》,丁锡根《中国历代小说序跋集》(上),北京:人民文学出版社,1996 年。

郭璞注:《山海经》,上海:上海古籍出版社,1989 年。

胡道静:《中国古代的类书》,北京:中华书局,1982 年。

胡应麟:《少室山房笔丛·华阳博议引》,上海:上海书店出版社,2009 年。

胡应麟:《少室山房笔丛·九流绪论下》,上海:上海书店出版社,2009 年。

兰陵笑笑生著,戴鸿生校点:《金瓶梅词话》,北京:人民文学出版社,1992 年。

刘因:《静修集》卷十《饕餮古器记》,文渊阁《四库全书》。

刘知几著,浦起龙注释:《史通通释》,上海:上海古籍出版社,1978 年。

刘宗迪:《〈山海经〉:并非怪物谱,而是博物志》,《中华读书报》,2015 年 12 月 2 日。

鲁迅:《中国小说史略》,上海:上海古籍出版社,1998 年。

清高宗乾隆:《御制诗五集》卷九十一《荷二首》。

释道璨:《双竹记》,曾枣庄、刘琳主编《全宋文》第 349 册,上海:上海辞书出版社,2006 年。

谈迁:《枣林杂俎》,北京:中华书局,2006 年。

谭帆:《"叙事"语义源流考》,《文学遗产》,2018 年第 3 期,第 83—96 页。

王柏:《鲁斋集》卷二《再咏番易方节士》,《文渊阁四库全书》。

王嘉著,萧绮录,齐治平校注:《拾遗记》,北京:中华书局,1981 年。

王十朋:《梅溪前集》,卷十五《策问》,《文渊阁四库全书》。

王昕:《论志怪与古代博物之学——以"土中之怪"为线索》,《文学遗产》,2018 年第 2 期,第 128—140 页。

王瑶:《中古文学史论》,北京:北京大学出版社,1986 年。

吴海:《闻过斋集》卷八《书祸》,《文渊阁四库全书》。

谢颐:《金瓶梅序》,丁锡根《中国历代小说序跋集》(下),北京:人民文学出版社,1996 年。

杨伯峻：《论语译注》，北京：中华书局，1980年。

杨柳桥：《庄子译诂》，上海：上海古籍出版社，1991年。

余欣：《中国博物学传统的重建》，《中国图书评论》，2013年第10期，第45—53页。

张华著，郑晓峰译注：《博物志》，北京：中华书局，2019年。

作者简介：杨志平，文学博士，江西师范大学叙事学研究中心。

医 学 与 叙 事

叙事是一种"互为主体"(inter-subjectivity)或者"相互依存"(inter-being)的交流行为,与临床治疗、人文关怀与人类健康等领域的话语和行动直接相关。"中国生命健康叙事学"是"新医科"和"新文科"领域的最新研究热点。生命健康叙事是以改善民众的生命质量和健康状况为目的的新兴健康人文落地模式,通过提升大健康语境下的各大生命主体的叙事素养,让叙事在心身全人健康管理、生老病死认知教育、疾病认知与科普、健康促进与传播、安宁疗护和哀伤辅导、医护职业认同构建、疾病诊断和照护以及家庭、医院、社会等的和谐叙事生态构建等方面发挥积极动态作用。

叙事素养的提升能够创设良好的家庭叙事生态、医院叙事生态、老年叙事生态和社会叙事生态,符合"大健康"这一全新理念所倡导的对民众的衣食住行和生老病死开展全方位、全周期和全过程的照护的思路。本组文章涉及以上提及的不同维度,但是之间却相互关联,共同构建不同层次的健康叙事生态。4篇文章分别阐述老年叙事闭锁与叙事赋能、家庭叙事照护与全人心身健康、残疾叙事生态与残疾人叙事闭锁预防、心血管疾病多维叙事这几个与民众健康相关的话题,多层面地论述叙事素养、叙事智慧、叙事生态对于构建个人、人际和社会和谐健康叙事生态的重要意义。

"叙事素养"(narrative competence)和"叙事智慧"(narrative wisdom)对每一个生命主体的教育成长、职业发展、家庭和谐和生命质量都不可或缺。生命主体在生命历程中,内化发展出的、为生命提供意义感和统整感的自我生命叙事是生命健康的基础,而人本质上是社会人,叙事是社会人的"基础生存能力"(rock bottom capacity),人们据以捕捉经验,借以互相学习并获得生命意义。生命主体在和谐健康的叙事生态中,维持一定的社会人际叙事关系水平,才能实现"心理社会安适"(psychosocial well-being)。

这4篇文章关注"青少年心理健康问题""中年生命意义与健康危机""老龄化社会危机""残疾人生命质量问题"等社会热点问题。目前,已有的研究更多关注的是这些社会热点问题的结果,而本专栏的研究从叙事素养、叙事闭锁、叙事断裂和叙事生态等源头上阐述问题背后的原因,从根本上找出对应策略,倡导人际间叙事关系的构建和叙事照护氛围的形成,全面提升民众生命质量,推动社会和谐发展,更快、更好地迎接"大健康"时代的到来。

自南方医科大学建立全国第一家叙事医学研究中心,并在附属顺德医院设立全国首家生命健康叙事分享中心以来,南方医科大学已经指导全国多家医科院校开设叙事医学课程,指导全国各地多家附属医院、疾控中心、医疗机构、社康中心和老年大学设立面向不同的重点群体的叙事分享中心,并定期开展生命健康叙事实践活动,与此同时也逐步展开了中国生命健康叙事体系构建。全国各地多家叙事中心的成立对大众生命健康认知教育、医护患叙事素养的提升、青少年和老年人的生命关怀和健康促进、医院和谐叙事生态的构建能起到良好的推动作用。

未来可期,叙事理念将走出象牙塔,走向大众,真正为中国老百姓的生命健康服务。叙事生命健康(Narrative Bio-healthology)将成为新文科语境下的研究新趋势和新方向。

（专栏主持人：杨晓霖,南方医科大学通识教育部,
南方医科大学顺德医院叙事医学研究中心）

文学中的老年叙事闭锁与叙事赋能

景坚刚　余佯洋

内容提要： 老化的过程就是叙事的过程。通常，老年阶段会经历三种叙事关系断裂危机，分别是职业叙事关系断裂、社会叙事关系断裂和家庭叙事关系断裂，这是造成老年叙事闭锁的重要原因。老年叙事闭锁者认定自己生命的主线叙事进程已经结束，不再向前演进。本文将叙事老年学构建为生命健康叙事学的一个分支，在借鉴文学老年学和叙事老年学等新兴学科研究的基础上，重点分析文学作品中的典型老年叙事闭锁者的特征及表现，旨在引起更多研究者关注老年叙事闭锁现象，了解叙事赋能的重要意义。

关键词： 老年叙事闭锁；叙事赋能；叙事老年学

引言

进入 21 世纪后，人口年龄结构老化已成为人类面临的最大挑战之一。作为多学科交叉的研究领域，老年学已成为一门显学。老年学（ageing studies）（Marshall 2）过去总体以"生物学"和"社会学"为主要研究范式，经过多年发展后，陆续衍生出"文学老年学"（literary gerontology）、"人文老年学"（humanistic gerontology）、"诠释老年学"（interpretive gerontology）和"叙事老年学"（narrative gerontology）等多个分支领域。不同于文学老年学，叙事老年学不仅强调利用包括文学叙事在内的不同类型的叙事来探讨老年人的生存状况，还倡导通过叙事的积极介入来预防老年叙事闭锁，提升老年人的生命质量。

人的老化是现代科学和人文学科必须共同面对的复杂问题。人们总是倾向于将老人视为"他者",而非未来的自己。我们总是用"年老"和"年轻"的二元对立概念,将自己陷入结构主义二元论的陷阱。在快节奏的现代社会里,年轻是生命力、速度和价值创造的象征。很多人认为,年轻等于生命,衰老等于死亡,而事实上,无论年轻人还是年老者,都无法保证能够拥有"明天",英年早逝者大有人在。一个年轻人可以因为遭遇某种不幸和创伤而闭锁在生命进程的某一刻,过着虽生犹死的浑噩生活;一个老人也可以抛开以往的一切不幸故事,充满智慧和活力地享受当下,重新迸发生命光彩。

我们常说对于老年人而言,影响其健康状态的主要疾病有癌症、心血管疾病、糖尿病等。然而,事实上,老年叙事闭锁也是让年长者无法健康老化的重要因素。戏仿本杰明·富兰克林的话来说,处于叙事闭锁中的年长者在 60 岁已经死去,只是到 80 岁才埋葬。他们在生物性存在的终止前已经丧失了自己在社会文化方面的身份,闭锁状态下的社会性死亡与身体性死亡之间间隔可长达几年甚至更长时间(Hazan 68)。

造成老年叙事闭锁主要有两种原因,一是老年生命主体处在关于老年恐惧或憎恶(gerontophobia)和老年歧视的叙事为主流叙事的叙事生态中,二是老年生命主体所经历的职业叙事断裂、社会叙事断裂和家庭叙事断裂造成主体被动地陷入这种失常状态。本文从老年学研究与实践的去医学化作为出发点,在马克·弗里曼(Mark Freeman)提出的"叙事闭锁"(narrative foreclosure, NF)(Freeman 2000:81)概念基础上,对文学作品中的典型老年型叙事闭锁者进行分析,阐述其特征及表现,旨在让更多研究者关注老年叙事闭锁现象,了解营造健康的老年叙事生态的重要意义。

一、老年叙事闭锁：概念的提出

"叙事闭锁"这一概念由心理学家弗里曼于 2000 年提出,常被用于叙事老年学的研究和实践当中。弗里曼认为叙事闭锁是生命故事被提前判决,进入终结或者缺乏生命力的状态(Freeman 2000:83),是一种认定自己的人生不可能再有意义的宣判(Freeman 2010:126)。弗里曼也将老年人的叙事闭锁状态称作"预先写好的脚本中的终结"(pre-scripted ending)。叙事闭锁者在终结感影响下,出现想象力枯竭和阐释危机

（interpretative crisis），生命还未真正终结，但是故事结局已被设定（杨晓霖等 2021：10—15）。

弗里曼描述了四种叙事闭锁类型，一是"死胡同型"（dead end），个体相信他们已经非常清楚自己的人生将如何结束，没有出乎意料的其他方向可预期，这种终结感形构了他们的当前状态；第二是"极限目标型"（point of no return），主体感觉过去已倾尽全力，不再有新的目标；第三则是"追悔莫及型"（a narrative of regret），将过去发生的遗憾事件认定为不可改变和不可原谅的经历，造成现在无法重来的人生状况，过着不愿意过的生活；第四是"撞向至暗型"（blacker rapidly），对存在现状的极端绝望导致个体在不可避免地走向终端时，感到人生故事无改变可能，援用《伊万·伊里奇之死》里的话来说，就是"只在人生之初有过亮点，此后一切加速变暗"（Freeman 2010：5）。

其他不同国家学者对老年闭锁都有各自的论述。俄罗斯文学家加利·默森（Gary Morson）在《叙事与自由》（*Narrative and Freedom*，1994）中提到的"生命叙事的尾声阶段"（epilogue time）（Morson 190—193）与弗里曼的叙事闭锁概念接近。在叙事老年学语境下，叙事闭锁者认定自己的生命叙事主体进程已经结束，不再向前演进，只剩下一些日常琐碎、无意义的枝丫叙事。而主体透过对生命事件的陈述与再述是主体与社会建立完整互动关系的重要途径；当叙事遇上老年人，这个议题的焦点在于如何表达生命故事，协助老年人理解生命本质并展现生命力量（Kenyon 38）。

如果用一本书作为隐喻的话，"叙事闭锁"指的就是一个人不再处于自己人生故事的书写过程之中，他认定自己的人生故事已经不可能有任何更新，人生之书不会再有新篇章，也缩手缩脚不愿意再去感受、重写和编辑前面的章节（Bohlmeijer 364）。也就是说，老年闭锁者放弃了自己的主动写作行为，任由人生故事踟蹰不前，闭锁者的内化叙事（internalized narrative）不再被体验为一个有丰富意义等待着在生命进程中被逐步收获的"开放式文本"，而是被体验为一个"已经收尾的作品"（杨晓霖等 2021：10—15）。

在进入老年阶段的自我调整过程中，短暂陷入叙事闭锁并不可怕，长久走不出确实会影响心身健康。只要能够及时跨越，走出闭锁，曾经的闭锁经历就能成为实现人生第八阶段成长的"启示录"。虽然外在生命在衰老过程中不断弱化，内在生命却可以持续更新。老年阶段正是主体聚焦于内在生命更新成长的阶段。透过回想过去生命中的事件与情感，重新以当下的角度诠释自己，老年人可以实现内在生命意义的赋值与超越。

二、文学中的老年叙事闭锁

英国维多利亚时代著名诗人阿尔弗雷德·丁尼生（Alfred Tennyson）的叙事诗《尤利西斯》（"Ulysses"）续写了尤利西斯回到伊萨卡岛后的故事。这首诗以卸甲归田后垂垂老矣的尤利西斯作为叙事者，道出老年叙事闭锁的真实状态——"生命就此终结，任凭蒙尘生锈"。诗歌里，尤利西斯在短暂三年里陷入老年叙事闭锁状态，老迈不安，整天抱怨，无所事事，混吃等死。但睿智的尤利西斯很快就对这种状态进行反思和自我调整，意识到颓废虚度日子和行尸走肉并无区别。尤利西斯主动摆脱闭锁，召集并带领与他一样两鬓白发的一众老者重新出发，"去斗争，去求索，去发现，不屈服"。

受丁尼生这首诗的启发，年轻的老年学者朗纳德·曼海姆（Ronald J. Manheimer）走出学院，走向老年社区，为老人讲授哲学，将他从老年人那里获得的叙事智慧写进了《银色的旅程》（*A Map to the End of Time*）一书。这部作品贯穿着两条线索：主线展现作者与奥吉、乔伊叔叔、英厄阿姨和席薇黛嘉等睿智老人的叙事互动，辅线则不断回溯历史上赫拉克利特、柏拉图、亚里士多德、斯多葛学派、格伦特维、荣格、艾略特、海德格尔等思想巨擘关于老年的洞见。借由哲学家和诗人的观点启发深入反思，继而转化为实际行动。

伊丽莎白·毕晓普（Elizabeth Bishop）晚年创作的名篇《克鲁索在英格兰》（"Crusoe in England"）中，荒岛余生的克鲁索回到英格兰生活了一段时间之后，发出感慨："……我老了。/也很无聊，喝着真实的茶，/周围是无趣的废物"（Bishop 166）。回到文明世界的克鲁索仍然活在记忆中，遥想当年壮举。诗里的"这把刀"是克鲁索曾经辉煌的岛上经历的象征，它"曾经有如一座十字架，散发着丰富的意涵"，而现在却被搁置在架子上，毫无用武之地。就像《尤利西斯》里那句"最沉闷之事莫过于在弃置中生锈，无法在使用中闪闪发光"。精神意义上的克鲁索和那把闲置的刀一样，早已死去。克罗索没有及时走出昔日荣光，没能在新的身份中获得意义，意义世界慢慢萎缩，陷入叙事闭锁之中。

通常年轻时经历辉煌的生命主体到了老年容易陷入叙事闭锁状态，但经由他们对人生故事的反思与重新阐释，他们获得了生命的复原力，走出闭锁,重新踏上成长的历程。丁尼生的《尤利西斯》和毕晓普的《克鲁索在英格兰》都属于续写式平行叙事。通过将英雄的生命故事延长至老年阶段,诗人们让读者看到了年轻时的辉煌到了老年是一种难以超越的过去,要使自己的老年生活不陷入叙事闭锁和生命叙事进程的停滞状态,老者必须重新出发,踏上超越老化的全新旅程,老化的过程本身就是一个充满挑战、需要智慧的旅程。

艾略特在《小老头》("Gerontion")这首诗里提到一个"悲观绝望""无能为力"的小老头。小老头感觉自己就像"织着风的空梭子,没有魂",也就是说他感觉日子过得比梭还快,但时间都被消耗在无指望的生活中。小老头所处的就是一种老年叙事闭锁状态,他对老年后的生活缺乏期待。按照弗里曼的分类,《小老头》属于"极限目标型"和"撞向至暗型"叙事闭锁。《小老头》在某种意义上而言,是对老年叙事闭锁的最佳文学阐释作品。

被誉为"20世纪美国最著名的小说家"之一的杜鲁门·卡波特(Truman Capote)的短篇小说《米里亚姆:一个关于孤独的经典故事》(*Miriam: A Classic Story of Loneliness*,1981)以第三人称叙事者形式描述陷入老年叙事闭锁的独居老妇人米勒太太(Mrs. H. T. Miller)的故事。我们从故事中可以看到老妇人的家里"没有半点生气,只是一片死寂,像个殡仪馆","从来没有人敲过她家的门,听到敲门声,认为一定是有人敲错门"。米勒太太几乎没有朋友,活动范围很少超过拐角的杂货店。

陷入闭锁中的米勒太太完全失去人际关系之间的连接,因而不可避免地出现精神失常现象,出现幻听和幻视,最后整个人精神崩溃。"Miriam"这个名字本身蕴含着矛盾,既象征着女主人公虽生犹死的状态,又寓意着女主人公内心里对生命和活力的渴望,这种深层次的矛盾也是产生幻觉的源头。小说主体部分讲述了老妇人陷入精神失常状态之后,在幻觉中看见一位跟她同名的女孩不停地闯进她的生活(Capote 1)。

黎巴嫩裔小说家拉比·阿拉米丁(Rabih Alameddine)的《无足轻重的女人》(*An Unnecessary Woman*)中的第一人称叙事者,七十二岁的萨利赫(Aaliya Saleh)也是老年叙事闭锁者。离异的萨利赫独自程式化地生活在四壁环书的贝鲁特公寓里,生活几十年不变,陪伴她的唯有书籍。她每年翻译一部名著,但从来没有读者。她躲进文学世界逃避现实:有时是《罪与罚》中的拉斯科尼科夫,有时是纳博科夫笔下的洛丽塔或汉伯特。萨利赫钻进虚构故事世界中,成为虚构故事中的"我",对现实世界里的"我"却选择逃避,因为"文学给予我生命,而现实却杀死了我"。

事实上,杀了萨利赫的正是提早老去的心理状态。汉字的"老"里就有一把匕首,如果没有管理好老年阶段心身健康,这把匕首很可能就把我们给"杀"了。老去的现实让萨利赫不再期待顿悟和成长("no more epiphanies")。透过叙事者的内心独白,我们不难看出过于沉溺于文学让萨利赫失去人际间的交往能力,萨利赫觉得自己可以"钻进爱丽丝·芒罗的皮肤里,但却不愿意与自己的母亲交流"。也就是说,她处于家庭和社会的叙事关系断裂状态。

拍摄于 2012 年的一部英国小品电影《献给爱妻的歌》(Song For Marion)将两位老年夫妻对待老年和疾病的态度进行对比,讲述妻子等人如何合力帮助丈夫走出老年叙事闭锁。妻子玛丽昂(Marion)是一位罹患绝症,平常得靠轮椅代步,但却积极面对人生的乐观主义者,每天都要参加老年合唱团的活动;而丈夫亚瑟(Arthur)是一个陷入老年叙事闭锁,喜欢独处,不苟言笑,脾气古怪,生活刻板的老头儿,他认为唱歌是一件毫无意义的事情。亚瑟不支持玛丽昂唱歌,只希望她留在家中安心养病。

印度电影《老爸 102 岁》中,75 岁的儿子巴布显然是一位老年叙事闭锁者。巴布的人生态度和生活状况与老父亲达特利形成强烈反差。巴布未老先衰,尽显老态。虽然没病,但每周都要去看医生,是一个"既害怕死,又害怕活"的人。而阳光乐观的父亲每天都过得鲜活精彩。达特利立志打破吉尼斯长寿纪录保持者 118 岁中国老人的纪录。为了不受活得很"丧"的儿子的影响,达特利决定将他送进养老院。不愿去养老院的巴布只得和父亲达成协定,一步步完成人生"改造"。在父亲的引导下,巴布的人生增添了新的篇章,实现了老年阶段的成长。从叙事老年学角度来看,达特利在改造过程中承担了生命叙事专家的角色,通过帮助儿子回顾和展望人生故事,使其不再沉溺于过往,实现了对闭锁状态的儿子的叙事赋能。

生、老、病、死是每一个人的必经路程,每一阶段都充满挣扎与努力。老年型叙事闭锁是指老年生命叙事者自认为已进入"生命叙事的尾声阶段"或人生戏剧帷幕落下的阶段,所有重要的人生事件已经发生,不再期待有新的叙事进程出现,即使有一些变化也只是之前的叙事进程的旁枝末节的衍生。从这句话中,我们注意到的是,老年型叙事闭锁者并非生命进程真的停滞,真的不再有活力和意义,而是自我设定处于这个状态,这种设定影响了他/她对人生意义的阐释。叙事闭锁直接导致构成人类存在意义的基础出现断裂。

三、老年型叙事闭锁与叙事赋能

在其众多老年学的子学科下,文学领域学者最先采用人文主义学术路径来探讨"老年化"这一话题(Cole et al. 16),发展出"文学老年学"(literary gerontology)这一分支。文学批评家安妮·怀亚特-布朗(Anne Wyatt-Brown)最早提到"文学老年学"这一概念。文学老年学研究者不是老年学家,他们关注诗歌、小说、戏剧和散文中以老年为主题的文学叙事作品。研究者通过对与老年相关的文学文本进行细读来阐述老年文学叙事的特点,讨论在文学叙事作品如何虚构和再现"老年"这一生命经历(邓天中 30)。

擅写老年主题的杰出文学叙事作品有川端康成关于老迈与内省的《山之音》、2003 年诺贝尔文学奖得主库切(J. M. Coetzee)关于老年衰弱的小说《屈辱》(Disgrace: A Novel,1999)等。文学家更善用文字描述与叙事策略升华其关于老年阶段生命意义和死亡的哲学思想,因而,对于老年的思考,文学家似乎比哲学家还要更深刻。文学老年学的出现是老年学人文主义转向的标志,它重视"老化作为亲历过程的主体经验"(Johnson 1),承认虚构文本不受实证研究限制,也是研究老年问题的丰富资源。

"叙事老年学"的概念是在 20 世纪末期的叙事转向大潮中被提出来的(de Medeiros 63—81),它建立在"人生如故事,故事如人生"这一根隐喻之上(Sarbin ix),我们也可将其视为叙事医学或生命健康叙事学的一个分支。叙事老年学学者认为,主体在老化过程中,如果能够在生命健康叙事实践者的引导下充分利用年长者的"叙事资本"(narrative capital),积极建构有意义的、实现人生统整的故事,就能帮助老年人成功、健康老化,提升老年人的生命质量(Carpentieri and Elliott 2)。叙事介入的途径包括经典老年文学叙事阅读与分享和老年人人生故事分享等,但核心都是强调叙事对年长者身心健康的重要性,通过阅读和讲述故事来重新审视、发掘人生的意义,走出叙事闭锁。

寻求意义是人类最基本的行为,每个人可以从阅读自己和他人的生命故事里获取意义与智慧。说故事并非仅是日常行事,而是创造自身的过程;没有故事就没有自我。透过故事,我们才能找到人生意义,了解凡事皆有可能。尤其许多原本隐而未见的智慧非借由故事讲述而不能传世,叙事是获得这些智慧的唯一途径。瑞士哲学家亨利·阿密尔(Henri Amiel)说:"知道怎么在变老中成长是智慧的杰作,也是生命这门伟大艺术中最困难的章节。"叙事老年学正是帮助老年人在生命转折点上构建自我认同,理解人生智慧,实现生命意义的重要工具。

叙事闭锁是一种生命失常状态,也是生命意义的危机状态。老年阶段会经历职业生涯、社会生活和家庭生活等三种断裂危机。这是造成老年人心身状况不稳定的重要原因,也是导致老年叙事闭锁的主要因素。职业叙事闭锁者以及年轻时经历太多辉煌的人最易陷入老年叙事闭锁。前文提到的尤利西斯和鲁滨孙·克鲁索都是在老年阶段沉迷于对往辉煌的回忆中的叙事闭锁者。角色的丧失致使主体陷入叙事断裂,在断裂处将自己闭锁起来。

沉溺在过去的成功与辉煌中的年长者也容易成为老年叙事闭锁者。在马尔克斯的著作《霍乱时期的爱情》一书的开头,我们遇到一位从军队退役回来的儿童摄影师。摄影师常与主角乌尔比诺医生下棋,也是医生的好友,但在不到 60 岁时在浴缸里结束了自己的生命,这让医生悲痛不已。事实上,这个角色在故事开头就去世了,他是以一种不愿老去的心态结束自己的生命,或者说,他觉得自己的一生足够丰富,过完了大多数人的一生,甚至包括他们的老年时期。也许这位退役军人早已发现自己未衰先老,提前走完了以后的路,所以才选择在睡梦中用燃烧的氰化物结束自己的生命。

事实上,文学叙事中有不少类似的人物,都在向我们证明事业有成者或过早实现人生目标的人容易陷入叙事闭锁。普利策奖得主安娜·昆德兰(Anna Quindlen)的《一个人的面包屑生活》(*Still Life with Bread Crumbs*)里,女主角是一位过气的著名女摄影师丽贝卡。丽贝卡的世界曾经无比璀璨,眼下却似等待陨落的流星般黯淡。过往的辉煌就像琥珀一般将她困住,让她无法前行,与周遭环境"脱线",与周围人脱离叙事关系,无法适应老年生活。幸运的是,一个人的面包屑生活令她走出闭锁,开启成长模式,开启生命新的篇章,在开放的生命叙事中获得启悟。

瑞典著名作家弗雷德里克·巴克曼(Fredrik Backman)的《一个叫欧维的男人决定去死》(*En man som heter Ove*)中的主角欧维因幼年丧母、

少年丧父在年轻时已陷入创伤叙事闭锁。但幸运的欧维遇见乐观的索尼娅，并成功求婚。妻子的出现帮助欧维走出人生黑暗期。只是好景不长，妻子遭遇车祸，下肢瘫痪，还失去腹中胎儿，又给欧维带来严重创伤，从此形成孤僻冷漠、刻板计较、不近人情的性格。除了妻子和工作之外，欧维几乎没有任何人际叙事关系。这样生活了几十年，妻子突然罹患癌症去世，工作 43 年的公司决定辞退他，这一切使已经进入老年期的欧维陷入严重的叙事闭锁之中。

失去亲人、年老体衰、无人为伴、无业赋闲的欧维感觉生命在"加速撞向至暗"。他尝试各种自杀方式，但都以失败告终。根据埃米尔·涂尔干（Emile Durkheim）的自杀分类，欧维的自杀行为属于失调性自杀。失调性自杀指个人与社会固有的关系被破坏。欧维的一生围绕两个中心生活，一个是妻子，另一个是工作，当二者彻底从生命中消失，欧维与社会的联系也随之断裂。公司辞退他之前，曾提议为他报名培训课程让他有机会换一种工作，但欧维毫不犹豫地拒绝了。这是一种欧维式职业闭锁。他已闭锁在同一工作中没有变化地生活了 43 年，他拒绝改变，拒绝一切关系上的不确定性。

陷入这种闭锁之中的欧维对未来不再抱有期待，更不相信自己一个人可以继续幸福生活下去，因而，认定自杀是唯一的解脱方式。"结束生命的强烈召唤"轰鸣在欧维闭锁的堡垒里，欧维渐渐听不到外界呼唤他加入的声音。在欧维每次求死过程中，与他生命每一个阶段相关的重要亲密关系故事就会浮现在他脑海里。每一次自杀被邻居意外打断之后，欧维逐渐与邻居构建起人际间的叙事关系，生命故事在这一过程中增添了新的篇章。一开始，欧维不允许任何人提起妻子，担心别人每说一些关于妻子的事，他就会丢掉一些美好记忆。但随着心扉不断打开，他发现分享故事的过程让他重新认识了自己的人生，也重新构建了社会关系。虽然最终因突发心脏病去世，但这时的欧维已经走出叙事闭锁，在安宁祥和的氛围中离开。与自杀相比，这已是一种善终。

在拉丁文中，"活着"（inter homines esse）的字面意思是"身处人群"，而"死亡"（inter homines esse desinere），则是"不再身处人群"，亦即社会性死亡。而在生命健康语境下，我们认为"身处人群"并不代表活着，有些人身处人群却无法与人建立叙事关系，这种状态比死亡更孤绝，更悲凉。也就是说，一个人生活在孤岛上，或困在囚室中，或许并不是最孤独的事。更孤独的是在人群中的疏离感。美国心理学之父威廉·詹姆斯（William

James)曾经说,不被社区的人所注意,或许才是真正邪恶的刑罚。

这种身处人群中的死亡以"叙事萎缩"(narrative atrophy)为重要特征。叙事萎缩和失落是老化过程中不可避免的一部分。对于普通人而言,人际叙事(inter-narrative)具有"日常性",也就是说,像饮食一样必不可少。然而,一些自我闭锁者却不能每天进行人际叙事这一日常行为。著名哲学家斯拉沃热·齐泽克(Slavoj Žižek)将自我与他人关系的隔绝状态称作"非人"(inhuman)状态,是"人性零度"(zero-level)和"主体性的零度"(zero-level of the subjectivity)(Žižek 161,311)状态。

这种叙事失落涉及个人、人际与社会三个层面,通常是职业生涯、社会生活以及家庭生活三重断裂的共同作用。对于家庭主妇而言,管理家务、照顾家人既是职业也是个人生活中心,因此,与其他行业从业者相比,家庭主妇的"公共自我"(public self)和"个人自我"(private self)是合二为一的,这同时也意味着她们的叙事人际关系相对更为狭窄。那么,在儿女成人离开身边后,个人兴趣匮乏的家庭妇女很容易经历严重的生活重心失衡、叙事关系急剧压缩,她们的家庭生活因儿女的缺席变得沉闷压抑,从而很容易陷入老年叙事闭锁。

我们可以看到,陷于叙事闭锁的老年人多数失去故事叙述能力和社会交往能力,这使得他们彻底被自我或他人物化,陷入"非人"境地。在澳大利亚小说家菲奥娜·麦克法兰(Fiona McFarlane)的《虎迷藏》(*The Night Guest*)中,独居的高龄女性露丝在丈夫过世半年后开始夜不成眠,被"老虎在客厅喘息、嗅寻食物,无声却又权威地来回走动"的幻觉纠缠。露丝的老虎,是恐惧的变形,是一种无形的恐惧深藏心底,逐渐扩散,当理智不能驾驭时,老虎就跑出来和她大玩捉迷藏,比老虎更令人恐惧的其实是随伺在后的"死亡"悬念。之后,政府出钱请来护工照顾其生活,她与护工之间建立人际叙事关系,讲述自己的人生故事。露丝的焦虑逐渐缓解,走过了人生的最后阶段。

前文所述的杜鲁门·卡波特的短篇小说《米里亚姆:关于孤独的经典故事》讲述陷入叙事断裂的独居老妇人米勒太太的故事。像麦克法兰的《虎迷藏》里被老虎幻觉纠缠的露丝一样,完全失去人与人之间叙事连接的米勒太太不可避免地出现精神失常现象,出现幻听和幻视,最后整个人精神崩溃。没有人际叙事连接的世界对于人类而言就是一片荒野,空虚而寂寥。对于长期的社交孤立者或者叙事连接断裂者而言,长期孤独导致他们人际认知变弱,一旦与人打交道就很容易产生人际冲突。因而,在米勒太太的幻觉中，她已不习惯生活被闯入、被打乱，尽管她最需要的就是人际叙事连接。

麦克法兰的《虎迷藏》里的露丝、卡波特的《米里亚姆》中的独居老人、沃尔特·莫斯里（Walter Mosley）的《失忆守密人》（*The Last Days of Ptolemy Grey*）里的托勒密都已多年不与他人建立人际叙事关系，而关于自我的智慧只存在于"人际叙事网络"（webs of internarrative）中。生命故事的讲述与再述是个人与社会建立多维人际叙事网络的重要途径。然而，老年阶段的三种断裂危机不断造成老年人人际叙事网络的断裂。在变老的过程中，随着职业人际叙事关系的中断，随着自己熟悉亲近的人逐渐离世，能与自己展开人际叙事的人越来越少，人际叙事网络越来越弱，叙事生活越来越被动，不断退化。

家庭叙事关系疏离的生命主体如果能够遇上叙事素养非常高的人并与其构建深厚的人际叙事关系，也可能走出叙事闭锁，重新认识和修复自己与家人的关系。日本新生代小说家三浦紫苑的作品《假如岁月足够长》刻画了一位事业有成的银行高管有田国政，虽然有妻有女，却因工作而关系疏离，结果在退休后不受家人待见，直接从职业叙事闭锁滑入老年叙事闭锁之中。好在从小一起长大的细工花簪匠人源二郎观察到国政的困境，以其乐观积极的生命故事帮助他逐渐走出老年闭锁。

著有《老年智慧》（*Agewise*, 2011）的玛格丽特·格莱特（Margaret Gullette）认为，叙事对改变年长者的生活具有重大意义。诚然，老化过程本身就是一种叙事，这种叙事不是一成不变的，而是不断受到主体的生理机能、生活经历和社会因素影响而发生变化（Gullette 179）。我们都处在自己故事的中段，当新的生命事件发生，故事情节就在不断修正。艾略特认为能够给陷入叙事闭锁状态的小老头带去希望的是象征复活生命活力的雨。小老头一边让一个孩子读书，一边通过书中的故事唤起自己的回忆和联想。在某种意义上而言，该诗暗示故事或者人际叙事关系对叙事闭锁者而言就像雨水之于干旱。

身体机能的老化并不意味着生命故事的停滞，创造力和成长力的障碍不是年龄，而是心理状态。"撤离理论"（disengagement theory）认为老年人要成功迈入老年，必须接受"老年是一种逐渐撤离原有社会角色、人际关系和价值体系的过程"，也就是说必须接受"无角色的角色"这一价值规范，而生命健康叙事理念则认为老年人不必完全撤离，而是继续保持与年轻人的叙事互动。

对于老年叙事闭锁者而言,他们生命叙事的开放性完全让位给叙事的稳定性,后者占据着绝对地位。叙事介入能够创造开放性的可能,用"再生传承性"(generativity)对抗老年阶段的"停滞不前性"(stagnation),用"进步叙事"(progress narrative)替代"衰退叙事"(decline narrative)。在欧维的故事中,他本来不开放的人生故事在妻子去世后陷入绝对停滞中。一系列偶然事件将欧维尘封的内心重新开启。叙事介入者需要为说故事者建构畅所欲言的"智慧环境",通过多聆听老人讲故事并予以回应,体会人生(尤其是老年)的诗性美(the poetic aging)(Randall and McKim 5)。

叙事闭锁者的解锁是一个个体化的过程,一把钥匙开一把锁。一个成功的生命叙事回顾可以帮助老人针对自己的生命历程完成人生意义的统整。而统整的过程需要系统化的指引、主体和相关叙事资源的连接和沟通。当年长者在生命叙事基础上"重构"新的生命故事时(这里的新故事也包括过去的老故事在讲述和聆听的互动过程中所被赋予的新意义),他/她也就内化成为自己故事的"读者",因而,在生命叙事专家指导下的再述和再写作是对叙事自我的再次形塑(refiguration)的过程,是一种螺旋式(spiral)向上的健康进化过程。在这一过程中,小的片段式的故事逐渐连缀成"大的引发反思的叙事"(big story narrative reflection)(Spector-Mersel 286)。

四、营造良好的老年叙事生态

叙事生态由主体在生命叙事进程中所处的社群关于某个话题的不同视角的故事构成,这些故事一起合力形成一道独特的叙事风景线。老年叙事生态是一个社会或一个国家在某个时期关于老年这个话题的叙事思维的总和,是一个由不同视角故事构成的有机系统。在这个生态里,有主流叙事也有反叙事,有冲突也有竞争。在一切以物质贡献为标杆的社会里,老年歧视无处不在,已成为"最合理的偏见"。在这样的叙事生态里,老年人被严重边缘化,人际叙事出现断裂危机,容易陷入老年叙事闭锁。只有营造良好的老年叙事生态,才能提升老年人展现自己的叙事智慧的自信心,实现健康老化和超越老化。

法国女性主义作家西蒙·波伏娃(Simone de Beauvoir)提醒我们关注

老年人在社会中被遗忘、摒弃或鄙视的现象，而美国人类学家、老年学家劳伦斯·科恩（Lawrence Cohen）提出，就像波伏娃断言女性是被社会建构的一样，老年也是被知识权力建构的。积极构建叙事老年学，通过积极推荐老人群体阅读体现"超越老化"和"健康老化"的虚构叙事和回忆录叙事，积极引导老年人构建与年轻人之间的代际叙事关系，使其叙事智慧得以传承，使对抗老年歧视的主流叙事的反叙事逐渐成为主流叙事，健康的老年叙事生态就能得以成功构建。

在现代医学与医疗资本视域下，老年人的体能退化和疾病状态被无限扩大。20世纪医学将"年老"视为一种"必须防范的疾病"，而不是生命向前演进的正常状态，在这样的老年叙事生态中，老年人被刻画成一个同质化群体：每月领取退休金，服用各种慢性病药物，占据医院病床和急诊室，大量耗费医疗、药物与社会资源。按照文学造诣高超的内科医生凯伦·希区考克（Karen Hitchcock）的说法，当代语境下，针对药物对庞大人群的疾病治疗的重要性这一议题上，医学和社会已进入一种互相感染的精神疾病共病状态（folie à deux）[①]（19）。也就是说，关于老年人的社会叙事生态与关于老人健康的医院叙事生态联手强化了老年群体的疾病化和药物依赖的形象。

波伏娃在《老年的来临》（*The Coming of Age*）中说：老年既不是一个会让人变得特别有智慧的阶段，也不是一个会让人无可避免要受到淘汰的阶段。人的心灵几乎是永远年轻的，而我们之所以会觉得自己变老，由两方面原因造成：一是我们在镜子中看到的逐渐老去的身体，一是社会大众看待我们的态度。而我们会把别人看待我们的目光看成判断自己是谁的准绳。因此，"老年"可以说是社会大众共同策划的"阴谋"，老年人不由自主地被拖进这个阴谋的话语中。老年人必须继续去追求一些可以带来进一步自我实现的计划。一个人如果失去人生目的，就是失去自己的存在。

积极的文学老年叙事可以营造良好的社会老年叙事生态，也能成为老年生活叙事赋能的重要媒介。帕斯卡尔说过：人是一根能思想的芦苇。而老年人不只是会思想的芦苇，还拥有不可估量的叙事财富。如果社会能够营造良好的老年叙事生态，认可并传承老年人的叙事智慧，则老年人可以变得不那么脆弱。艾拉·拉贾（Ira Raja）的《灰色地带：一个关于老年话题的印度虚构叙事作品集》（*Grey Areas: An Anthology of Indian Fiction on Ageing*）更大程度上是一部叙事老年学作品集，而非文学老年学作品集,因为拉贾从文学老年学初期对衰老过程的生物学理解转化到对衰老议题的叙事建构,年龄被认为是自我叙事身份构建的重要维度。

朱利安·巴恩斯(Julian Barnes)是关注老年书写、积极营造老年叙事生态的重要推手之一。在其探究人生暮年真相的短篇小说集《柠檬桌子》(*The Lemon Table*)中,年老的叙事者透过回忆叙事不断质疑记忆的准确性并重新发现真相,自觉存在的意义与价值,并拥抱老化的事实。这种"熟龄小说"(Reifungsroman)形式的展现在其小说《回忆的余烬》(*The Sense of Ending*)中展露无遗。学者瓦克斯曼(Barbara Frey Waxman)创造"Reifungsroman"这一概念(复数形式是 Reifungsromane),并声明这种"熟龄小说"(或称"中老年成长小说"),是"一种将教育成长小说延伸到中老年阶段的文类"(Waxman 15),重点讲述主人公在情感和生命哲理认知方面日臻成熟的故事。

老年人不必执着于老年阶段的重新出发,在真实的故事中,尤利西斯回到家中,与妻儿相守,安度老年。也就是说,他选择了历史,而不是不朽。美国心理学家格兰维尔·斯坦利·霍尔(Granville Stanley Hall)在《衰老:人生的后半叶》(*Senescence: The Last Half of Life*)中提到,"学会承认我们真已老去,是一种历时漫长、复杂和痛苦的经验"[②],拼命让自己保持重要性,尽全力不让自己被年轻人取代,换来的反而是老年生活质量的降低。荣格认为,如果老年人的行为举止想跟年轻人一样,并认为他们的工作热情和成效都必须胜过年轻人的话,这就是一种文化反常现象。

事实上,高龄者不应执着于个体生命潜能的实现,而应从当下的人生视域中跳脱出来,重新审视自我、社会乃至人类的过去,重新发现生命和历史叙事进程中所蕴藏的共通人性(common humanities)。老年阶段对于生命主体的整个人生而言,宛如诗人艾略特所说的"转动世界中的静止不动之点"(still point of the turning world),借由制高的视野,高龄者获得的是一个有利位置,得以俯瞰人生的整体轮廓。当老年人充实自己的叙事生活,丰富自己的叙事关系连接,接受"回忆过去,审视现在,期待未来"的简单生活,以"智者"身份回看生命历程,便能以积极心态面对衰老,并在复杂的社会环境中掌握"老而自尊"的生活。

生命健康叙事理念则提出"叙事介入"(narrative intervention)可有效改善老年叙事生态,让高龄者获得叙事赋能(narrative empowerment),实现主体的成长。叙事赋能的途径主要包括两个方面,一是推介年长者阅读经典的老年文学叙事作品,对抗主流叙事中让年长者陷入闭锁的消极叙事;二是引导年长者在个人(撰写日记等)、人际(家庭和社区故事分享)和社会文化层面(出版回忆录等)讲述自己的故事。透过成为这三个层面的叙事者,还原年长者的叙事能力,接受老年化事实,肯定年老的自我仍然可以继续成长。

也就是说,老年语境中的叙事介入包括加强关于老化和老年叙事闭锁的叙事教育,创建老年叙事阅读书目,开展健康老化叙事作品的阅读和分享,帮助老年人重建健康的人际叙事关系。除了老年人之间的日常叙事关系之外,"代际间的叙事关系"也非常重要。叙事介入的核心是强调自我叙事和人际叙事对长者身心健康的重要性,通过引导老人阅读他人的生命故事,讲述自己的生命故事,重新审视、发掘人生的意义,进而创设良好的老年叙事生态。

结语

著名医学家伯尼·西格尔(Bernie Siegel)认为,只有重新阐述人生故事,才能实现统整全人的健康状态。因而,老年人生命故事的讲述和阐释是健康老化不可或缺的重要环节。摆脱了年轻时的忙忙碌碌,年长者可以自由自在地探索,将一生的故事、思想和情感汇成溪流。老年是最佳的叙事时机,老年人是拥有雄厚的叙事资本的最佳叙事者,如果在这一阶段无人聆听和回应他们的人生故事,生命得不到统整,他们会陷入孤独与恐惧中,就不可能实现健康老化。

叙事赋能不仅能够帮助老者健康老化,成功老化,活跃老化,更能帮助老者实现"超越式老化"(transcendence aging)(Tornstam 143)。叙事老年学可以帮助闭锁者在真正到达人生终点前活出更精彩的人生。也就是说,无论是处在老年阶段还是处在临终阶段,主体仍然有机会实现成长。通过叙事发掘内在资源,年长者可以取得主导权,摆脱叙事闭锁带来的危害。叙事老年学在某种意义上就是强调叙事对年长者心身全人健康的重要性,避免年长者进入"叙事闭锁"状态。老年人如能持续参与人际活动,追求智慧,展现及实践个人的创造力,便可以达到"超越年纪"的境界(Nuland 33)。

注解【Notes】

① 原文是 "Medicine and society have entered into a folie à deux regarding medicine's importance in gigantic population ills." 。 "folie à deux" 意思是 "infectious insanity"，即互相感染的不理智状态。

② 原文是 "To learn that we are really old is a long, complex and painful experience." 。

引用文献【Works Cited】

Bishop, Elizabeth. *The Complete Poems 1927‒1979*. New York: Farrar, 2000.

Bohlmeijer, Ernst T., et al. "Narrative Foreclosure in Later Life: Preliminary Considerations for a New Sensitizing Concept". *Journal of Aging Studies* 25 (2011): 364‒370.

Capote, Truman. *The Complete Stories of Truman Capote* (Vintage International edition). New York: Random House, 2005.

Carpentieri, J. D., and Jane Elliott. "Understanding Healthy Ageing Using A Qualitative Approach: The Value of Narratives and Individual Biographies." In *A Life Course Approach to Healthy Ageing*. Ed. Diana Kuh et al. Oxford: Oxford UP, 2014.

Cole, Thomas R., et al., eds. *A Guide to Humanisitic Studies in Ageing*. Baltimore: John Hopkins UP, 2010.

de Medeiros, K. "Narrative Gerontology: Countering the Master Narratives of Aging." *Narrative Works* 6.1 (2016): 63‒81.

Freeman, Mark. "When the Story's Over." In *The Uses of Narrative*. Ed. Molly Andrews et al. London, UK: Routledge, 2000. 81‒91.

－－－. *Hindsight*. New York: Oxford UP, 2010.

Johnson, Julia, ed. *Writing Old Age*. London: The Open UP, 2004.

Hazan Haim. *Old Age, Constructions and Deconstructions*. Cambridge: Cambridge UP, 1994.

Hitchcock, Karen. *The Medicine: A Doctor's Notes*. Melbourne: Black Inc, 2020.

Kenyon, Gary M. "Guided Autobiography: In Search of Ordinary Wisdom." In *Qualitative Gerontology* (2nd edition). Ed. Graham D. Rowles and Nancy E. Schoenberg. New York: Springer, 2002.

Gullete, Margaret Morganroth. *Agewise: Fighting the New Ageism in America*. Chicago: The U of Chicago P, 2011.

Marshall, Leni. *Age Becomes US. Bodies and Gender in Time*. New York: Sunny Press, 2015.

Morson, Gary Saul. *Narrative and Freedom*. New Haven, CT: Yale UP, 1994. 190‒193.

Nuland, Sherwin B. *The Art of Aging: A Doctor's Prescription for Well-Being*. New

York：Random House，2007.

Sarbin，Theodore R. "Introduction and Overview." In *Narrative Psychology: The Storied Nature of Human Conduct*. Ed. Theodore R. Sarbin. New York，NY：Praeger，1986. Ixxvii.

Spector-Mersel，Gabriela. "Life Story Reflection in Social Work Education：A Practical Model." *Journal of Social Work Education* 53.2（2016）：286－299.

Tennyson，Alfred Lord. *Alfred Lord Tennyson: Selected Poems*. London：Penguin Books，1991.

Waxman，Barbara Frey. *From the Hearth to the Open Road*. Westport：Greenwood Press，1990.

Tornstam，Lars. "Gerotranscendence：The Contemplative Dimension of Aging." *Journal of Aging Studies* 11(1997)：143－154.

Randall，William L.，and Elizabeth McKim. *Reading Our Lives: The Poetics of Growing Old*. New York：Oxford UP，2008.

Žižek，Slavoj. "Neighbors and Other Monsters." In *The Neighbor: Three Inquiries in Political Theology*. Slavoj Žižek，Eric L Santner，Kenneth Reinhard. Chicago：The U of Chicago P，2006. 134－190.

杨晓霖等：《生命健康视野下的叙事闭锁》，《医学与哲学》，2020 年第 23 期，第 10—15+25 页。

邓天中：《面对衰老，文学何为》，《南华大学学报：社会科学版》，2017 年第 2 期，第 30—40 页。

基金项目：本文系广东省教育厅科研项目 2020 年资助课题"基于空间叙事学的叙事职业教育研究"（2020GXJK562）的阶段性研究成果。

作者简介：景坚刚，教授助理，澳大利亚新南威尔士国际养老协会秘书长，研究方向为叙事老年学与生命健康叙事。余佯洋，讲师，深圳大学医学部医学人文中心副主任。

家庭叙事生态中的叙事照护与全人健康

杨晓霖　罗小兰　田　峰

内容提要：对于一个生命主体的成长而言，家庭是最早的生活场域。家庭叙事生态是第一个重要的叙事生态系统。在健康和谐的家庭叙事生态中，成员都具有较高的叙事素养，能构建亲密叙事关系，互相给予必要的叙事照护。在生命健康叙事语境下，"叙事照护"是主体利用自己的叙事资本和叙事智慧与家人和家人之外的其他主体建立人际叙事关系，滋养处在不良情绪和各种困境中的主体，帮助他们走出不良情绪和困境，形成良好生活习惯和心理情绪的一种照护方式。家庭叙事照护是叙事照护的最原初类型，对儿童健康成长和老人超越老化具有决定性意义。本文通过几则家庭叙事照护故事，分析家庭长辈如何鼓励儿童自觉自愿参与家务劳动，引导儿童摆脱恐惧的心理困境，帮助丧亲儿童扭转对死亡的错误认知；阐述"家庭叙事照护"如何赋能家庭的叙事生态构建，维系家庭成员的全人心身健康。

关键词：家庭叙事生态；全人健康；家庭叙事照护

引言

对于一个生命主体的成长而言，家庭是一个人最早的生活场域。家庭叙事生态是第一位重要的叙事生态系统。我们的生命是一切叙事关系的总和，而最首要的叙事关系是家庭叙事关系，人生幸福的关键是拥有良好优质的家庭叙事关系。家庭叙事生态指的是一个家庭里的几代人，尤其是核心家庭成员之间的叙事关系和叙事智慧所构成的动态系统。叙事

叙事研究 第4辑

是连接家庭亲密关系的基本架构。家庭叙事照护是叙事照护的最原初类型，对家族未成年人的健康成长和家族老年人的超越老化具有决定性意义。

一个家庭里，家庭成员之间相互专注倾听、讲述故事并予以积极有效地回应的氛围，包括家族史叙事是否得到很好的传承与延续，老年人的人生回顾故事是否得到年轻人的重视和回应，父母是否善于以隐喻性叙事方式与孩子建立人际叙事关系，夫妻之间的亲密关系是否建立在叙事性关怀基础之上等。然而，受快餐式生活方式影响的现代人忽视了家庭叙事互动带来的教育力、人际互动力，叙事带给家庭成员的自觉行动力、美好想象力和温馨记忆力，以及家族文化叙事的传承力。

本文围绕"家庭叙事生态"和"家庭叙事照护"这两个生命健康叙事体系中的关键概念，通过几则家庭叙事照护故事，分析家庭长辈如何鼓励儿童自觉自愿参与家务劳动，引导儿童摆脱恐惧的心理困境，帮助丧亲儿童扭转对死亡的错误认知；阐述"家庭叙事照护"如何赋能家庭叙事生态构建，维系家庭成员的全人心身健康。本文倡导良好的家庭叙事生态的构建主要通过隔代叙事照护和亲职叙事照护实现，同时也可以求助于生命健康叙事专家。

一、家庭叙事生态与叙事照护

"叙事照护"（narrative nurturance 或 narrative care-giving）是生命健康叙事语境下，主体利用自己的叙事资本和叙事智慧与家人和家人之外的其他主体建立人际叙事关系，滋养处在不良情绪和各种困境中的主体，帮助他们走出困境，形成良好生活习惯和心理情绪的一种照护方式。在一个家庭中，具有良好叙事素养的成员能运用自己的叙事智慧与老人和孩子建立亲密的叙事互动关系，随时观察其他家庭成员的身心状况，帮助他们健康成长和超越老化。

然而，现代社会中，家庭中心成员大多丧失了家族叙事传统和叙事照护能力。为了重新认识叙事对于家庭健康的重要作用，国内学者杨晓霖开始构建中国生命健康叙事体系，一方面倡导家庭回归叙事传统，另一方面培养生命健康叙事专家，帮助有需要的家庭应对因人际叙事关系萎缩造成的心身健康危机。当家长认为家庭发生变化、变故或者家庭成员面临自己无法处理的棘手问题,而家长又认为自己的叙事智慧不足以应对这样的问题时,可以咨询生命健康叙事专家,推荐"叙事照护处方"(prescription of narrative care-giving)。

"照护叙事"(narrative of care-giving)与"叙事照护"(narrative care-giving)不同。前者是一种叙事的类型,指的是主体将其在照护婴幼儿、患者、老者或残障者过程中的故事叙事化。而叙事照护侧重于如何运用叙事资本和叙事智慧为需要心身照护的对象赋予走出危机和困境的能力。西蒙·波伏娃的回忆录叙事《一场极为安详的死亡》(*A Very Easy Death*, 1964)就是一种照护叙事,这部叙事作品记录了波伏娃与妹妹海伦陪伴罹癌母亲度过生命最后三个月的照护历程。

在生命健康叙事语境下,我们根据叙事照护展开的场所将叙事照护分为"家庭叙事照护""医院叙事照护""学校叙事照护""老人院叙事照护"等不同类型。按照叙事照护的主体对象,可以分为"未成年人叙事照护""老人叙事照护""特殊残障人群照护""创伤苦难承受者叙事照护"和"患者叙事照护"等。本文侧重阐述家庭叙事照护这一类型中的未成年人叙事照护。

英格兰《星期日电邮报》(*Sunday Mail*)专栏作家克里斯托弗·布克(Christopher Booker)在他的《七个基本情节:我们为什么讲故事》(*The Seven Basic Plots: Why We Tell Stories*, 2004)一书中提出,故事无处不在,故事是人类日常生存的最重要特征。布克将家庭叙事分为七种类型,分别是,"破解谜团"(mystery,如《指环王》)、"斩妖除魔"(conquering the monster,如《贝奥武夫》)、"白手起家"(rags to riches,如《灰姑娘》)、"美满团圆"(comedy,如《皆大欢喜》)、"走向毁灭"(tragedy,如《麦克白》)、"脱胎换骨"(rebirth,如《丑小鸭》和《最后一片叶子》)、"离家回归"(rebellion,如《鲁滨孙漂流记》和《奥德赛》)。

当家庭遭遇困境时,家人通常会讲"离家回归"以及"斩妖除魔"的故事。"斩妖除魔"也是家人在谈论疾病和康复时最常讲述的叙事类型,因为这种故事里的英雄都掌握了改变现实、超越常人的能力,而"离家回归"的故事则为身处疾病中的人们燃起希望。这些故事告诉我们,只要花上些时间,得到足够的照顾,"离家远行"到"疾病国度"的人们最终能够回到"健康国度"来。

健康可以说是一种舒适的"安居"(homelike)状态。当家庭成员生病、失业、受伤、衰老时,家庭是个人的避风港。而疾病会使身体处于离家状态,在疼痛、失能、挫败感中感受当下的种种不适。因此,生病就是经验到原本最为亲密的身体无以为家,流离失所(unhomelikeness)的状态,病体的他者性(otherness)与陌异不安感进一步渗透到生命的存在性层次,会让自己产生深刻的不安、烦乱与疏离感(alienation)。只有逐步重新定位自我,恢复断裂状态,恢复心身健康,才能重新回到自己熟悉和安居的家里。

叙事照护包括直接与需要照护的生命主体建立人际叙事关系,在此基础上,利用自己的文学叙事阅读积累或在生命健康叙事领域专家的叙事照护书目指导下,帮助主体走出困境。家庭叙事生态与人体系统一样,内部系统的完整和平衡对于家庭健康和谐关系的维系非常重要。

二、家庭叙事照护

(一) 家庭叙事照护与隔代教育

《厕所女神》是日本著名女歌手植村花菜的成名作和代表歌曲,讲述的是已故外婆对幼年的植村花菜展开的家庭叙事照护的故事。不像当代浮躁社会大多数家长采用物质利诱的方式来让孩子参加家务劳动,当外婆想让6岁的植村花菜帮忙打扫厕所,而植村花菜却如同其他小女孩一样,嫌厕所脏,不愿意去打扫的时候,外婆跟她讲的是一个故事。物质是一种外在的操控关系,无法真正让孩子形成自觉的家务劳动习惯。而故事却是一种内化的感染和传承关系,融合的是主体毕生的生命智慧。在故事的照顾下,孩子可以在充满想象力和期待的氛围下,愉快地完成劳动,而且将其变成一种持续性的自觉行动。

外婆跟植村花菜讲的是厕所女神的故事——"每一个厕所里,都住了一个美丽的女神,如果你把厕所打扫得干干净净,长大以后,你就会变得跟女神一样漂亮"。听了外婆的故事,植村花菜每次打扫厕所时,都充满好奇心和想象力,她一边打扫一边想象厕所女神长什么样,平时躲在哪里,什么时候才能见到女神的真身,对着镜子想象长得更漂亮的自己将是什么样子,在愉悦的时光中,将厕所打扫得干干净净,每次都能获得外婆的赞扬。

社会学家爱利克·埃里克森(Erik H. Erikson)说,老龄意味着投入一系列生命传承的活动中(Erikson 50)。外婆虽然老了,但她非常注重自己与孙辈的叙事性传承。有了这个故事作为动力,植村花菜每次都非常努力地清洗厕所,无论是在家或者是在学校都尽心尽力地将厕所打扫到最干净为止。这首回忆家庭故事的歌曲获得了民众的热捧,及后衍生出同名小说、绘本、电视剧等一系列叙事作品。据一位日本好友说,他每一次听这首歌都会流泪,因为歌曲里有太多充满温馨回忆的、给人以启发和教育意义的动人的家庭故事。

我们说"责任心"就是"回应的能力"。植村花菜的外婆是一位懂得对孩子展开叙事照护的长辈,她用厕所女神的故事回应了外孙女对脏厕所意象的嫌弃,故事激起了植村花菜的行动力,让她心甘情愿地去打扫厕所。外婆没有过多使用物质和金钱的利诱,因为她知道这些都不能回应"外孙女对脏厕所的嫌弃"。外婆也不是用命令的口吻,而是积极运用了叙事智慧去引导孩子帮忙做家务事,从小就要热爱劳动。建立亲密的家庭叙事关系和让年幼的孩子从小就要建立起责任感等,是这首歌的精髓所在。

虽然外婆去世了,但她与孙辈的叙事性交往的鲜活一幕却永远留在了他们的心中。外婆讲述的厕所女神故事为植村花菜创设的是"存在认同"(existential identity)(Erikson 130),这种存在认同以故事的形式化作了一种生命的不朽与延续。而缺乏家庭之间的亲密人际叙事关系构建,往往容易导致家庭成员陷入"存在危机"(existential predicaments)中,内心被可怕的虚无、迷惘和失落所占据,最终导致家庭成员心理出现危机。换句话说,家庭叙事关系是家族成员之间的精神纽带,具有强力粘合作用,能让成员体验到归属感和安全感。

外婆运用自己的深厚的叙事素养创设了良好的家庭叙事生态,在孩子的教育中融入自己的叙事智慧,故事所蕴含的文化传承力永远伴随着花菜成长。在今后向前推进的生命进程中,从家庭中传承而来的优良个人叙事素养使她活出了更精彩的人生。正如尼日利亚小说家和诗人本·奥克里(Ben Okri)所说,故事总是以"看不见的方式"发挥作用,他认为:叙事具有神秘而强大的力量,在无形中影响着我们的内在自我,在改变我们的同时,成为我们生命的一部分。哈佛大学研究者所做的一项调查将愿意主动承担家务的孩子与不愿主动承担家务的孩子做比较,发现两组孩子成年之后的就业比分别为 15∶1,犯罪率为 1∶10。在某种意义上而言,当做家务、打扫厕所的故事成为生命的一部分,其对我们产生的持续影响能化作今后自觉承担家务和逐步建立社会责任感的不竭动力。

（二）家庭叙事照护与亲职传承

在一个健康的家庭中，家长不仅重视凸显自己的工具性价值，还注重传承自己的人文性价值。传宗接代、物质照护和身体保护体现的是父母的工具性（Finley and Schwartz 43—55），工具性之外，父母与孩子之间还有人性和人文性，而人性和人文性的载体就是叙事。工具性关系一般是为获取资源与陌生人建立的关系类型，而情感性关系和叙事性关系才是家庭成员之间的主要关系。智慧的父亲往往运用自己的叙事素养来回应和照护下一代的内心需求。在以叙事照护为特色的亲职照护中，父母应该摈弃权威和长辈的身份和角色，尽量站在孩子的视角上理解和回应他们的需求。

电影《撞车》（Crash）中父亲对女儿的叙事照护故事就是对工具性之外的家庭成员之间的人性关怀的最好体现。故事中，爸爸晚上回到家，已经是该睡觉的时间了，但女儿却因为害怕附近的一声巨响而躲到了床底下。这时，爸爸并没有责怪女孩胆小，也没有威胁地数一二三让她立刻从床底出来，更没有用小女孩最喜欢吃的小蛋糕将她引诱出来，因为爸爸知道这些都无法回应女儿内心的恐惧。威逼利诱无法让孩子下次在听到巨响时不恐惧。

这位具有叙事智慧，懂得叙事照护的重要性的爸爸走到女儿床边，将枕头扔到地上，自己躺到地上。这个看似简单的动作其实是在告诉床底下的女儿，爸爸已经做好耐心倾听的准备，决定以平等的态势来跟女儿进行交流。然后，爸爸说："我像你这个年龄的时候听到这样的巨响也像你一样感到特别害怕。"这句看似简单的自我故事分享，却是在跟女儿共情，告诉女儿，不只是你一个人感到害怕。听故事、读故事和分享故事最美好的一点是让我们意识到我们所有的挣扎不是独自承受的事。

接着，爸爸问："这里这么恐怖，我们要不要搬家呢？"女儿说不想搬。这时爸爸是站在女儿的立场上，与女儿一起寻求解决方案。爸爸一边试探女儿的反应，一边快速地调动叙事智慧，寻找能够最大化地回应女儿"恐惧心理"并帮助她变得勇敢的叙事素材。这时爸爸想到可以创设一个带翅膀的天使和隐形披风的故事。爸爸说他小时候很幸运地遇到一位带翅膀的天使,送给他一件能够保护他的隐形披风,从此变得勇敢,而天使要求他在女儿五岁时将披风转送给女儿。当好奇的女儿从床底出来时,爸爸脱下隐形披风,认真地为女儿穿戴上。女儿感觉自己立刻勇敢起来。

事实上,当家人愿意有耐心地陪着我们一起分享自己关于害怕和恐惧的故事时,我们就会感受到原来恐惧不是我独自承受的,而是普遍现象,当恐惧被带到人类普遍性的语境里,个人恐惧感就会得到纾解。反过来,如果女儿觉得只有自己才会感到恐惧,没有人能与自己分享恐惧时,这种恐惧就会被无限扩大,变成一种心理阴影,最终影响我们的正常健康生活状态。幸运的是,爸爸是一位懂得家庭成员之间的叙事分享的睿智爸爸。故事的最后,女儿安心上床睡觉。爸爸在女儿额头上亲吻一下,道了晚安。此刻,女儿脸上浮现的是满满的安全感与幸福感。

"再生传承性"(generativity)是德裔美籍著名学者埃里克森为他的心理社会发展理论的第七阶段创造出来的专业术语,意思是指成人贡献自己的生命全心照顾下一代的活动(Snarey 14,43),包括生物性的(biological generativity:生育繁衍)、亲职性的(parental generativity:照护和抚育自己的下一代)和社会性的(social generativity:为更大范围的新生代履行领导和导师的职责)三个维度(Snarey 20—22),其中"亲职传承"最能说明父职角色在孩子的主体生命历程中的重要性。

这个概念后来被发展为"父育传承"(generative fathering)(Dollahite 109),指父亲承诺照顾下一代,并因循儿女成长不同阶段持续的内心需求,通过各项职责来回应下一代的动态历程。这种回应子女需求的父育工作,可以创造并维系亲子间的发展性伦理关系。父亲与自己的原生父亲的良性叙事关系互动会延伸到自己担任父亲角色时与下一代的叙事关系构建和叙事照护能力的实现。事实上,在孩子的抚育历程中,父亲与母亲的角色同等重要,应做到亲职共享(joint parenting),共同承担叙事照护责任。

哈佛心理学者乔治·威朗特(George E. Vaillant)提出成人发展的自我认同(identity)、亲密关系(intimacy)、生涯统合(career consolidation)、传承再生(generativity)、意义守护(keeper of meaning)和自我统整(integrity)等六项任务。一个生命主体发展到成人阶段,除了职业生涯的发展之外,家庭的再生传承阶段也是生命主体发展过程中的一个重要转折期。在这一时期生命主体的主要发展危机在于能否发展出对他人,首先是对家人,包括老人、伴侣和子女的叙事照护和生命关怀能力,然后是对更大社会范围内的"老吾老、幼吾幼"的叙事照护和关爱能力。

然而,现代浮躁社会中,父母在承担了传宗接代的生物性功能之后,在儿女的亲职性教养、亲职性传承和亲职叙事照护方面做得非常糟糕。许多父亲只关注自己挣钱养家的角色,不自觉地陷入了职业叙事闭锁中,亲职养育身份完全被职业身份挤压,遁于无形,殊不知父亲在家庭里还有玩伴、叙事照顾者、教育者、心灵导师、家庭故事的分享者、家族文化的营造者、家庭价值的捍卫者、家族史故事的传承者等多重身份。父亲在家庭中的缺席造成了"假性单亲家庭"现象。有些家庭里的父母甚至直接成为"跳过的一代"(skipped generation)。

生命健康叙事理念倡导作为构建良好家庭叙事生态的主体,父母应该在儿童健康身心形成的关键期重视亲子之间的关爱性照护和陪伴性倾听,给予孩子高质量的叙事照护,通过建立亲密的叙事连接来帮助孩子走出困境或引导他们实现人生阶段的成长转变,而不应以物质的充裕和金钱的满足作为叙事陪伴的替代品。

(三)家庭之外的叙事照护处方

在西方一些国家,当家长认为家庭发生变化、变故或者家庭成员面临自己无法处理的棘手问题(有时只是搬家或转学之类的问题,但对于未成年孩子而言,都涉及新环境的身心安适调整过程,都需要获得家人的心理支持),而家长又认为自己的叙事智慧不足以应对这样的问题时,就会去社区图书馆咨询馆员,请他们推荐主人公或叙事者也有过相似处境的叙事性作品开展阅读。这就是对家庭之外的叙事照护的主动寻求。我们把由家庭之外的相关专业人员推荐的、具有疗愈作用的叙事阅读书目称作"叙事照护处方"。

叙事照护处方是一种根据生命主体所处的生命阶段和所面临的具体境遇,为其有针对性地开具叙事性作品处方,协助生命主体智慧处理日常生活中遭遇的情绪困扰问题,借此引导生命主体主动因应生命进程中的危机和困境,帮助其在最短的时间内达到心身安适状态的非医学保健方式。具备叙事照护处方开具能力的人不限于专业心理咨询师,而是可由叙事素养高的幼儿园和中小学教师、社工、大学辅导员、社会志愿者、图书馆馆员、医护人员、健康管理或康复治疗师等不同类型生命主体来担任。

叙事照护分为"独立阅读"（independent reading）与"互动分享"（interactive sharing）两类。前者主要依靠生命主体通过独立阅读，达到情绪缓解与自我觉悟的效果；后者则由生命健康叙事处方开具人运用叙事理念和叙事智慧引导陷入危机中的生命主体针对叙事性作品进行深入讨论，借由阅读和讨论过程，协助生命主体走出情绪闭锁状态（Cook et al. 91）。无论是独立阅读还是互动分享都强调在适切的时间（the right time）向适切的主体（the right subject）开具适切的叙事处方（the right narrative），三者缺一不可。

在全国首家生命健康叙事分享中心，我们运用隐喻作为沟通媒介成功帮助了许多主体走出苦难困境。我们借用"故事医生"苏珊·佩罗（Susan Perrow）的隐喻叙事处方帮助一位丧父的小女孩走出创伤。在佩罗的叙事赋能案例里，小女孩的父亲突然在睡梦中死去，之后的一个月，女孩害怕睡觉，也害怕她的妈妈入睡。她尽一切努力让自己保持清醒，围着房子奔跑、哭泣。被外婆和妈妈带到中心的四岁女孩也有类似表现。她的爸爸在睡眠中突发心梗去世。还无法理解死亡的女孩反复听家人提起爸爸是睡觉去世的，因而认定睡眠带走了爸爸，同样也会带走自己、妈妈和其他亲人。

我们采用佩罗的"芭蕾女孩的故事"作为"隐喻叙事处方"。在这个故事里，喜欢跳芭蕾舞的女孩住在音乐盒里，盒盖一打开，芭蕾舞女就会一圈又一圈地跳芭蕾。当她跳累了，音乐盒会合上，她就可以得到休息。生活这样日复一日地继续着。有一天夜里，正当她在音乐盒里休息时，一场可怕的暴风雨降临。房子猛烈晃动，音乐盒飞了出去，盒盖摔开，再也合不上了。疲惫的女孩开始跳舞，一圈又一圈，她跳啊跳啊，一刻也停不下。

某个夜晚，梦精灵从窗旁经过时看见女孩早已疲惫不堪，却仍在无休止地、不受控制地跳着芭蕾舞，梦精灵感觉自己必须帮助她。于是梦精灵唱了一首催眠曲，音乐盒盖神奇般地重新合上。那晚女孩安心地入睡；第二天早晨，梦精灵又来了，这次她唱着另一首歌——觉醒歌。随着音乐，盖子缓缓打开，芭蕾舞女孩再次一圈又一圈地跳起舞来。在梦精灵的帮助下，女孩恢复了正常的生活，日复一日开心地跳舞、安静地休息，享受着跳舞的乐趣。

叙事照护处方往往应用隐喻性叙事将故事主体与听者建立连接。隐喻性叙事讲的不是"你"的故事，而是"他/她"的故事，可以让"你"跳出自己的故事，从第三人称视角凝视隐喻故事中的人物，更好地看待自身的处境和问题。这就是隐喻性叙事的"反身性",它们不仅扩大了主体对外在世界的认知,也扩大了主体对自我的认知。从这个故事可以看到,这个由芭蕾舞女孩、音乐盒、暴风雨、梦精灵构成的叙事性隐喻很好地回应了女孩的焦虑,产生了强大的疗愈效果(杨晓霖、佟矿)。

遭受丧父之痛的女孩可以看作所有丧失苦难表达能力的受苦者。苦难让他们一直处于躁动不安的状态,睡眠是一种折磨,他们努力让自己保持清醒,以为这样就能不被苦难抓住,不被死亡带走。然而,这无异于陷入生命叙事进程的停滞或闭锁状态,除了悲伤、焦虑和恐惧,无法感受当下生活。每一个生命都不可避免地会经历痛苦,成为苦难者。深谙生命叙事智慧的人可以运用隐喻智慧和叙事赋能为闭锁者及时开展叙事调节,开具叙事照护处方,帮助他们启动重新体验和阐释人生故事的按钮,赋予他们由内而外突破闭锁的能量,恢复完整的心身全人健康状态。

三、叙事照护缺失与心身健康困境

在功利主义思维的误导下,父母认为为孩子挣得越多,让孩子拥有更多(having),为孩子做得越多(doing),就是对孩子最大的爱和最大的责任。许多成人习惯以物化的方式来处理各种情感性问题,不自觉地将身边各种关系物化,包括亲子关系。在这种思维模式下,家长往往忽视了真正体现"人际之间关爱的陪伴和倾听"(being)的重要性,在儿童健康心身形成的关键期丧失与孩子建立叙事关系,给予高质量的"叙事照护"的良好机会。家长往往没有意识到真正能够拉近与孩子心理距离的不是物质上的连接,而是叙事照护。

也就是说,对于孩子的照护除了物质上的满足之外,还包括在陪伴中回应和同理儿女内心需要的"叙事照护"。如果生命主体无法与家人构建以人际叙事关系为表现的叙事照护及关爱关系,那么,这样的家庭的叙事生态将像贫瘠的土壤,在这样的生态环境中成长的生命主体更容易出现心身健康状态的失常。成人后的主体很容易陷入职业叙事闭锁或生命进程的停滞状态,生活注定缺乏生命力。如果一个生命主体在幼年时没有从父母那里得到应有的叙事照护,没有构建与父母之间的关爱关系,在这样的氛围中长大,成年后会遭遇同样的恶性循环,成为不懂得传承再生能力,不懂得如何发展叙事照护能力的父母,导致儿女成年后陷入情感性孤独或职业闭锁之中。

不健康、不和谐的家庭叙事生态往往给成员带来严重的健康问题。影片《无人出席的告别式》中,比利的女儿凯莉就生活在不和谐的家庭叙事生态中,父亲因为战争经历将自己隔绝、闭锁起来,无法与家人建立良好的叙事互动,最终因为时常施暴,愧疚之下离家出走,留给女儿的是关于家庭不幸和破碎的悲伤记忆和故事。这让凯莉成年后不愿与人建立叙事连接,能与各种狗和谐相伴相处,却无法将自己置身于人类社群中生活。还好,幸运的是,凯莉的人生中出现了为比利统整人生故事的民政人员约翰。在某种意义上而言,约翰交给凯莉的相册是一直闭锁在童年创伤里的凯莉与父亲和解的开始,也是她走出人际闭锁的开始。

在家长对孩子的叙事照护严重缺失的家庭中,孩子在某种程度上容易被"物化"为机械地服从家庭成年人指令,受成年人控制的客体。物化的关系是一种外在连接,往往将家庭成员之间的爱附加了各种条件,因而是不稳固和不健康的家庭关系。长期处在这样的叙事生态环境下,极度缺乏通过叙事连接表达爱和陪伴的孩子就会为了满足所谓的被爱而物化自己,忽视自己的感受,在不自觉中将自己变成他人的附庸。物化自我者往往会做出危害自己的事情或自暴自弃,最终走向悲剧。

良好的家庭叙事生态能让家庭成员在向前推进的生命叙事进程中,尤其是从未成年人过渡到"成年初期"(emerging adulthood)的关键阶段,顺利克服自我认同危机(Breen et al. 243),利用从家庭中传承而来的优良个人叙事素养,将"自我"成功地整合为具有连贯性与一致性的整体,就能感受到"心理—社会的安适性"(psychosocial well-being),实现身心安适的整体感受(psychosomatic integrity)(Caplan and High 35—53)。换句话说,一个在家庭叙事氛围浓厚的家庭里成长的孩子从家庭里获得的是健康的"代际自我"身份认同,更有能力主动把控人生,更懂得如何克服人生危机与困难,心身更健康,人生之路更顺畅。

一个人在成年之后遭遇的问题很可能正是他/她成长的家庭叙事生态曾出现过的问题的"症状显现",唯有改善家庭叙事生态,方能有效解决问题。2020 年,生命健康叙事分享中心开放后,几位家长带着八九岁还尿床的孩子来到中心。尿床在现代医疗语境下往往被医学化成为一种疾病,被认为是通过检查、开药、打针能解决的问题。然而,家长带他们去过许多医院,做过各种检查,并没查出什么问题。这让家长更加焦虑,更加频繁地去看医生,仍然希望能开些药或做些检查来找到问题的源头并解决这个问题。殊不知,这些由非生理性因素引起的尿床往往是在家庭叙事生态中,父母等长辈忽略了对孩子的叙事照护而导致的。

在生命健康叙事分享中心,我们跟孩子和家长分别进行了长时间的交流,听他们讲尿床前后的家庭故事。我们发现这些孩子要么是生长在单亲家庭,要么是经历过至亲的突然死亡,要么有突然搬到陌生地方居住的经历,甚至有的孩子因为三四岁还尿床有被父母、爷爷奶奶打骂过的经历。我们叙事中心经过大量调研发现,父母的吵闹或离异、亲人的突然死亡或受伤、长时间与父母两地分离居住、搬到陌生地方居住、黑夜受到惊吓、家长常对尿床的孩子进行处罚和羞辱等,都是造成和加重孩子尿床或者使孩子陷入叙事闭锁状态的原因。

在不断通过开放式的提问引导家人讲出尿床前后故事的过程中,我们了解到其中一位现年九岁的女童在五岁时,一直陪伴她成长、照顾她的外婆突然在她面前去世,周围当时没有其他家人在场。家长从来没有将尿床与这个突发的至亲死亡事件联系到一起。一家人当时只顾着处理老人的后事,完全没有意识到要对女童进行死亡教育和哀伤辅导,加上现在的葬礼非常简单,家人一起回忆亡者生命故事的环节也是缺失的,女童的情感需求被完全忽略。这种情况被称作"哀伤剥夺"(disenfranchised grief)。当生命主体经历失落的哀伤或悲伤不被认可和认知,无法公开哀悼时,就会产生"哀伤剥夺"(Doka 4)。

丧亲的儿童往往被排除在悲伤者之外,他们不仅被排除在关于丧亲的讨论和仪式之外,甚至在悲伤情绪的宣泄方面也被剥夺。长期将这种情感压抑在内心里,在随时触发他们恐惧和悲伤画面的夜晚,他们就会通过尿床的形式表达出来。也就是说,大部分孩子的尿床不是生理原因,而是在成长过程中遇到的突发情况没有得到及时的回应和关怀,更没有被正确面对和接纳所引起的,而多数的家长缺乏这方面的意识和回应所必需的叙事智慧,因此无法为孩子提供及时、有效的叙事照护和心身疏导,从而这种遗留的创伤最终通过身体和心理上的症状被表征了出来。

结语

和谐幸福中国必须构建好"家庭叙事生态""医院叙事生态""社会叙事生态"和"终极关怀叙事生态"等多个层面的叙事生态。家庭叙事生态的不完整或者家庭叙事关系的缺失让家庭中的未成年人在某种程度上容易被"物化"为机械地服从家庭成年人指令和受成年人控制的客体。物化的关系是一种外在连接,往往将家庭成员之间的爱附加了各种条件,因而是不稳固和不健康的家庭关系。长期处在这样的叙事生态环境下,极度缺乏通过叙事连接表达爱和陪伴的孩子就会为了满足所谓的被爱而物化自己,忽视自己的感受,在不自觉中将自己变成他人的附庸。物化自我者往往会做出危害自己的事情或自暴自弃,最终走向悲剧。

因而,重新构建良好的家庭叙事生态成了 21 世纪健康中国和和谐中国的重要任务。生命健康叙事研究者和实践者应该让每一位家庭成员意识到,我们在家庭中建立的最原初的叙事关系是生命叙事的基底,也是我们实现个体社会化和心智化进程的重要基底。无论是共同经历的故事,还是代际故事或家庭神话,它们都不可避免地融入了社会、文化和历史的叙事框架(Fivush and Merrill 305),也将最终融入更宏观的社会文化历史叙事生态中去。

引用文献【Works Cited】

Breen, Andrea V., et al. "Movies, Books, and Identity: Exploring the Narrative Ecology of the Self." *Qualitative Psychology* 4.3 (2017): 243–259.

Caplan, Scott E., and Andrew C. High. "Online Social Interaction, Psychosocial Well-being, and Problematic Internet Use." In *Internet Addiction: A Handbook and Guide to Evaluation and Treatment*. Ed. Kimberly S. Young and Cristiano Nabuco de Abreu. Hoboken, NJ: John Wiley & Sons, Inc., 2011. 35–53.

Cook, Katherine E., et al. "Bibliotherapy." *Intervention in School and Clinic* 42.2 (2006): 91–100.

Doka, Kenneth J., ed. *Disenfranchised Grief: Recognizing Hidden Sorrow*. Lexington, MA: Lexington Books/D. C. Heath and Com, 1989.

Dollahite, David C., and Alan J. Hawkins. "A Conceptual Ethic of Generative Fathering." *The Journal of Men's Studies* 7.1(1998): 109–132.

Erikson, Erik H., Joan M. Erikson, and Helen Q. Kivnick. *Vital Involvement in Old Age*. New York: Norton, 1986.

Finley, Gordon E., and Seth J. Schwartz. "Parsons and Bales Revisited: Young Adult Children's Characterization of the Fathering Role." *Psychology of Men & Masculinity* 7.1 (2006): 42–55.

Fivush, Robyn, and Natalie Merrill. "An Ecological Systems Approach to Family Narratives." *Memory Studies* 9.3(2016): 305–314.

Snarey，John. *How Fathers Care for the Next Generation: A Four-Decade Study.* Cambridge：Harvard UP，1993.

杨晓霖、佟矿：《痛苦哲学中的隐喻智慧与叙事赋能》，《医学与哲学》，2021 年第 18 期，第 15—20 页。

基金项目： 本文系 2020 年度广东省高校思想政治教育课题（项目号 2020GXSZ073）"道德叙事教育对技能型人才培养的意义及实施机制研究"的阶段性研究成果。

作者简介： 杨晓霖，南方医科大学通识教育部教授，顺德医院叙事医学研究中心主任，研究方向为生命健康叙事与文学叙事。罗小兰，广东金融学院马克思主义学院讲师，研究方向为哲学叙事思维与叙事教育。田峰，主任医师，南方医科大学顺德医院健康管理中心主任。

镜像传记中的叙事传承：生命健康叙事视野中的残疾书写研究

陈　璇

内容提要：镜像传记中的叙事传承是当代生命书写中一股不可忽视的动态趋势。本文以美国作家艾米莉·拉普·布莱克的女性残疾叙事作品《弗里达·卡罗和我的左腿》为研究文本，从生命健康叙事学视角出发，分析当代作家如何通过对生命叙事文体进行实验性创新寻求现代疾病经历叙事模式，对残疾、疾病、疼痛和主体身份等问题进行更深入的探索。在镜像传记的"互动叙事模式"里，传主将先辈和自身生命故事平行并置并有机融合，借此彰显叙事与叙事传承对身份认同的重要性。镜像传记中的叙事传承实现的是"先辈—作家—读者"环环相扣、永续传承的互动叙事模式。借由持续的叙事传承模式，疾病和残疾叙事不再局限于文学和学术的空中楼阁中，而是能为全人健康提供必要的人文支持并积极预防叙事闭锁等由疾病引发的心理困境。

关键词：镜像传记；叙事传承；女性残疾叙事；生命健康叙事学

引言

2021 年 8 月，后疫情时代的人文艺术古城爱丁堡重拾往日喧闹，久违地迎来一年中最盛大的节日之一——爱丁堡国际艺术节（Edinburgh International Festival），其中充满文学气息的爱丁堡国际图书节（Edinburgh International Book Festival）吸引了世界各地的学者、作家和文学爱好者的关注。国际书展最受瞩目的活动当属詹姆斯·泰特·布莱克纪念奖（James Tait Black

Memorial Prize)颁奖典礼,作为英国最古老的文学奖,此奖久负盛名,每年为学术界、出版界和普通读者提供风向标标性阅读清单。颁奖典礼上,爱尔兰诗人、作家多里安·宁·吉利法奥(Doireann Ní Ghríofa)成为年度传记奖得主。获奖作品《喉咙中的幽灵》(*A Ghost in the Throat*,2020)讲述了吉利法奥在追溯先辈女诗人的生命故事中寻找自我的故事。《喉咙中的幽灵》虽然被归类为传记文学,但其魅力正是来自作者对虚构和非虚构多种文类的有机杂糅。

作为该文学奖的助审学者,笔者认为,《喉咙中的幽灵》荣摘桂冠不仅是评审会对作品本身艺术价值的肯定,更是有意地将我们的目光引向当代生命书写中一股不可忽视的动态趋势,即镜像传记中的叙事传承。以该趋势为背景,本文从国内学者杨晓霖提出的生命健康叙事学视角切入,以美国作家艾米莉·拉普·布莱克(Emily Rapp Black)的残疾叙事作品《弗里达·卡罗和我的左腿》(*Frida Kahlo and My Left Leg*,2021)为文本,分析当代作家如何通过对生命叙事文体进行实验性创新,寻求更适用于现代疾病经历的叙事模式,更加深入地对残疾、疾病、疼痛和主体身份等问题进行探索。镜像传记中的"互动叙事模式"强调叙事与叙事传承对个体——尤其是处于社会边缘的残疾人、生命经验偏离"正常健康轨迹"的患者——的身份认同的重要性。阅读镜像疾病传记不仅能为相同经历的读者提供安慰、归属感和启示,还能培养读者的叙事素养,为全人身心健康提供必要的人文支持,积极预防包括叙事闭锁在内的心理困境。

一、镜像传记：叙事传承与身份认同

文类边界的消融是当代生命书写文本的一大趋势,学科中不断涌现的新术语就指证了这一点:法国小说家和文学批评家塞尔日·杜博罗夫斯基(Serge Doubrovsky)的"自小说"(autofiction)、英国生命书写权威学者马克斯·桑德斯(Max Saunders)的"仿自传小说"(autobiografiction)、美国文学教授迈克尔·拉奇(Michael Lackey)等学者着重研究的"生命虚构小说"(biofiction)等都是着眼于大量将自传、传记与虚构等文类杂糅的生命书写新文类的出现而创造的新词。

在其专著《自我映像:生命书写,自传体小说与现代文学的形式》(*Self Impression: Life-writing, Autobiografiction, and Forms of Modern*

Literature, 2013)中, 桑德斯(Saunders 14—15)指出, 现代主义文学对生命书写文体的虚构可能性的探索彻底改变了我们对自传与虚构小说关系、对主体性(包括对认知、时间、自我理解的体验)的理解。特别是以弗吉尼亚·伍尔夫(Virginia Woolf)、哈罗德·尼克森(Harold Nicolson)和里顿·斯特拉奇(Lytton Strachey)为代表的新传记作家对主体性流动和主体间边界的不稳定性的探讨,为当代生命书写以他者写自我、将虚构与传记融合的后现代叙事特征奠定了基础。拉奇等生命虚构小说家则谈到,生命虚构小说家不仅旨在运用想象和虚构填充传记材料的缺失和遗漏部分,也在于用作者的当代视角审视传记主体、提供新的生命故事解读的视角,甚至通过重写历史人物的生命故事讲述作者自己的人生经历与体会。[①]

本文在伊莱恩·哈德森(Elaine Hudson)提出的"镜像传记"(reflective biography)的基础上,扩展该文类的定义范围,将其定义为一种介于传记、自传和虚构叙事之间的生命书写文本,它一方面着眼于讲述传主的生命故事,另一方面将其与传记作者的生命故事并置,从而揭示作家本身经历的身份问题(如性别、性取向、种族、文化背景等);同时,作者挣脱传统传记叙事的束缚,运用虚构文学技巧重构"双主体"(double subjects)的生命故事,形成一种"关系生命书写"(relational life-writing)[②]。借此,传记中的先辈成为一面镜子,以文字所书写的映像是作家自己在透过研读先辈人生故事、反思自我后的产物,在映像之中被注视者(先辈)与注视者(后辈作者)的形象有机融合,成为你中有我、我中有你的双主体性。

正如生命虚构作家诺拉·文森特(Norah Vincent)在谈及其作品《阿德琳:一部关于伍尔夫的小说》(*Adeline: A Novel of Virginia Woolf*, 2015)时讲到的,"我纵身跃入他人的生命之中……我在其中消失、变成他人,却同时又以自己的身份出现"。传记作者的镜像生命叙事不仅包括"显性自传"(explicit autobiography)——其特点为以第一人称叙述,并明确表明作者等同于第一人称叙事者——还包括将自我身份和生命故事有机地杂糅到传记主体的生命故事文本之中的"隐性自传文本"(implicit autobiography)[③]。尤其要指出的是,这里的"隐性"自传文本稍不同于桑德斯所描述的"隐蔽的、无意识的、或隐性的"自传性元素(Saunders 6),因前者中的自传性元素是有意而为之。镜像叙事中的指涉性在传记主体和传记作家两者间流动,正如伍尔夫极具前瞻性的《新传记》所预示的:"视角已完全改变。如果我们打开一本属于新流派的传记作品,会发现它无所遮掩、空旷疏散,因而立刻意识到传主和传记作家的关系已然不同。他不再是一位严肃且有同情心的伙伴,甚至有些卑屈地顺着传主的足迹艰难前行。不管是敌是友,崇敬抑或批判,他是平等的"(Woolf 475)。

在此生命书写动态趋势的框架下,残疾叙事的传承尤其具有现实意义。对大部分"健全人"而言,残疾人只是一个符号式的身体影像。"健全人"赋予"残疾"过多的想象,在许多文学叙事中,残疾人被扭曲和异化成"他者"。在结构主义"正常"与"非正常"的对立世界,健全被认为是理所当然,而残疾则被扁平化约为"正常与否"的概念,一直被"物化目光"(objectifying notice)所注视,其真实生活已被公约成为"文化想象"(cultural representation)(Couser 450)。然而,残疾并非独特的肢体状况或某个主体的个人挣扎,它涉及的是一个将生命个体"疾病化"的社会过程。残疾人是社会文化等多方面因素构建而成的身份。残疾生命书写为残疾个体提供了自我表达和发声的重要渠道,从而成为对抗主流文化对残疾人扭曲化叙事的有力工具。残疾叙事的传承给予残疾个体在主流残疾叙事之外的故事脚本,从而为自我生命故事的解读和重塑提供新视角。

二、残疾生命书写与女性主义残疾研究

在黑人女权运动崛起的背景下,美国哲学家、女性主义和批判种族理论知名学者金伯雷·克伦肖(Kimberlé Crenshaw)在 1989 年提出"交叉性"(intersectionality)这一概念,指出各种身份类别(种族、性别、阶级等)相互作用、共同塑造黑人女性生存经验,形成对个体的多重压迫。在交叉性分析范式的推动下,学者们转而以女性内部身份的差异性为研究切入点,相应地推动了残疾研究的发展,西方残疾研究学者开始使用交叉性方法来探究残疾个体同时因种族、性别、年龄和阶级等身份类别和文化环境所压迫的情况(Goodley 33),近年来的代表研究成果包括金·霍尔(Kim Q. Hall)的《女性主义残疾研究》(*Feminist Disability Studies*, 2011)和克里斯托弗·贝尔(Christopher M. Bell)的种族与残疾研究专著《黑人与残障:批判性研究与文化干预》(*Blackness and Disability: Critical Examinations and Cultural Interventions*, 2011)。然而,女性主义残疾研究并非机械地将这两者叠加,而是促进两个学科研究间有意识地进行富有成效的讨论(Hall 42),力图改变残疾女性在主流女性主义运动和研究中所处的边缘化地位[④],探讨该类人群在社会保障、外貌政治(politics of appearance)、美的标准的规范化(normalizing standards of beauty)以及生育科技等方面亟待争取的权益。

文学叙事,尤其是与残疾生命书写相关的文学叙事作品,为女性主义残疾研究提供了有力的切入点和探讨渠道。残疾生命书写不仅将残疾叙事的主体由残疾本身转向残疾主体的个体经历,并且在讲述、书写自己的人生故事的过程中尝试重新审视残疾、重新定义个体身份。女性主义学者玛吉哈姆(Maggie Humm)曾指出,由于疾病扰乱了人生线性进程的方向,会增强个体重塑自我和他人形象的需求,从而激发个体进行自传书写的需要(12)。也就是说,疾病或残疾导致主体不断向前推进的生命叙事进程突然遭遇触礁,陷入停滞或断裂状态,我们需要通过叙事才能重新修复生命叙事进程,重新恢复叙事进程的稳定性和开放性间的平衡状态(杨晓霖等 2020:10—15)。

残疾和疼痛诚然难以忍受,但实际上将残疾人排斥于主流社会之外,让他们遭受歧视、不公平对待和另一层面创伤的是以"健全霸权主义"为主导的社会主流价值观。而事实上,在某些特定的语境中,每一个生命主体都可能是某方面的"失能者"(disabled)。人生原本就有老和病的过程,每一个都会遭遇身体不便带来的一些困难和障碍。也就是说,身障者所遭受的一切不便和痛苦都可能发生在每一个生命主体身上。如果我们都能够以这样的视角看待自身和他人的失能问题,并引导失能者在书写中积极展开叙事反思,那么,关于残障的叙事生态将变得包容和谐。

失能人士在书写自己人生的过程,也是在"叙事反思"(narrative reflection)中挣脱已内化的残疾偏见和刻板印象的过程。通过重新书写身体、书写创伤,失能人士为自己的生命不断寻求新的解读视角,不断创造新的"自我生命献词"(self-inscription),避免陷入生命故事脚本提前终结的叙事闭锁状态(Freeman 2010:127,2001:83)[5]。残疾人在社会化的过程中都会遇到文化与生命经验的断裂(Archer 47),会倾向于将生命经验当作对象来反思,开展"内在对话"。通过对残疾个体经验的文学再现和嵌入叙事中批判性思考,女性残疾生命书写能够挑战传统的主流社会价值观,对有关残疾的决定论隐喻和"固定脚本"(fixed scripts)以及"健全主义新古典观念"(neo-classical ideals of wholeness)进行质疑和批评,并运用新的叙事模式对残疾生命故事和身份进行重新解读、重新定义和重新书写,创设有利于提升残疾人生命质量的良好叙事生态,塑造并传播新的残疾价值观[6]。

盲人作家史蒂芬·库西斯托(Stephen Kuusisto)和幼年患过小儿麻痹症的美国女作家安娜·费格(Anne Finger)都曾在自己的回忆录和自传中谈到,由于和自身残障相关的叙事的缺失,他们在童年时像隐形人一般,被孤立于群体之外,对自己的个体经历无所适从、不知道如何讲述自己的故事(Kuusisto 13;Finger 236)。残疾生命故事的书写,为残疾群体提供了不同于传统健全霸权主义话语下固定脚本的替代性的人生叙事脚本,给予他们一种群体归属感,并能够通过"作家—读者—作家"的故事传承和重新解读,创设更为开放多元的残疾叙事生态,从而提高残疾人的生活质量。

由于残疾生命书写与残疾人人权运动的紧密联系,自20世纪末起涌现的"新残疾生命书写"作品的一个显著特点就是它们在叙事主体特质上对传统的偏离:传统意义上,自传或传记都在于塑造一个讲述自身故事、表达自我思想的独立个体;然而,新残疾生命书写一方面讲述个体在社会文化语境下的人生经验,相较于身体或认知上的残障,更偏重再现在社会文化话语的构建下残疾的人际关系、承受的偏见与歧视、法律权益的更迭等,另一方面更偏重于构建一种集体性身份⑦。由此可见,残疾生命书写中使用的镜像叙事手法实则是通过书写对残疾群体进行群体身份建构的文学再现,它点明了叙述、聆听和批判性传承在残疾生命书写中的重要性。本文也以美国作家布莱克的回忆录《弗里达·卡罗和我的左腿》为例,探讨该作品中的镜像叙事手法对作者探讨残疾和叙事间动态关系的重要性。

三、女性残障叙事:《弗里达·卡罗和我的左腿》

杨晓霖和曹文华在《肿瘤患者的叙事调节和复原力》中提到,"在生命健康叙事语境下,健康与疾病并非二元对立的两个极端状态。生病的人也好、残疾的人也罢,如果能够处理好自我和疾病之间的关系,同样可以过健康的人生"。美国当代作家艾米丽·拉普·布莱克的回忆录《弗里达·卡罗和我的左腿》很好地印证了这一观点。布莱克是加州大学医学院医学创意写作课程教授,代表作有《海报儿童:一本回忆录》(*Poster Child: A Memoir*, 2006)、《旋转世界的静止点》(*The Still Point of the Turning World*, 2013)以及《庇护所:一部回忆录》(*The Sanctuary: A Memoir*, 2021)。因先天性疾病,布莱克在4岁时就失去左腿,随着医学技术的发展她更换了3次假肢。在《弗里达·卡罗和我的左腿》中,她讲述了自己从墨西哥传奇女画家弗里达·卡罗的生命故事和肖像画作中找到共鸣、汲取灵感的故事。

布莱克在作为"副文本"（paratext）的标题上点明该作品的文类性质：传记（弗里达·卡罗：他者）与回忆录（我的左腿：自我）的杂糅，而文本主体结构也印证了标题给予读者的暗示：文本由 14 篇围绕如"残疾的身体"（Crippled Body）、"康复室"（Recovery Room）、"侵犯/崇拜"（Violation/Veneration）等不同主题的散文组成，在弗里达和作者自身关于残疾、疾病与疼痛、丧亲之痛、母亲身份、艺术创作等人生经历间穿梭自如。作者想要讲述弗里达的人生故事，因为她认为，虽然弗里达因其将痛苦转化为艺术而闻名，但世人对其经历的苦难和病痛的折磨所知甚少，并不明白这种转化的过程具体需要何种特质与能力（Black 2）。更重要的是，弗里达的经历让作者感受到强烈的共鸣：1953 年，弗里达在一场电车事故受伤严重，继而截肢，从此过上与假肢"形影不离"的生活；因为多次手术，弗里达羸弱的身体无法生育子女，不得不选择流产。作者在弗里达的生命故事中得到启发，获得重新审视自身经历（包括残疾、病痛和丧子）的机会。正如她在书中所说：

> 我希望我和弗里达能拥有那般神奇的友谊，能够让我与她分享关于我身体的秘密，我相信没有任何其他人愿意理解或知道这些事情。她能够让我抛却耻辱地谈论这些秘密，亦不感到尴尬。我选择通过尝试理解她身体的故事来了解或接近我自己身体的故事，这就好像她的人生故事为我铺设了一条小径，不论如何困难重重，我都会紧紧跟随。她是我的向导。我会跟随她，这就是我将自爱从一个抽象的概念变为现实的方法。我想，我们一起可以探索发现彼此。（6）

同为女性艺术家，弗里达在一系列自画像中探讨性别、手术、苦难与艺术的关系，深受其影响的布莱克则选择用一部部回忆录思考残疾和病痛对她人生、价值观带来的影响。因此，布莱克的作品是一部典型的"显性"镜像传记：尽管她们生活在不同时代，处于不同的社会文化背景之中，接受的是不同的医学诊治，但这并不影响作者在阅读、了解、叙述弗里达的生命故事过程中，映照出一幅经过叙事思考后的自身肖像。生命健康叙事领域的创始人杨晓霖指出，"叙事在手把手地教会我们'如何在生命进程的不同阶段认识和面对未知的、恐惧的、伤痛的经历上'发挥重要作用"（杨晓霖等 2020：10），而"一个人在生命过程中，内化发展出的、为生命提供意义感和统合感的自我生命叙事是生命健康的基础"（11）。

布莱克在书中说，弗里达生命故事给所有被身体的残障所定义的女性提供了一个"新的认识罗盘"（a new epistemological compass）、一个"理解疼痛的新向导"（a new orientation of understanding pain）（57）。布莱克在《弗里达·卡罗和我的左腿》中利用镜像传记这一叙事模式，讲述自身对弗里达生命叙事的动态传承。通过主动"聆听"他者的故事并不断反思、辨识自身的残疾和伤痛，布莱克对自己的生命故事进行了"重新框架"（reframing）和"再叙事"（renarrating），从而实现视角转换，为其生命"提供意义感和统合感"。

对于残疾这一身体状态，当今主流叙事生态仍以健全霸权主义为主导。法国哲学家米歇尔·福柯（Michel Foucault）在《规训与惩罚》（*Discipline and Punishment*, 1979）中指出，历史与文化中的原叙事让我们将价值观内化为"真理"，对人民进行监视和规训，并惩罚那些偏离"正常频谱"（spectrum of normalcy），从而实现统治。"健全身体论"（ablebodiness）对社会文化和叙事生态的统治，使人自发地、无意识地产生对残疾人的偏见，其内核包括以下两方面：首先，对残疾和残疾人的主体体验的忽视，将残疾等同为在某些方面的无能，由此引发的是一种对残疾的消极叙事，认为其是一种劣势（disadvantage）、不适（discomfort），和苦难、斗争和失败相关联的"不良特质"（undesirable trait）。

布莱克在书中提到，卡洛斯·富恩特斯（Carlos Fuentes）在其为1995年出版的弗里达日记集（*The Diary of Frida Kahlo: An Intimate Self-Portrait*）的序言中，用"饱受折磨"（tortured）、"枯萎无力"（shriveled）和"无法自理"（inadequate）来描述弗里达的身体，从幼时就对弗里达的故事着迷的她不认为这是故事的全部，她相信"掩盖在这种叙事下有另一种叙事，不把弗里达封锁在条条框框之中"（8）。她还反对后世将弗里达解读为一个被怜悯的女人，原本精力充沛，身体却被不幸崩溃（fallen body），原本貌美却因事故和厄运变得丑陋，一个瘸子（cripple），因为弗里达的日记展现的是一个截然不同的故事，因此她希望讲述弗里达"真正的"生命故事（14）。

另一方面，健全霸权主义将残疾和个体的身份紧密联系在一起，甚至将残疾等同为个体的身份。诚然，残疾对个体的影响渗透生活的方方面面，但其附带的负面价值判断却会否认、抹杀个体身份的其他方面。大卫·埃利斯（David Ellis）在英国著名医学人文研究平台"The Polyphony"上发表的文章中谈到，"人们自然而然地认为我父亲不具备成为一名父亲的能力，因为他是个残疾人"。布莱克则讲述了她在怀孕时的类似遭遇：看到她怀孕又残疾的身体而感到困惑的不仅仅是普通的陌生人，还有医生;人们对此十分好奇,并且会给出并不善意的评论。"作为一个怀有身孕的残疾人,人们认为我必须提高警觉;这非常必要,就好像它几乎有某种伦理层面的意义。'你非得生孩子吗?'人们问我。'你难道没有其他成为母亲的办法?'"(11)

主流的健全霸权主义强权政治的一个显著方面就是其标准化的身体政治和美学标准,它基于身体特征上的不同,将残疾人士与"健全人士"划清界限,标志为他者和异类。这种人为划定的正常和"非主流""非规范"(non-normative)身体间的区别,剥夺的是残障者的人权,造成其深深的无力感(引自叙事医学课程公众号《生命健康叙事视野下的残疾预防日》)。这迫使年幼的布莱克用尽方法、伪装成为一个"肢体健全的正常人",因为"若非如此,我如何找到自己的价值? 如果我身体的一部分丢失了,我在这个世界可以扮演何种角色?"(59)

然而,伪装并没有带给布莱克期望的答案和渴望的生活;对弗里达的生命故事的理解和解读却带给了她重新审视残疾、重新定义自我的机会。弗里达并不对自己的束衣和义肢加以隐藏[8];相反,她在用自己浓烈奔放的艺术装点它们,用束衣和义肢的存在感来肯定自己身体所缺失之处(presence for the absence)。弗里达提供给布莱克的是密歇根大学残障研究教授托宾·希伯斯(Tobin Siebers)所谓的"残疾美学"(disability aesthetics),它从根本上挑战"规范化的美的定义"(normalized definitions of beauty),质疑将美等同于"和谐、身体健全和健康"(71)。因此,布莱克从而不再视残障为一件羞耻的事:"奇怪的是,我开始改变看法,认为残疾作为一个概念是十分性感的,这既出乎意料又在情理之中。……人们注意到弗里达的一切,这所产生的魅力是正常的身体触不可及的"(44)。

弗里达的生命故事就如同一面镜子,映射出一个调整自我心态后的布莱克——她在弗里达的影响下重新审视自身的残疾和佩戴义肢的生活。布莱克在阅读弗里达的日记和研究她的画作里得到指引,并剀切地运用弗里达的著名画作《两个弗里达》("The Two Fridas",1939)中双生人的"镜像"主题作为她讲述弗里达和她自己残疾叙事中最重要的隐喻。对于自小就截肢的布莱克来说,残疾意味着对义肢的完全依赖,这种依赖起初让她因为行动能力的丧失而恐慌。在回忆一次在诊所脱下义肢、目睹义肢矫形师对其进行维修的经历时,布莱克称当时的她"感到胃里恶心,焦虑不安,心神不宁。没了这个正在被别人的双手改造的机器,我没有任何力量,不能行走,毫无可能在这个世界上以有意义的方式存活……

叙事研究 第4辑

我希望彻底将它毁坏,烧成灰或者扔掉。我痛恨我自己。我是个怪物,是个畸形的怪物"(108)。

在她步入中年、即将迎来第二个孩子时,布莱克看到弗里达的自画像《破碎的圆柱》("The Broken Column", 1944),她才突然意识到,在对截肢后的讨论中最高频出现的"康复"这一概念是一个谎言:"当一个像我或者弗里达这样的女孩在截肢后,会装上一只义肢,她学会几乎每天出现又消失——戴上,取下。如此变化频繁,在脑中维系自己戴上义肢前后的两种身份,是一种艺术形式。在我和弗里达的故事中,在这个反向的童话故事里……没人克服了任何事情……我们每天、每分、每秒都在变化身体形态,只是代价巨大"(69)。

布莱克自此接受了自己的身体,这个流动的、变幻不定的身体,也不再痛恨依靠义肢的人生。她在弗里达的启发下形成了关于自己身体和义肢关系的新叙事:对义肢的重度依赖虽然意味着被其束缚,但义肢同样也带给自己自如活动、独立生存的自由和力量;义肢虽然是人造的机械,戴上义肢的自己虽然在形态上成为一个"半人半机器"的赛博人,但义肢却让自己行动方便、生气勃勃,因而义肢"至少部分上是人体的一部分"(at least partially human)(107)[9]。就像《两个弗里达》所画的一样,疼痛和残疾的经历会重塑个体的大脑回路和思考模式,从而创造出新的人格,它与从前的人格就像两个不完全相似的镜像般并存:"弗里达从未期望康复,她也永不会康复"(59)。

杨晓霖认为,要提升残疾人的生命质量,必须要创设良好的残疾叙事生态。布莱克也意识到扭转社会对残疾的认知、改变残疾叙事的重要性和艰巨性,但在文本结尾的末尾对一件小事的回忆,让读者觉得她似乎对此抱有积极的态度:一天,布莱克的女儿带着朋友跑回家,让她给朋友看她的假腿(leggie),并骄傲地说"它让我妈妈成为她现在的自己"。这让布莱克自己开始思考如何用弗里达的故事来理解自己,然后向女儿讲述自己的故事,并用她能听懂的方式解释自己的义肢(143)。从弗里达到布莱克再到她的女儿和读者,是生命故事在讲述、聆听和理解中延续,也是生命故事在讲述、聆听和理解中的转变和新生。

结语

从布莱克的残疾叙事作品《弗里达·卡罗和我的左腿》可以看到,作家、艺术家凭借职业自带的敏锐感知力和共情力,通过阅读、研究先辈的疾病经历和艺术作品获得慰藉、群体意识以及创作灵感,从而先发制人地进行自我审视,调整对自身疾病、疼痛的认知和理解,并以艺术形式表现个体疾病主体经历中关键的(essential)、既具有个体性又拥有共通性的内容。在镜像传记的"互动叙事模式"里,他们将先辈和自身的生命故事平行并置并有机融合,着重彰显了叙事与叙事传承对个体身份认同的重要性。

通过阅读镜像疾病传记,读者一方面能够在阅读作家与先辈"镜像互动"的经历中培养自身聆听、共情、表达等叙事素养,另一方面,能够在作品中互动叙事模式的启发下对自身的疾病甚至人生故事进行"再叙事",从而获得自我叙事的新视角,开启新的人生篇章。镜像传记中的叙事传承实现了"先辈—作家—读者"环环相扣、永续传承的互动叙事模式,如此,疾病叙事不再是局限于文学界、学术界的空中楼阁,而是由个体延伸、渗透到个体的持续叙事传承,为全人身心健康的发展提供必要的人文支持,对预防叙事闭锁等由疾病引发的心理困境和疾病起到重要作用。

注解【Notes】

① 可参考:Michael Lackey, *Biographical Fiction: A Reader*. Bloomsbury Academic, 2017;Michael Lackey, *Conversations with Biographical Novelist: Truthful Fictions Across the Globe*. Bloomsbury Academic, 2019。

② 现代主义时期,就已发展出传记、自传和虚构小说互相融合、并存、竞争的"团体/集体传记"(group/collective biography)趋势(Saunders 6),其中典型的例子是布卢姆茨伯里派(Bloomsbury Group)自1920年创办的"回忆录俱乐部"(Memoir Club)。杰罗姆·博伊德·曼塞尔(Jerome Boyd Maunsell)的专著《生命中的肖像:现代主义小说家和自传》(*Portraits from Life: Modernist Novelists & Autobiography*, 2018)则探究现代主义小说家的自传不仅是一种"团体肖像画"(group portraiture)更是一种自我分析的渠道。

③ 本文参考桑德斯在保罗·德曼(Paul de Man)的基础上提出的"显性自传性文本"(explicitly autobiographical)和"隐性自传性文本"(implicitly autobiographical)概念(Saunders 6)。

④ 包括昆兰(K. Quinlan)在内的知名学者均指出,残疾女性被女性主义主流思想与运动压制、排除已是常事(Quinlan et al.;Hall 42)。

⑤ "叙事反思在于用不同于从前的视角看问题,揭开从前不知不觉内化的故事脚本的神秘面纱"(Freeman 2010:127)。关于叙事闭锁,他指出如若一个人觉得未来的结局是在预料之中,是现在所受苦楚的不可避免的重复,并认为唯一能做的就是按照已写好的脚本过活(Freeman 2001:83),就会发生叙事闭锁。

⑥ 可参考 Rosemaire Garland-Thomson Kim 的文章《女性主义残疾研究》("Feminist Disability Studies", 2005)和 Kim Q. Hall 在《女性主义残疾研究》(*Feminist Disability Studies*, 2011)一书中的章节《重置文学》("Reconfiguring Literature")。

⑦ 参见 Hall：132；Couser；Coogan。

⑧ 自电车车祸到她去世的 29 年中，弗里达共经历 32 次手术。1944 年，由于她的脊柱已经脆弱到无法支撑身体，她开始每天穿着用石膏制成的束衣。

⑨ 诺贝尔文学奖得主石黑一雄在小说《别让我走》(*Never Let Me Go*, 2005)和《克拉拉与太阳》(*Klara and the Sun*, 2021)也对此进行探讨，引导读者思考赛博格和人类之间是否有真实的界限。

引用文献【Works Cited】

Archer, Margaret S. *Making Our Way Through the World: Human Reflexivity and Social Mobility*. Cambridge, UK: Cambridge UP, 2007.

Black, Emily Rapp. *Frida Kahlo and My Left Leg*. Kendal: Notting Hill Editions, 2021.

Couser, G. Thomas. "Disability, Life Narrative, and Representation." In *The Disability Studies Reader*. Ed. Lennard J. Davis New York: Routledge, 2013: 450 – 453.

Coogan, Tom. "Me, Myself and I: Dependency and Issues of Authenticity and Authority in Christy Brown's *My Left Foot* and Ruth Sienkiewicz-Mercer and Steven B. Kaplan's *I Raise My Eyes to Say Yes*." *The Journal of Literary and Cultural Disability Studies* 1.2 (2007): 42 – 54.

Crenshaw, Kimberlé. "Demarginalizing the Intersections of Race and Sex: A Black Feminist Critique of Antidiscrimination Doctrine, Feminist Theory and Antiracist Politics." *University of Chicago Legal Forum* 1.8 (1989): 139 – 167.

Ellis, David. "Envisioning Disability: The Need to Justify My Dad's Identity". *The Polyphony*. 6 May 2021 < https://thepolyphony.org/2021/05/26/envisioning-disability-the-need-to-justify-my-dads-identity/> (Accessed Sept. 4, 2021).

Finger, Anne. *Elegy for a Disease: A Personal and Cultural History of Polio*. New York: St. Martin's Press, 2006.

Foucault, Michel. *Discipline and Punishment: The Birth of Prison*. Trans. Alan Sheridan. Harmondsworth: Penguin, 1979.

Goodley, Dan. *Disability Studies: An Interdisciplinary Introduction*. Los Angeles; London: SAGE, 2011.

Freeman, Mark. *Hindsight: The Promise and Peril of Looking Backward*. New York: Oxford UP, 2010.

– – –. "When the Story's Over: Narrative Foreclosure and the Possibility of Self-Renewal." In *Lines of Narrative: Psychological Perspectives*. Ed. Molly Andrews, et al. New York: Routledge, 2001: 81 – 91.

叙
事
研
究

第
4
辑

Hall, Alice. *Literature and Disability*. New York: Routledge, 2016.

Humm, Maggie. "Autobiographical Interfaces: Virginia Woolf and Vanessa Bell". *Virginia Woolf Miscellany* 79 (2011): 12–14.

Hudson, Elaine. "*Adeline: A Novel of Virginia Woolf* (2015) as Reflective Biography". In *Biofictions and Writers' Afterlives*. Ed. Bethany Layne. Newcastle Upon Tyne: Cambridge Scholars Publishing, 2020: 126–141.

Kuusisto, Stephen. *Planet of the Blind*. New York: Dial Press, 1998.

Quinlan, Kristen, et al. "Virtually Invisible Women: Women with Disabilities in Mainstream Psychological Theory and Research." *Review of Disability Studies* 4 (2008): 4–17.

Siebers, Tobin. *Disability Aesthetics*. Ann Arbor: U of Michigan P, 2010.

Saunders, Max. *Self Impression: Life-Writing, Autobiografiction, and Forms of Modern Literature*. Oxford: Oxford UP, 2013.

Vincent, Norah. "On the subject of my suicide." *Literary Hub*. 23 Apr. 2015. <https://lithub.com/on-the-subject-of-my-suicide/> (Accessed Sept.4,2021).

Woolf, Virginia. "The New Biography." In *The Essays of Virginia Woolf*, vol. 4, 1925–1928. Ed. A. McNeillie. London: Hogarth Press, 1994: 473–80.

杨晓霖:《生命健康叙事视野下的国家残疾预防日:创设良好的残疾叙事生态,提升残疾人生命质量》,叙事医学课程,2021 年 8 月 25 日。<https://mp.weixin.qq.com/s/Qi7ox-flrsImOjlBFO4UBQ>(引用时间:2021 年 9 月 4 日)。

杨晓霖、曹文华:《肿瘤患者的叙事调节和复原力》,医悦汇,2021 年 6 月 11 日。<https://mp.weixin.qq.com/s?__biz=MzA4NjQ4MTAwNQ==&mid=2648039698&idx=1&sn=c41b0c002802df2bd00e3fa8bfc1f32b&chksm=87e94010b09ec9065ac58500a6b9e3c146ade34b7f9160948e3f9d47e43a52b034e35691590f#rd>(引用时间:2021 年 9 月 4 日)。

杨晓霖等:《生命健康视野下的叙事闭锁》,《医学与哲学》,2020 年第 23 期,第 10—15 页。

——:《职业叙事闭锁与叙事赋能》,《医学与哲学》,2021 年第 14 期,第 49—52 页。

基金项目: 本文系中国国家留学基金委资助项目(留金发[2018]3101)的阶段性研究成果。

作者简介: 陈璇,英国爱丁堡大学英语文学博士在读,助教,爱丁堡大学生命书写研究中心成员,英国詹姆斯·泰特·布莱克纪念奖助审学者,研究领域为现代主义文学、当代生命书写和叙事医学理论。

"心"之艺术：小说、电影和绘画叙事中的心血管疾病

耿　铭　曹文华

内容提要：了解疾病在各种艺术叙事类型中的具体描述，可以深入了解患者与医护人员如何看待疾病，在提升各大主体疾病认知和疾病预防能力的同时，这些叙事性描述也可以用来引导医护患三方提升全人健康管理水平和疾病照护质量。本文以生命健康叙事为整体框架，全方位展现心肌梗死、中风、高血压、心脏移植、心力衰竭等心血管疾病在小说、电影和绘画叙事作品中的各种细致描述，旨在通过不同维度和视角的心血管疾病故事，提升广大民众的健康人文叙事素养，增强大众对心血管疾病患者的共情能力和照护能力，培养心血管医生的职业洞察力和职业认同感，更全面地理解患者所体验的心血管疾病，最终达到提升心血管疾病患者生命质量的目的。

关键词：生命健康叙事学；心血管疾病；艺术叙事；健康人文

引言

在以技术至上和科学主义为主要特征的循证医学时代，患者的疾病经历叙事逐渐失去了其作为证据参与临床诊断和医疗决策的关键功能，尽管在临床医学诞生之前，患者叙事在疾病治疗中曾具有举足轻重的地位。叙事医学倡导回归 19 世纪前的叙事传统，在医学世界语言的基础上，在生物医学模式之外，增加"患者视角的疾病故事"（杨晓霖 64—65），并利用患者主体的疾病体验故事来理解患者对疾病的认知并与其构建关

于疾病的人际叙事关系和共情连接。而在叙事医学语境下,小说、电影和绘画叙事作品对患者疾病故事的描述也是患者视角疾病认知探索的一个重要延伸领域(Murray 337)。

根据全球疾病负担研究报告,心血管疾病在死亡率排行榜上名列前茅。近几十年来,心血管疾病一直是健康的头号杀手。文学、电影和绘画等各种艺术叙事形式对心血管疾病的描述反映的是社会对疾病的看法和民众对疾病的认知。文献显示,对心血管疾病在各类艺术叙事中的再现的研究相对较少(Kaptein 2)。

本文以生命健康叙事为整体框架,全方位展现心肌梗死、中风、高血压、心脏移植、心力衰竭等心血管疾病在小说、电影和绘画叙事作品中的各种细致描述,旨在通过不同维度和视角的心血管疾病故事,提升广大民众的健康人文叙事素养,增强大众对心血管疾病患者的共情能力和照护能力,培养心血管医生的职业洞察力、叙事反思力[①]和职业认同感,更全面地理解患者所体验的心血管疾病,最终达到提升心血管疾病患者生命质量的目的。

一、电影叙事中的心血管疾病

(一)电影叙事中的心脏缺陷

许多经典小说都在出版后被改编成戏剧或电影形式。作为一种文学叙事形式,影视剧可为医学人文教育所用,具有深远教益,被称作"影视教育"(cinemeducation)。观看一些以患者或者医生为主人公的戏剧、电影或电视剧能更直观地加深观众对疾病的认识,更深刻地触及患者的内心感受,同时也能够帮助医学生了解疾病相关描述,有利于他们形成职业认同感,增进对被照护对象的同理心。因此围绕心血管疾病的电影、戏剧等叙事形式从人文维度开展讨论、反思活动,从中学习沟通交流的技巧,提升人际叙事素养,是医护工作者和家属为患者提供高质量陪伴和照护的有力途径。

奥斯卡名导马克·罗特蒙德(Marc Rothemund)执导的电影《疯狂的心》(*This Crazy Heart*)改编自心脏病患者丹尼尔·梅耶(Daniel Meyer)与作家拉斯·阿蒙德(Lars Amend)合著的小说《愚心》(*This Stupid Heart*,

2017)。在影片中,原本被医师判定活不过 16 岁的男童大卫因心脏缺陷从出生开始就历经多次手术,艰难度日,每呼吸一口气胸口都会感到疼痛。然而,自从主管医生的儿子蓝尼出现在他的生活里,大卫的生活状态发生了翻天覆地的变化。蓝尼引导大卫拟定出属于自己的愿望清单,并帮助大卫开始一一实现。在蓝尼陪伴下,心脏病男童成为例外的患者,6 年之后仍坚强乐观地活着。

艾米·希尔弗斯坦(Amy Silverstein)创作的同名回忆录《有这样的朋友是我的荣耀》(*My Glory Was I Had Such Friends*,2017)改编成的影片讲述主角在第二次心脏移植手术过程中,一个卓越的女性友谊团体成为她的支柱,帮助她渡过难关,展现人际叙事互动的力量。两部影片具有共同特点,它们一方面描述一位心脏病患者的日常心身困境,另一方面也凸显了良好的人际叙事关系对于心脏病患者的重要意义。

(二) 电影叙事中的心肌梗死

在俄国作家鲍里斯·帕斯捷尔纳克(Boris Pasternak)的同名小说改编的电影《日瓦戈医生》(*Doctor Zhivago*,1958)中,医生说日瓦戈医生的心脏已经脆如薄纸。有一天他在乘坐莫斯科的电轨车驶过街角时,瞥见路边的一个年轻女人,以为她是心爱的拉娜。为了与拉娜见面,日瓦戈医生挣扎着下了车。随后,日瓦戈突然感到胸中一阵从未有过的剧痛,他松开领带,跌跌撞撞地走到人行道上,但只走了两步就栽倒在地上,从此没再起来。从描述中我们可以得知,日瓦戈是因强烈的情绪引发心肌梗死(myocardial infarction)症状而猝然离世的。

匈牙利小说家、剧作家和散文作家纳达斯·彼得(Nádas Péter)的小说《自我之死》(*Own Death*,2002)2007 年被匈牙利影像艺术家彼得·佛格斯(Peter Forgacs)改编成影片。该影片详细地描述了主人公中风的早期症状、心肌梗死所引发的濒死经历以及在医院治疗的情形和回家后的康复情况。这是一部为数不多的描述心脏病早期症状的叙事作品。"走路时我注意到一切都不对劲"(Péter 11),"……我感到恶心……"(25),"……我喘着气走在人行道上"(37),"……你确定这就是所谓的死亡汗水"(55),"……一股强大的力量压在我的胸骨上并收紧我的肩膀,像长翅膀一样疼"(83)。

美国电影《爱是妥协》(*Something's Gotta Give*,2003)中,年过半百的

纽约音乐制作人哈利·桑伯恩（Harry Sanborn）在与新女友玛琳·巴里（Marin Barry）及其喜欢独处的剧作家母亲一起尴尬地共进晚餐之后，突发心脏病被送往医院。年轻医生朱利安·默塞尔（Julian Mercer）告诉哈利要安心静养一段时间，而在女友母亲家中休养康复的这段时间，哈利爱上了女友的母亲。良好的人际叙事互动对人的健康具有促进作用，反之则损害健康。

（三）电影中的心血管科医生叙事

《上帝的杰作》（*Something the Lord Made*，2004）讲述一心想成为医生的实验室清洁工维维安·托马斯（Vivien Thomas）的职业成长故事。出生在歧视黑人的 20 世纪初的托马斯无法成为一名医生，只能在外科医生阿尔弗雷德·布拉洛克（Dr. Alfred Blalock）的实验室做清洁员。但是，布拉洛克医生发现托马斯通过自学掌握了丰富深厚的医学知识，而且拥有一双能灵活使用医疗器具的巧手，因而提拔他成为研究员。他们一起研究治疗蓝婴心脏疾病的手术方法，最后治愈法洛氏四重症病童，成为心脏外科的先驱。他的画像与布拉洛克医生的画像，一同高挂在约翰斯·霍普金斯医学院的墙上，供后世瞻仰。

《心跳》（*Heartbeat*，2016）这部影片改编自洛杉矶圣约翰健康中心心脏外科医生凯西·马格里奥托（Kathy Magliato）医生的真实经历。马格里奥托曾著有自传叙事作品《从心出发：一位女心脏外科医生的回忆录》（*Heart Matters: Memoirs of a Female Heart Surgeon*，2010）。影片的主人公亚历克斯·潘提艾特（Alex Panttiete）是一位世界顶级心脏移植外科手术医生，她善用创新的方法来治疗心脏疾病患者。上述两部影片都值得心血管科室医护人员观看。这类影片叙事对于心血管科室医护人员的职业叙事身份认同构建和职业叙事反思力的形成具有一定意义。

二、文学叙事中的心血管疾病

（一）心力衰竭和心肌梗死

根据约翰斯·霍普金斯医院的本杰明·欧尔德菲尔德（Benjamin

Oldfield)和哈佛大学的大卫·琼斯(David Jones)两位学者的研究,关于心血管疾病的文学叙事根据治疗方式的变化大致可分为两个时代:1960年之前,心血管疾病治疗选择极少;1960年之后,对心血管疾病进行干预的药物治疗和手术治疗方法激增。1960年前的文学叙事作品中,患有心血管疾病的人物只能屈服于疾病的暴虐,面临过早的死亡。而相比之下,之后的心血管疾病文学叙事中则有关于心脏搭桥手术、血管成形术和各种新发明药物的描述(Oldfield and David 424—425)。

两位学者进一步将这些心血管疾病叙事作品分为四类,分别是"破碎的心""负荷的心""现代的心"和"治疗的心"。"破碎的心"叙事主要涉及情感动荡引起的心脏疾病,强调强烈的情感,悲伤、失望、愤怒或过度喜悦都能摧毁人心,这也被当作19世纪文学作品中心脏病突然发作的主要致病因素。代表作品主要包括亨利·詹姆斯(Henry James)的中篇小说《螺丝在拧紧》(*The Turn of the Screw*, 1897)和凯特·肖邦(Kate Chopin)的《一小时的故事》("The Story of an Hour", 1894)等。事实上,在但丁的《神曲》里,读者很容易找到一些与心血管疾病有关的症状,如对情绪性晕厥、劳力性呼吸困难等的准确描述。

"负荷的心"叙事主要聚焦于心脏负担过重或脂肪堆积引发的健康危机问题。20世纪初,越来越多的人患上以心脏血管内脂肪斑块积聚为特征的现代冠状动脉疾病,这仍是当今最普遍的心脏病诱因。这类心脏叙事作品将冠心病描述为一种忙碌的上层专业人士和普通劳动者常发的疾病。比如,薇拉·凯瑟(Willa Cather)的《邻居罗西基》(*Neighbor Rosicky*, 1928)讲述的是一个贫穷的捷克移民在努力耕种贫瘠的土地时因心脏病倒下的故事。

"现代的心"叙事则偏重于现代人对心脏病不同表现形式与变化无常的理解。这一类叙事的典范作品包括纳博科夫(Vladimir Nabokov)的《洛丽塔》(*Lolita*, 1955)、裘帕·拉希莉(Jhumpa Lahiri)的《同名人》(*The Namesake*, 2003)、玛丽莲·罗宾逊(Marilynne Robinson)的《吉利德》(*Gilead*, 2004)等,这类书籍捕捉到了现代人对心脏病、其无数表现形式及其变化无常、反复无常的表征形式的深入理解。

"治疗的心"叙事突出的是治疗主题,主要包括约翰·厄普代克(John Updike)的《兔子安息》(*Rabbit at Rest*, 1990)、瑟梅兹定·梅赫梅迪维奇(Semezdin Mehmedinović)的《我的心:一部小说》(*My Heart: A Novel*, 2012)、菲利普·罗斯(Philip Roth)的《普通人》(*Everyman*, 2006)和亨特

（C. C. Hunter）的《我的心：一部小说》（*This Heart of Mine: A Novel*，2018）等作品。

在过去的几十年里，心脏病治疗的进步——包括心脏内腔手术、搭桥手术、移植手术和微创技术——已经推动民众从将心脏病视为一种会立即导致死亡的疾病的观点转变为视其为一种严重但可治疗的疾病。然而，大部分的支架放置和手术治疗，只能暂时性地纾解胸痛，无法预防心肌梗死、减少死亡率，而许多心脏病药物也会或多或少产生严重的副作用，这些都让心脏病患者非常不满意。

波黑文学家瑟梅兹定的《我的心》是"治疗的心"这一叙事的典范之作。虽然是虚构作品，但整体呈现的是作者在 50 岁时突发心肌梗死之后的叙事性反思。死亡、记忆、爱是《我的心》的主题，阐述了作者本人的心脏病和妻子的中风给家庭带来的重大影响。作者被困在病床上，被无力感所压倒，开始反思生命的脆弱、记忆的消逝以及死亡的临近。而冠状动脉疾病常常发生在浴室的事实让瑟梅兹定认定"在人类住宅中，浴室是一个令人恐惧的地方。我们赤身裸体，在没有任何保护的情况下被心脏病袭击"。

瑟梅兹定被紧急送往医院救治，而在这一过程中，他感觉自己的心脏病发作有一种超现实的味道。他被救护人员围住的瞬间，感觉"周围人的身体都异常地大，而我的身体却缩小了"（Mehmedinović 215）；"这群陌生人轻松地移动我的样子给我留下自己身体处于失重状态的奇特印象"（217）。当瑟梅兹定从心脏病专家那里得知他服用的心脏病药物产生的副作用主要就是记忆力减退时，他感到异常惊慌，而心脏病专家告诉他，"放心服用吧，忘记不会像心脏病一样杀死你"。对此瑟梅兹定问道："如果我忘记一切，忘记我的一生，如果我无法认出我孩子的脸，如果我忘记自己的名字，那不是和死一样吗？"

在《普通人》中，菲利普·罗斯讲述一个有心血管病史的老年男子的生命故事，推动整部小说的叙事进程向前发展的是从小到老的一次次住院手术，小说以主人公的颈动脉内膜切除术结束。书中主角在开始感到极度疲劳和呼吸困难后，被"医生诊断为冠状动脉闭塞……"（Roth 42）。罗斯在小说中详细说明了疾病对一个人，尤其是老年人的各方面影响，阅读这部分内容对患者、医护人员、患者的家庭成员都非常有意义。主角说："……他深切地感受到了生命即将走向尽头。……他决定更积极地参与到他周围的世界中"（79）。

（二）房颤与心源性中风

许多著名小说家、艺术家都经历过中风。挪威戏剧家，欧洲近代戏剧的创始人亨利克·易卜生（Henrik Ibsen）、英国维多利亚时代"最伟大的小说家"查尔斯·狄更斯（Charles Dickens）、19 世纪美国小说家、《小妇人》的作者路易莎·梅·奥尔科特（Louisa May Alcott）、著有《纯真年代》的美国作家伊迪丝·华顿（Edith Wharton）、英国移民小说三杰之一的萨尔曼·拉什迪（Salman Rushdie）等都死于中风。

早在 1600 年左右，"中风"（apoplexy）的概念就已经出现在了莎士比亚和洛佩·德·维加（Lope de Vega）的戏剧当中。19 世纪的小说中更是不乏对中风这一疾病的细致描述。巴尔扎克、仲马、福楼拜、左拉、陀思妥耶夫斯基和托尔斯泰等作家都是刻画这一疾病的高手。美国诺贝尔文学奖获得者约翰·斯坦贝克（John Steinbeck）在他的作品《伊甸之东》（*East of Eden*）中，菲利普·罗斯（Philip Roth）在他的疾病小说中，开始使用"stroke"这个单词来描述中风这一疾病。此外，在德语文学中，也有上百部虚构作品提及过中风。

许多作家都对中风之后的失语症状有过描述。歌德就在他的教育成长小说《威廉·麦斯特的学徒时代》（*Wilhelm Meister's Apprenticeship*）中提到了运动失语症（motor aphasia）："我父亲突如其来地瘫痪了，右边行动不方便，不听使唤，说话能力也不再受控制。每一次他有需要时，我们都得连蒙带猜地揣测，因为他再也无法说出他想要说的词来……"

弗兰纳里·奥康纳（Flannery O'Connor）的短篇小说《凡兴者必合》（"Everything That Rises Must Converge"）讲述一位患有高血压的中年妇女最终因中风而死去的故事。"医生告诉朱利安的母亲，为了稳定血压，避免更严重的健康问题，她必须减掉 20 磅。因而，朱利安每星期三都陪母亲坐公共汽车去上减肥班课程"（O'Connor 485）。奥康纳认为愤怒的情绪是这位中年女性高血压的根本原因，也暗示这样的情绪潜藏着致命的后果。在公共汽车上，她的自我价值感遭受破坏，这引发了她情绪上的极度不安，最终轻微的刺激竟然爆发成全面的中风和最终的死亡。

德国当代最伟大的小说家、散文家之一西格弗里德·伦茨（Siegfried Lenz）的小说《失落》（*The Loss*, 1981）讲述了城市旅行向导乌利·马腾斯（Ulrich Martens）在引导游客游览易北河港口时突感不适，但他仍然挣扎着穿过城市到达诺拉工作的图书馆阅览室。诺拉觉得乌利像是要中风，叫了一辆救护车紧急将他送往医院。整部小说对乌利中风的起病症状、发病过程以及在此过程中主角的心理社会痛苦进行了细致的描述：

"这出乎他的意料。……他突然出现了复视……他的太阳穴在跳动。他听到巨大的撞击声，随之而来的压力感像是一条狭长的绷带紧紧缠在他头上，引起他眼睛后面异常强烈的疼痛感，他渴望黑暗……"（Lenz 10）。"他忍不住呕吐起来，双手颤抖，瞳孔变得僵硬扩散，左臂也不断颤抖着……"（27）"……他看着颤抖的手，仿佛自己是个陌生的存在，一个不受自己控制的存在"（15）。"……他意识到自己正在经受最深重的痛苦和折磨，他无法向其他人诉说自己经历了什么，因为他失去了语言"（133）。

美国天才女作家卡森·麦卡勒斯（Carson McCullers）一生遭受着心脏病、癌症、中风、肺炎等疾病的轮番侵袭。她15岁患风湿热，但被误诊误治，后来经历三次中风，29岁瘫痪，1967年因为脑中风逝世，结束了短暂的一生。在《没有指针的时钟》（*Clock Without Hands*, 1961）这部作品中，麦卡勒斯讲述了一位遭受胰岛素依赖型糖尿病和中风等疾病折磨的法官与一位罹患白血病而生命垂危的药剂师之间的故事。法官和药剂师都在努力应对疾病对他们日常生活的影响。

从小说叙事作品来看，罹患心脏疾病的许多人物生活习惯不好，更重要的是生活在不良的情绪和社会家庭关系之中，长期处于不利于心身健康的叙事闭锁和人际叙事断裂状态。正如美国第19任卫生署署长维维克·穆西（Vivek Murthy）所提出的："在孤独中挣扎的人罹患心脏病和早死的风险会增高"（1）。事实上，孤独的最直接表现就是人际叙事关系的断裂与缺失，而表达情感与人际连接的最佳媒介正是叙事。

（三）心脏移植

当人类的心脏出现严重问题时，现代医学为心脏病患者提供的一个解决方法就是移植手术。心脏外科医生从刚刚去世的人体内摘取较为健康且配型成功的新心，取代原本病人较衰弱/不健康的旧心（原位移植），也可能在较罕见的情况下，保留旧心以辅助新心运行（异位移植）。大多数时候所谓的"换心"是指前者——原位心脏移植手术。而随着科技发展，苦苦等候的患者也会在轮候期间暂借人工心脏续命，这也是一种"换心"的形式。换心作为现代医学文明的一部分，逐渐走进我们的日常生活中,成为电影和小说叙事的常见题材。

据《列子·汤问》记载,鲁公扈、赵齐婴这两个人是朋友,"二人有疾,同请扁鹊求治"。扁鹊谓公扈曰:"汝志彊而气弱,故足于谋而寡于断。齐婴志弱而气彊,故少于虑而伤于专。若换汝之心,则均于善矣。"扁鹊遂饮二人毒酒,迷死三日,剖胸探心,易而置之;投以神药,既悟如初。二人辞归。于是公扈反齐婴之室,而有其妻子;妻子弗识。齐婴亦反公扈之室,有其妻子;妻子亦弗识。

扁鹊认为,其中一位病人思虑太多而欠决断力,而另一位则思虑不周,导致处事过于武断,若能将二人之心置换,则可取长补短,"均于善矣"。征得两位患者同意之后,扁鹊给他们喝麻醉酒,再把两个人的身体剖开,把心换过来,然后给他们缝好,三天后,二人向扁鹊说谢谢,就各自回家了。但是,两个人都走错了家。原来,通过换心,两人成功改变性格,甚至置换了记忆,所以各自回了对方的家庭。

美国短篇科幻小说《斗争的心》("Fighting Heart")讲述性格软弱、到处受欺负的主角汤姆·威尔逊(Tom Wilson)在继承一笔丰厚遗产后,寻求医生好友温特沃斯(Dr. Wentworth)的意见,温特沃斯医生建议他与一年轻人换心,并在手术成功后安排主角和自己来一场旅行,让主角能享受人生。旅行回来后,主角性格剧变,在公司出言回敬侮辱他的同事,也敢于向上司发泄怒火;回到家中,则重振夫纲,令妻子另眼相看,再次爱上主角。故事结尾时,主角收到温特沃斯医生退回的用作支付诊金的支票,背后解释主角其实并没有换心,却真正实现了改变(Bleiler 3)。

朱迪·皮考特(Jodi Picoult)的小说《换心》(*Change of Hearts*,2008)以一桩死刑犯捐赠心脏事件,来引领读者思索故事涉及的各方面争议。小说各章由不同人物的第一人称视角展开,叙述美国新罕布什尔州第一位死刑犯谢依(Shay)要求在行刑后将自己的心脏捐赠给受害者正在等待心脏移植的妹妹朱恩(June),以实现自我救赎。然而,神职人员却认为捐赠器官对于救赎无济于事,同时朱恩的母亲也担心,一个令她家破人亡的杀人犯所捐赠的心脏会不会令女儿变得凶残。而对于等待心脏移植的朱恩而言,生命变成了一场等待的游戏。

法国作家梅丽丝·德·科兰嘉尔(Maylis De Kerangal)的美第奇文学大奖畅销小说《心:一部小说》(*The Heart: A Novel*)记录了24小时内,一个身患心脏疾病、面临死亡威胁的中年女人与已被宣布脑死亡的少年间进行心脏移植手术的故事。这部叙事作品的绝大多数篇幅都在思考关于生命、死亡、那颗心和丧亲之痛的主题。由上可见,关于心脏移植的叙事作品涉及更多的是人性、道德和医学伦理议题。

三、绘画叙事中的心血管疾病

跳出医学专业的限制,我们可以发现医学与音乐、绘画、哲学和语言等各种艺术之间的关系源远流长,绘画艺术与医学之间一直保持非常密切的关联。文艺复兴时期意大利著名艺术家列奥纳多·达·芬奇(Leonard Da Vinci)的解剖学研究对人类医学贡献非常重大,他对心脏动脉瓣的研究领先世界医学近 500 年,其核心的贡献在于发现心脏瓣膜开合机理。目前的人工心脏膜瓣设计就是由达·芬奇提出的。当时,达·芬奇解剖了一名刚去世的百岁老人的心脏,之后首次绘图描述了冠状动脉疾病。在这些图纸中,我们发现达·芬奇设法利用他在流体、重量、杠杆和工程等方面的交叉学科知识来理解心脏的功能,并且绘制出了心肌小梁这一细微结构。这些相关知识对于现代心脏学家而言,也只能使用MRI 技术获得。

在达·芬奇绘制的心脏素描手稿的启发下,当代许多医生有了新的发现和发明。剑桥大学帕普沃斯医院(Papworth Hospital)的心脏外科医生弗兰西斯·威尔斯(Francis C. Wells)是全球心脏手术领域的权威。他在 2007 年根据达·芬奇的笔记及其绘制的心脏瓣膜手稿,开创了一种创新的心脏破损修复术。达·芬奇绘制了类似阀门的心脏瓣膜解剖结构图,并得出结论,所有四个瓣膜都应完全打开和关闭,否则心脏将无法充分运作,心房血液会从心室反流。威尔斯从中发现了修复二尖瓣(心脏的四个瓣膜之一)正常开合功能的方法,改良了心脏瓣膜手术。

威尔斯在其著作《达·芬奇看心脏》(*The Heart of Leonardo*,2014)一书中说,"我们应该以文艺复兴时期的达·芬奇为榜样,勇于挑战、质疑和探究,而不是盲目遵从公认的智慧。……此外,越来越细分的专业很可能阻碍人类的新发现和创新研究,[……]我们应该像文艺复兴时期的科学家一样(达·芬奇同时身兼画家、雕塑家、建筑师、数学家、诗人、发明家、天文学家、地质学家、历史学家和制图师等多重身份)保持对世界的好奇心和观察力,最好的艺术家跟工程师不分家"(Wells 24)。

当代许多外科医生也是非常有天赋的绘画艺术家,如柏林心脏病医生马克·黑兹曼(Mark R. Heitzman)和南通大学第一附属医院心血管外科医生尤庆生等。欧洲肝脏移植开创者、英国外科医生罗伊·卡恩(Sir Roy Yorke Calne)出版画集,记录心脏、肾脏和肝脏等移植手术的过程。他的系列画作反映的是以他为代表的医学界对高度复杂的医疗程序和外科技术所持的乐观态度(Groves 1576)。

当代医学经常通过运用现代医学知识对艺术馆和画廊中的名画进行细致观察,对历史人物或画作中的虚构人物进行疾病诊断。2017年的一篇论文对《十日谈》(Decameron)的作者薄伽丘(Giovanni Boccaccio)的病史进行了论述,研究者通过一幅薄伽丘的画像,判断出薄伽丘患有心力衰竭疾病。根据现代医学知识,研究者也判断在巴洛克时期意大利画家乔瓦尼·兰弗朗科(Giovanni Lanfranco)描绘圣路加为平民治病的场景的画作《圣路加与腹水的孩子》("St. Luke Healing the Dropsical Child",1620)里,嘴唇为蓝紫色、肤色呈蓝灰色的病童罹患的是被称作"法洛四联症"(Fallot,也称为蓝色婴儿综合征)的发绀性先天性心脏病(Heyne e20154594)。

迪克·凯特(Dick Ket)是20世纪上半叶荷兰魔幻现实主义画家。1902年迪克出生在荷兰北部的一个小港口,出生时就患有严重的心脏缺陷。他可能罹患的也是"法洛四联症"先天性心脏病,这在当时是无法治愈的。这种心脏缺陷会导致组织、器官、脚指头和手指头营养不足。这些因疾病引起的外表改变让迪克羞于见人,人际叙事关系处于断裂状态,长期隐居在家潜心绘画。1940年,37岁的迪克死于心脏病,而法洛四联症的手术治疗直到1944年才出现。

迪克最著名的作品是1932年绘制的带有"鼓槌手指"的自画像,清晰地显示了他的心脏病理症状。画面中一名瘦削的男子紧握一个花瓶,青色的杵状手指和皮肤灰蓝色的色素沉着明显地透露出他患有心脏疾病,而画中迪克的衬衫在胸前敞开,也在暗示着他的心脏问题。他紧紧地握住手中的花朵,说明他并不会放弃生命。但是,在右下角,他画了"FIN"这个字眼,似乎在提醒他虽然不愿意放弃生命,但很清楚自己将不久于人世。

加拿大知名动画艺术家谢尔登·科恩(Sheldon Cohen)于2010年某个午后突发心脏疾病,危在旦夕,紧急送到医院进行心脏支架和五重绕道手术后,才捡回一条命。科恩手术后才发现,复原是另一条漫漫长路。在亲友鼓励下,科恩将这段心脏疾病经历变成动画《我的发病日记》(My Heart Attack)。这部动画的创作过程其实也让科恩重新审视了自己发病的心路历程。通过将曾经的创伤化作文字和动画,直接面对曾经的创伤和恐惧,整合自己的生命故事,科恩走出了叙事闭锁,开始真正的疗愈。

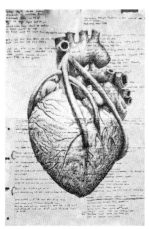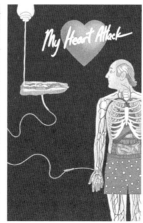

结语

20 世纪末 21 世纪初,医学领域出现叙事转向之后,许多国际医学期刊[如《英国医学杂志》(*BMJ*)、《美国医学会杂志》(*JAMA*)、《柳叶刀》(*Lancet*)等]都开始重视叙事医学栏目,在"不同维度的疾病叙事"方面有了新的定位。《柳叶刀》还专门设立威克利-伍连德奖,鼓励不同视角的疾病和医疗人文故事在科学期刊上刊发。在新文科和新医科语境下,国内医学教育和临床实践领域也都开始关注小说、电影、绘画和音乐中的疾病和患者视角的故事。南方医科大学的"叙事医学课程"微信公众号从 2014 年开始推介不同视角的虚构及非虚构疾病叙事作品,并指导全国设立近十家生命健康叙事中心开展以叙事为特色的健康促进与传播活动。

20 世纪末的医学科技一日千里,人类的疾病谱发生根本变化。心血管疾病已取代传染病成为主要死因。而目前学术界对各类艺术作品和文学创作中的心血管疾病的研究还相对较少。从本文讨论的小说、电影和绘画中,我们可以了解心血管疾病在不同文化艺术作品中的表现形式,例如心脏疾病的具体表征、心肌梗死突发的戏剧性、强烈的情感波动所引起的直接症状以及中风造成的长期后果。通过这些艺术叙事,读者和观众可以从多维视角拓展和加深对疾病的认知,更好地触及患者内心的感受,理解他们在面临突发疾病时的无措以及发病中的无力和恐慌感。阅读这些作品让我们得以从患者视角来亲历他们的疾病故事,由此激励读者主动迈出构建与患者的人际叙事关系和共情连接的步伐,打破由疾病建立起的阻隔在患者与健康者之间的壁垒。此外,对心血管疾病叙事和文艺作品的解读在培养医务工作者的叙事素养的同时,对提升其照护能力和医疗质量无疑也是一大助力。

注解【Note】

① 叙事反思的作用在于用不同于从前的视角看问题,揭开从前不知不觉内化的故事脚本的神秘面纱(Freeman 127)。

引用文献【Works Cited】

Bleiler, Everett Franklin, and Richard Bleiler. *Science-fiction: The Gernsback Years*. Kent, Ohio: Kent State UP, 1998.

de Kerangal M. *Mend the Living*. Paris: Verticales, 2014.

Galassi, Frances M., et al. "Giovanni Boccaccio's (1313 – 1375) Disease and Demise: The Final Untold Tale of Liver And Heart Failure." *Homo: Internationale Zeitschrift fur die Vergleichende Forschung am Menschen* 68.4(2017): 289 – 297.

Groves, Trish. "The Art of Surgery." *BMJ* 299.6715 (1989): 1576 – 1577.

Heyne, Thomas F. Lanfranco's Dropsical Child: The First Depiction of Congenital Heart Disease?. *Pediatrics* 138.2 (2016): e20154594.

Kaptein, A. A., Thong M. S. Y. "Portraying a Grim Illness: Lung Cancer in Novels, Poems, Films, Music, and Paintings." *Supp Care Cancer* 26(2018): 3681 – 3689.

Lenz, Siegfried. *Der Verlust (The Loss)*. Hamburg: Hoffmann und Campe Verlag, 1981.

McCullers, Carson. *Clock without hands*. Boston: Houghton Mifflin Company, 1998.

Mehmedinović, Semezdin. *My Heart: A Novel*. Trans. Celia Hawkesworth. New York: Catapult, 2012.

Murray, Michael. Levels of narrative analysis in health psychology. *Journal of Health Psychology* 5 (2000): 337 – 347.

Péter, Nádas. *Own Death*. Göttingen: Steidl Publishers, 2006.

Murthy, Vivek. *Together: The Healing Power of Human Connection in a Sometimes Lonely World*. Broadway, NY: HarperCollins Publishers, 2020.

O'Connor, Flannery. "Everything That Rises Must Converge." In *Collected Works*.

O'Connor Flannery. Ed. New York：The Library of America，1988. 485－500.

Oldfield, Benjamin J., and David S. Jones. "Languages of the Heart：The Biomedical and the Metaphorical in American Fiction." *Perspectives in Biology and Medicine* 57.3 （2014）：424－442.

Roth, Phllip. *Everyman*. London：Jonathan Cape，2006.

Wells, Francis C. *The Heart of Leonardo*. London：Springer Science & Business Media，2014.

杨晓霖：《医学和医学教育的叙事革命：后现代"生命文化"视角》,《医学与哲学》, 2011 年第 9 期,第 64—65 页。

基金项目：本文系全国医药学专业学位研究生教育指导委员会 2019 年研究课题"叙事医学课程建设与全科医生职业素养研究"（B1-YX20190303-03）的阶段性研究成果。

作者简介：耿铭,上海健康医学院文理教学部副教授,研究领域为生命健康叙事与医学人文教育。曹文华,湖南师范大学教育科学学院硕士。

叙事研究 第 4 辑
Narrative Studies 4

叙 事 学 新 论

唐赋与戏曲关系论略

周兴泰

内容提要：赋与戏曲之渊源，其来有自。赋体韵散配合的形式及其擅长描写、适于韵诵的特点，不仅为兼备说唱的剧本提供了雏形，也为戏剧情节的叙述与角色的演出以最大限度吸引观众创造了很好的条件。细读唐赋，发现其与戏曲之间亦存在紧密关联，主要体现有二：一是唐赋写出了人物的"独唱独演"；二是唐赋本身写出了矛盾冲突与场面。尤为值得注意的是，有些唐赋作品中蕴含的浓厚戏剧性，是赋体叙事与戏曲叙事相契合的鲜明表现。

关键词：唐赋；戏曲；叙事

一

清代刘熙载在《艺概·词曲概》中说："曲如赋……曲止小令、杂剧、套数三种。小令、套数不用代字诀，杂剧全是代字诀……此亦如'诗言志''赋体物'之别也"（578—598）。这段话包括三方面的内容：一、明确指出曲与赋之间的紧密关联。二、将曲区分为散曲（包括小令、套数等）与杂剧两种，并揭示两者的不同特征，散曲不用代言而直接抒情，杂剧则根据剧中人物的不同角色而代人述说。三、追溯散曲与杂剧的本源，散曲的源头是诗，杂剧的源头为赋。刘氏尽管未对曲与赋之关系做进一步申述，但却给后来者以极大启发。

最早将赋的形制与剧本联系起来进行阐论的现代学者是冯沅君先生，她写有《汉赋与古优》《古优解》两文，认为汉赋是优语的一个支流，甚至说"司马相如的《子虚》《上林》有似优人的脚本"（92）。遗憾的是，冯氏的论述还不够具体深刻。任半塘先生则紧密把握住文体自身的特征及其演变轨迹，他说：

> 唐代"戏剧文体"，当源于汉赋中之所谓"倡俳"；而元曲文章内一部分之尖新豪辣者，乃其最后之流变也……盖赋中早有问答体，源于楚辞之《卜居》《渔父》；厥后宋玉辈述之；至汉，乃入《子虚》《上林》及《两都》等赋。大抵首尾是文，中间是赋，实开后来讲唱与戏剧中曲白相生之机局，亦散文与韵文之间，一种极自然之配合也。赋以铺张为靡，以诙诡为丽，渐流为齐梁初唐之俳体。其首尾之文，初以议论为便，迨转入伎艺，乃以叙述情节为便，而话本剧之雏形备矣。（888）

由此，我们可以看出，后世戏剧文体从赋体身上汲取了丰富的营养，剧本曲白相生的基本格局，是赋体韵散配合体制的一种推衍。具体地说，剧本的曲文部分是赋韵文部分的变革，宾白部分则是赋散文部分的转移。

赋是中国文学中一种特殊的体裁。说它特殊，那是因为赋既是诗体的流衍，又是楚辞的后裔，是一种亦诗亦文的体裁。那么这种文体到底有着怎样的特质呢？第一，设辞问答。即刘勰在《文心雕龙·诠赋》中所说的"遂客主以首引"，引述客主问答对话之辞以为故事开篇，由此形成赋文的框架结构。第二，韵散相间。赋作的开头通常是赋中人物的简单对话，交代对话的缘由，一般采用散文化句式；中间是正文，主客双方彼此夸耀和辩难，以韵文为主；结尾往往也用散文句，以一方向另一方诚服告终，揭示出讽谏意。第三，敷陈铺排与写志抒情的融合。赋的外形是洋洋洒洒的鸿篇巨制，是句式自由而繁多的文章，它的内质却是诗化的，是言志、抒情和议论。"赋者，铺也，铺采摛文，体物写志也"（《文心雕龙·诠赋》），"体物"固然更优先、更主要：首先是体物（对外部客观世界作穷形尽相的描绘），倾全力以体物，但体物却也只呈现于表层，赋的真义还在于言志写志，乃至议论、讽刺、批评，只不过必须借铺张扬厉的体物来完成写志抒情而已。归根到底，赋既需有诗的质地秉性，又需有辞和文的外形，两者不同程度而又亲密无间地渗透结合，才是它的根本特征。

金元时，院本、杂剧受赋的影响显而易见。元陶宗仪《南村辍耕录》卷二"金院本名目"条下有"打略拴搐"项，下列其目，包括：秀才家门（《大口赋》《风魔赋》《寮丁赋》）、列良家门（《由命赋》）、大夫家门（《伤寒赋》《便痛赋》）、良头家门（《方头赋》）、司吏家门（《罢笔赋》）。所谓"打略拴搐"，据胡忌《宋金杂剧考》书中考证，约近于传统曲艺中的"数板"式的表演，干念，不歌，有韵脚，字句长短不拘，伴以击打节奏，一般多由丑角表演①。尽管上述赋作皆已亡佚,我们无法窥其面目,但赋本身"不歌而诵"的性质,使其易于被吸收为戏曲宾白,正如杜善夫《耍孩儿·庄家不识勾栏》套曲所言,杂剧表演中"念了会诗共词,说了会赋与歌,无差错。唇天口地无高下,巧言花语记许多"(转引自杨朝英 336)。杂剧体制篇幅不大,且重在一角独唱,故不宜插入大段赋体宾白。至明清传奇,篇幅加大,曲白并重,故有大量的赋体文穿插其间。以明人毛晋编《六十种曲》为例,其中明确标示"赋"的作品就有很多篇,如《黄门赋》《道场赋》《书馆赋》(见《琵琶记》)、《相府赋》(见《荆钗记》)、《梁山赋》(见《水浒记》)、《美人赋》(见《玉簪记》)、《灯赋》(见《锦笺记》)、《大猎赋》(见《南柯记》)、《天宫赋》(见《昙花记》)、《棘闱赋》(见《不伏老》)、《修道赋》(见《明珠记》)等,不一而足。另外,还有很多未标明"赋"而实已具赋之铺陈特性的文字,更是各臻其妙,这些赋体文也是我们深入研究赋与戏曲关系的重要突破口。对此问题,早有学者进行过不同程度的探讨②,朱恒夫在前人研究成果的基础上,通过考察宋金杂剧、元杂剧、南戏与明传奇中的赋的特点,审视赋在戏曲中的作用,认为其体现有三:增加舞台上的滑稽气氛;将场景用细腻详备的语言陈述出来,弥补虚拟的戏剧舞台没有可观性的布局的缺陷,使观众通过联想,对故事的场景有一定的体认;能充分展示出宾白的美听效果(30—31)。

下面我们结合作品来看看赋在戏曲中的具体运用情况。如明人冯惟敏《梁状元不伏老》论科场情景:

> 只见规模宏大,法度森严。明远楼,高出广寒宫;至公堂,压倒森罗殿。天字号、地字号,密匝匝,摆列着数千百号;东文场、西文场,齐截截,分定了一二三场。南卷、中卷、北卷,都则是策论经书;《易经》《书经》《诗经》,更兼那《春秋》《礼记》。知贡举,乃本部尚书;都总裁,是当朝宰相。考试官、监试官、提调官、印卷官,也有那巡绰监门官,多官守法;弥封所、对读所、誊录所,又有那收掌试卷所,各所奉公。四边厢往来击柝,一周遭昼夜提铃。往来击柝,只见那穷光棍闭着眼敲木皮,一下下道:怕怕他! 怕怕他! 昼夜提铃,只见他磣油花背着手摇铁片,一声声道:定定铎! 定定铎!

这段赋体文字整齐中见变化,音韵和谐,通俗自然,形象生动,乃本色当行之宾白也,由此观众对剧中人物的活动场景有了直观的印象。日本学者青木正儿评论道:"以曲本三叶之长文叙科场状况,句调有一种独得之妙味,他无类比之宾白中奇文也"(191)。他明确地指出了剧中宾白的成功,得益于作家灵活地运用赋体来铺张描绘科举考场的情景。

再如孟称舜《娇红记》第三十一出《要盟》的宾白"企祠大誓":

> 念我两人,形分义合,生不同辰,死愿同夕。在天为比翼之鸟,在地作连理之枝。暮暮朝朝不暂离,生生世世无相弃。祝英台畔千年石,但随暑往寒来。山伯坟头百尺碑,一任风吹雨洒。魄入土而成碧,苌弘之血犹腥;魂对月以长号,望帝之灵不老。两情若旧,片语如新。女若负男,坠沉沦于永劫;男若负女,立诛殛于震霆。

作为男女的定情誓词,将浅显的文言与经过提炼的民间口语糅合成顺口通俗、明白晓畅的对句,既便于细腻地叙述故事、渲染场景、刻画人物,又能紧密配合舞台的音乐节奏,获得极佳的剧场美听效果。曲白相生,或曰曲白并重,方为戏剧发展之道。所谓"一白二引三曲子""千斤念白四两唱"之行话,切中肯綮。

不论是剧曲还是宾白,都是叙述故事、刻画人物的重要手段。而赋的叙事状物、抒情言志的特点对戏曲的发展产生了重要的影响,戏曲的宾白部分除了单纯的叙述外,还往往用赋体的形式来描写景物、刻画人物、抒发情感,而戏曲演出时往往也借鉴了赋的直接陈述方式和问答体制。"若论填词家宜用之书,则无论经传子史以及诗赋古文,无一不当熟读"(《闲情偶寄·贵浅显》)。"传奇虽小道,凡诗赋词曲,四六、小说家,无体不备,至于摹写须眉,点染景物,乃兼画苑矣"(《桃花扇·小引》)。这些言论都谈到了戏曲创作尤其是宾白对赋的借鉴作用。清人丁耀亢在《〈赤松游〉题辞》中说:"白语关目,尤贵自然,近多开口即俳,直至结尾,皆成四六者,尤为不情。如能忽散忽整,方合古今;半雅半俗,乃谐观稳"(806)。丁氏韵散配合、雅俗兼用的观点,对于正确地运用赋体宾白是有指导意义的。

总之,赋体韵散配合的形式及其擅长描写、适于韵诵的特点,不仅为兼备说唱的剧本提供了雏形,也为戏剧情节的叙述与角色的演出以最大限度吸引观众创造了很好的条件,这是在普遍的意义上探讨赋的形式体制与艺术表现对戏曲的全方位影响。那么,就特殊性来讲,唐赋与戏曲在叙事特性上是否有关联? 如果有,其关联又是如何体现的呢?

二

任半塘先生说:"至于唐末小赋之题材内,有表现戏弄者,晚唐以前所无。林滋之赋木人,其最著者。他如徐寅赋樊哙入鸿门,王棨赋西凉观灯,周繇赋梦舞钟馗,皆真幻杂糅,颇具戏剧意味。惟属疑似,尚无确据。他日资料累积充盈时,当另有'唐赋与唐戏'之述,姑附识其端绪于此"(1080)。虽因资料缺乏而未有更深入的论证,但任先生独具慧眼提出的唐赋的戏剧性问题,为我们研究唐赋与戏曲的关系指引了一条光明之路。

戏剧性或曰戏剧因素,大致包括两个方面:一、戏剧性的矛盾冲突(所谓"没有冲突就没有戏");二、人物的动作性(所谓"动作是戏剧的根基")。一般认为,冲突和动作是构成戏剧的基本要素,也可以说是戏剧性的本质。戏剧是行动的艺术,它通过人物(角色)在事件(矛盾冲突)中的一系列动作(有所谓外部动作、言语动作、静止动作、音响动作)以激起观众的感情反应③。写人物(角色)的行动,或者行动中的角色,对于戏剧来说是至关重要的。莱辛曾指出荷马史诗"除掉持续的动作,不描绘什么其他事物;他如果描绘任何物体或任何个别事物,也只是通过那物体或事物在动作中所起的作用,而且一般只涉及它的某一个特点"(84),某些唐赋作品,也有着类似的特点。

细读唐代辞赋,发现其与戏曲之关系主要体现在以下两个方面:一是唐赋写出了人物的"独唱独演"。如浩虚舟《陶母截发赋》写陶母截发故事,此故事出自《世说新语·贤媛第十九》,主要讲述晋代陶侃少时家贫,有鄱阳孝廉范逵来造访,无以待客,陶母遂截发卖于邻人,具珍馐以待宾。原文叙陶母事迹甚详,浩虚舟则舍弃了素材的其他种种内容,选取其中截发置米及酒肉的部分,作成此赋。更为突出的是,浩赋将笔力凝聚于陶母因截发而引起的内心活动,遂使赋别开生面,另有一番感人的魅力:

> 原夫兰客方来,蕙心斯至。顾巾橐而无取,俯杯盘而内愧。啜菽饮水,念鸡黍而何求;舍己从人,虽发肤而可弃。于是搔首心乱,低眉恨生。畏东阁之恩薄,归北堂而计成。拂撮凝睇,抽簪注情。解发而凤髻花折,发匣而金刀刃鸣。喜乃有余,断无所极。窥在屋而错落,抚垂领而绸直。锋铓不碍,翻似雪之孤光;倭堕徐分,散如云之翠色。已而展转增思,徘徊向隅。玄鬓垂颎而散乱,青丝委蔂而盘纡。象栉重理,兰膏旧濡。伤翠凤之全弃,骇盘龙之半无。观夫擢乃无遗,敛之斯积。凝光而粉黛难染,盈握而腥臕是易。将成特达之意,欲厚非常之客。宾筵既备,空思一饭以无惭;匣镜重窥,岂念同心而可惜。(转引自陈元龙 635—636)

这段赋文既鲜活地叙述了陶母截发事件的前后过程,集中展现了陶母截发的场面,又细腻刻画了陶母丰富复杂的内心世界:既有无以待客的羞愧内疚,又有苦无别计的焦急彷徨;既有截发前的留恋难舍,又有截发时的果断明达;既有发髻全无的感伤惊骇,又有宾筵既备后的欣慰满足,生动塑造出一位重义厚慈、慷慨好客、坚决果断、仁爱贤能的血肉丰满的慈母形象。严格来说，此赋的戏剧性并不强，它主要刻画了一个人的心理，有一些动作描写，但也只是一个人的表演，像京剧和许多旧戏的旦角独自一人在场演唱一样。因此，浩虚舟此赋与戏曲的关系主要是表现在陶母的"独唱独演"上。

再如，宋言取材于历史上一段著名的故事（战国时代孟尝君被当作人质因于秦国，依靠门客中的鸡鸣狗盗之徒才得以逃离），在《效鸡鸣度关赋》中塑造了一位效鸡鸣者形象：

> 昔者田文，久为秦质。东归齐国之日，夜及函关之际。顾追骑以将临，念国门之尚闭。君臣相视，方怀累卵之危；豪侠同谋，未有脱身之计。下客无名，潜来献诚："君祸方垂于虎口，臣愚请效于鸡鸣。"于是鹰扬负气，鹗立含情。迴夜遥天，未变沉沉之色；攒眉鼓臂，因为喔喔之声。审听真如，遥闻酷似。高穿紫塞之上，深入黄河之里。一鸣而守吏先惊，三唱而行人尽起。回瞻满座，皆默默以无言；散入荒村，渐胶胶而不已。（转引自李昉等 638）

其中有逼真的场景描写，有细腻的形象刻画，把一个平时不为人所重的下客，描写成像飞扬的鹰一样鼓气，如站立的鹗一样含情，紧蹙双眉，大力地鼓动自己的双臂，在沉沉的夜色里发出喔喔之声。用"扬""负""立""含""攒""鼓""高穿""深入"等动词和"喔喔"等形容词着力摹写美化门客学鸡鸣的形象，形容夸饰鸡鸣声高穿长城、深入黄河的深厚穿透力，以至于使人们信以为是鸡叫天亮了，守关的士兵打开城门，普通的百姓也纷纷起床。最后两句运笔描写孟尝君与众门客默默聆听的样子，或许他们还为自己平时小看了这位门客而心生惭愧呢。而鸡鸣声散入遥远的荒村回响不停，再次突出门客效仿鸡鸣逼真的效果与震撼力，犹如一幅有声有色的图景。此时，这位效鸡鸣者其实就像京剧舞台上的一位武生或丑角，一个人在表演，其言语、动作、神情，无不活灵活现。这些赋实际上写出了这个演员（角色）是怎样在表演的，赋与戏曲之关系，由此可见一斑。

二是唐赋写出了矛盾冲突和场面。徐寅《樊哙入鸿门赋》就是这方面的典型。

《史记·项羽本纪》中"鸿门宴"的故事为大家所熟知，其中讲到刘邦至鸿门，项羽待之以宴饮，其间项羽之弟项庄舞剑娱乐，欲杀刘邦，幸得与张良有故交的项伯出手相救。在此危急情势下，勇士樊哙独闯鸿门，保护刘邦。徐寅《樊哙入鸿门赋》即截取樊哙勇闯鸿门这一片段敷衍而成，赋曰：

沛中之智兮勇鹏翻,舞阳侯兮威曷论。冒死而尝轻白刃,匡君而直入鸿门。卮酒彘肩,岂让匹夫之膳;朱轮画毂,能扶万乘之尊。当其秦鹿无主,项王赫怒。夸楚将于秋鹰,灭沛公于寒兔。天地何小,风云可步。海荡山振,龙惊虎惧。凤历谁传,鸿门昼关。汤池命酒,欧剑摇环。气隆准以斯挫,血重瞳而欲殷。鲵浪鲸波,呀呷于斯须之际;禽笼兽窂,炮燔于咫尺之间。汹汹群心,雄雄壮士。诣闾阖而飞步,怒豺狼而切齿。仆视阍守,掌窥戎垒。嵩衡盖数撮之尘,溟海乃一泓之水。身轻白羽,蹈烈火以非难;手擘朱扉,信春冰之可履。走电呀雷,金枢洞开。麋鹿奔而狠虎至,燕雀惊而鹰隼来。愚山可徙,蔺柱须摧。引龙跃于洪波,縢人徒尔;送鸿翻于碧落,弋者何哉。(转引自董诰等 8749)

虽然赋文有所脱阙,但从现存的文字中可看出其强烈的戏剧因素,开头六句总括赞美樊哙独闯鸿门、匡救君主的胆略与智谋。接着"当其秦鹿无主"至"龙惊虎惧"几句渲染出项羽统摄六合、震慑天下的气势,所押"怒""兔""步"韵,短促而有力,与此盛大气势相谐,为下文樊哙直入鸿门之事营造一派紧张的氛围。而后赋文重点描绘了樊哙的一系列行为动作,在"项庄舞剑,意在沛公"的性命攸关的激烈矛盾中,樊哙飞步入军门,"气隆准以斯挫,血重瞳而欲殷""诣闾阖而飞步,怒豺狼而切齿",双目圆睁、咬牙切齿、怒气冲冲、气势汹汹,如惊涛骇浪之中鲵鲸的吞吐开合,如困笼之中禽兽的咆哮怒吼。樊哙"仆视阍守,掌窥戎垒",非常冷静地观察着帐中的一切,尽心地保护着沛公的安全。面对如嵩山衡山、沧溟大海般的汹涌敌军与如烈火般的重重危难,樊哙毫不畏惧,显示出独闯险境、解除危难的勇气与信心:"身轻白羽,蹈烈火以非难;手擘朱扉,信春冰之可履",终于洞门大开,沛公也转危为安。紧接着描写一系列的外部世界事物的反应,鹿奔虎哮、燕惊鹰翔、龙跃洪波、鸿翻蓝天,衬托渲染樊哙的高超谋略。赋作构置了樊哙只身入鸿门、面对群雄的激烈矛盾冲突场面,对客观场面的描写是戏剧性的体现,一个场面就是一场戏,每个场面都有戏剧性冲突,尽管此赋单个场面无法与后世戏剧的多重场面相比,但毕竟显示出其戏剧性的一面。樊哙这一人物角色在矛盾冲突中富有特色的动作也得到了淋漓尽致的展现,其行为动作自不必说,在对樊哙气势与感染力的刻画中,鲵鲸、鹿虎、燕鹰、潜龙等的音响动作更是震撼人心。赋作的描写如一首音乐,又如一幅画面,音乐与画面的浑然无间,场面冲突与人物动作的融合互渗,使赋作呈现出强烈的文学性与戏剧性,达到了高度的艺术效果。

以叙事学的眼光审视中国文学,我们会发现,中国文学其实有着悠久丰厚的叙事传统。叙事作为人的一种行为,作为一种社会现象和历史存在,作为一切文学作品所必须借重的表现手段,渗透于各种文类如诗词曲赋、史述散文、小说戏剧、碑志杂传、野史笔记,甚至章表奏议等应用性文章,贯穿于全部的人类生活。人类的叙事经历了一个从低级到高级、从简单到繁复、从粗略地记叙到细腻曲折地描述的发展过程,中国文学的叙事传统就有力地证明了这一点。

随着中国人叙事思维的不断成熟,文人们开始用戏曲这种文学样式来演述故事(即"演事"),这是戏曲异于其他文学的独有特质。"演事"的对应文体是剧本,即供演出的脚本。戏曲要"演事",剧作者的声音与身形彻底隐而不见,它主要靠剧中人物的行为与对话。人物的对话几乎占据了戏曲的整个篇幅,而要通过人物自身的对话来叙述故事、突出形象,比起兼用叙述者来叙述要困难得多。作为一出戏,不仅要有一定的故事情节,还必须有能够吸引观众的人物矛盾冲突,并能将冲突纳入情节的发展进程中而得以不断地向前推进,从而使其高潮起伏、跌宕有致。就戏曲与赋的关系来讲,戏曲的宾白叙事不论是叙述情节,还是描摹景物、刻画形象、渲染场面,都深深受到赋的敷陈物事的铺叙手段的影响,同时戏曲演出时往往也借鉴了赋的问答对话的体制形式。而有些唐赋作品中蕴含的浓厚戏剧性,则是赋体叙事与戏曲叙事相契合的鲜明表现。

注解【Notes】

① 参见胡忌:《宋金杂剧考》第四章第四节"分类研究",北京:中华书局,1959 年。

② 如徐扶明:《古典戏曲作品中的赋体文》,《元明清戏曲探索》,杭州:浙江古籍出版社,1986 年;袁震宇:《试论赋对明清传奇宾白的影响》,《文史哲》,1990 年第 5 期,第 87—89 页。

③ 参见董乃斌:《中国古典小说的文体独立》,北京:中国社会科学出版社,1994 年,第 235—236 页。

引用文献【Works Cited】

刘熙载撰,袁津琥校注:《艺概注稿》下册,北京:中华书局,2009 年。

冯沅君:《冯沅君古典文学论文集》,济南:山东人民出版社,1980 年。

任半塘:《唐戏弄》下册,上海:上海古籍出版社,2006 年。

杨朝英选,隋树森校订:《朝野新声太平乐府》卷九,北京:中华书局,1958 年。

朱恒夫:《戏曲与赋》,《同济大学学报》(社会科学版),2001 年第 4 期,第 24—31 页。

青木正儿著,王古鲁译:《中国近世戏曲史》,北京:作家出版社,1958 年。

丁耀亢撰,李增坡主编,张清吉校点:《丁耀亢全集》上册,郑州:中州古籍出版社,
　　1999 年。

莱辛著,朱光潜译:《拉奥孔》,北京:人民文学出版社,1982 年。

陈元龙编:《历代赋汇》外集卷十九,南京:凤凰出版社,2004 年。

李昉等编:《文苑英华》第一册卷一百三十八,北京:中华书局,1966 年。

董诰等编:《全唐文》卷八百三十,北京:中华书局,1983 年。

基金项目: 本文系 2020 年度国家社科基金一般项目《唐代辞赋的文化学研究》(20BZW057)的阶段性研究成果。

作者简介: 周兴泰,江西师范大学文学院副教授。

论聆察与聚焦

叙事研究 第4辑

黄　灿

内容提要："聆察"（ausculatation）是傅修延先生提出的与"聚焦"（focalization）相对应的听觉叙事概念。这一概念的提出源于对叙述聚焦被视觉主宰的焦虑，这种焦虑与西方叙事学家们对于聚焦"多模态感知"的思辨遥相呼应。聆察是一个饱含着"经验"与"结构"之间张力的概念。一方面，它通过对听觉上经验世界的复现来完成意义的增殖，并通过"感应之听"等不同的听觉方式召唤具有特殊性而非普遍性的听觉主体；另一方面，它通过融合"音景"理论部分解决听觉叙事研究中研究客体的问题，通过探求"听之种种"来剖析听觉叙事研究中主体的问题，以此完善其作为概念的内在机制，完成从观念到概念的转化。

关键词：聆察；聚焦；听觉叙事；听觉主体

21世纪以来，中国叙事学研究者在西方叙事理论的基础上，展现出了蓬勃的理论原创性，其较有代表性的有申丹的双重叙事进程研究（Shen 2021：1—28）、傅修延的听觉叙事研究（傅修延 2021）、龙迪勇的空间叙事研究（龙迪勇 2014）、唐伟胜的物叙事研究（唐伟胜 2020）等，逐渐摆脱了对西方理论的一味依赖，走上了对话与原创并举的道路。

追溯这些创新发展，其对于中西方话语资源的利用各有侧重，但共同特点在于希望开拓由结构主义主导的经典叙事理论框架之外更多的意义维度。以听觉叙事研究为例，傅修延认为，在视觉的挤压下，"声音在场却又无从现形"（2016：27）。听觉叙事空间的开辟，既是对口耳相传的叙事传统的复归，也是在听觉钝化的时代状况下，对听觉维度的重新唤醒（傅修延 2021："自序"1—5）。

正是在此前提下,傅修延先生提出"聆察"这一概念,"汉语中的观察(focalization)一词目前主要指'看',因此需要创建一个与其平行主要指'听'的概念——聆察(ausculatation)"(2021:159)。

focalization 的另一中文译名为"聚焦"。作为叙事学中最受人瞩目,运用也最广的核心概念之一,"聚焦"及其前身"视点"(point of view)、"视角"(perspective)概念的诞生已有一百多年。聚焦理论的发展虽然经历了经典叙事学和后经典叙事学阶段,但其基本理路并未脱离从亨利·詹姆斯提出("视点"理论)到热拉尔·热奈特完善("聚焦"理论)的框架,即作为一种故事讲述过程中对叙事信息管理、选择、传递的方式(Jahn 173)。

对于聚焦理论,聆察的提出既是补充和完善,也是颠覆和修正。首先,它从听觉模态的角度,提出一种与视觉模态平行的聚焦方式。这一区分将聚焦研究中一个长久存在而又习以为常的问题推至前台:"聚焦"这一命名,本是一种比喻性指称,其实质并非囿于视觉叙事信息表达/控制方式,但在其漫长的发展、传播过程中,却逐渐由视觉模态压制了其他模态。其实从理论建构来说,聚焦的多模态性(multimodal nature)一直是叙事学家们小心翼翼谈论的领域,在《劳特里奇叙事理论百科全书》(*Routledge Encyclopedia of Narrative Theory*)中,负责编纂"focalization""point of view""perspective"三个词条的叙事学家曼弗雷德·雅恩(Manfred Jahn)(173)、卡罗拉·苏坎普(Carola Surkamp)(423—424)和杰拉德·普林斯(Gerald Prince)(442)都审慎地强调,聚焦是一种广泛的认知或感知方式。但对于理论运用来说,聚焦的多模态而非单一视觉模态会带来巨大的不稳定性,并面临着阐释失效的风险。因此,在过去半个世纪以来,用于叙事阐释的聚焦概念,常常被置于视觉聚焦一端。"聆察"的提出,也是直面这一理论建构/运用之间的落差,并着力开拓新的理论空间。

其次,聆察打开听觉空间,最终目的是恢复听觉维度,让叙事意义回归到其应有的经验的丰富性。经典叙事学主体功能化的后果,是其敏锐的感知被功能所取代,经验世界因而被压缩和忽视了。而在傅修延"感应之听"尤其是"听无"等概念的视域中,主体被严格界定为能够"会意听声"之人,否则无法完成这一相对复杂、高级和微妙的感知运动。主体的普遍性被主体的特殊性所取代,这种特殊性恰恰是由基于想象的听觉感知所决定的。这种现象背后,是听觉叙事表征与视觉叙事表征之间的巨大区别。因为所谓的叙事,是将发生过的事情以相对具象的方式加以重现。也就是说,我们在事件之流中选取最重要的片段,通过聚焦对叙事信息的调整,将其"固定"并"呈现"出来。而声音的瞬间性、运动性和抽象性,更要依赖主体的回忆进行描述,因而叙述主体的权威性大大增强。

第三,从知识谱系的位置而言,聆察处于听觉文化浪潮与叙事理论发展的交接点上。这也决定了它在傅修延听觉叙事研究中的二重身份。一方面,作为王敦所言听觉文化研究的重要前沿课题(156—157),听觉叙事中的聆察被置于与读图时代图像宰制现状相对抗的文化性诉求的位置,正如傅修延所说,"从'听'的角度重读文学艺术作品,有助于扭转视觉霸权造成的感知失衡,这可以说是传媒变革形势下'感知训练'的题中应有之意"(2021:159)。另一方面,聆察作为与聚焦对应的概念,必然受到与聚焦同样严格的审视,尤其是对其叙事机制进行的审视。考虑到聚焦是一个已经发展了百年仍争议重重的概念,聆察所面临的理论建构任务还很繁重。如:聆察是否如聚焦一样分为不同人称? 如果是,在不同人称的聆察中,主体与对象的关系是如何建构的? 聆察"听角"(对应于视角)的变化是如何完成的,如何用听觉叙事的方式来描述这种运动变化轨迹? 聆察构成的听觉空间与聚焦构成的视觉空间有何区别? 叙述聆察在何种程度上与叙述聚焦构成了相互作用的关系,是否如米歇尔·希翁(Michel Chion)所言存在空间磁化(l'aimantation spatiale)(55—56)现象?

对于这些技术性问题,傅修延在过去多年的听觉叙事研究中多有涉猎,如探究"音景"理论的叙事学意义(2015:59—69),对"第二人称聆察"的关注(2017:108—124),对叙事与听觉空间关系的分析(2020a:89—98),对声音"景深"的敏锐感知(2020b),等等。这也为聆察由"观念"走向"概念"奠定了基础。

一、听、看与感知:对聚焦的焦虑

2014 年,傅修延发表《"聚焦"的焦虑》一文,对聚焦概念的视觉化倾向进行了学术清理和反思。在总结了申丹、什洛米特·里蒙-凯南(Shlomith Rimmon-Kenan)、米克·巴尔(Mieke Bal)等叙事学家对热奈特聚焦划分的质疑后,他提出自己的看法:

但是划分"聚焦"类型无法避免一个与生俱来的问题,这就是"focalization"的"调整聚焦"内蕴常常会与该词前面的限定词发生冲突,而分类其实就是为各种类型找到合适的限定词。汉语中将"focalization"译为"聚焦"后,这一"不兼容性"表现得更为明显。如果只读汉语文本,许多人可能永远无法理解"可变聚焦""环绕聚焦"是什么意思,因为一般来说只有固定观察点才能调焦,"可变"和"环绕"这样的限定词与聚焦结合,给人造成一种自相矛盾的印象——人们很难理解那种不稳定状态下的"可变聚焦",更难以想象"聚焦"变换所形成的"环绕"效果。(傅修延 2014:172)

对"聚焦"的质疑是傅修延提出"聆察"的思考起点。讨论翻译效果,其立足点在"中国人的心灵"。它打破了经典叙事学"普遍叙事语法"的幻象,也并未完全遵循后经典语境叙事学的理路,而更强调一种原生的中国化视角。这一视角既源于傅修延的国学根基,也是对西方理论传播过程中有效性的一次审视,尤其是对经典叙事学"语言学钦羡"(linguistics envy)(2014:175)带来的影响的审视。

在亨利·詹姆斯时代,"视点"的主体仍然具有鲜明的个体性。詹姆斯将视点比作"窗户",也即文学的基本形式,窗户形状各异,但"如果没有驻在洞口的观察者,换句话说,如果没有艺术家的意识,便不能发挥任何作用。告诉我这个艺术家是何等样人,我就可以告诉你,他看到的是什么"(詹姆斯 285)。他不仅强调视点的主体,更强调其个体性,强调主体的感知,此时主体是尚未被结构化和功能化的。但詹姆斯以降,在语言学转向的不断影响下,小说理论的结构化已不可逆转,卢伯克、普罗普、布鲁克斯、沃伦、斯坦泽尔、托多罗夫、巴特等理论家都参与了这一过程,将传统小说理论中的基于摹仿论的"小说世界"变成了一种文体特征结构,在这一结构中,声音被消除了。

这听上去似乎是一个悖论,因为"叙述声音"一直是叙事学家关注的重点。但这恰恰是我们需要加以辨别的。热奈特分析叙述声音时,其逻辑理路是以语言学为基础的,如在论述叙述分层时,他援引法国语言学家约瑟夫·房德里耶斯(J. Vendryes)的相关定义:"一种言语行为与主体关系的作用机制"(Genette 213)。热奈特认为这一主体"不仅是主动执行和被动接受的主体,而且也是讲述这一行为的主体(同一个人或另一个人),如果有必要,还包括所有参与包括被动参与到叙事行为中的人"(同上)。

不难发现,经典叙事学中"声音"是一个比喻性用法,它并非我们从听觉意义上而言的声音,而是借用了口传叙事传统中那个"讲故事的人"的比喻义,成为一个信息传递者,它甚至可以非拟人化存在,而只是一个"功能"。这样,我们并不能从热奈特及其后一些经典叙事学家关于"叙述声音"的阐述中,得到更多关于听觉本身的意义。

在与结构主义语言学的深度捆绑中,叙述声音有取代主体的倾向。从某种程度上而言,"声音"代替"主体"完成了功能。因为经典叙事理论不需要主体"接受/发出信息"之外的其他功能,毋宁说,主体其他的属性对于建构经典叙事理论体系来说,是有破坏作用的。这一点,我们可以在结构主义语言学中一窥端倪,房德里耶斯认为"语言由于它的语音和形态可以具有不依赖说话者的心理素质的自己的存在"(283)。它取消了说话者的主体性,而强调语言的自为性。对于这一点,经典叙事学内部也有反思,里蒙-凯南认为:

> 所谓的"纯粹派"(今天我们也许可以称之为"符号学派")的论点所强调的是,这些具体特征是属于语言的、非再现性的等级的。不过这一论点有一种极端的阐述,几乎把人物和文本中的其他语言现象等同起来,以致破坏了人物独有的特性。(58)

来自叙事学内部对于结构主义的反思为我们提供了另一支撑性视角,即我们讨论经典叙事学的发生,既要将其与结构主义联系,又要将两者进行区分。傅修延对于聚焦的"焦虑"与叙事学的"语言学钦羡"是一体两面的。也就是说,他反对的不仅是聚焦的视觉化,同时也是在语言学支配下的叙事理论对主体感知经验的压缩。

这一焦虑与西方叙事学理论内部对于"聚焦"视觉化的反省不谋而合。在经典叙事学阶段,里蒙-凯南和西摩·查特曼(Seymour Chatman)是提倡聚焦"感知化"的代表人物。在里蒙-凯南看来,聚焦分为感知侧面(空间和时间)、心理侧面(认知和情感)与意识形态侧面(139—148),这一分类显然扩大了聚焦的指称范围。查特曼从语义的角度重新梳理了视点概念,提出字面义(通过眼睛感知)、比喻义(某人的世界观,包括意识形态、观念系统、信仰等)和转义(某人的利益优势,如总体兴趣、利益、福利、安康等)(136)。

一直到21世纪初出版的权威叙事理论工具书《劳特里奇叙事理论百科全书》中,负责相关词条的编者们还在审慎地厘清"聚焦"背后的"视觉化误会"。负责"视点"词条的普林斯认为视点的主人是一个"过滤或感知的实体"(filtering or perceiving entity),视点"是一种假想而非真实的行为,它通过特定的视角制造感知的内容"(Prince 442)。负责"视角"词条的苏坎普对其演化进行了辨析:"最初,视角是一个生理学和光学概念,或者是对于视觉艺术的研究。……这一概念视觉的和认知的因素都被文学评论家和叙事学家所吸收,被重新概念化(reconceptualisation),指人物和叙述者的主观的世界观"(Surkamp 423)。负责"聚焦"词条的雅恩将其定义为"与某人(通常是小说人物)的感知、想象、知识、视点有关的叙事信息,包括感知限制、感知方向等"(Jahn 173)。

从中我们可以看到叙事学家们面临的矛盾。一方面,他们要抵抗聚焦概念由其比喻性的"喻体"带来的视觉性位移;另一方面,作为对此的反拨,将聚焦概念由视觉扩大至综合性感知,甚至扩大至价值观、立场、心理和意识形态等层面,又会给人带来深深的不安,最直接的问题是,扩大后的聚焦似乎能接管叙事中的方方面面,它本身也消融在这一扩张的过程中了,"还有什么不是聚焦呢?"聚焦研究专家雅恩对此也认为,一方面应该扩展聚焦中多维度的感知模态,"文本使用视觉、听觉、味觉、嗅觉和触觉进行聚焦的比例是多少呢?"(Jahn 2007:106)另一方面,也应警惕这种扩张:

> 虽然很显然,心理和意识形态色彩的表达——比如情感、声音、信仰、评价立场等都是聚焦的明显标志,但同样显然的是,这些标志既适用于焦点人物(focal characters),也适用于叙述者。这就是查特曼坚定地捍卫"故事/话语"划分作为一个基本的叙事逻辑公理的原因,也是他反对凯南对聚焦的宽泛界定,甚至是聚焦概念本身的原因。(Jahn 176)

故事层和话语层的区别为处理"聚焦之难"提供了一种解法。热奈特根据叙述者层级(故事内/故事外)和叙述者与故事的关系(异故事/同故事)将叙述者分为四类(175),但这不能解决聚焦面临的所有问题——并不是在所有文本中,我们都能清晰分辨来自人物的聚焦和来自叙述者的聚焦。以《白象似的群山》为例,昆德拉认为在海明威这篇极简叙述的小说中,"只有惟一的主题脱离了这一极端化的省略原则:蜿蜒在地平线上的白色山岭;它伴随着一个隐喻反复地闪回,小说中惟一的一个隐喻。海明威不是一个爱好隐喻的人。因此,这一隐喻不是属于叙述者的,而是属于姑娘的;是她一边眺望山岭,一边说:'人们会说一群白象'"(昆德拉 128)。

这一论断颇让人疑惑。在小说中,提及群山的叙述有三类,一类是女孩直接引语中的群山,第二类是叙述者直接描述女孩看向群山,这两类聚焦指向都十分明确,无须讨论。昆德拉所言,应该是第三类,即"叙述者眼

光"聚焦的群山。但恰恰是这一部分,其叙事聚焦产生了分歧:

> 那女人端来两大杯啤酒和两块毡杯垫。她把杯垫和啤酒杯一一放在桌子
> 上,看看那男的,又看看那姑娘。姑娘正在眺望远处的群山,群山在阳光下呈白
> 色,而乡野则呈褐色,干巴巴的。(海明威 147)

这段叙述中,"群山在阳光下呈白色",所呈现的究竟是叙述者、女招待还是
女孩的眼光呢? 三者都有理由。说是女孩聚焦,是因其自然而然顺承"眺
望"这一动作。说是女招待聚焦,是因为群山包含在"她看女孩"这一动作之
内,她的视线很自然顺着女孩看群山的动作延伸到群山。说是叙述者聚焦,
是因为语言风格相近:"埃布罗河河谷对面的群山又长又白"(同上)。但更
有可能的是,这一聚焦汇集了三者的目光(很难理解此时此刻,叙述者和女
招待的目光不看向群山),而叙述声音仍然保持着叙述者冷静平淡的风格
(They were white in the sun and the country was brown and dry.)。

　　这还仅限于视觉聚焦的情形。算上听觉,情况会更复杂。海明威"旅
欧美国人"主题的小说中,经常会出现西班牙语、意大利语等欧洲各国语
言。在英文写作中,海明威保留了这些语言,而未转译为英文。在《白象
似的群山》《雨中猫》这样的作品中,西班牙语、意大利语为英语读者塑造
了一个"在别处"的疏离环境,"发现自己置身于'遥远的'空间是一种令
人紧张不安的经历"(鲍曼 13)。异国语言的声音,作为一个标出性特征,
成为这些小说里比视觉更能凸显现代主义风格的要素。

　　通过以上梳理分析,我们可以总结一下由傅修延"聆察"概念出发涉
及的叙事聚焦相关问题:

　　1)故事层内的听觉叙事(有被视觉叙事压制的倾向)。

　　2)故事讲述的声音(叙述声音)。

　　3)故事层内的听觉是如何由讲述者组织的(听觉角度)。

　　如前所述,叙述声音往往作为一种结构性功能出现在叙事中,与我们
所言经验性听觉颇有不同。因而接下来,我们将关注的重点投向故事层
内的听觉组织过程。

二、故事层内的声音:听觉经验、听觉主体与听觉表征

　　在 2020 年 10 月 30 日举办的北京大学东方文学图像系列讲座《敦煌

壁画上奇特的声音景观》中，傅修延对包括《无量寿经变》在内的敦煌壁画进行了音景解读，他认为：

> 本文之所以讨论经变上的音景，是因为以往那种把画面世界设为静音的做法不能得古人之本意——敦煌壁画虽为造型艺术，反映的却是注重口传的佛教文化，今人若想如陈寅恪所言对其有"真了解"，便不能对其中的音景置若罔闻。（2020b）

这一探求背后，是对艺术作品虚构世界中经验的恢复。众所周知，经典叙事学是一种"以少总多"的诗学，如罗兰·巴特所说，"结构主义的永恒关切，难道不是在于通过描述故事赖以产生和通过其得以产生的'语言结构'（langue），来掌握无限多的言语（parole）吗？"（103）在经典叙事学中，主体结构化的后果，是其敏锐的感知被功能所取代，经验世界因而被压缩和忽视了。

在傅修延的研究生涯中，他一直致力于探索如何将形式结构与文学体验（包括来自中国文学传统中的体验）进行更有机的结合，从而还原体验的丰富性，"作为感应的听"便是其中代表：

> 以上讨论了许多可名之为听的感应方式，既有世俗的也有宗教的，既关乎人也关乎物，关乎人与物以及万物之间的感应。其中还包括对感应的感应——不光感应到对象的感应，同时也感应到对象的无感应；甚至包括若有若无的感应以及富有穿透力的感应——当注意力处于被抑制的似听非听状态时，一些无关紧要的信息可能会被自动过滤或忽略。这些都显示出感应方式的丰富多样和微妙复杂，同时也在证明人文角度的感应研究不可或缺。（2020c：47—48）

"感应之听"超越了经典叙事的结构主义框架，而将一种人与物、人与世界、物与世界相融的关系建立在倾听之上。在此，我们或许能看到西方叙事理论的边界与建立中国叙事理论的可能。以文中"听无"（对无声之境的倾听）为例，其叙事聚焦意义在于：对"无声"的倾听，必然带有一个叙事凝滞，这一凝滞即便没有呈现在叙事中（如章节段落切分），也会自动出现在读者心中，因为"无声"本身就是一个需要持续性占据叙述时间的事件。在中国文学传统中，"听无"并不是听一片空无，而是召唤"无音之音"，即想象中的声音，正是这一"无音之音"占据了叙述凝滞的时间。

仍以傅修延文中所举《扬州画舫录》艺人说书部分为例："吴天绪效张翼德据水断桥，先作欲叱咤之状。众倾耳听之，则唯张口努目，以手作势，不出一声，而满室中如雷霆喧于耳矣"（李斗 258）。吴天绪效仿张飞的种种形貌是一个表层的召唤文本,"满室中如雷霆喧于耳矣"则进入潜层"听无"文本。前者以第三人称的方式聚焦于吴天绪的行为举止,后者聚焦则发散了,叙述放弃了对吴天绪的聚焦。但能否说聚焦不存在呢?似乎并不能。因为叙述引导读者召唤张飞据水断桥的场景,并且将其形貌与声音同时在想象中呈现出来。这一召唤过程,是以故事层内的听众先听到"雷霆喧于耳"作引的。在此,吴天绪的表演构成了第一层召唤,听众耳中出现的雷霆构成了第二层召唤。读者在第二层召唤下,附身于听众之眼耳,重回第一层召唤,经由再现吴天绪表演,再构建出张飞据水断桥的想象,完成这一由视觉转向听觉聚焦的过程。

如此分析下来,"听无"好像是听觉聚焦受到视觉聚焦的引导完成的。这涉及视觉/听觉的跨模态聚焦研究。关于这一点,希翁从知觉心理学的角度提出"视听"与"听视"的相对概念(287—288),即在视觉与听觉同时出现的知觉中,"视听"是以视觉作为注意力有意识的聚集点,声音作为一种投射现象带来一系列效果、感觉与意义(如电影)。"听视"则与之相反,将听觉作为注意力有意识的聚焦点,视觉投射其上(如音乐会)。这一组概念对于我们理解"听无"中的叙事聚焦行为颇为重要。如果说"听无"中对声音的想象是源于视觉形象的召唤,那么聚焦必然有一个"由实入虚"和"由目到耳"的运动过程,它源于人类注意力"背景"和"前景"在视觉和听觉之间的互相转换。

"听无"也许是傅修延敏锐的艺术之思发现的一个特例,但其背后,是听觉叙事聚焦与视觉叙事聚焦之间的巨大区别。首先,因为物体视觉形象的恒久存在,对某物的视觉感知是可验证的,因而是外在的。也就是说,当我们说"看"到某事物时,我们可以不用借助"主体"而取得其客观存在的证明。除非是一些极其细微私密的"看",才会强调观看主体的个体角度和心理状态。但听觉叙事不一样,声音是动态的、变化的、稍纵即逝的。这让听觉具有更鲜明的主观性。正如沃尔夫冈 · 韦尔施(Wolfgang Welsch)所言:

> 可见和可闻,其存在的模式有根本不同。可见的东西在时间中持续存在,可闻的声音却在时间中消失。视觉关注持续的、持久的存在,相反听觉关注飞掠的、转瞬即逝的、偶然事件式的存在。因此核查、控制和把握属于视觉,听觉则要求专心致志,意识到对象转瞬即逝,并且向事件的进程开放。视觉属于存在的本体论;听觉则属于产生于事件的生活。(221—222)

听觉叙事,不是一个可以指着某一外部存在进行证明的过程,它内在于主体,完全取决于主体的主观描述,主体本身就是它的依据,要求主体"专心致志"。因而在进行听觉聚焦时,主体的介入角度和程度与视觉聚焦有明显区别。

其次,语言作为主要叙事媒介,对视觉聚焦和听觉聚焦的呈现不同。在傅修延的听觉叙事研究中,我们可以看到基于两种不同媒介,即文学和图像的听觉叙事分析。不得不说,区别于语言,图像对于听觉是一个弥补。通过图像的具象性,听觉叙事能够在某种程度上(虽然是间接的)"固定"下来,供人们反复揣摩欣赏。图像本身的客观性是毋庸置疑的,需要讨论的只是图像与听觉之间是否构成对应关系。

但文学叙事不一样。文学叙事是一种讲述(telling)的,非直呈的表达方式。不论是视觉聚焦还是听觉聚焦,我们都只能凭借文字来进行想象还原。语言描述能力决定了视觉和听觉聚焦的具体形态,关于这一点,有一个重要而常被人忽视的问题,那就是视觉叙事分为静态视觉叙事和动态视觉叙事,而因为听觉的运动性和瞬间性,听觉叙事只有动态听觉叙事,没有所谓"静态"听觉叙事。

这一区别意味着,视觉叙事能够从静态画面中获得具象性,甚至动态视觉叙事也能够借助叠加的静态视觉完成精确性描述(就像电影中的"一帧画面"一样)。因而,我们在叙事中呈现了静态视觉的基本要素(颜色、大小、方位、质感等)以后,能够完成视觉的具象化再现。

而听觉叙事聚焦要困难得多。在日常语言中,听觉缺乏类同静态视觉基本要素的表达方式。我们可以说"一块黄色的 10 厘米见方的丝绸手帕"。这样我们获得了关于颜色、大小、形状、质地等基本属性,不同的人看这一描述,虽有偏差,但相去不远。但我们如何描述一段声音呢?我们总不能说"一段 5 秒长 30 赫兹 75 分贝纯音",这种科学性描述是不在日常语言的表征范围内的。对于这一听觉表征问题,傅修延以"声音事件的摹写与想象"为题,探讨了日常语言中"听声类声"和"听声类形"两种不同的表征方式(2020:21—25)。

所谓"听声类声"即以别的声音模拟声音,"听声类形"即以视觉形象模拟声音,前者较基础,后者更复杂。"听声类形"之所以广泛存在,有一个重要原因在于,声音作为一种运动方式,以视觉化的方式来呈现其高低缓急变化是非常方便的,也是声学研究的主要方式之一,无论是波形图还是声音包络(envelope),都是以横轴表示声音运动的时间,以纵轴表示声音运动的变化,而展现出整个声音运动的可视化过程。"听声类形"虽然未达到这种科学化的精确度,但从叙述聚焦的角度而言同样复杂,因为它包含双重转码的过程。通过叙述语言还原成画面,构成视觉聚焦,再通过画面匹配到相应的听觉效果,在一种空间化运动中,完成听觉聚焦的过程。

无论"听无"(听的内容)还是"听声类形"(听的表征),傅修延所关注的听觉问题,都求助于一个具有想象力和审美能力的主体,这与经典叙事理论中结构化的主体是大相径庭的。这两种聆察都根植于中国文学叙事传统与中国人的心灵。在这种中国化的叙事诗学基础上,"听"与"感"在主体感知的细腻丰富的经验中重新构成"聆察"概念的诸多层次。这或许是在经典叙事学与后经典叙事学发展的理路之外,另外生长出的一条"中国叙事学"的路径。

三、聆察的聚焦机制:从观点提出到概念成熟

在傅修延的听觉叙事研究中,"聆察"实际上具有广义和狭义两种含义。从广义上而言,聆察是一种与视觉霸权对立的听觉形态,而狭义的"聆察",是作为叙事概念"聚焦"的对应概念存在的。同样的构词法,意味着它理应具有与聚焦同样的概念构成。叙事学具有鲜明的学科特征,尽管在后经典叙事学范畴内,各种观点性、内容性要素比例在不断提高,尤其是在女性主义叙事学、后殖民叙事学、修辞叙事学等分支中表现得更为明显。但同样重要的是,科学性和普适性是叙事学永远不可能抹去的核心特征。因为对于叙事理论来说,可重复验证的应用性是其本质要求。因而,我们在叙事学中最多遭逢的,不是某种观念的话语,而是结构、体系、关系、功能等科学性要素。"聆察",究竟能否像"聚焦"一样,成为所说故事讲述过程中,"听觉"叙事信息管理、选择、传递的方式呢?

对此,傅修延做了很多探索工作。早在 2013 年,傅修延便在《听觉叙事初探》一文中指出:

> 聆察概念的创建,对于叙事分析来说不啻于打开了一只新的工具箱。视角与叙述的关系是叙事学中的核心话题,"看"到什么自然会影响到"说"些什么,有了"聆察"概念之后,人们无法否认"视角"之外还有一种"听角"("聆察"角度)存在(2013:223)。

我们从"工具箱""听角"这样的技术性词汇中,不难发现其重视功能性的一面。在这条技术性路径上,最重要的是他将"音景"理论引入听觉叙事理论的框架中。音景(soundscape)是加拿大音乐家夏弗(R. Murray Schafer)提出的声音概念。他在《音景:我们的声音环境以及为世界调音》一书中,将声音景观划分为主调音(keynote)、信号音(signal)和标志音(soundmark)(Schafer 9—10)。音景三音的划分,具有非常浓郁的符号学色彩,它将我们听到的声音整合成一个空间层次感分明的声音要素系统,为声音图像化提供了基础。音景的引入,将一种"作为文本的声音"代入叙事研究的范畴中。通过将处于自然状态下的声音划分层级、归纳结构,声音被符号化,成为一种可以为叙事学所用的文本。夏弗的很多重要音景分析都是基于这种声音层级对声音聚焦运动变化完成的,比如他对于高保真(hi-fi)和低保真(lo-fi)音景聚焦的比较:

> 在高保真音景中,声音的叠加没那么频繁,而呈现出一种"听角"(perspective)——声音的前景和背景:桶在近处井口上的声音和远处鞭子的噼啪声。……在低保真声景中,单个声音信号在稠密的声音中变得模糊。清晰的声音——雪地里的脚步声,穿过山谷的教堂钟声,或是灌木丛中奔跑的动物——被宽频带噪声掩盖(43)。

在夏弗的描述中,声音构成一个层次分明的"图景",这一图景中因为声音的远近构成"前景"与"背景"。在前景与背景之间,是无数声音的叠加、映衬、组合、抵消,构成听觉叙事聚焦运动。这一本来难明的运动,因为被象征性地视觉化,而获得了可以清晰分析的路径。这样,我们终于可以打破叙事学与声学之间的壁垒,去处理一种适合叙事学分析的"声音材料"。

如果说傅修延对于音景"三音"的引用,部分解决了听觉叙事研究中研究客体的问题,那么他对于"听之种种"的探求,则直面听觉叙事研究中研究主体的问题。在讨论这一问题之前,我们可回顾一下希翁对于"三听"的划分。在希翁看来,有三种聆听模式:因果关系聆听(causal listening)、语义聆听(semantic listening)和简化聆听(reduced listening)(23)。这其中,因果聆听是为了获取发生原因(或声源)的聆听(同上),语义聆听是指用来解释一段信息的编码或语言(25),简化聆听是指那种以声音本身的特点为中心的聆听模式,与它的因果和意义无关(26)。显然,这种划分聆听的方式,虽然是以听为核心,但听觉主体仍然是功能性的甚至是语言学意义上的。这与傅修延关注的"听之主体"大异其趣。

在傅修延归纳的幻听、灵听、偶听(2021:201)与偷听(2021:225)四种聆察类型中,偶听与偷听强调主体在故事中的特殊位置之"听",又有被动与主动区别;灵听强调主体听力的极端灵敏性;幻听通过对听觉的"失真"现象,强调主体的特殊精神状态和身体状态。对于听觉聚焦来说,四种聆察类型意味着什么呢? 与视觉聚焦相比,听觉聚焦最大的特点是听觉的不稳定。幻、灵、偶、偷最大限度地考虑了这种不稳定性,它既强调时间、空间上的非常态,也强调主体认知上的虚构性。在此,我们可以发现傅修延做出的巨大努力,那就是在回归结构主义常用的分类学的基础上,将"独特的主体"嵌入进去,这种独特性,既有可能是主体在故事层内的特殊状态,也有可能是主体自身固有的个体特质。换言之,他希望建立一个保持鲜活独特性的叙事主体分类。这较之我们之前讨论的单一强调结构性或者特殊性,更具突破性,也更为不易。

内部机制建构是聆察研究的深水区,总结下来,其难点至少有二。一是如何处理听觉叙事理论中普遍性与特殊性的关系。毫无疑问,我们仍然可以对此问题一笔带过,像希翁一样以一种结构性和符号性的方式面对这一问题,或者像很多西方听觉研究者一样建立起一系列诸如"高保真/低保真""寂静/噪音""古典音乐/流行音乐""城市音景/乡村音景""视觉/听觉"这样的二元对立。但困难在于,以现代性进程为思想背景构建的"声音景观的二元对立",并不具有普适性,至少不适用于中国文学传统。沿着这条路走下去,我们固然能迅速建立起一套关于听觉的诗学,但其仍然是某种意义上的"世界诗学",而缺乏对中国本土艺术文化和历史语境的解读力。

困难之二,在于主体的状态和位置。阻挠我们将"聚焦"机制照搬代入"聆察"的重要原因在于在视觉叙事与听觉叙事中,主体处于不同的状态。正如乔奇姆-恩斯特·拜仁特(Joachim-Ernst Berendt)所说,"眼睛是一种外围感觉(peripheral sense),因为它是指向外的,只理解外部的人。另一方面,耳朵是一个中心感觉(central sense),因为外部世界通过耳朵进入人的灵魂,理解隐藏的内在存在"(12)。视觉是一种向外扩张的知觉,听觉是一种内收的知觉,视觉偏向于外部世界,听觉偏向于内心世界。同时,在叙事中,视觉内容是一种"公共"资源,是可以部分由旁观者证实的话语,因而叙述主体的权威性自然而然会被削弱。而听觉内容是一种相对"私密"的资源,其瞬时性更要依赖主体的回忆进行描述,因而叙述主体的权威性大大增强。

或许正是因为这样的原因,傅修延将很大的精力投注在"特殊主体"

而非"普遍主体"的听觉感知上。用后经典叙事学的流行话语来描述,这是一种"复数"的主体。从整体理论形态来看,以牺牲(但并非完全放弃)一部分理论普适性为代价,其听觉叙事研究大大拓展了阐释的有效性,而且,因为并没有封闭的理论体系,整个研究的延展性也大大增加了。从这一角度而言,这或许也是一种迈向"后"经典叙事理论的方式,所不同的是,他关注的不是基于现代性的西方主体,而更多倾向于对本土传统主体的聆听。

结语:作为开始的结束

《听觉叙事研究》是傅修延先生 8 年听觉叙事研究的阶段性成果。对于整个听觉叙事研究而言,它奏响了一个波澜壮阔的听觉叙事研究的序章。遥想 2005 年,叙事学家梅尔巴·卡迪-基恩(Melba Cuddy-Keane)倡导听觉叙事研究时,还只是立足于对于伍尔夫作品听觉叙事的个案研究(399—412),而时至今日,一整套关于"听"与"讲","景"与"聆","听"之种种,"听者"之种种和听觉空间的叙事理论体系,已经完整建立起来了。

对于中国的叙事学研究者而言,感佩之余,更应该在傅修延开掘出的一条条"富矿"矿脉中继续挖掘下去,以"接着说"的姿态来表达对一位勇于开拓的先行者的最大尊敬。仅从聆察与聚焦的角度,值得我们未来关注和探索的方向就包括:

1)跨媒介听觉空间的比较研究。最有代表性的是图像叙事中的听觉空间与文学叙事中的听觉空间的比较研究。

2)多模态叙事聚焦关系研究。尤其是视觉叙事聚焦与听觉叙事聚焦比较与影响研究。

3)中西方听觉聚焦模式比较研究。

4)人物语音问题研究。"语音独一性"问题是傅修延体会较深又意犹未尽(2021:422)的问题。罗兰·巴特、安德利那·卡瓦雷罗(Andriana Cavarero)等理论家都关注过这一问题。它讨论的实际上是语言能指与所指关系,即为没有语义的语音赋予语义的问题。从听觉聚焦的角度而言,语音独一性对应的是"特殊的说话者"与"特殊的主体",它将"说话/倾听"这一叙事交流过程从功能性诗学的范畴中剥离出来,而将身体、文化等要素融入本是功能性的主体中。

聆察打开了叙事中的听觉空间。与无心之听相比,聆察强调的是复现一个更丰富的听觉世界,这一过程必然包含对听觉叙事信息的挖掘、理解、调配,构成听觉聚焦的完整过程。难能可贵的是,傅修延先生对于"聆察"这一概念的展开,没有重走经典叙事学聚焦研究的老路,而是充分结合"中国人的耳朵"与"中国人的心灵",在中西方文学传统中,重建一个个独特的"说与听"的主体。如果说后经典叙事学是"复数"的叙事学,那么这种带着浓郁人文主义气息和历史语境意识重建叙事主体的多模态叙事研究,是否也能算作"复数"的一支呢? 或许在未来很长一段时间,在听觉叙事研究中,"结构"与"经验"的张力都不会消失,但毫无疑问,一个更鲜活、更精彩、更动听的世界,已经向我们敞开了大门。

引用文献【Works Cited】

Shen Dan. "'Covert progression' and Dual Narrative Dynamics." *Style* 55.1(2021): 1-28.

Genette, Gerard. *The Narrative Discourse*. Ithaca, NY: Cornell UP, 1983.

Jahn, Manfred. "Focalization." In *Routledge Encyclopedia of Narrative Theory*. Ed. David Herman, Manfred Jahn, and Marie-Laure Ryan. London: Routledge, 2005. 173-177.

---. "Focalization." In The Cambridge Companion to Narrative. Ed. David Herman. Cambridge: Cambridge UP, 2007.94-108.

Surkamp, Carola. "Perspective." In *Routledge Encyclopedia of Narrative Theory*. Ed. David Herman, Manfred Jahn, and Marie-Laure Ryan. London: Routledge, 2005. 423-425.

Prince, Gerald. "Point of view(literary)." In *Routledge Encyclopedia of Narrative Theory*. Ed. David Herman, Manfred Jahn, and Marie-Laure Ryan. London: Routledge, 2005. 442-443.

Schafer, R. Murray. *The Soundscape: Our Sonic Environment and the Tuning of the World*. Rochester: Destiny Books, 1994.

Berendt, Joachim-Ernst. *The Third Ear: On listening to the World*. New York: Element Books, 1988.

Cuddy-Keane, Melba. "Modernist Soundscapes and theIntelligent Ear: An Approach to Narrative Through Auditory Perception." In *A Companion of Narrative Theory*. Ed. James Phelan and Peter J. Rabinowitz. Malden, Oxford, Calton: Blackwell, 2005. 399-412.

傅修延:《"聚焦"的焦虑》,《外国文论与比较诗学》,2014年第1期,第165—182页。

——：《论音景》，《外国文学研究》，2015 年第 5 期，第 59—69 页。

——：《论聆察》，《文艺理论研究》，2016 年第 1 期，第 26—34 页。

——：《"你"听到了什么——〈国王在听〉的听觉书写与"语音独一性"的启示》，《天津社会科学》，2017 年第 4 期，第 108—124 页。

——：《叙事与听觉空间的生产》，《北京师范大学学报（社会科学版）》，2020a 年第 4 期，第 89—98 页。

——：《敦煌壁画上奇特的声音景观》，北京大学东方文学图像系列讲座讲义，2020b 年 10 月 30 日。

——：《物感与"万物自生听"》，《中国社会科学》，2020c 年第 6 期，第 26—48 页。

——：《听觉叙事研究》，北京：北京大学出版社，2021 年。

亨利·詹姆斯：《小说的艺术》，朱雯、乔佖、朱乃长等译，上海：上海译文出版社，2001 年。

李斗注：扬州画舫录卷 11，北京：中华书局，1960 年。

里蒙-凯南：《叙事虚构作品》，姚锦清、黄虹伟、傅浩、于振邦译，北京：生活·读书·新知三联书店，1989 年。

龙迪勇：《空间叙事研究》，北京：生活·读书·新知三联书店，2014 年。

罗兰·巴特：《符号学历险》，李幼蒸译，北京：中国人民大学出版社，2008 年。

米兰·昆德拉：《背叛的遗嘱》，余中先译，上海：上海译文出版社，2003 年。

米歇尔·希翁：《声音》，张艾弓译，北京：北京大学出版社，2013 年。

欧内斯特·海明威：《乞力马扎罗的雪》，汤永宽、陈良廷等译，上海：上海译文出版社，2006 年。

齐格蒙特·鲍曼：《全球化：人类的后果》，郭国良、徐建华译，北京：商务印书馆，2013 年。

热拉尔·热奈特：《叙事话语/新叙事话语》，王文融译，北京：中国社会科学出版社，1990 年。

唐伟胜：《建构短篇虚构叙事"谜"的分类学：面向物的视角》，《江西社会科学》，2020 年第 1 期，第 142—149 页。

西摩·查特曼：《故事与话语》，徐强译，北京：中国人民大学出版社，2013 年。

约瑟夫·房德里耶斯：《语言》，岑麟祥、叶蜚声译，北京：商务印书馆，2012 年。

王敦：《当人文研究遭遇"听觉"课题：开拓中的学术话语》，《东岳论丛》，2018 年第 8 期，第 156—157 页。

沃尔夫冈·韦尔施：《重构美学》，陆阳、张岩冰译，上海：译文出版社，2002 年。

基金项目：本文系湖南省社会科学成果评审委员会课题"记忆叙事中的多模态问题研究"（XSP20YBZ169）阶段性成果；湖南省教育厅科学研究项目（优秀青年）："认知诗学视阈下新生代导演艺术电影（2014—2018

叙事研究"(18B416)阶段性研究成果。

作者介绍：黄灿,文学博士,长沙学院影视艺术与文化传播学院讲师,研究方向为叙事理论。

"神性的神秘"和"空白的神秘"：论短篇小说的"神秘性"文类特征

王中强

内容提要：国内外学界对短篇小说文类特征有不少精彩论述。本文根据维特根斯坦"家族相似性"理论，认为短篇小说部分家族成员具有神秘性特征，这种神秘性特征使短篇小说具有强烈的张力，产生特殊的美学效果。短篇小说神秘性文类特征的产生有两方面的原因：一是与其神话、宗教、传说、民间故事、罗曼司等渊源息息相关，是"神性的神秘"；二是与其篇幅短小、信息缺失的叙事特点有关，属于"空白的神秘"。

关键词：短篇小说；神秘性；文类特征

短篇小说作为独立的文类，有何文类特征？与其他文类（尤其是小说）的区别和界限是什么？长久以来，作家和评论家们都试图准确地回答这些问题，其中不乏精彩论述。首先当然是篇幅的长短，短篇小说重在短、胜在短。埃德加·爱伦·坡（Edgar Allan Poe）较早谈到文学作品简短的好处：如果文学作品篇幅太长，不能让人一气读完，我们就必须放弃印象统一带来的、非常重要的阅读效果——因为如果要两次才能读完，我们就会被作品外的事情所干扰，完整性就会被破坏（68—69）。艾伦·帕斯科（Allan H. Pasco）在《关于短篇小说的定义》一文中也指出：我会说这一特定文类最显著的特点就是短小。在很大程度上，这一特点决定了短篇小说的写作方法和效果（40）。但是究竟篇幅多短才算短篇小说，它和小说在字数上是否有严格界限？这一问题尚无统一答案。

在《新短篇小说理论》（*The New Short Story Theories*，1994）一书的介绍部分中，查尔斯·E. 梅（Charles E. May）曾梳理了诸多研究者和作家有关短篇小说定义和文类特征的观点：爱伦·坡提出了"统一效果论"；布兰德·马修指出了短篇小说结构整洁和创作流畅的特点；艾肯鲍姆谈到了短篇小说一大特色就是注重结尾，契诃夫、欧·亨利等人都持相同的观点；胡里奥·科塔萨尔认为短篇小说和长篇小说的区别有如照片和动画片之别，并且认为短篇小说所选择的真实或者虚构的事件具有超越本身的神秘性；C. S. 路易斯和 E. M. 福斯特等认为短篇小说作家的时间意识有其独特性，不是按照分秒日月来衡量，而是更关注价值和主题；伊丽莎白·泰勒认为短篇小说具有抒情特性，能让人升华到另一个世界……（1994：xvi—xxvi）。国内很多学者则强调了短篇小说的"以点见面""以小见大"的特征：胡适指出短篇小说的定义是"用最经济的文学手段描写事实中最精采之一段或一方面而能使人充分满意之文章"（395）；茅盾沿用了"五四"以来的说法："短篇小说主要是抓住一个富有典型意义的生活片段来说明一个问题或表现比它本身广阔的多，也复杂的多的社会现象的"（307）；侯金镜有关短篇小说的定义是："剪裁和描写性格的横断面，而且是从主人公丰富的性格中选取一两点，和与此相应的生活的横断面"（8）。

需要注意的是学界提及的这些文类特征虽然部分已经成为普遍认可的公约数，但也有部分观点只描述出了某个时段、部分短篇小说的文类特征，有些观点很容易就找出反证，有些观点甚至相互间抵牾。所以学界有一种倾向是用维特根斯坦的"家族相似性"理论来定义短篇小说。所谓家族相似性指的是各种有相似性的事物构成一个家族，家族中的每一个成员都与其他成员有或多或少的相似性，但不一定要有家族中所有成员都具有的共同点。因此，不少研究者认为并不存在所有短篇小说都共有的文类特征，需要关注的是其部分家族成员所拥有的特征。按此理论，学界常提及的文类特征可主要归纳为"篇幅简短""顿悟主题""开放性结尾""横截面""神秘性""以小见大"，等等。其中，关于"篇幅简短""顿悟主题""开放性结尾""横截面""以小见大"等文类特征，不少著述已经有较为详细、精彩的阐发。相较之下，有关短篇小说神秘性特征的研究显得寂寥，较少有人问津，因此本文重点讨论短篇小说部分家族成员所具有的神秘性特征，探究其表征以及来源。

一、神性的神秘：神话和宗教的传统渊源

短篇小说部分家族成员神秘性特征的一个重要表现就是其题材、主

题、情节等方面所具有的神秘色彩,这与短篇小说这一文类的源起相关。西方短篇小说最初源头可追溯至古代简短的口头叙事传统,包括神话、宗教、传说、民间故事、罗曼司等,这些叙事传统带有较强烈的超自然、离奇、神秘的色彩。到了14世纪,短篇小说开始作为一种新的文学样式亮相出场,当时比较有代表性的短篇小说集是意大利薄伽丘的《十日谈》和英国乔叟的《坎特伯雷故事集》。中国短篇小说发展尽管与西方短篇小说流程各异、意趣不同,但源起却相类似,最初源头也可追溯到古代的神话传说,如女娲补天、后羿射日、嫦娥奔月等神话传说。鲁迅在《中国小说史略》中谈道:"故神话不特为宗教之萌芽,美术所由起,且实为文章之渊源"(6)。胡大雷、黄理彪也认为:"文言短篇小说本是个集合体概念。就形态而言,文言短篇小说最初的形态是志怪小说,它记载的是鬼怪神异的故事,篇幅短小,故事简单"(1)。

正是由于短篇小说的这种历史渊源,使得后世不少短篇小说作家在题材、主题的选择、情节的构建上有一脉相承之处,那就是对超自然、离奇、神秘的内容情有独钟。即使时至今日,即便是现实主义风格的作家,也或多或少可以看出这种影响的痕迹。查尔斯·E.梅指出:"短篇小说与神话、民间故事、寓言和童话等叙事源起联系紧密。因此比起长篇小说,他们(短篇小说)更倾向于关注本能欲望、梦魇、焦虑和恐惧……"(May 1994:xxvi)王腊宝在《怪诞、奇想与短篇小说》一文中,曾专门聚焦于短篇小说的怪诞性特征,他援引了弗兰克·奥康纳的观点:弗兰克·欧(奥)康纳则指出,短篇小说作为一种在意义生成方式上回归神话的叙事模式,历来就具有一种反社会的特性,如果说长篇小说仍然遵守传统意义上的社会道德观念,短篇小说样式则生性具有浪漫、崇尚个性和远离群体的特征(王腊宝115)。

以具体的文本为例,古今中西短篇小说以这种超自然、超现实、宗教或神话为主题,并围绕其构建情节的作品可以说俯拾皆是,其中还不乏传世名篇。如在纳撒尼尔·霍桑的《年轻的布朗大爷》中,主人公与魔鬼相遭遇。小说描写布朗看到了教会牧师和长辈纷纷膜拜魔鬼,看到妻子也与魔鬼有约,这导致了他信仰的崩塌。在唐传奇《霍小玉传》中,霍小玉临终之前发誓:"……,慈母在堂,不能供养。绮罗弦管,从此永休。徵痛黄泉,皆君所致。李君李君,今当永诀! 我死之后,必为厉鬼,使君妻妾,终日不安!"果不其然,红颜薄命的霍小玉死后化身厉鬼、决绝报复。在苏童短篇小说《水鬼》当中,作者对"水鬼"饶有兴趣:"就是这个女孩的故事风靡了整整一个夏天,如果让她亲口来说,别人听得会不知所云,不如让我来概括这个故事。故事其实非常简单,说的是邓家的女孩遇到了水鬼,不仅如此,水鬼还送了她一朵红色的莲花。"南方"水鬼"传说一直让苏童着迷、执念,这一主题在他多部小说中反复出现。

有趣的是,很多西方短篇小说和中国古代短篇小说在超自然、离奇、神秘的主题和情节上甚至还有惊人的巧合和重叠。如华盛顿·欧文的《瑞普·凡·温克尔》和陶渊明的《桃花源记》都涉及时空转换与错位的主题,这种"山中方一日,人间已千年"的阅读体验让读者对时间的神秘性有了新的哲学思考;而卡夫卡的《变形记》和蒲松龄的《促织》都与人的"变形"有关,卡夫卡是以怪诞的手法来表现现实生活中人的异化问题,蒲松龄则是通过"人变虫"将现实诗化,寄托了作者的旨趣和理想,抨击黑暗的社会现实;以梦境为主题的短篇小说在中外文坛也不鲜见,如欧·亨利的最后遗作《梦》,李公佐的唐传奇《南柯太守传》等。

除了题材、主题和情节的神秘性之外,不少短篇小说还注重神秘、超自然物品或者物件的描写。由于短篇小说作者对象征主义手法有一定的偏好,因此这些物品或者物件在小说中经常充当象征物,在叙事进程中起着重要的作用,有时候甚至是主推动力。通过描写这些神秘、超自然的物体和物件,作者也能将主题和情节神秘化。如在凯文·布洛克梅耶尔短篇小说《天顶》中从天而降的"天顶",小说主人公偶然间发现月亮边上有奇怪的黑斑,这块黑斑在之后的日子里越来越大,并且慢慢自上而下降落到小镇上。这块黑斑被镇里居民称为"天顶",它平滑光亮、却坚不可摧,最终压塌了一切。"在今天的时间里,在天顶的重压之下,镇里的其他物体也像水塔一样倒在了地面上。广告牌、路灯、烟囱、装有警报器的柱子、旅馆的招牌、百货大楼、高压电线,都倒了。"显然,神秘的"天顶"使得短篇小说平添魔幻色彩,它揭示了人们担忧"末世来临"的焦虑心态,凸显了后9/11时代美国民众的心理创伤。又如在雅各布斯短篇小说《猴爪》中,被人从印度带回来的猴爪有着恐怖的魔力,它能满足许愿者三个愿望。"'一个托钵僧在它上面放了一道咒语,'军士长说,'一个真正的圣人,他想显示命运仍主宰着人的生命,而那些抗拒它的人将会不幸。他将一道咒语放在爪上,能使三个不同的人凭它满足各自的三个心愿。'"然而,猴爪最终带给主人的却是灾难,人们因为贪婪遭到神灵的报复,任何索取都有代价,不劳而获的代价最为昂贵。

需指出的是,除了超自然、离奇、神秘的物品和物件之外,一些平时生活中司空见惯的物品和物件有时候也被作者赋予神秘的内涵。在小说中,这些物品越界了读者原有的认知范围,拥有了"灵性"和"神性"。例如在唐·巴塞尔姆的后现代主义短篇小说《气球》当中神秘的气球:"从十四号衔的某个地方,确切的地点我不能透露,那只气球一整夜在向北膨胀,当时人们正在睡觉,气球一直膨胀到了公园……"小说里一直膨胀的气球是后现代主义的一种隐喻,但它的"意义"到底是什么,"价值"又在何处,让读者捉摸不透。又如在安·贝蒂的作品《两面神》当中的碗:"这只碗是完美的。它可能不是你面对一架子的碗时会选择的那只,也不是在手工艺集市上势必吸引众多眼球的那种,但它真的气质不俗。"这只碗不仅对买家有着神秘的吸引力,也对女主角有着神秘的影响力,这只碗的出现使得原本平淡的情节变得诡谲。还有鲁迅作品《药》中的花圈:"华大妈跟了他指头看去,眼光便到了前面的坟,这坟上草根还没有全合,露出一块一块的黄土,煞是难看。再往上仔细看时,却不觉也吃一惊;——分明有一圈红白的花,围着那尖圆的坟顶。"这个花圈是谁放置的? 又象征着什么?花圈仿佛是一个作者有意而设的谜团,为小说结尾增添了一丝神秘。

总之,受神话、宗教、传说、民间故事、罗曼司等影响,不少短篇小说作家对神秘、怪诞、超自然的主题、情节、物品情有独钟。

二、空白的神秘:简约和省略的叙事效果

由于历史渊源,不少短篇小说具有了"神性的神秘",但短篇小说的神秘性还可来自其希伯来的叙事风格。埃里希·奥尔巴赫(Erich Auerbach)在《论模仿》一书中谈到了希伯来叙事风格(学界也称之为"圣经风格")和荷马叙事风格的不同。奥尔巴赫认为,荷马叙事风格呈现的是在确定的时间和地点发生的、外化的、完全清晰的现象,这些现象联系在一起,无一遗漏,永远都处于显著可见的位置。而在希伯来叙事风格中,作者只描写出对叙述有意义的现象,其他都被含混地省略。时间和地点都不确定,需要读者自行阐释。此外,思想和情感也都不做清晰表达,仅仅通过沉默和简短破碎的语言暗示出来;整部作品渗透着未解的悬念,而且指向单一的目标,令人感到神秘(Auerbach 11—12)。简而言之,希伯来叙事风格是在叙述过程中省略前因后果,造成信息缺失,从而产生了未知、不确定、神秘的叙事效果。一般认为,荷马风格催生了长篇小说,而希

伯来叙事风格则主要影响了短篇小说。加西亚·马尔克斯曾说:"……短篇小说的精华使人得出这样的印象,即作品中省去了一些东西,确切地说来,这正使作品富于神秘优雅之感"(转引自吕同六 467—468)。

海明威就是希伯来叙事风格的忠实践行者,他擅长在文本中省略信息,给读者留出诸多空白之处,这也成就了他的凝练、含蓄、简约的风格。海明威曾在 1932 年提出了"冰山原则",他认为冰山之雄伟壮观,是因为只有八分之一浮出水面,而八分之七都在海面之下。这种"冰山原则"写作造成了许多关键信息的缺失,由于没有了前因后果的语境,小说情节变得神秘化。在海明威短篇小说《白象似的群山》中,一对年轻情侣在一个西班牙小站等候前往巴塞罗那的火车,他们一边喝啤酒一边聊天,女孩怀孕了,然而男孩却满不在乎,他希望女孩去做人流手术,女孩似乎不愿意……海明威在小说中没有告诉读者任何有关女孩和男孩的信息,也不知道男孩为什么要让女孩去做人流手术,女孩为什么又不愿意去,他们为什么又要谈到"远处的山像一群白象",读者读完后一头雾水。在毫无情节感的故事里,读者的几大追问(他们是谁? 他们来自哪里? 他们后来会怎么样?)没有得到任何解答。海明威另一名篇《雨中的猫》也是如此,故事情节非常简洁,女主人公欲图救一只雨中的猫却无功而返,她回到旅店房间向丈夫抱怨,正在这时,丈夫看见店主派侍女送来了一只猫。关于男女主人公的背景,海明威依然没有着任何笔墨,"旅店里只歇着两个美国人。他们进出房间上下楼梯时,身边掠过的人一个也不认识。"此外,为什么故事和对话都围绕着猫展开,丈夫和妻子的关系如何,店主为什么派人送猫给女主人公等,也都留给了读者巨大的想象空间。

就情节省略、信息缺失和行文简约的风格而言,需要重点提及的作家还有雷蒙德·卡佛(Raymond Carver)。雷蒙德·卡佛被不少人认为师承海明威,写作风格深受海明威影响。事实上,卡佛在写作过程中比海明威走得更远,在简约方面有过之而无不及,可谓真正的"削减入骨",被认为是极简主义作家的代表。卡佛在写作中非常注重省略信息,留出空白,不愿意对文本进行阐释和说明,不愿意添加解释性的信息帮助读者去理解,而只是单纯的讲述故事。查尔斯·E. 梅指出:卡佛作为短篇小说大师的重要标志就是他对小说中的阐释和说明的内容怀有戒心,还有就是他对短篇小说神秘特性的尊重(May 2001:39)。例如,在短篇小说《请你安静些,好吗?》中,卡佛拒绝对人物的古怪、不合常理的行为进行解释和说明;而在《当我们谈论爱情时我们在谈论什么》中,他也是通过讲述故事,而不是通过下定义或者说明性的文字来讨论什么是爱情(Carver 17)。

申丹曾谈到叙述话语主要以三种方式作用于故事：选择、组织、评论故事成分(26)。卡佛相信"少即是多"，在叙述的时候就对故事做了精心的选择，呈现给读者的只是露出海面的冰山一角。卡佛在《论写作》当中谈道："能产生张力的……部分是具体的词语相互联系在一起，讲述出故事中可见的部分。但是还有部分是因为没有写出来的部分，他们是隐含在其中，在平静(有时也会被打破)表面下的部分。"需要指出的是，不仅卡佛本人惜字如金，他笔下的人物也不善于言谈，沉默寡言。如此作者和人物形成合力，造成了更大程度的信息缺失。例如在卡佛《洗澡》一文的结尾当中：

> "喂!"她说，"您好!"
>
> "维斯太太。"一个男人的声音说道。
>
> "是的。"她说，"我是维斯太太。是不是有斯科特的消息?"
>
> "斯科特。"那个声音说。"是关于斯科特的。"那个声音接着说，"是的，是和斯科特有关。"

这篇简之又简的短篇小说至此戛然而止，这个神秘的电话是谁打的? 到底有何含义? 作者没有给出任何的信息，人物也没有给出答案。卡佛看似"流水账"的故事因此也时常充满了神秘和威胁感。

爱丽丝·门罗所构建的文本世界神秘之处则是因为她笔下的人物在重要时刻的行为，经常有悖于常人，其动机没有正常的逻辑支持。例如在短篇小说《激情》当中，人物就经常做出令人无法理解的抉择。《激情》讲述了主人公格蕾丝回忆20岁时发生的故事：她在渥太华的一家旅店当女招待时，与顾客莫里展开了一段恋情，两人差不多到了谈婚论嫁的地步。然而，格蕾丝却在感恩节那天见到了莫里的哥哥尼尔，尼尔开车带她去医院治疗受伤的脚趾，随后两人私奔了一天。尼尔在送完格蕾丝回旅店后，路上开车撞桥墩上自杀了。

《激情》当中出现了两个不能理解的问题，一是为何格蕾丝和尼尔一起走? 二是为何尼尔会自杀? 格蕾丝和尼尔萍水相逢，却一起出走，这让人费解;尼尔开车自杀也让人摸不着头脑，从上下文语境来看，尼尔的自杀没有任何个人心理、社会等原因。对于读者而言，尼尔为什么寻求与这个世界决裂，除了小说中提到唯一相关的线索之外(尼尔父亲死于自杀)，没有解释得通的动机。总之，这两个问题都彰显了爱丽丝·门罗短篇小说的特点，也解答了为什么爱丽丝·门罗的作品篇幅不短，却仍被认为是短篇小说的问题,因为长篇小说会解答这两个问题,而短篇小说不会。

查尔斯·E. 梅认为:"短篇小说,我经常绞尽脑汁地让学生理解的一个重要方面是:短篇小说中的人物之所以行为反常,不能归结于社会学和心理学意义上的原因,而是由于帕斯卡尔所谈到的永恒之谜"(May 1994:xxvi)。弗兰纳里·奥康纳也指出:"人物许多时候做出莫名其妙的举动,其背后动机让读者难以按常理理解,这些正是短篇小说(或者罗曼司)的特色。短篇小说(或者罗曼司)关注的是看起来动机不明的行为,短篇小说常以忽然性或者戏剧化的方式来表达'神秘的特性'"(O'Connor 90)。在短篇小说家安布罗斯·比尔斯(Ambrose Bierce)看来,这是短篇小说的优势。她认为相较于短篇小说作家,现实主义长篇小说家的问题在于:"他们似乎不知道,所有人在某些时候,许多人在多数时候,一些人在每个时刻,其行为动机都无法看透,其行为方式并不依据生活中的任何东西,无论性格还是境遇"(Bierce 243—244)。

简言之,短篇小说中的虚构人物或许也会按真实性和合理性的传统和原则进行行动,符合一定的社会规约,但正是由于短篇小说的篇幅简短,它不可能像长篇小说一样去铺陈细节,对人物和情节做出现实主义般的呈现,许多地方留给读者的都是一片空白。因此,短篇小说中人物遭遇关键事件时或在危机时刻会做出令读者感到困惑的抉择(或许这也能部分解释为什么短篇小说人物常会有顿悟),这些抉择并不是沿着时间轴方向缓慢发展、顺理成章的,而是突变的、无法预测和理解的、神秘的。

三、神秘性:短篇小说的美学旨趣

米哈伊尔·巴赫金(Mikhail M. Bakhtin)曾指出每个文类都有自己看待现实和概念化现实的方式、方法(134)。如果说,文类是看待世界的图示,那么短篇小说部分家族成员拥有独特的看待、描述和理解世界和现实的方式——它们认为世界和现实是神秘的和不确定的。正如弗兰纳里·奥康纳认为的:"生活从本质上讲永远都是神秘的。我只对那些能让她深入并体验神秘本身的事物表面感兴趣……"(O'Connor 41)如果说长篇小说比较注重社会现实(这种现实包括各种变化的总和),那么这些短篇小说所关注的更多的超自然的、离奇的、神秘的或者"私密"的现实,书写的是终极意义上的神秘性,而不是那些有限的、受时代约束的社会事件。通过阅读短篇小说,读者所了解到的世界远比感官能够感受、理智所能理解的世界更为丰富。

短篇小说部分家族成员所具有的神秘性特征还使它们具有了"陌生化"的美学效果。一般认为,拉开审美距离能产生"陌生化"的美学体验,也就是常说的"熟悉的地方没有风景""距离产生美"。现实生活中,人们机械地、无意识地接受事物的形态,对它们的存在习以为常、司空见惯。只有这些普通事物变得新奇和陌生的时候,才能让人产生强烈的感知和刺激,才会让人产生深刻的审美体验。俄国形式主义批评家什克洛夫斯基提出了"陌生化"的诗学概念,他指出:艺术的目的是使你对事物的感觉如同你所见的视象那样,而不是如同你所认知的那样。艺术的手法是事物的"陌生化"手法,是复杂化形式的手法,它增加了感受的难度和时延,既然艺术的领悟过程是以自身为目的,它就理应延长(什克洛夫斯基等14)。在短篇小说创作过程中,不少短篇小说作家也一直致力于内容和形式的变化和创新,以期制造"陌生"。短篇小说作家对结尾写法的探索就是"陌生化"的绝佳例子,其中比较著名的有莫泊桑和欧·亨利等作家,他们致力于结尾的"出奇制胜"。莫泊桑的《项链》《我的叔叔于勒》,欧·亨利的《警察和赞美诗》《麦琪的礼物》等作品的结尾都让人拍案叫绝,既在情理之中,又在意料之外。尤其是欧·亨利,他擅长戏剧性地埋下伏笔,做好铺垫,然后在结尾处峰回路转,出其不意。学界甚至把此类标志性的"豹尾一甩"结尾命名为"欧·亨利式结尾"。"欧·亨利式结尾"把读者从狭隘的日常关系束缚中解放出来,摆脱习以为常的惯常化制约,产生了一种"陌生化"的美学效果。

神秘性在美学效果上既有"陌生化"的一面,又比"陌生化"更进一步。如果说"出其不意""意料之外"的结局还在情理之中的话,那么神秘性是在情理之外,无法用现实世界的各种法则来解释。它在产生"陌生化"美学效果的同时,还有强烈的"神秘化"美学效果,让读者经历恐惧、焦虑等"否定美学"的美学体验,也让读者经历"崇高美"的美学体验。"崇高美"的美学体验是因为人们对未知的神秘事物感到高深莫测,常怀敬畏之心。神秘性还能满足读者猎奇、窥探等心理欲望,从心理学的机制来说,人们对隐私或者神秘的事物有着天生的窥探欲,这来自童年,来自对自己身世和来历的好奇心,是自身成长的需求。

在众多近现代短篇小说家中,爱伦·坡是较早以神秘、悬疑、恐怖作为美学旨趣的作家,对后世的短篇小说创作影响颇深。他的很多作品都是以凶杀、死亡等为主题,如《一桶蒙特亚的白葡萄酒》《黑猫》《莫格街谋杀案》《厄舍府的倒塌》,等等。查尔斯·E. 梅认为,短篇小说聚焦动机神秘的行为,至少可追溯到爱伦·坡对有悖常理情节的探索。爱伦·坡在追求神秘、悬疑效果时,比较注重制造悬念和侧重环境描写,借此来营造、烘托神秘气氛。例如在《一桶蒙特亚的白葡萄酒》和《厄舍府的倒塌》,就是通过描写恐怖的事物和幽闭的环境、以"物"叙事,制造张力推动情节的发展。威廉·福克纳的名作《献给艾米丽的一朵玫瑰花》也有异曲同工之妙:女主人公居住的"哥特式"阴森古宅中到底藏匿了多少不为人所知的秘密?

结语

短篇小说之所以为短篇小说,不仅仅是因为"短篇",它不是长篇小说的微缩盆景,而是还有一些"专属"的文类特征。学界倾向于借助维特根斯坦的"家族相似性"理论来探讨短篇小说的文类特征,认为短篇小说的部分家族成员拥有的其中一个义类特征是神秘性特征。

短篇小说的神秘性特征与其起源息息相关,一般认为短篇小说起源于简短的口头叙事传统,包括神话、宗教、传说、民间故事、罗曼司等,因此短篇小说作家在题材选取、主题表达、情节建构等方面偏好超自然、离奇、神秘的内容。为了使短篇小说神秘化、陌生化,有时候作者还会对神秘和超自然的物品或者物件进行书写,或者赋予日常物品以神秘力量,这些物品对推动叙事进程非常有意义。另外,神秘性文类特征的产生还与短篇小说篇幅短小、信息缺失这一特点有关联。短篇小说受限于其篇幅,不能面面俱到地将所有相关信息全盘托出,这一叙事特点使得短篇小说文本存在着许多空白之处,需要读者自行去理解和阐释。有些短篇小说作家擅长通过删减关键信息来营造神秘、制造悬念,海明威和雷蒙德·卡佛都是个中高手。爱丽丝·门罗则是通过让人物做出常人无法理解的抉择来展示文本世界的神秘莫测的一面。

总之,不同时期、不同地区、不同流派的短篇小说作家以不同的方式演绎和呈现这种神秘,即使是现实主义风格作家,也可以通过省略关键信息、留出空白来把世界和生命中不可知、不确定的一面呈现出来,让读者发出世事难料、命运多舛的感慨。神秘性也让短篇小说蕴含了特别的能量,平淡中暗藏爆点,简短叙事下涌动张力。

引用文献【Works Cited】

Auerbach, Erich. *Mimesis*. Princeton：Princeton UP, 1953.

Bakhtin, Mikhail Mikhaĭlovich, and Pavel Nikolaevich Medvedev. *The Formal Method in Literary Scholarship*. Trans. Albert J. Wehrle. Baltimore：Johns Hopkins UP, 1978.

Bierce, Ambrose. *The Collected Works of Ambrose Bierce*. New York：Gordian Press, 1966.

Carver, Raymond. *Fires: Essays, Poems, Stories*. Santa Barbara：Capra, 1983.

May, Charles E. "'Do You See What I'm Saying?'：The Inadequacy of Explanation and the Uses of Story in the Short Fiction of Raymond Carver." *The Yearbook of English Studies* 31（2001）：39.

--- ed. *The New Short Story Theories*. Athens：Ohio UP, 1994.

O'Connor, Flannery. *Mystery and Manner*. New York：Farrar, Straus & Giroux, 1969.

Pasco, Allan H. "On Defining Short Stories." *New Literary History* 22.2（1991）：420.

Poe, Edgar Allan. "The Philosophy of Composition." In *The New Short Story Theories*. Ed. Charles E. May. Athens：Ohio UP, 1994.

胡大雷、黄理彪：《鸿沟与超越鸿沟的历程——中国古代文言短篇小说史》，西安：陕西师范大学出版社,1995 年。

胡适：《论短篇小说》，《新青年》,1918 年第 5 号,第 395 页。

侯金镜：《侯金镜文艺评论选集》，北京：人民文学出版社,1979 年。

吕同六：《20 世纪世界小说理论经典》，北京：华夏出版社,1995 年。

鲁迅：《中国小说史略》，北京：中华书局,2010 年。

茅盾：《茅盾文艺评论集(上)》，北京：文化艺术出版社 1981 年。

什克洛夫斯基等：《俄国形式主义文论选》，方珊编，北京：生活·读书·新知三联书店,1989 年。

申丹：《从叙述话语的功能看叙事作品的深层意义》，《江西社会科学》,2011 年第 11 期,第 24—30 页。

王腊宝：《怪诞、奇想与短篇小说》，《当代外国文学》,2001 年第 1 期,第 112—121 页。

基金项目：本文系广东省哲学社会科学规划项目外语专项"美国短篇小说批评与理论研究"（GD17WXZ26）的阶段性研究成果。

作者简介：王中强，南方医科大学外国语学院教授。

论王朔小说中的叙事视角反讽

叙事研究 第4辑

汤凯伟

内容提要：王朔小说中的视角丰富而复杂,从叙事学的角度来分析和研究王朔小说中的视角问题十分必要。场景式视角是王朔小说中全知视角的特殊存在方式,是指以对话的场景为主要观察对象的视角,它是从"叙事时间"的术语中借用的一个概念。少年儿童视角则体现了王朔从经常使用第一人称单一视角到运用多视角的转变。视角的经常性越界则是王朔的小说到达成熟期之后自然运用的一种视角方式,它赋予了王朔的小说更大的滑稽感和讽刺性。

关键词：王朔;小说;叙事学;视角

20世纪小说叙事研究中争论最集中的话题是视角问题,托多罗夫将关于视角问题的研究称为"本世纪诗学取得最大成果的课题"。争论的集中也就意味着视角问题的复杂性,首先就体现在术语名称的使用上,E. M. 福斯特、西摩·查特曼和华莱士·马丁将之称为"视点";新批评派的退特将它称为"观察点";同是新批评派的布鲁克斯和沃伦却称之为"叙述焦点";托多罗夫热衷称它为"叙述方位";热奈特则认为"焦点"最符合投影的准确性,所以将它称为"聚焦"。因此,术语的混用给这方面的研究带来了很大的困难。本文使用"视角"这一术语来指代这一类型的研究,取"视觉角度"的含义,因为"角"本身就带有限制范围之意,所以"视角"也就表示有限的视野,这样更贴切视觉"投影"的本初意义。其次,关于"视角"的分类也芜杂不清:斯坦泽尔在《叙事理论》中将叙述情况区分为"第一人称叙述""作者叙述"和"形象叙述"三种;热奈特将"聚焦"分成了"零聚焦""内聚焦"和"外聚焦"三类;查特曼将视点分为"感知视点""观念视点"和"利益视点"等。这些不同的分类法同样也给"视角"研究带来困难。

视角到底应该怎样分类？我们先来看国内叙事学家对此的划分，依照赵毅衡（2013）的分类法，叙述方位总共有八种，隐身叙述者（第三人称）四种，显身叙述者（第一人称）四种，详细却过于复杂。依照申丹、王丽亚（2010）的也是本文采用的分类方法，区分出四种不同的类型：1）零聚焦或无限制型视角（即传统的全知叙述）；2）内视角；3）第一人称外视角；4）第三人称外视角。这四种视角又可以共存于于同一个文本中，甚至是同一句话中。

熟知叙事文本结构的人都应该知道，它是由隐含作者、叙述者、受述者和隐含读者组成的，其中叙述者和视角的关系最为密切。视角相当于一个"投影"，叙述者和人物是"投影"的施视者，叙述声音是专属于叙述者的声音（包括叙述者的语言、意识形态等），叙述眼光却可以分为叙述者的眼光和人物的眼光，视角的总体意义是叙述声音和叙述眼光的结合，如："很多人经过我的床边，对我做出种种举动，都被我忘了，只认识并记住了陈南燕的脸"（王朔 2016a：1），这句话的叙述眼光是人物方枪枪的，叙述声音却是叙述者的，因为一个躺在床上的婴儿不可能说出这样一句话来。在厘清了本文的理论背景之后，接下来我们将对王朔小说中的视角进行研究和分析。

一、场景式视角

诚如赵毅衡所说，叙述角度问题其实是一个叙述者自我限制的问题，中国传统小说中使用最多的是全知叙事，即叙述者掌握一切，包括所有的情节和人物叙述者。王朔的小说中零聚焦视角最明显的是《我是你爸爸》，采用全知的叙事方式（本文称之为"场景式视角"）。究其原因，除了王朔在这部小说中模仿了新写实小说的零度叙事之外，场景式视角的运用也使得一般读者更容易接受，如：

> 马锐对此似乎有些吃惊，他好像不太习惯父亲的这种亲热，或者是这种比自己高一头的人搂着走的姿势确实别扭，他被父亲拎着走了几步后就小心翼翼但十分坚决地挣脱开了。（2016b：64）

这一段描写中,叙述者是从"上帝"的角度来观察的,能知道任何事,包括人物的心理活动,如"吃惊""不太习惯""小心翼翼但十分坚决"等马锐的心理活动,同时叙述者也知道马林生的心理活动。如:

> 很快他就是个大人了,马林生充满温馨地想。他觉得自己的决定是正确的,也是及时的。他对自己明智以及作出抉择的毅然决然很满意,算不算是高瞻远瞩呢? 他感到自己充满了力量。(2016b:64-65)

叙述者在同一页描述中分别进入了两位人物的内心,整个文本对叙述者来说是没有秘密的,它既可以知道马林生不在场的时候马锐的所有活动,也能知道马锐不在场的时候马林生的所有活动。这就是全知叙事。全知的叙述者透视了两位主人公的内心之后,读者可以感觉到这对父子之间其实并不互相理解,甚至有些针锋相对。马林生自以为了解了儿子的小秘密之后就对马锐完全掌握了,但其实青春期的叛逆、父母的离异带来的伤痕还深深地埋在马锐的心底。全知叙事是读者读起来最舒服的一种视角,叙述者不给读者设悬念、埋暗线,把故事中人物的所有心思都公布于众,不仅叙述者能够对自己笔下的人物和情节有非常精准的把握,而且能使读者不必去猜测、不必去揣摩人物的思想,大大降低了阅读的难度。

但是王朔的小说中像这样的全知叙事非常少,除了上面举到的《我是你爸爸》的例子和《千万别把我当人》之外,几乎难以在他的小说中找到传统的全知叙事的例子。场景作为叙事时距中的一种类型,常常以对话也就是直接引语为例子,所以场景式视角在这里是指以对话的场景为主要观察对象的视角。

王朔的小说最重要的特征依旧是他的语言特色,尤其是他在场景叙事中所使用的语言。有些小说中全文几乎没有对事情的评论,也没有人物心理描写,对外在景物的描写也没有特别之处,对事物的观察也就仅仅是观察:

> 这座殖民时代建造起来的城市,街道两旁都是陈旧的异国情调的洋房别墅,寂寥静谧的花园草坪。迎面走来的年轻人都很时髦,穿着各式便宜漂亮的舶来品。(2016c:80)

这段话按道理没有什么误差,但是要考虑到石岜是在被于晶拒绝之后才去旅游的,按情理说,石岜的心情应该是很灰暗的,但是如此客观冷静的观察角度可能只有叙述者才有,这不得不说是王朔小说在技法上的缺陷之一,环境描写没法和人物或情节匹配,显得生硬突兀。在这类小说中,人物之间的对话占了很大的部分,在《你不是一个俗人》《顽主》《一点正经没有》这几篇小说中几乎全篇都是对话,叙述从一个对话场景直接跳到另一个对话场景,仿佛没有视角可以分析。但是,仔细研究之后,我们会发现并非如此。其中可供分析的视角就是对话实录视角,这似乎和第三人称外视角很相似,与第一人称外视角也没什么区别。但其实,对话实录视角是将叙述者置于一个对话的旁观者的位置,对小说中人物的对话进行实录,这种实录不只依靠视觉,还要依靠听觉和强大的记忆力。表面上,叙述者永远作为旁观者,不进入人物的内心世界;实际上,对话(直接引语)的大量使用已经完全表达出了人物的思想:

> 马青兴冲冲地走到了前面,对行人晃着拳头叫唤着:"谁他妈敢惹我?谁他妈敢惹我?"
>
> 一个五大三粗、穿着工作服的汉子走近他,低声说:"我敢惹你。"
>
> 马青愣了一下,打量了一下这个铁塔般的小伙子,四顾地说:
>
> "那他妈谁敢惹咱俩?"(2016d:65)

这一段如果改写成马青的心理活动也丝毫不差,马青心里想着:"我是流氓我怕谁,大街上这群怂货没一个敢惹我,谁敢回瞪我一眼,我就要谁眼眶开花","怎么来了个不怕事的主,打应该打不过,弄不好还要吃亏,只能智取",这两句话也完全可以表现出人物的想法而不必假借过多的描写。因此,我们依旧可以从这种场景式视角中进入人物和叙述者的内心,这就不仅仅是第三人称外视角和第一人称外视角的问题了,外视角只是叙述者造成的一种假象,实际上场景式视角同时具备内视角和外视角,是另一种形式的全知叙事。

这样看,场景式视角叙事具有两个非常重要的特征:其一为外视角化的视角,其二为直接引语式的内视角化视角。读王朔这一类的小说,读者似乎是在电视机或者电影院的银幕前,看着书中的人物说出一串串妙趣横生的对话来,像《谁比谁傻多少》《懵然无知》《修改后发表》等都被改编成电视剧,《你不是一个俗人》《顽主》等被拍成电影,读者的身份虽然转变成了观众,但是其实视角并没有发生变化,这也是王朔小说的特色之一,也就是文本视角和影视剧视角的通用。

还有一种文本可以说明王朔小说的场景式叙事第一人称和第三人称几乎没有任何区别,在《和我们的女儿谈话》这篇小说里,叙述者先是自称第一人称"我",后来忽然就变成了第三人称"老王":

　　咪咪方：你现在打开书，他就在第一页，在你的书里。你的记忆能保持多久？

　　我：能记住到——合上。

　　咪咪方：能在你们家乱翻翻吗？

　　老王：为什么？（2016e：23）

第一人称转换成第三人称来得毫无预兆，但是一点也不影响阅读，王朔将这本小说从第一人称转到第三人称目的可能是为了更加客观，同时也不愿意让读者拿着这本书和《致女儿书》相类比，这是另外一个故事，却看上去和《致女儿书》《看上去很美》有千丝万缕的关系，因此王朔更愿意用第三人称来写作。

　　场景式视角通过场景中的语言带来反讽效果，叙述眼光起着很重要的作用，如上文马青在街上冲人嚷嚷、欺软怕硬的时候，"晃着拳头叫唤"显出马青的气焰嚣张，马青的眼光"四顾地"说明他色厉内荏，看上去是个英雄，实际上是个草包。这一段话中叙述声音也起了很大的作用，这一段话中，叙述声音由叙述者和人物共同掌握，人物对这段引语的控制力度还要大一些，表面上马青叫嚣不停，还有点小聪明，实际上叙述者就是通过这种独特的视角描写对马青这样欺软怕硬的小痞子进行反讽，反讽他们嘴上英雄，实际上却是一个懦弱的人的性格特点。

二、少年儿童视角：单一视角到通透视角

　　少年儿童视角也经常被作家们使用，比如方方的《风景》就是从一个早夭的孩子的视角来建构整本小说，塞林格的《麦田里的守望者》以中学生霍尔顿·考尔菲德的视角和语言来叙述故事，都受到了读者的欢迎。王朔小说中运用类似视角的有《看上去很美》和《动物凶猛》，其中《看上去很美》的视角是儿童的视角，《动物凶猛》主人公的年龄有所增长，到了中学阶段，进入青春叛逆期，从年龄上说，两部小说的主人公是从小到大的；从对视角的运用技巧上说，则是倒序的：《看上去很美》对通透视角的运用明显比《动物凶猛》的第一人称回忆性视角成熟得多。

　　《动物凶猛》中"我"是一个30岁左右的成年人，某一天在机场见到了一个长着一张狐狸一般娇媚的脸的女人，这引起了我的回忆，故事就从"我"在15岁的时候开始。《动物凶猛》的视角独一无二，叙述者叙述的年

代在中国历史上也是特殊的,在那个年代,中学生对自己的未来有这样一种看法:

> 那时我只是为了不过分丢脸才上上课。我一点不担心自己的前程,这前程已经决定:中学毕业后我将入伍,在军队中当一名四个兜的排级军官,这就是我的全部梦想。我一点不想最终晋升到一个高级职务上,因为在当时的我看来,那些占据高级职务的老人们是会永生的。
>
> 一切都无须争取,我只要等待,十八岁时自然会轮到我。(2016f: 70)

那时候的老师们都战战兢兢、自顾不暇,学生们的地位被空前地提高了,特别是像叙述者这样有背景的中学生,更是高人一等,所以,在他们眼里,学习是最不重要的事情,老师和知识分子是最不需要尊重的人。电影《阳光灿烂的日子》里有一个镜头让人记忆尤深,扮演老师的冯小刚站在讲台上上课,忽然两位学生你追我赶地从教室外冲进来,又从教室的窗户冲出去,而身为老师的冯小刚却无力阻止,这一幕比较普遍地揭示了当时恶劣的校园环境。作为新北京城拥有特权的一分子,马小军他们肆无忌惮地在街上斗殴、游荡,于北蓓和米兰也是因为这个原因才跟这伙人走得如此之近,她们自己的家庭背景让她们没有机会参军,只能去工厂和农场工作,在主人公看来,她们都是"下贱、淫荡"的女人:

> 我想说她轻浮、贱,又觉得这么说太重了,弄不好会把她得罪了,转而问:"高晋都跟你聊什么了?"
>
> "没聊什么,就说我想当兵他可以帮我。"
>
> "我怎么不知道你想当兵? 你从没和我说过。怎么头一次见他倒跟他说了?熟的够快的。"(2016f: 120)

《动物凶猛》里中学生的视角中还有一种现象是值得注意的,那就是他们对于性的看法。15 岁正是青春萌动的时候,那时候不管是生理上还是心理上都对异性产生了浓厚的兴趣。《动物凶猛》的开头主人公迷上钥匙然后去溜门撬锁其实就是抱着窥探别人隐私的想法,锁与钥匙的关系也是一个隐喻,象征着男人和女人的关系。

> 从这一活动中我获得了有力的证据,足以推翻一条近似真理的民谚:一把钥匙开一把锁。实际上,有些钥匙可以开不少的锁,如果加上耐心和灵巧甚至可以开无穷的锁——比方说"万能钥匙"。(2016f: 71)

这一段话表层意义上说的是钥匙和锁的关系,实际上这就是男人和女人的关系,原本是一个男人配一个女人,但是有着那么一种"万能"的男人,可以诱惑到很多的女人。借助这一隐喻,叙述者从少年儿童视角隐晦地描绘出自己内心对性的看法的混乱。

《看上去很美》里的儿童视角的特色主要体现在对父母的看法、第一人称和第三人称混用和妖魔化的想象上。儿童的视角本身就带有独特性,因为他们对于世界的不了解和丰富的想象力,往往会把成人世界里的事件妖魔化、幻想化。以魔幻现实主义手法为代表的非洲作家本·奥克瑞的小说《饥饿的路》中以孩子的视角来观察这个世界,发现这个世界充满着奇妙瑰丽的鬼魂和妖怪。因此,在孩子眼里,这个世界是不一样的,首先是对于父母的印象,由于年代的特殊原因,《看上去很美》的主人公方枪枪从小生活在保育院里,保育院对幼儿的管理办法是"自我管理",即大的管小的,父母几乎在他们的记忆里没有出现过:

> 至于"妈妈"一词,知道是生自己的人,但感受上觉得是个人人都有的远方亲戚。"母亲"一词就更不知所指了。看了太多回忆母亲的文章,都以为凡是母亲都是死了很多年的老保姆。至今,我听到有人高唱歌颂母亲的小调都会上半身一阵阵起鸡皮疙瘩。(2016a:4)

叙述者不仅直白地写出小时候对母亲的印象,为了强调对母亲的感情淡薄,还特地举出现在对母亲的感觉来加强读者在阅读中的印象,在保育院长大的孩子混编成的班被其他孩子叫作"俘虏班",因为家里没有大人和兄姊,所以他们从小学一年级到四年级还住在保育院里,长时间和父母的分隔,在培养他们独立的精神的同时,也助长了他们冷漠的亲情观念。他们甚至怀疑:"人际关系中真的有天然存在,任什么也改变不了的情感吗?"在相当于是王朔自叙传的《致女儿书》里,王朔再一次公开表达了这种情感:

> 我不记得爱过自己的父母。
> …………
>
> 很长时间,我不知道人是爸爸妈妈生的,以为是国家生的,有个工厂,专门生小孩,生下来放在保育院一起养着。
>
> 知道你小时候我为什么爱抱你爱亲你老是亲的你一脸口水?我怕你得皮肤饥渴症,得这病长大了的表现是冷漠和害羞,怕和人亲密接触,一挨着皮肤就不自然,尴尬,寒毛倒竖,心里喜欢的人亲一口,拉一下手,也脸红,下意识抗拒,转不好可能变成洁癖,再转不好就是性虐待——这只是另一种说法。(2016g:33-34)

从《看上去很美》到《致女儿书》,从儿童视角到自叙传视角,我们可以从中探究到一些王朔在小说中对亲情冷漠的童年原因,他从小缺乏父母的陪伴,又生长在空前混乱的年代,我们不难看到从《看上去很美》到《动物凶猛》到《空中小姐》再到《橡皮人》中童年积攒下的怨恨和孤独对他笔下人物的影响,他不得不随波逐流成为一个街头的小流氓或者痞子,因为他们曾经那么相依为命过。

王朔曾说:"王安忆对我有一个写作上的启发,是她《纪实与虚构》中的人称角度,很奇特,当她用'孩子'这指谓讲故事时,有一种第一人称和第三人称同时存在的效果"(2000;171)。这种孩子式的视角其实不是第一人称和第三人称同时存在,而是内视角和第三人称外聚焦的结合,人物的眼光也即是"我"所看到的景物是天真的、可爱的、可怕的、恐惧的,但是却是通过叙述者的客观语言表达出来的。《纪实与虚构》中有这一段:

> 母亲是孩子我(1)在这世界里,最方便找到的罪魁祸首,她是我简而又简的社会关系中的第一人,她往往成为孩子我(2)一切情感的对象物。孩子我(3)对母亲的心情就变得很复杂:是她生我到这一个熙熙攘攘的世界上来,也是她,把我隔绝在四堵墙壁之中,上下左右都没了往来。(王安忆 14)

(1)(2)和(3)的主语"孩子我",如果拆成"孩子"和"我"就是一个是第三人称,一个是第一人称,"母亲是孩子在这世界里,最方便找到的罪魁祸首"表达的是叙述者从生活的高度层次上客观的观感,是一种普遍的共性,"母亲是我在这世界里,最方便找到的罪魁祸首"则是从个体的角度对"母子关系"的观感,是一种独立的个性,两种观感运用到一段话里,视角兼顾了人生高度与人生个体,营造了一种通透的视角,既关注共性也关注个性。《看上去很美》显然也借用了这一视角:

> 方枪枪知道自己眼睛后面还有一双眼睛。他十分信任住在自己身体里那个叫"我"的孩子。他认为这孩子比自己大,因其来历不明显得神秘、见多识广。
> (王朔 2016a;125)

住在方枪枪身体里的那个"我"还是方枪枪,方枪枪闯祸他也挨揍,方枪枪睡觉他也休息,如果非要把"我"归于方枪枪的意识,把"方枪枪"仅仅归于行动的肉体,这也不对,肉体是不可能离开意识单独行动的,因此,王朔在这里就是利用了上文说到的一种通透的视角,这种视角既可以进入人物的内心进行第一人称叙述,又可以离开人物退入文本的外部进行第三人称的客观叙述。想要严格区分"我"是方枪枪的意识,而"方枪枪"是我的肉体的努力是没有意义的,因为王朔几乎是把这两个人称随意地变来变去,并没有在对人物内心的叙述时就使用第一人称的"我",也并没有对人物动作进行叙述时就用第三人称叙述。所以,技巧不是王朔对小说的最终追求,他要追求的是透过技巧表达出的感性的认识,感性始终是王朔小说最重要的内涵和推动力。

三、视角越界

视角本身就是叙述者给自己的自我设限,当使用某一种视角感到厌烦或者没办法达到自己的目的时,叙述者就会考虑换过另外一种视角,这与中国古诗中"横看成岭侧成峰,远近高低各不同"是一个意思。热奈特将这种情况称为"变音","变音"有两种情况:一为提供的信息量比原则上要少的省叙,一为提供的信息量比原则上要多的赘叙。事实上,省叙就是从全知视角变成了限制性视角,赘叙就是从限制性视角变成了全知视角,在一篇小说中,这种变化是暂时的和突然的才能被视为"变音",所以要研究视角越界我们必须先假设全文已经存在一个主体视角。"变音"进入中国后被申丹称为"视角越界",被赵毅衡称为"跳角",但是这两个术语的实质没有根本性的差别。本文上一节依据的是申丹对视角的四分法,因此这一节也沿用"视角越界"这一术语。

申丹以舍伍德·安德森的《鸡蛋》为例,她认为原本是以主人公的儿子的第一人称视角叙述的《鸡蛋》在叙述主人公和乔·凯恩的场景时,从第一人称限制性视角侵入了全知视角,小说对这一越界还做了铺垫:

> 至于在楼下发生了什么,由于一些无法解释的原因,我了解事情的经过就好像亲眼目睹了父亲的失败。(安德森 19)

然后就开始了全知视角的描写。《鸡蛋》中视角越界的标志还比较明显,显然作者是意识到自己写作视角的转变的,但在王朔的小说中,这种越界通常来得猝不及防:

> 顷刻间,老院长已经像尊广场上落满鸽子的名人雕像,小半班孩子都猴在他身上双脚离地嗷嗷乱叫,一百多只爪子掏进中山装所有的四只口袋。雕像蹒跚地孔雀开屏一般转动扇面。此人参加革命前一定是码头扛大包的。李阿姨想。老院长给孩子们讲了个号称安徒生的大鱼吃小鱼的故事。李阿姨闻所未闻,认为纯粹是胡扯。(王朔 2016a:25)

通过上一节的分析我们可以得知,《看上去很美》的主体视角采用的是一种通透的视角,即内视角和第三人称外视角的结合,那么对于小说中其他人物的视角和心理活动,叙述者应该是不知道的,但我们看上面的引文,这段话发生在主人公方枪枪离院出走回家之后,主人公视角并不存在,也就是说,上文这段话完全是从保育院李阿姨的视角看到的情景,不仅如此,叙述者还进入了李阿姨的内心,直接写出来她的所思所想,这里全知视角就直接侵入了主体视角中。那么这个视角越界给我们带来了什么呢?第一人称的"我"的运用容易引起读者的共鸣,在视角尚未越界之前,故事中的喜剧效果主要是通过叙述者幼稚又故作深沉的视角营造的,像"王八拳"这一节:

> 下地之后,每一张床的小朋友都在摩拳擦掌,等他一到就开始抢拳。要走到活动室去必须一路抢过去。上厕所也要边抢边尿,旁边不能有人,也腾不出手扶把。做游戏的时间几乎没有了,只要阿姨一解散,小朋友们就围着方枪枪狂抢王八拳。(2016a:62)

这一段的喜剧效果让人不禁捧腹,小孩之间打架是很正常的事,但是通过幼儿煞有其事的语言说出来就让人忍俊不禁,这时候读者的情感已经转移到主人公身上了,主人公喜欢什么他也会高兴,主人公讨厌什么他也会讨厌什么。上文提到的"李阿姨"就成了共同的头号讨厌对象,李阿姨生来一副男人的骨架,穿男人的皮鞋,一个眼神简直可以直接杀死一只苍蝇,是方枪枪舒适的保育院生活的最大敌人,读者自然也随着方枪枪一同讨厌李阿姨,认为她粗暴、没有爱心,根本就是蛮横地对待小朋友。但是事实却不是这样,视角越界给我们提供了可以深入李阿姨内心的机会,下文是李阿姨的一个梦:

> 李阿姨渴、热、肌肉酸楚,施展不开,而此刻正需要她大显身手——她被汹涌的大河波涛裹胁夹带顺流而下。她喊、叫,竭力把头露出水面呼吸氧气。刚才她和他那班孩子在过河摆渡时翻船落水,湍急的河水把孩子们一下冲散,一颗颗小小的人头在波浪之中若隐若现。李阿姨急得跺脚:这要淹死几个,怎么得了,必须营救,我死也不能死一个孩子。高尚的情感充满着李阿姨全身。有人在岸上喊:哪一个?李阿姨小声喊:我、我、是我。那人转身走了,李阿姨流下了绝望的眼泪。方枪枪从她身边漂过,她伸手去抓,一把抓空,汪若海又从她身边漂过,她又没抓住。她大哭起来,游了几步,忽然看见方枪枪没冲走,正躺在一个旋涡上打转,喜出望外,扑过去一把捞住他……(2016a:164)

这一次视角的侵入给我们展示了一个有责任心、爱孩子的生命胜过爱自己生命的李阿姨,李阿姨虽然严厉而且有些蛮横,但却是真正把保育院的小孩放在心上的好阿姨,因为李阿姨平时很严厉,所以被保育院的孩子认作"大鸭梨""妖怪"和"特务",产生了一些令人哭笑不得的误会。李阿姨也时常幻想自己教的这群孩子里能有一两个有出息的,等到他们功成名就之后回忆谁是他们的启蒙老师,自己也能沾点光,虽然那时自己穷困潦倒、瘫痪在床,但也可以"悲欣自许,憨笑弃世"。这也是李阿姨可爱的一面,如果《看上去很美》没有这种视角越界的话,读者们被主体视角带着走,李阿姨就会变成恶毒的保育院阿姨,那喜剧的意味就会被削减大半,悲剧的意味就会掩盖喜剧的意味,大概就有人会攻击保育院的教育制度了。事实上,那时保育院的阿姨们虽然严厉,但相比小孩子的父母给予了他们更多照顾,而且还会教孩子们知识,培养他们良好的生活习惯,在那个父爱母爱缺失的年代是保育院的院长和阿姨们给了他们关于生活的启蒙,因此,这种视角越界赋予了《看上去很美》这部小说完全不同的意义,表达的是一种乐观和苦中作乐的态度,也因此,《看上去很美》是王朔小说中成就最高的一部。

上文说过,视角越界的前提是假设故事有一个主体的视角,它或是第一人称外视角或是内聚焦或是零聚焦,只有先存在一个主体的视角,当其他视角侵入的时候才能被意识到,那么,是否有这么一种极端的情况:全文没有主体视角,而是一段一段的,每一段的视角都不一样?《当我弥留之际》有这样的倾向,但是最终依旧统一为全知视角。就像热奈特的省叙一样没有意义,一部小说如果主体视角是全知视角,那么它就可以随意运用其他三个视角,如果一部小说运用了除了全知的另外三种视角,也就和全知视角一样了,因此,目前还没有如此极端的例子,笔者也没找到这样的文本。还存在一种情况,就是除了全知之外的三种视角,有两种视角平行共存,就如《看上去很美》的内视角和第三人称外视角并用一样。

结语

视角是一种极其复杂的叙事结构,不管是对研究者还是被研究对象来说,视角都是难以完全掌握的结构,对文本来说,视角牵涉到谁看的和看到了什么;对研究者来说,视角牵涉到是谁看的和怎么看的。视角是叙述声音的前提,因为确定了视角之后才能确定使用的人称,才能选择是使用符合人物身份的语言还是叙述者自己的语言。王朔小说三个独特的视角——场景式视角、少年儿童视角（通透视角）和视角越界——是从王朔的小说文本中总结出来的，并不是说其他小说里没有这些视角，而是在王朔的小说中这些视角对揭示出王朔独特的创作观和人物性格有独特的作用。

引用文献【Works Cited】

申丹、王丽亚：《西方叙事学：经典与后经典》，北京：北京大学出版社，2010 年。

舍伍德·安德森：《舍伍德·安德森短篇小说选》，方智敏译，北京：中央编译出版社，2012 年。

王朔：《无知者无畏》，沈阳：春风文艺出版社，2000 年。

——：《看上去很美》，北京：北京十月文艺出版社，2016a 年。

——：《我是你爸爸》，北京：北京十月文艺出版社，2016b 年。

——：《一半是火焰，一半是海水》，北京：北京十月文艺出版社，2016c 年。

——：《顽主》，北京：北京十月文艺出版社，2016d 年。

——：《和我们的女儿谈话》，北京：北京十月文艺出版社，2016e 年。

——：《动物凶猛》，北京：北京十月文艺出版社，2016f 年。

——：《致女儿书》，北京：北京十月文艺出版社，2016g 年。

王安忆：《纪实与虚构》，北京：人民文学出版社，1993 年。

赵毅衡：《当说者被说的时候：比较叙述学导论》，成都：四川文艺出版社，2013 年。

作者简介： 汤凯伟，浙江师范大学博士生。

叙事研究 第4辑

情感·移情·跨元和解

——《神秘的河流》的情感叙事学解读

许庆红　俞　茉

内容提要：霍根提出的情感叙事学认为，情感是故事结构的基本图示，同时也推动着作者与读者之间的互动。读者从真实生活经验出发，对文本信息进行认知再加工，从而激发了复杂的情感。因此，本文从情感叙事学角度出发，解读《神秘的河流》中主人公索尼尔种种行为背后的情感推动作用。通过对索尼尔情感世界的展现，格伦维尔唤起了读者对索尼尔的认同和同情，实现了读者与人物间的移情，从而达到一种跨元和解效果。小说表达了一定的民族和解意愿，然而移情策略的使用模糊了其叙述的客观性，最终陷入历史含混的窠臼之中。

关键词：《神秘的河流》；情感叙事学；移情；民族和解；跨元和解

20世纪80年代以来，对于殖民历史的态度逐渐成为澳大利亚学术界的纷争焦点。部分历史学家倾向于修正过去对这段历史的忽视，打破"巨大的澳大利亚沉默"；与此同时，也有部分学者坚持为征服战争辩护，认为处于欧洲控制范围内的澳洲大陆能够反过来为世界提供食物和纤维制品（Hirst 131）。随着澳大利亚民族和解进程的不断推进，和解小说发展成为澳大利亚文学的热点题材，作家们纷纷从文学的角度重现殖民历史，反思过去，并呼吁人们关注土著生活，从而实现未来的民族和解。

作为和解小说的代表作，凯特·格伦维尔（Kate Grenveille）的《神秘的河流》（*The Secret River*）以其祖父的人生经历为背景，展现了白人移民和土著双方在入侵过程中遭受的折磨与苦痛，表达了强烈的民族和解意愿。作者致力于打破长久以来人们对于土著居民悲惨历史的视而不见，并颠覆土著居民"只属于过去"这一刻板印象,将他们视为澳大利亚现在以及未来的重要力量(Harper 13)。在《神秘的河流》斩获各大文学奖项的同时,其历史叙述的客观性也成为学者们关注的话题。约翰·赫斯特(John Hirst)认为,格伦维尔的历史重现是一种"自由主义的幻想"(127),是"想象的产物"(128)。苏·科塞(Sue Kossew)直言,格伦维尔站在澳大利亚白人的立场上,无意识地流露出一种道德的模糊感,从而阻碍了民族和解和共享归属感的进程(17)。也有国内学者指出,小说带着"鲜明的主观意愿"(王丽萍 112)。可以看出,在表达和解意愿的同时,《神秘的河流》表现出了种族历史观的模糊性,这一点正是借助故事结构以及其激发的情感系统实现的。以下将从情感叙事学中英雄原型的角度,剖析主角索尼尔在底层白人男性群体内产生的范畴移情(categorial empathy),对于土著群体的情境移情(situational empathy),以及人物和作者之间的移情作用,从而挖掘叙事类型对读者情感认同的影响。

一、情感叙事学:英雄原型与移情

随着 20 世纪末认知科学的兴起,大脑成为人类重要的研究对象。作为人类思想与行为的重要层面之一,情感愈发受到自然科学界和人文界的关注。在以往传统叙事学的基础上,认知叙事学旨在为叙事结构和叙事阐释的种类与原则构建出一种认知基础,研究内容包括读者对文本阐释的认知过程、人物的思维阅读(mind-reading)以及故事中的情感等。由此,以帕特里克·科尔姆·霍根(Patrick Colm Hogan)为代表的理论家提出了情感叙事学的概念,认为"文学故事,尤其是那些我们最赞美和欣赏的,都是由情感构建而来,由情感而焕发生机"(2003:5)。情感为一些反复出现的文学故事结构提供框架,描述并解释了这些细节图示的由来(Hogan 2011:8)。此外,不同的故事结构形成了不同的故事类型,读者基于本身对这些类型的日常认知,产生了对文中人物的情感认同。情感叙事学的最终目标即是探索情感和反复出现的故事结构之间的具体关系,分析情感对故事情节的推动作用,以及人物和读者之间的情感互动效果。

在《情感叙事学:故事的情感结构》(*Affective Narratology: The Emotional Structure of Stories*,2011)一书中,霍根总结出,故事中最普遍的人类目标是幸福目标(happiness goal),由此衍生而来三大跨文化普遍叙事原型：牺牲悲喜剧（sacrificial tragicomedy）、浪漫悲喜剧（romantic tragicomedy）以及英雄悲喜剧（heroic tragicomedy）（Hogan 2011：129），每一种叙事原型都由特定的情感系统构建而成。英雄悲喜剧中的叙事结构通常由两个紧密相关的故事组成，可分为"篡夺序列"（usurpation sequence）和"威胁—防御序列"（threat-defense sequence）（2011：130）。在"篡夺序列"中，原本存在着合法的社会秩序，但国家领导者受到亲属的威胁，被迫交出王座，篡位者继承大统。被夺权的前任领导者往往会遇到一个末路英雄，而这个角色大概率即是故事的主人公。在英雄主人公的帮助下，篡位者被击败，前任领导者重新掌权，恢复统治。与此同时，"威胁—防御序列"也在悄无声息地展开，通常会有一个敌对的镜像国存在，且与本国的篡位者联手，最终一起被英雄主人公打败。因此，英雄悲喜剧有时包含着两种情感系统，最基础的是骄傲（pride），有时也含有愤怒（anger）。

在两种叙事序列中，主人公都会面临着与道德评价有关的种种矛盾。在本国的社会群体之内，最为基本的一种矛盾是社会阶层和个人偏好之间的矛盾（Hogan 2003：133）。英雄主人公选择牺牲个人偏好，从而实现对社会规范的维护，乃至有时显得盲目忠诚。在"威胁—防御序列"中，存在着群体防御（group defense）和同情弱敌（compassion）之间的矛盾，前者对应着范畴性移情（categorial empathy），即群体内成员共享同一范畴性身份（或称群体身份），对外群体怀有一致的抵触，并将此视为实现幸福目标的基础，彼此之间产生了情感间的共鸣。后者则会带来情境性移情（situational empathy），这种移情是基于对于一些经验的比较，基于一种记忆的结构，这种结构会投射到另一个人的经历之上，将自己和他人现有的视角对等起来（2003：144）。然而，在发现双方的不同身份时，这种投射常会遭遇堵塞，限制了不同种族、国家、宗教之间的移情，群体防御和同情弱敌之间的矛盾愈发加深，正是这种矛盾形成了英雄主义的创伤（2003：136），破坏了英雄主义的胜利结局。

然而，这种破坏并非有害无益。如果故事在英雄目标实现后结束，不免流露出理想主义色彩，无法实现更高层面上的精神需求。由此，这类英雄叙事原型的结尾之外往往还衍生出一个"受难的收场"（the epilogue of suffering）。被英雄打败的敌人"转而成为可怜的被同情的弱者形象"（沈晓雪 39），原本的英雄主人公却要为某个无辜角色的死亡负责，产生浓浓的愧疚感。这种愧疚感不仅实现了敌我双方的和解，也使得读者最终原谅了英雄主人公的某些残暴行为,读者与人物之间的和解也就此达成。

根据霍根的理论,一部成功的文学作品会在读者心中激发一种复杂的情感体验,这种体验与叙述内容密不可分。具体来说,这种情感体验是对人物及其人生经历的一种移情回应,包括人物的目标、情境、成功、失败等。通过这种方法,文学上的情感体验和读者真实生活中的情感体验融为一体,牵涉到相同的渴望、失望、矛盾等情绪(Zunshine 275)。因此,在分析文本时,对推动人物做出选择的情感进行分析十分有必要,这也是实现读者和人物之间情感共鸣的重要基础。在《神秘的河流》中,主人公索尼尔的人生轨迹几度变化,这背后实际上是从依恋情感系统到欲望情感系统的发展。而当面临来自土著群体的威胁时,身处群体防御叙事序列中的索尼尔身陷范畴性移情和情境性移情交叉作用的两难境地,随后在范畴性移情的影响下加入了大屠杀行列。然而,与土著居民之间的情感共鸣始终折磨着索尼尔,致使其最终落入了"受难的收场",从而引起了读者与人物之间的超文本移情,实现了跨元和解。

二、从依恋情感到欲望情感

从伦敦的水手到澳大利亚的移民,索尼尔的故事原型经历了从浪漫悲喜剧到英雄悲喜剧的发展,对于个人偏好的维护最终演变成对社会规范的捍卫,背后的情感系统从依恋转变为欲望。浪漫悲喜剧的两位主人公一般来自两个对立的群体,比如不同的阶级、社会地位、民族,甚至可能来自两个有世仇的家族(Hogan 2011: 129)。在这种情况下,两个主人公之间的结合表现出一种对世俗阶级的挑战和对个人主义自由的向往。霍根也提到,故事的发展与意识形态息息相关,浪漫悲喜剧常与性别意识形态联系在一起,体现出某种父权意识形态,但主人公对社会束缚和阶层的反抗同时又消解了这种父权意识形态,是一种极为复杂和矛盾的父权意识形态和反父权意识形态共存的表征(2011: 136)。

在伦敦时,索尼尔是无数最底层人民的缩影,只能靠码头工人这一身份谋生。萨尔的父亲米德尔顿先生虽然是一个船夫,却有着自己的生意,一家人住在斯万大街 31 号那栋温暖的宅子里。即使都是底层人民,两个家庭之间也存在着一定的差距,索尼尔和萨尔之间发展出了超越这种差距的情谊。萨尔的存在是建构索尼尔主体身份的重要因素,他喜欢听萨尔叫自己威尔,因为这个名字"只属于他自己"(格伦维尔 2008:18)。在这基础上,索尼尔对萨尔的依恋发展到了一定程度,即使饥肠辘辘,只要想起萨尔,"一股暖流涌遍全身"(2008:19)。后续的故事情节中,这种依恋进而演变成了爱意。实际上,这种演变可以看作是一种社会化的情感翻译结果。在《情感是什么?》一文中,金雯着眼于"情感能否被认知"这一点,梳理了情感"直观论"和情感"符号论"两种观点。其中,情感"符号论"认为情感始于潜在的、意识之外的形式,即经验性情感(affect),在认知机制、语言和社会规范的规训作用下,经验性情感并不能直接显露出来,而是被转译成"衣冠楚楚而迷雾重重的概念性情感"(emotion)(金雯151)。人物本人也无法认识自己的情感,只能在经验性情感和概念性情感的交缠互动中做出更多选择。对于索尼尔而言,他对萨尔的依恋是潜在的、无意识的,但婚姻背后的可能性是社会化的,与萨尔结婚就意味着他可以继承米德尔顿先生的手艺,暗示着一种更加光明的未来。在发现米德尔顿先生对自己的关注后,索尼尔立刻意识到了其中的利益关系,"有了生意做后盾,他就可以娶萨尔为妻,照顾她……米德尔顿先生就会需要一个强壮有力的女婿做他生意上的帮手,顺其自然地继承他的衣钵"(格伦维尔 2008:25)。在这种社会话语的影响下,无意识的依恋演变成了有意识的爱,"爱情慢慢降临在了他身上,甚至还没来得及把它称之为'爱情'"(2008:33)。

最终,索尼尔和萨尔结为夫妻,对个人主义自由的追求得以实现,索尼尔的生活从此出现了转机。然而,这种个人意志的体现却隐藏着一定的父权意识形态——米德尔顿对于索尼尔的救助来源于衣钵无人继承的苦闷,作为女性的萨尔被剥夺了继承父亲生意的权利。在索尼尔实现个人抱负的同时,萨尔人生的另一种可能性也消失了。真正的主人公只有索尼尔一人,在他身上,读者解读出一种"人定胜天"的信念。格伦维尔将索尼尔塑造成一个通过努力劳作改变社会阶层的励志形象,这一点在小说中随处可见。譬如在婚后,索尼尔无法相信自己的人生就此改变,"然而,仅手掌里的老茧和肩上的疼痛就足以使他确信,一切都是真的。那不是神话故事,而是对一个人劳动的回报"(2008:37)。

此外,船夫生涯使得索尼尔见识到了形形色色的"上等人",原本对于阶层的敬畏也在无形中瓦解。书中有一段对于索尼尔和一位上层阶级夫人眼神交汇的描写,"两人眉目传情,那是属于同一物种的雄性个体和雌性个体之间的目光"(2008:30)。在这种目光里,阶级差异荡然无存,他们同属一个物种,存在的只有人与人之间的连接。索尼尔甚至认为,无论在何种生存竞争中,他都能战胜那位夫人的丈夫,因为"他知道怎样使自己生命勃发"(2008:30—31)。对于个人价值的追求在索尼尔身上体现得淋漓尽致,然而在他被流放到澳大利亚之后,这种信念却遭遇了来自欲望和社会规范的挑战。

英雄悲喜剧叙事原型在澳大利亚这片大陆上徐徐成型:一个被流放的无辜人来到一片新的大陆,靠自己的双手建立起新的家园。在英雄悲喜剧中,英雄主人公是旧社会秩序的忠实维护者,有时为了社会规范甚至会牺牲个人偏好。而在小说中,索尼尔则是将过去在伦敦的社会秩序照搬到了澳大利亚,渴望在这片土地上建立属于自己的王国,并时刻维持着等级分明的社会制度。对于土地和权力的欲望促使他播撒种子,圈地为王,原本对于个人主义自由的追求逐渐变形,新的社会准则在他手中树立起来。这种规则不仅仅运用在土著居民身上,其触手同样伸向了原本和索尼尔来自同一阶层的人们。当索尼尔在挑选犯人时遇见了从前的老朋友丹,两人身份的不对等使他不禁抬高自己,提醒丹要牢记"规矩",并命令对方称自己为"索尼尔先生"。在维护社会规范的同时,索尼尔不仅丢弃了老友情谊,也将妻子变相地囚禁在自己身边。一心只想回到伦敦的萨尔为了丈夫的事业被迫留下来,只能日复一日地等待着"五年的刑期"结束(2008:145)。霍根强调,"英雄和牺牲情节常包含着父权意识形态元素"(Hogan 2011:136)。在《神秘的河流》中,原本被个人意志冲淡的父权意识形态在索尼尔来到澳大利亚之后卷土重来,索尼尔的英雄形象也如原型中一样,减少了几分理想主义意味。

三、范畴性移情和情境性移情交叉作用的两难境地

自出版以来,《神秘的河流》一直颇受争议,而争议的焦点则主要在于格伦维尔对索尼尔在澳大利亚大陆圈地以及袭击土著居民行为的描述。实际上,格伦维尔巧妙地将索尼尔以上行为归因于范畴性移情的推动作用,并通过对他和土著居民之间情境性移情的描写缓和了屠杀行为的犯罪色彩。

在小说中,与索尼尔同属于移民的人们构成了一个群体,格伦维尔正是借用这个群体的范畴性身份——来自英国的流放犯——使其成员内部

互相产生范畴性移情,从而使读者理解白人移民做出的选择。远在英国时,这群移民都是在主导话语统治下被他者化的存在,处于从属地位,被流放到异国他乡的经历摧毁了他们的主体身份。在澳大利亚的土地上,白人移民产生了自我聚焦的殖民心理,他们有着共同的目标——渴望开启新的生活,重构主体身份,然而这种重构却需要通过对土著居民的他者化来完成。当土著居民从暗中凝视着他们时,他们面临的是丢失土地和权力的可能性。在群体防御叙事故事中,骄傲与愤怒这两种情感系统开始互相作用。正如霍根强调,我们与外群体之间的关系并不是个人的,而是"集体的"(collective)(Hogan 2003:128)。因此,每当一位成员谈起自己受土著侵害的遭遇,其他成员便会自然而然地产生情感上的共鸣。对于这种共鸣的解释可以追溯到镜像神经元(mirror neuron)理论,1990 年以来,镜像神经元的发现将人们对自身行为的感知和对他人行为的观察联系起来(金雯 160),这有益于人类社会认知的多方研究,比如移情、情感共鸣、行为表征、交流、语言以及思维理论的研究(Garrels 24)。在镜像神经元的影响下,人们会对他人的行为或情感进行模仿,从而获得类似的感受。因此,即使自己从未经历过这种困扰,其他移民们却也会被情绪所感染,将对失去现有平静生活的恐惧转化成仇恨,嫁接到土著身上。在赛吉提建议要教训一下土著居民时,索尼尔看到他和斯迈舍"两人相视而笑,一副得意的神情",而他自己也不禁开始"想象赛吉提会采取什么样的方式教训那群黑贼"(格伦维尔 2008:157)。当索尼尔发现斯迈舍囚禁在家中的黑人女性后,他甚至感觉到了诱惑,仿佛"斯迈舍的思维已经植入了他的大脑"(2008:247)。可以说,移民群体已经产生了一种交互思维(intermental thought),即"人物思维之间的互通"(张之俊 145),即一个群体共同的、团体的、共享的思想,是一种"社会分布的、情境化的、扩展的认知"(Zunshine 137)。在范畴性移情和交互思维的作用下,移民群体对土著的偏见与厌恶达到了顶峰。

在密谋发起袭击的会议上,对于这种移情和思维的描述密集可见。赛吉提的死亡吹响了战争的号角,斯迈舍描述着赛吉提的死相,他的声音由于"愤怒"变得嘶哑起来。当他提议主动偷袭土著居民时,"周围的人望着他的嘴巴,都被他给同化了"(格伦维尔 2008:291)。人们呼喊着表示赞成,这声音"并非出自哪一个人,而是出自由许多身份不明的成员组成的一个强大群体"(同上)。即使索尼尔对此感到陌生,但"这气氛就如同杯子里的酒,拉着他把嘴巴凑过去啜上一口"(同上)。"愤怒""同化""群体""气氛"等词充分彰显了范畴性移情的存在,移民群体深陷这种共鸣与情绪之中,最终对土著居民发起了残忍的屠杀。

一方面,在范畴性移情的作用下,索尼尔加入了屠杀的行列;另一方面,他又无可避免地对敌对的土著居民群体抱有矛盾的共鸣感,产生了情境性移情。霍根曾观察到一个有趣的现象,在英雄悲喜剧中,统治者的形象透露出一种并非完全理想化的意味,"即使是最明智的领导者也会犯错,有时甚至敌人也是与我们相差无几的凡人"(Hogan 2003:133)。在这种情况下,敌人摆脱了以往被妖魔化的刻板印象,反而被熟悉化(familiarized),显得更加真实,与英雄主人公之间有时也会产生情感上的连接。情境性移情的来源与共同受难的经历尤其相关,当内群体看到外群体遭受苦痛的折磨,就会激活内心深处惨痛的记忆,形成一种投射机制。在小说中,索绪尔虽已然刑满释放,但在上等人那里,他的身份却和土著居民一样,都是"缺席"的存在。麦克勒姆船长奉命前来驱赶土著,在他口中,这场行动"就像赶羊那样"(格伦维尔 2008:256),足见在他看来,土著居民是被异化了的属下,与动物没有区别。同样的,尽管天气炎热,他却不愿意接受萨尔给他倒的一杯水,也根本没有正眼瞧过索尼尔一家。即使索尼尔在土著面前高高在上,满怀优越感,却也同样遭遇了来自更高阶层的凝视。在统治者看来,流放犯和土著居民都是"失语"的群体,失去了作为自由人的权利。这种被他者化的痛苦经历是索尼尔对土著群体产生情境性移情的重要原因之一,与黑人杰克交换食物的几次经历使他深刻地认识到,黑人与白人一样都是农民,都在这片土地上顽强地生长着,唯有谋生的方式不同而已。

此外,格伦维尔在书中也反复强调着白人移民和土著群体之间在行为和生理构造方面的共性。索尼尔不止一次地发现,土著居民仿佛就是翻版的自己。早在他们之间第一次产生冲突时,索尼尔在年老的黑人肩膀上拍了几下,随后年轻的黑人杰克也走过来,在他的肩膀上重重地拍了三下,"这与索尼尔刚才的动作如出一辙,感觉像在照镜子一样"(2008:141)。从这里开始,格伦维尔就埋下伏笔,将土著居民塑造成白人移民的镜像群体,强调两个群体之间的共同之处。

霍根认为,我们的情境性移情常常体现在敌方群体中的两种人物身上,一种是无辜者(尤其是孩子),另一种是尽管对自己的群体非常忠诚,但却也有不合的个人主义人物(Hogan 2003:216)。在《神秘的河流》中,索尼尔的情境性移情在孩子身上体现得最为明显。当他看到迪克和黑人小孩在河中玩耍时,他发现虽然迪克和他们的肤色不同,"但是在阳光的照耀下和粼粼的波光里,却看不出有什么分别"(格伦维尔 2008:205)。故事发展到后期,索尼尔喂中毒的黑人小孩喝水,他感觉到男孩柔软的头发下颅骨的形状,"跟他自己的并没有什么区别"(2008:271)。格伦维尔从生理构造出发,解构了白人创造的种族优越神话,向帝国主义话语体系发起挑战,指出白人移民和土著群体之间存在的只有文化上的差异,并无尊卑之分。

在范畴性移情和情境性移情的双重统治之下,索尼尔深陷道德沼泽,身处两难境地,无时无刻不在承受着良知的煎熬,对于伦理道德的探讨使得小说在客观意义上超越了理想主义想象,达到了更高境界上的精神升华。而在故事情节发展方面,移情作用也为"受难的收场"做好了铺垫,推动着民族和解和人物与读者之间的和解。

四、"受难的收场"与跨元和解

在《情感叙事学:故事的情感结构》中,霍根提醒读者,尽管英雄悲喜剧叙事原型一般会显示出一种民族主义意识形态,但对于敌方群体的表征常常比对内群体民族主义意识形态的体现更为模棱两可。在英雄悲喜剧中,作者常将一些敌方成员的死亡呈现为错误的罪恶,而这罪行正是由英雄主人公犯下的,有待主人公做出补偿,并基于情境性移情,引发了"受难的收场"(Hogan 2011:139)。并非每一部英雄小说都会包含这种设计,但总体来看,其反复出现的频率令人惊讶。在英雄主人公的幸福目标实现之后,他以及他的国家会重新恢复之前的理想化常态,但这种常态却会因为回忆起无辜的死亡而被打破,随之陷入愧疚和自责的情感系统。痛苦再次降临在主人公身上,只是这一次,痛苦并非来源于篡位者,而是来源于某些道德伦理原则,这种原则远远凌驾于曾经统治着群体内社会分级以及内外群体关系的法律规范。"受难的收场"是对英雄主义的畸形化处理,实现了一种精神上的超越与和解——最尖锐的矛盾转化为最不可能的结合,即内群体与外群体的成员达到了一种家庭状态(Hogan 2003:131),回应了小说的伦理评价和审美意义。

在小说的最后一部分"索尼尔的地盘"中,格伦维尔以极为克制又引人深思的笔调挖掘出索尼尔心中的愧疚,以"受难的收场"结束全文。在索尼尔实现幸福目标之后,对于那个黑人女人和小男孩惨状的回忆却时不时侵袭着他,提醒他自己曾经为了维护社会秩序犯下的一桩桩罪行。"那条鱼就在他的脚下,清晰明显地刻在岩石上"(格伦维尔 2008:310)。即使成为了国王般的人物,他最大的爱好却是坐在自家的阳台上,用望远镜观察远方的山崖,默默地搜寻熟悉的人影,这是"唯一能给他内心带来平静的办法"(2008:328)。索尼尔的结局虽胜犹败,在物质条件得到满足的同时,他却只感到无尽的空虚。为了赎罪,他和萨尔常常给杰克送去生活物资,但杰克从未接受过他们的好意,民族和解的进程在这里就此断裂,索尼尔只能永远活在愧疚之中。

然而,纵然人物与人物之间的和解失败了,格伦维尔却也凭借着索尼尔的结局,使读者——尤其是白人读者——对索尼尔的共鸣感更进一步。在阅读文本的过程中,基于镜像神经元的作用,读者会对人物的情感进行模仿,这种模仿在文本世界和真实世界相似度极高的情况下更为明显。霍根也提到,人物情感是连接文本世界和真实世界的重要工具。从故事的一开始,索尼尔就被描绘成一个挣扎在社会底层的边缘化人物,凭借自己的劳动一步步往上爬,读者自然而然地会联想到自身处境,对索尼尔产生同情,从语篇中感受他的无奈和痛苦。这是超越小说文本世界的情境性移情,形成了一种读者与人物之间的跨元交流。在索尼尔身上,澳大利亚白人看见了自己的镜像:"实现自我利益的有力动机,选择的正确性,在一个拥挤的、竞争的社会中只有有限的空间用于个人移动,除了不理想的选择外可以称得上是一个'善良的''友好的''正直的'人"(Rooney 34)。在这种设定下,索尼尔这个人物显得无比真实,有血有肉,与读者之间的情感共鸣也得以实现。

至于与土著之间的矛盾,对于格伦维尔而言,《神秘的河流》讲述的是"一个英国人,在自己没有意识到的情况下把本属于当地居民的东西据为己有"(冯元元 39),其殖民含义相对而言便淡了许多。上文提到,格伦维尔解构了帝国主义话语体系下白人移民和土著居民之间的二元对立,着重强调文化上的差异,然而她也进一步将两个群体之间的纷争归因于文化差异和对彼此的误解:"你会想回到两百年前告诉移民者,'看,这就是土著人的方式,'然后告诉土著人,'看,这就是为什么移民者做出这些行为。让我们了解彼此,根本没有实行暴行的必要。'"(Hirst 152)。格伦维尔将矛盾基于特定时空语境中进行客观分析,认为只要互相理解,就不会有关于土地的争夺。这种看法放在当今的语境下,自然能激发部分读者的共鸣,理解索尼尔每一个选择背后的深思熟虑,感受他的两难之处。这种矛盾的处境大大提高了故事的真实性,更易引起读者的情感认同。在此基础上,"受难的收场"造成一种双方都是受害者的效果——随着战争结束,土著居民被驱逐,白人移民则陷入良心自责中。因此,无法设身处地的读者在做出善与恶的判断时便分外谨慎,乃至会和索尼尔共情,苦其所苦,达成了读者与人物之间的移情效果。从某种意义上来说,无论是对情境性移情的使用、对矛盾原因的分析,还是"受难的收场"的设计,都是格伦维尔使用的话语策略,为实现最终的移情作用与跨元和解而服务。

事实证明,格伦维尔的话语策略在一定程度上十分奏效。2014 年 10 月,罗伯特·克拉克(Robert Clarke)和玛格丽特·诺兰(Marguerite Nolan)公布了他们对于《神秘的河流》普通读者群体的调查结果,发现尽管五组读者对于索尼尔是否值得同情这一话题持有不同的看法,但第三组和第五组中有极大一部分读者表现出和索尼尔的跨视角共鸣(Clarke and Marguerite 27)。即使许多历史学家和文学批评家都对格伦维尔的这种策略表现出警惕心,但格伦维尔十分精准地把握住了普通读者群体,完成了小说与读者之间的良性互动。通过《神秘的河流》,格伦维尔参与了澳大利亚的"历史之争",侧面反映出作家的公共知识参与对国家话语的影响(Rooney 34)。

通过对人物情感演变的展现和对移情策略的使用,格伦维尔在很大程度上唤起了读者的情感体验,从而表达了一种民族和解意愿。然而,也正是这种策略模糊了其历史叙述的客观性,引起了部分历史学家和文学评论家的质疑。诚如学者所言,澳大利亚和解小说折射出的是"新世纪里澳大利亚复杂矛盾的民族心理以及由此衍生出的公共话语和个人话语之间的纷争",展现了背后的"社会思潮和国民态度"(詹春娟 28)。在这一方面,对于情感的关注显得颇为契合。无论是立足于过去还是未来,从情感—认知的视角进行解读都具有重大意义,希望情感叙事学能为澳大利亚和解小说研究提供新的思路,丰富研究空间。

引用文献【Works Cited】

Clarke, Robert, and Marguerite Nolan, eds. "Reading Groups and Reconciliation: Kate Grenville's *The Secret River* and the Ordinary Reader." *Australian Literary Studies* 29 (2014): 19 - 35.

Garrels, Scott R., ed. *Mimesis and Science*. East Lansing: Michigan UP, 2011.

Harper, Graeme. "An Interview with Kate Grenville." *Books and Writing* 3 (2006):

12 – 16.

Hirst，John. *Sense and Nonsense in Australian History*. Collingwood：Black Inc. Agenda，2009.

Hogan，Patrick C. *The Mind and Its Stories: Narrative Universals and Human Emotion*. Cambridge：Cambridge UP，2003.

---. *Affective Narratology: The Emotional Structure of Stories*. Lincoln：U of Nebraska P，2011.

Kossew，Sue. "Voicing the 'Great Australian Voice'：Kate Grenveille's Narrative of Settlement in *The Secret River*." *The Journal of Commonwealth Literature* 42（2007）：7 – 18.

Rooney，Brigid. "Kate Grenville as Public Intellectual." *Cross/Cultures: Readings in the Post/Colonial Literatures* 131（2011）：17 – 38.

Zunshine，Lisa，ed. *The Oxford Handbook of Cognitive Literary Studies*. New York：Oxford UP，2015.

冯元元：《格伦维尔、邱华栋、郭英剑：关于〈神秘的河流〉的对话》，《外国文学动态》，2009 年第 3 期，第 39—41 页。

金雯：《18 世纪小说阅读理论与当代认知叙事》，《文艺理论研究》，2015 年第 4 期，第 155—163 页。

凯特·格伦维尔：《神秘的河流》，郭英剑等译，南京：译林出版社，2008 年。

——：《情感是什么?》，《外国文学》，2020 年第 6 期，第 144—157 页。

沈晓雪：《帕特里克·克姆·霍根的情感叙事理论研究》，西南交通大学硕士论文，2019 年。

王丽萍：《评凯特·格伦维尔的新历史小说》，《当代外国文学》，2011 年第 4 期，第 110—118 页。

詹春娟：《澳大利亚和解小说批评与文学研究新动向——以〈神秘的河流〉和〈卡彭塔尼亚湾〉为例》，《外国文学》，2018 年第 2 期，第 21—30 页。

张之俊：《社会思维全景——论〈公寓〉中的合谋》，《国外文学》，2016 年第 2 期，第 145 页。

基金项目：本文系安徽省哲学社会科学规划重点项目"十九世纪美国女性文学中的女性共同体研究"（AHSKZ2019D015）的阶段性研究成果。

作者简介：许庆红，安徽大学外语学院教授、博士生导师。俞茉，安徽大学硕士研究生。

从巧合看戴维·洛奇创作倾向

——以"校园三部曲"为中心

蒋翃遐 韩 阳

内容提要：戴维·洛奇在小说创作中强调"作者有意识的构思"，这一创作理念体现于其精心设计的巧合之中。本文拟结合戴农伯格等人关于巧合的相关论述，从"故事"与"叙事"两个层面入手，探讨洛奇"校园三部曲"中不同类型的巧合，及这些巧合与洛奇批评理论间的互动，以此把握洛奇批评理论与创作实践、现实主义与实验主义相结合的创作倾向。

关键词："校园三部曲"；巧合；现实主义；实验主义

《换位》（1975）、《小世界》（1984）和《好工作》（1988）是戴维·洛奇小说创作的巅峰之作，通常被称为"校园三部曲"（以下简称"三部曲"），为洛奇赢得"学院派小说大师及当代英国最佳学院派小说家"（Ian 256）的声誉。关于三部曲，国内外学者从多个角度进行研究：斯蒂芬·霍拉彻关注了其中的女性角色，尤其是厌女的弦外之音（Horlacher 465—483）；特里·伊格尔顿聚焦了洛奇小说中理论与人文、现代主义与现实主义等多项二元对立（Eagleton 93—102）；齐格弗里德·米尤思分析了其中的文化冲突及对当代批评理论的运用（Mews 713—726）；罗贻荣（1996）、丁兆国（2005）、蒋翃遐（2012）分别从元小说、巴赫金复调理论、空间化叙事理论等角度进行研究。

值得一提的是，三部曲中的巧合也受到学者的关注。芭芭拉·阿雷茨蒂·马丁认为巧合破坏了《换位》的现实主义特征，即文本与现实的线性关系（Martín 39）。莫里特·莫斯利（Merritt Moseley）（1991）认为《小世界》中的巧合为"环球学者"的相遇创造条件，并触发了一系列事件，突出了小说的虚构性。唐玉清指出三部曲中的偶然性事件模仿了人生无常,丰富了文本意义,同时折射出洛奇对后现代生活的思考(105—112)。以上研究重点探讨了三部曲情节层面的巧合,忽略了现代、后现代主义技巧作用下衍生出的新的巧合形式。鉴于此,本文拟结合巧合的相关理论,探讨三部曲中巧合在"故事"和"叙事"两个层面的表征及功能,剖析洛奇的小说创作与批评立场,揭示其创作倾向。

一、巧合:对现实主义传统的坚守

文学作品中的巧合不能单纯地等同于生活中的偶然事件。作为一种叙事策略,巧合由来已久,可以"从当代小说追溯到文艺复兴时的浪漫传奇"(Dannenberg 399)。麦克唐纳(McDonald)认为巧合"构成了小说的根本要素"(373),并将巧合定义为"小说固有的一种事件发生的方式,塑造着小说家笔下虚构的世界"(381)。霍恩巴克将因偶然性而使计划落空的事件概括为巧合(Hornback 6)。戴斯纳赋予巧合更加具体的内涵,即"同时同地发生或出现的事件或人物"(Dessner 162)。以上讨论均指向情节层面的巧合。戴农伯格将这类人物偶遇、事件偶发的巧合定义为"传统巧合"(traditional coincidences)。传统巧合常见于现实主义小说,以情节为中心,需要作者巧妙设计,以"掩盖其叙事世界的虚构性"(Dannenberg 405—431)。麦克唐纳将以情节为中心的巧合分为四类:结构巧合、辅助巧合、哲学巧合和普通巧合(McDonald 374)。结构巧合和辅助巧合在三部曲中均有体现,每部作品的故事都由一组或几组结构巧合开启,并由无数细小的辅助巧合推动其发展。

结构巧合是启动叙事的"一组给定条件",是故事得以展开的基础。结构巧合既能使角色之间产生交集,又能滋生矛盾冲突,在小说中至关重要,因此格外强调作者的精巧构思,因为一个细微变化便会衍生出不同的故事(同上)。由于结构巧合要求自然且毫无破绽地嵌入故事,读者易沉浸于作者所创造的可信的世界之中,忽略故事的虚构性。

《换位》讲述的故事就由"一组给定条件"所引发。首先,两所天壤之别的大学之间有一项交换计划。这表面看起来不可思议,但是全知叙事者解释了促成这一合作的巧合:两所大学的校园里都有一座仿比萨斜塔的建筑,而交换计划就是为了纪念这一巧合。其次,两位性格迥异的学者参与了交换计划：英国学者菲利普·斯沃洛在学术界碌碌无闻，原本并没有资格申请该项目；美国学者莫里斯·扎普在英国文学领域赫赫有名，只要愿意，他可以申请牛津大学之类的名校，而不是去卢密奇大学"遭罪"。两人之间反常的交换有利于产生喜剧效果，凸显他们与新环境格格不入，但难免使读者生疑。通过回顾性叙述，叙事者揭秘了两人交换背后的故事：扎普是为了逃避妻子提出的离婚要求，而斯沃洛的好运不过是一个"阴谋"——系主任只是为了把他支走，好给他的竞争对手升职。这样一来，二人间的交换就变得合乎情理。通过全知叙事者对其缘由的透露，读者"目睹"了事情发生的过程，接受了作者设置的结构巧合，并将其当作必然的结果。

《小世界》有两条故事线：一条围绕帕斯对安杰丽卡的追求而展开，另一条则围绕环球学者对艳遇和名利，尤其是对联合国教科文组织职位的追逐而展开。《小世界》中的一个结构巧合在于帕斯这一角色的设置。帕斯是个天真、浪漫、信仰天主教的爱尔兰青年，同时也是初次踏进环球学术圈的新人。在第一次参加国际学术会议时便对安杰丽卡一见钟情，由此开始了对她的追求，前往世界各地，参加一场又一场学术会议。正是基于这样的设定，不同的情节最终相互交汇。例如，帕斯先后偶遇伯纳黛特以及使她怀孕却又消失得无影无踪的神父，误打误撞揭开了双胞胎的身世之谜……另一个结构巧合围绕机场的安检员萨默比而设置。安检员只是机械地重复一成不变的工作，与旅客没有过多交集。然而，萨默比却是个例外。她喜爱浪漫传奇，对工作充满热情，常根据旅客的性格特点分配座位，因而促成许多环球学者的相遇、相识，触发了许多辅助巧合。帕斯与萨默比分别代表的国际会议和飞行旅行串联起小说中的各种人物与事件，将一幅当代西方学术界的全景图呈现于读者眼前。

《好工作》中的结构巧合围绕工厂经理维克特和卢密奇大学临时讲师罗玢参加的"工业年影子计划"而设定。二人原本毫无瓜葛，维克特从未踏入过大学，罗玢则对学术圈之外的世界毫不知情。罗玢勉强参加"工业年影子计划"，一是因为她的研究方向是维多利亚时期的工业小说，二是觉得这或许有利于她获得终身职位。新上任的总经理维克特虽不情愿于这一计划，但为了能给工厂购置一台新机器，还是答应了下来。因此，他们二人间的关联似乎是种必然。这一关联不仅触发了工厂与大学、男性与女性的对立冲突，还促成了两人的浪漫故事。通过周密的细节铺垫，洛奇将巧合自然地融入小说，并将其粉饰成因果关系的产物，一步步把读者引入故事中,使其相信虚构世界的"真实性"。

　　除结构巧合外,洛奇在三部曲中还大量运用辅助巧合,为特定事件的发生做铺垫,推动故事发展。辅助巧合看似是在任何时候都能发生的细小事件,实际上需要作者精心安排其出现时间,以满足特定目的,比如凸显某事或制造悬念(McDonald 376)。洛奇善于在前文埋下伏笔,留下线索,以消除读者对巧合事件合理性的怀疑。他巧妙地安排巧合事件出现的顺序,使它们像多米诺骨牌一样,自然地由一个触发另一个。麦克唐纳认为,将辅助巧合最自然地融入小说的办法就是"(叙事者)预示或(人物)期盼一场相遇"(377)。在《换位》中,斯沃洛与梅兰妮发生一夜情后,决定跟她谈谈是否继续维持这种关系,这时梅兰妮却不见了。为了分散注意力,斯沃洛来到市中心,在好奇心和欲望的驱使下,走进一家脱衣舞俱乐部。对色情表演的初次体验使他放下道德顾虑,看到赤身裸体的脱衣舞女郎,他更加渴望得到梅兰妮。刚刚走出脱衣舞俱乐部,他便迎面撞上梅兰妮,后者仿佛"听到了他的愿望"而凭空出现在街上似的(Lodge,1978:92)。斯沃洛想要见到梅兰妮的强烈愿望与他寻找她的努力都为他们的重聚做了铺垫,他们此时相遇似乎再自然不过。而这一巧合又自然而然触发了下一个巧合:梅兰妮拒绝留下,声称要去帮朋友找住所。为了留住她,斯沃洛索性让她的朋友和他们同住。到头来他却是自食苦果——梅兰妮的朋友正是让他头痛的查尔斯·布恩,原来布恩是梅兰妮的男朋友。

　　洛奇毫不吝啬地使用传统巧合,反映出他对现实主义传统的继承。文学现实主义在20世纪面临诸多挑战,但洛奇对现实主义小说的前景仍然颇有信心(Lodge 1969:130)。诸多启动叙事、实现叙事突破的巧合都是洛奇基于个人经验的构思,反映出他对当代社会、文化现象的思考。洛奇取材于生活,将其融入小说创作,避免了破绽百出、破坏读者阅读兴趣的巧合关系,使其巧合情节显得"合情合理、有据可循"。在戴农伯格看来,这是现实主义小说常用的巧合的"阐释系统"。现实主义小说通常运用一些阐释模式,将巧合粉饰为因果关系的产物,掩盖其人为的设计,使每个虚构世界或多或少体现出"小说特定的时代思想和文化氛围"(Dannenberg 423)。《换位》的阐释系统得益于洛奇对英美文化差异的严肃思考;《小世界》以英国高等教育繁荣发展的20世纪70年代为背景,使环球学者之间千丝万缕的联系成为可能。《好工作》则充分反映了撒切尔主义的影响,即撒切尔主义的阴影将两个天壤之别的世界自然地联系起来。社会文化背景提供了孕育巧合的土壤,增强了作品的现实性,巧合反过来又反映和强调了洛奇对文化现象的严肃思考。

二、巧合:实验主义创新的表征

戴农伯格(399—431)指出,在现代主义及后现代主义语境中,巧合形式并没有被摒弃;相反,在后现代小说"充满自我意识的与文学传统的对话"(self-conscious dialogue with the literary past)中,传统巧合被无所顾忌地公然戏仿。此外,后现代小说非模仿的态势使其不再注重遵守因果关系及线性时间,因此诞生了新的巧合形式。新的巧合形式不同于以情节发展为导向的传统巧合,不再依赖故事中人物、事件之间的关系,而是反情节的(anti-plot),建立在相似性关系(analogous relationships)之上,作用于读者的认知层面。相似性关系包括对过去文学作品的公然戏仿、不同文本中重复出现的相同元素(可能是角色、事件等)以及元小说技巧,它们颠覆了传统巧合所遵循的现实主义规范。作为洛奇实验性创作的代表作,三部曲既有推动情节发展,增强喜剧效果的传统巧合,也不乏实验性巧合,是洛奇现代主义与后现代主义理论、技巧的试验田。这些实验性巧合主要基于小说结构的对称性关系、文本间的相似性关系及文本与批评理论、作者与读者的互动。这些巧合凸显了作者的权威以及叙事世界的虚构性,同时对一些传统批评及"小说之死"等观点做出回应。

洛奇承认自己在小说创作中倾向于使用双重结构(转引自 Haffenden 52)。在《换位》这部"双重纪事"中,为了使双重结构对称,洛奇使身处不同地方的两位主人公在同一时间经历着同样的事情。两人的经历恰好附和了"脐带"这一比喻,彼此"在某种程度上反射对方的经历"(Lodge 1978:8),构成了一系列高度对称的巧合关系。在飞机上,两人都遇到了影响他们未来生活的人;安顿下来后,斯沃洛与梅兰妮一夜风流,而同一时刻,扎普拒绝了伯纳黛特的性暗示;随后,两人同时去往脱衣舞俱乐部,观看了人生第一场脱衣舞表演;最终两人在异乡因住所受突发事件的破坏而搬到对方家中,并和对方的妻子发生暧昧关系,"换位"达到了极致。正如莫斯利所言,"洛奇最大限度地使用对称,以试探对称的极限"(Moseley 65)。这些高度对称的巧合将身处不同地方的人联系起来,呼应了后现代小说在描述虚构世界时的态度,即"小说叙述者操控巧合情节中的时间与空间,不再因其不合常理而心生顾虑"(Dannenberg 407)。这样的并置不但实现了空间上的聚合,还凸显了作者作为"控局者"的地位,同时暗示了小说的虚构性。

戴农伯格认为,现代主义及后现代主义语境中的巧合主要基于相似性关系,即"小说主体或事件之间明显的关联"(同上)。常见的相似性巧合包含不同小说中的角色和故事结构之间出人意料的相似,这种相似往往只有读者才能发现,故事中的人物并不知晓。比如《好工作》的结局与维多利亚时期的工业小说之间存在明显关联,构成了相似性巧合。正如罗玢所言,维多利亚时期的小说家们解决个人困境的方式有:"一笔遗产,一场婚姻,移民,死亡"(Lodge 1989a: 54)。与这些工业小说中的主角相同,罗玢在故事结尾也面临着类似的选择:她计划去美国找工作,她舅舅留给她一大笔遗产,前男友查尔斯写信表示想要与她结婚,她同时还担心将发生车祸葬送她的好运气。伯纳德·贝尔冈齐说:"《好工作》暗示出对维多利亚时期现实主义传统的谨慎回归"(Bergonzi 26)。小说并没有以资本家与天资聪颖的女学者的婚姻为结尾——罗玢拒绝了维克特与查尔斯的求婚。她决定留在英国,并用继承的遗产投资维克特的事业。维克特则回归家庭,挽救了支离破碎的婚姻。这样的结局符合家庭伦理,同时也暗示了英国学术界与工业界间的壁垒无法轻易打破,增强了小说的严肃性和现实感。

具有互动性的巧合关系是小说游戏性的体现。洛奇认为小说是作者与读者之间的游戏,作者试图在游戏中操控读者的反应(转引自王逢振3)。在三部曲中,洛奇主要通过引言、对文学理论的戏谑引用及全知叙事者的评论来构建这种巧合,抛出情节发展的线索,引起悬念。比如,《换位》中的巧合源于小说写作理论——《小说作法大家谈》——的嵌套。这本充满小说写作陈规的小册子扮演了传统批评家的角色,是一个"戏仿性的内置元文本"(Martín 41)。洛奇先将其中的写作规则呈现给读者,随后又在小说书写过程中刻意违反。该书认为有三种结局的小说,最好的是结局美满的小说,最差的是没有结局的小说。然而《换位》本身就没有结局,小说末尾换妻的难题悬而未决。如此"叛逆"的巧合表明洛奇对一些现实主义陈规旧矩的反对。在《小说作法大家谈》几经周折寄到斯沃洛手里时,已被海水泡坏,"变形,褪色,布满皱痕"(Lodge 1978: 186),暗示出作者对类似写作陈规的弃绝。当读者仔细品味,最终发现这些"叛逆"巧合时,便能心领神会洛奇戏谑的意图。通过与这一元文本的互动,洛奇"在承认现实主义方法缺乏创新的同时又对其加以利用"（Lodge 1990：48）。

洛奇是现实主义传统的坚守者,但是因为批评家的自我意识,他没有故步自封,而是以一种更为客观、辩证的方式看待各种文学思潮。他深知现实主义小说面临的困境,将 20 世纪 60 年代的英国小说家比作站在十字路口的人,受到空前的文化多元性的冲击而左右为难。最终一些小说家选择了一条折中的路：将自己的困境与犹豫写入小说当中（Lodge 1969：118—125）。洛奇效仿他们,在现实主义传统中融入了自己作为小说家和批评家的思考。三部曲包含了洛奇对"小说之死"、批评的功能、生活与艺术的关系等问题的思考和传统人文主义、结构主义、解构主义等理论思潮之间的对话。洛奇充分意识到现代主义及后现代主义的激进思想,并将部分策略运用于自己的现实主义小说书写当中,以反思、拓展并创新现实主义小说的形式。因此三部曲并非"对现实主义小说伟大传统的背弃或反对,而是对其所做的延伸"（Martín 45）。巧合形式提供了一种媒介,使他能够将戏仿、隐喻、元小说技巧等现代、后现代叙述策略融入自己的小说当中,而不凸显他对现代主义小说家的崇拜与自身反现代主义小说创作的矛盾立场,因而将他从循规蹈矩的现实主义小说的限制中解放出来。

三、巧合：传统与创新的勾连

作为一位回归现实主义传统同时对文学新潮充满兴趣的作家,洛奇不仅从现实生活中寻找灵感,增强小说虚构世界的真实感,运用传统的情节导向型巧合构建故事框架,推动情节发展,丰富人物形象,而且通过与现代主义、后现代主义的对话,实验了作用于读者认知层面的巧合,将批评话语融入小说书写,使小说兼容了相互对立的理论。就此来说,巧合在三部曲中作用至关重要,它成功地将现实主义传统与实验性写作结合起来,成为洛奇笔下连接传统与创新的"黏合剂"。

以情节为中心的巧合帮助洛奇刻画出典型的人物形象。三部曲中大部分学者虚伪、贪婪,在追逐名利、贪图享乐时总是陷入滑稽的巧合性事件,将自己置于狼狈不堪的尴尬境地。作为经常出场的两个人物,扎普和斯沃洛的性格通过一系列巧合性事件得以凸显。扎普为人圆滑,富有野心,精于算计,总是追随新潮理论,为图名利机关算尽。然而他非但没能如愿以偿,反被频频卷入恶作剧般的巧合事件中,像个滑稽小丑。例如他中了富尔维娅的圈套,陷入其精心布置的色情游戏之中,后来又因富尔维娅丈夫的一时嘴快,惨遭其朋友的绑架。斯沃洛虽然学术造诣远不如扎普,为人中庸,优柔寡断,却总被好运眷顾。他在没有出版任何著述的时候便误打误撞获评高级讲师,后来更是毫不费力地接任系主任一职。本以为曾经的情人乔伊在飞机事故中丧身而心灰意冷,不料却在土耳其讲学期间再次相遇,共度甜蜜时光。他的《黑兹利特与业余读者》出版后无人问津,却碰巧成为文学批评权威帕金森竞选联合国教科文组织文学批评委员会主席一职的武器,得到了一篇对其大加赞赏的评论,一夜成名。扎普的文章却不幸沦为帕金森阴谋的牺牲品,遭到猛烈抨击。因为这篇无心插柳的评论,籍籍无名的斯沃洛最终成为联合国教科文组织的候选人。

根据埃文对人物的分类,寓言人物、脸谱和类型人物是最简单的人物角色。脸谱人物"诸多性格特征中的某一方面被夸大、突出",而在类型人物身上"这一被突出的性格特征成为一类人性格特征的代表"(Rimmon-Kenan 41)。通过使恶作剧般的巧合事件和幸运的巧合事件分别发生在扎普和斯沃洛身上,洛奇将他们各自性格中的某一特征夸大并加以凸显,塑造出两个性格截然不同的脸谱角色。扎普激进,斯沃洛保守;扎普野心勃勃,斯沃洛优柔寡断;扎普不知满足,斯沃洛安于现状。他们文学立场不同,亦代表了两种不同类型的人。扎普总是追随新潮的批评理论,代表了先锋派的批评家。而作为"反理论者"的斯沃洛则是文学传统的捍卫者。洛奇曾表示扎普和斯沃洛这两个角色代表了他性格中的两个方面(转引自罗贻荣 17),就此我们可以理解为洛奇的作家意识里兼容了现代和传统的文学理念,而两位角色的交往则代表了三部曲中传统与现代的对话。

巧合这一形式兼容了滑稽的情节与严肃的批评理论,使洛奇的创作能够从严肃的现实主义过渡为具有讽刺意味的实验主义。洛奇发现自己有"一种对讽刺、滑稽、戏仿性写作的狂热"(Lodge 1989b:18)。巧合渲染出的喜剧氛围有利于洛奇实现其温和的批评与讽刺。在三部曲中,洛奇批评与讽刺的主要对象是西方学术界以及后现代理论。例如在《小世界》中,扎普自称为一位后结构主义者,在各种场合炫耀自己的理论知识,嘴边时常挂着"每一次解码就是另一次编码"之类的理论话语。经历了被绑架这一恶作剧般的巧合,与死神擦肩而过后,扎普最终明白,并非每一次解码都是另一次编码,因为死亡是无法被解构的。这也暗示了洛奇对解构主义的反对。通过这种方式,洛奇实现了"多层小说"(layered novel)

的创作,使三部曲同时受到文学研究者和普通读者的青睐。普通读者关注有趣的场景,将其当作一部喜剧,而文学研究者则挖掘其中的深层内涵,领悟作者对理论的通俗化处理与见解。正如米尤斯评价《小世界》的那样,三部曲"以妙趣横生的方式,在简单可读的同时对当代批评领域的严肃问题做了探讨"(Mews 714)。

通过对传统巧合和实验性巧合的运用,洛奇巧妙地调和了创作矛盾,使反现代主义与现代主义并存于三部曲中。他调整传统巧合,使其在忠实于现实主义立场的同时又规避了现实主义的陈规。例如,在现代主义时代之前,亲人团聚型巧合常被用来构建整个作品的框架,亲人相认的场景将小说推向高潮或结局,决定了小说的喜剧或悲剧基调(Dannenberg 405)。然而,在《小世界》中,亲人团聚的巧合只是对过去传统的戏仿,是这部充满戏谑的作品中的一段小插曲。通过这种方式,洛奇在应用现实主义传统的同时质疑了其陈规陋俗。同时,他也合理地吸收了现代主义和后现代主义理论、思想,并巧妙地嵌套于实验性巧合中,实现了现实主义内容与实验主义技巧的调和。在他的小说中,现代主义与反现代主义各退一步,和谐共存。

结语

以上三个维度的分析反映了巧合对洛奇小说创作的重要作用。巧合成就了洛奇的创作理想:将现实主义内容与实验性技巧有机结合,使其作品在融合实验性技巧的同时,没有牺牲现实性、道德感与可读性。更重要的是,通过巧合,洛奇实现了对文学现实主义的包容性创新。他没有将自己封闭在现实主义传统之中,书写风格陈旧、缺乏新意的作品,而是在许多作家踟蹰不前的十字路口,从容地选择了一条介于传统与创新之间的道路,在吸纳前卫的理论的同时,不断对现实主义传统进行反思,实现了对文学现实主义的突破与发展。具体来讲,通过传统巧合,洛奇构建起复杂的人物网络,使校园小说不再局限于单一的大学,使学者们走出"学术梵蒂冈",与外界发生关联;通过与诸多理论、技巧的互动游戏,洛奇创新了小说形式,表现出对小说蓬勃生命力及审美多元性的信心。洛奇以三部曲中的巧合形式向我们证明,现实主义的道路可以在坎坷中延伸下去,亦能在蜿蜒前行途中与其他道路交汇、融合。

引用文献【Works Cited】

Bergonzi, Bernard. *David Lodge*. Plymouth: Northcote House, 1995.

Dannenberg, Hilary P. "A Poetics of Coincidence in Narrative Fiction." *Poetics Today* 25.3 (Fall 2004): 399 – 436.

Dessner, Lawrence Jay. "Space, Time and Coincidence in Hardy." *Studies in the Novel* 24.2 (Summer 1992): 154 – 172.

Eagleton, Terry. "The Silence of David Lodge." *New Life Review* 172 (1988): 93 – 102.

Haffenden, John. *Novelists in Interview*. London: Methuen, 1985.

Horlacher, Stefan. "'Slightly Quixotic': Comic Strategies, Sexual Role Stereotyping and the Function of Femininity in David Lodge's Trilogy of Campus Novels Under Special Consideration of *Nice Work* (1988)." *Anglia: Zeitschrift fur englische Philologie* 125.3 (Dec. 2007): 465 – 483.

Hornback, Bert G. *The Metaphor of Chance: Vision and Technique in the Works of Thomas Hardy*. Athens: Ohio UP, 1971.

Ian, Carter. *Ancient Cultures of Conceit: British University Fiction in the Post-War Years*. London: Routledge, 1990.

Lodge, David. "The Novelist at the Crossroads." *Critical Quarterly* 11.2 (Jan. 1969): 105 – 132.

– – –. *Changing Places*. New York: Penguin Books, 1978.

– – –. *Nice Work*. New York: Penguin Books, 1989a.

– – –. *The British Museum Is Falling Down*. New York: Penguin Books, 1989b.

– – –. *After Bakhtin: Essays on Fiction and Criticism*. London: Routledge, 1990.

Martín, Bárbara Arizti. "Shortcircuiting Death: The Ending of *Changing Places* and the Death of the Novel." *Miscelánea: A Journal of English and American Studies* 17 (1996): 39 – 50.

McDonald, Walter R. "Coincidence in the Novel: A Necessary Technique." *College English* 29.5 (Feb. 1968): 373 – 388.

Mews, Siegfried. "The Professor's Novel: David Lodge's *Small World*." *Modern Languages Notes* 104.3 (Apr. 1989): 713 – 726.

Moseley, Merritt. *David Lodge: How Far Can You Go?* Columbia: U of South Carolina P, 1991.

Rimmon-Kenan, Shlomith. *Narrative Fiction* (2nd edition). London: Routledge, 2002.

戴维·洛奇:《小说的艺术》,王峻岩等译,北京:作家出版社,1997 年。

丁兆国:《对话与互动——浅析戴维·洛奇三部曲的复调艺术特色》,《四川外语学院学报》,2005 年第 3 期,第 38—41 页。

蒋翃遐:《戴维·洛奇"校园小说"的空间化叙事研究》,北京:中国社会科学出版社,2012 年。

罗贻荣:《元小说与小说传统之间——评戴维·洛奇的〈换位〉》,《外国文学研究》,

1996 年第 4 期,第 16—21 页。

唐玉清:《生活在此处——论戴维·洛奇小说中的偶然性》,《当代外国文学》,2003 年第 1 期,第 105—112 页。

王逢振:《前言》,戴维·洛奇,《小说的艺术》,王峻岩等译,北京:作家出版社,1997年,第 1—6 页。

作者简介: 蒋翃遐,文学博士,兰州大学外国语学院教授,主要从事英美文学与叙事学研究。韩阳,兰州大学外国语学院硕士研究生,研究方向为英美文学。

聆听儿童文学

——简论儿童文学中的声音叙事

易丽君

内容提要：儿童文学最大的特点之一是口语化特征，儿童文学是可以读出声来的文学，是可以被细心聆听的文学。儿童的听觉感知能力先天地优于视觉，比成人更为敏感，因此儿童文学需要在听觉上满足孩子的聆听渴求。儿童文学如音乐篇章，首先需要的是提供一个能让孩子们沉浸其中的纯美音景。与此同时，儿童文学还要兼具趣味性与教育性，所以其音景须得以真善美为主调音，从而给孩子们的行为和情绪带来潜移默化的影响。此外，只有那些跳动的音符更符合孩子们跳跃性的思维和丰富的想象，并且彰显儿童文学乐章中的独特魅力。而这些跳动的音符可以通过四种听觉叙事策略展现出来，一是以自然之声引读者入境；二是以纯美拟声增添色彩；三是从听声类声唤醒听觉体验；四是以听声类形激活视觉想象。儿童文学不仅要让读者们聆听其声音之美，还要传递出其中蕴含的教诲之意，也即是一种意识表达的叙述声音。这种叙述声音有直接说教式的，更有以诗话入文的，后者充分考虑了儿童对于声音的节奏感和韵律感的理解和接受，能够更为巧妙地引导孩子们自己学会体悟其中的深意，从而传达文本的教诲之意以及创作者们对于孩子们的人文关怀。

关键词：儿童文学；声音景观；听觉叙事

儿童文学是文学艺术领域里的一个特殊分支，其主要表现形式除了有专为儿童所作的小说、诗歌、散文、戏剧之外，还有寓言和童话故事等，甚至一些儿歌和童谣也可纳入其中。儿童文学最初源于父母或长辈讲述给孩子听的故事或传唱的歌谣，以及世代口口相传的民间传说等，如被誉为"世界童话文学链条的头一环"的《鹅妈妈故事集》最早的版本就是一本童谣集,而世人所熟知的《伊索寓言》便是古希腊民间口头流传下来的寓言合集。此外,即便是现在通过文字而广泛传播的不少儿童文学经典之作也是缘于作者给孩子口头讲述的故事,如备受孩子们钟爱的《长袜子皮皮》,是由开创瑞典儿童文学黄金时代的阿·林格伦根据自己给患病的 7 岁女儿卡琳所讲述的故事整理而来的,而"纳尼亚王国"的创作者 C. S. 刘易斯最早创作的《狮、女巫和魔衣柜》是题献给他的教女露茜·巴菲尔德的,诸如此类的实例不胜枚举。

这些缘起造就了儿童文学有别于成人文学的一个最为显著的特点,那便是与口传文学有持续不断的血缘相承,儿童文学的语言因此更加凸显口语化特征,特别是那些通俗易懂,又朗朗上口的作品自然而然地成了孩子们的挚爱。换而言之,优秀的儿童文学作品应该是可以读出声来的。C. S. 刘易斯就曾谈及自己为儿童创作与创作成人文学时的不同感受:"写'儿童读物'确实改变了我的创作习惯。例如,一、它在词汇量上有严格的限制;二、排除性爱;三、砍掉了沉思和分析的段落,以至我写出来的故事章节都差不多长,而且便于大声朗读。所有这些限制给了我很大的益处——就像必须按照严格的韵律来写一样"(转引自亨特 352)。由于这些"限制",由于是可以"大声朗读"的文学,儿童文学赋予了"声音"以特殊的叙事意义,不仅整体营造出的声音景观要符合儿童文学的创作特点和需求,而且细节处的声音更应肩负着特殊的叙事功能和意义。因此,对于儿童文学中的声音景观进行全面的探讨将会让我们从一个全新的角度聆听儿童文学之声,感知儿童文学之美。

一、音景之中以纯美定调

在人的自然发育过程中,听觉较之视觉具有先天的优势。众所周知,还在母腹之中的几个月大的胎儿就具备了听觉感知的能力,而此时的眼睛是完全不起任何作用的;即便是在出生后的第一周,婴儿也只能看清范围为一米以内的东西,孩子的视网膜一直要到五六岁时才算发育完整。因此,普通人的听觉先天性的比视觉占有发育优势,只是随着生活阅历和社会经验的逐步积累,再加上各种吸引眼球的传播媒介不断推陈出新,现代人类开始逐步习惯于更多地依赖视觉,视觉便借此偏爱对其他感官造成了挤压之势。此外,随着工业化程度的加深与加强,我们周围的音景早已从高保真状态转化为低保真状态①,我们的听觉开始日渐"懒惰",听觉感知也日益愚钝。所幸孩子们的听觉还是普遍比成人的更加灵敏,其听觉感知力也仍在一定时期内较视觉更强。因此,孩子们有更为强烈的聆听渴求,他们对于儿童文学中的声音需求也相应会更高,感知也会更为敏感。

儿童文学要抓住孩子们对于声音的感知优势,首先就要给孩子们提供一个能让他们沉浸其中的声音背景,即"音景"(soundscape)。音景就如一块"故事背景上的声音幕布",既可以用于"覆盖与遮挡",又可以实现"烘云托月之效",给故事整体营造一定的氛围(傅修延 2015a:60)。儿童文学是专为孩童而作,自然应以孩子为本位,让他们置身于让他们舒心的"声音幕布"之中,例如,欢乐祥和之音能够营造出一份舒适与温馨,让孩子们乐享其中,不少儿歌、童谣和睡前故事就能给孩子们带来平静与愉悦。但与此同时,不容忽略的事实是孩子与生俱来的强烈好奇心又会让他们对发生在不同声音背景下的故事更为着迷,所以音景尽可以发挥出"覆盖与遮挡"的功能,为孩子们构建出各种跌宕起伏的声音背景,让孩子们能够驰骋于各种天马行空的想象之中,如已具有近百年历史的比利时著名漫画系列《丁丁历险记》,其故事以探险发现为主,辅以科学幻想,虽然文学性并不一定很强,但是营造出来的各种故事音景让不少读者"深陷"其中,其中不乏成人读者。此外,我们不能忘记的一点是儿童文学又归属于文学艺术一隅,在展现人类智慧之际,还肩负着启蒙教诲孩童的重要使命,不仅要将人类几千年积累下来的经验世世代代传承下去,还要让孩子们在各种形式的儿童文学作品的浸染之下不断成长与自我完善,所以也有一些文本会呈现出比较严肃低沉的声音景观,甚至会携带着时代的烙印,如中国抗战时期的不少儿童读物中所展现的音景就是带有明显革命色彩的,让孩子们感受到那个烽火硝烟的时代里的苦难和成长,从而给予孩子们积极向上的引导,教育他们领悟和珍惜当下美好的生活。

音景是一个比较抽象的整体概念,不论是欢乐祥和的,还是严肃低沉的,所有的文本都不可能整齐划一或非黑即白,因此在具体的文本中要展现出各自音景的个性和特色还需要通过其中的"主调音"(keynote sound)来加以呈现和区分。最早研究音景的加拿大学者 R. M. 夏弗曾将音乐融入文学研究之中,并借用音乐术语"主调"一词来标识一个特定篇章的整体调性,以此指出主调音是普遍存在的,尽管不一定需要有意识地去听,或者说这种主调音往往并不是有意识地被听到的,但是绝对不能够被忽略掉,因为"不管它们是什么,主调音成了一种听的习惯",而且"很有可能会对我们的行为和情绪造成非常深厚的普遍影响。一个地方的主调音是非常重要的,因为他们会有助于勾勒出生活在其中的人的性格"(Schafer 9)。儿童文学兼具强烈的趣味性与教育性,因此其中的主调音应充满真善美的气息,这样的主调音不仅能够满足孩子们"听的习惯",加深他们对于身处其中的"人"(儿童文学中多有非人角色,如动物、神仙、怪兽、半人半兽等,但大多也都是进行了拟人化处理)的性格的理解和感悟,从而给孩子们的行为和情绪带来潜移默化的教育效果。例如,不少儿童文学作品中音景的主调音是远离都市尘嚣和机器轰鸣的自然之音,甚至是渺无人烟的原始丛林之声,这种主调音不仅满足孩子们对于自然的好奇与渴望,还能够激发他们用心灵的耳朵去感知其中的生灵,感悟生活的美好。英国著名作家肯尼斯·格雷厄姆的《杨柳风》(*The Wind in the Willows*)(又译《柳林风声》《林间风声》等)即是一个显例,从标题中读者已经能够辨识出其音景的主调音,所有的故事基本都是发生在河岸边的柳树林里,小读者并不会也没有必要在文本中刻意地去探寻这柳林间的风声,但是这种自然的和美之音能够让孩子们更加懂得欣赏优美动人的河岸景致,深刻理解活泼可爱的动物形象,以及领会小动物们互帮互助的深厚友谊。

以自然之声为主调音的优势正在于能够比较容易地将孩子们带入一片宁静之所,让他们静心体悟生命之美好,但是孩子们的成长更多地还需要在现实生活中历练。因此,以现实生活中的各种声音为主调音的作品也成为儿童文学园地里不可或缺的一部分,这些作品的主调音来自文本中主人公所生存的环境与年代。如中国首位获得"国际安徒生奖"的当代儿童文学作家曹文轩的多部作品就展现了真实的时代主调音,其代表作《草房子》中油麻地里的鸡飞狗跳与躁动不安隐隐预示着的是生活中的各种苦难和劫数,从另一个角度展现了中国农村人与自然和谐共生的生活实景,以及人生不同成长阶段的苦与乐。还有他的《青铜葵花》更是被笼罩在中国一段特殊时代的苦难之下,但是作品却以大麦地无限的美景与和谐之音,以及大麦地对于葵花的呼唤之声,与"五七干校"的艰苦生活和葵花所经历的苦难形成对照,让生活中的苦难与自然之中的美景与诗意并存,让小读者们获得精神上的洗礼。2015 年,英国沃克公司将汪海岚(Helen Wang)翻译的英文版《青铜葵花》纳入其"世界的声音——全球最美小说系列"出版,并在各大书店展销,获得不少国外读者的认可和喜爱(王静 56)。曹文轩的多部儿童文学作品都被称为"纯美"之作并广为读者青睐,不仅让孩子们看到了不一样的童年,更让孩子们懂得了生活的艰辛与真实,其文本中设定的音景功不可没。

诚然,除却这些自然之声和真实的生活之音,儿童文学里还有不少现实与幻想相互融合的声音景观,但其主调音也基本是在自然和真实的基础之上进行的"变声",所以此处不再赘述。总而言之,儿童文学的声音景观是以纯美定调,只有让孩子们听得舒心,听得习惯,他们才会有兴趣去发现、去感知、去领悟,儿童文学的趣味性和教育性才能够实现完美的结合。

二、借听觉叙事调音

借用夏弗的比喻,我们可将一个儿童文学的具体文本比喻成音乐篇章,其音景作为故事的声音幕布,主调音确立乐章的主体风格,那么还需要有不同跳动的乐符才能够让整个乐章彰显独特的魅力,所以作者就有必要精心设置这些跳动的乐符以调动孩子们独特的听觉感知力,从而领略整个乐章的节奏和韵律。为了领略不同听觉叙事策略在儿童文学中的独特运用以及带来的艺术效果,我们不妨以《杨柳风》为例,聆听这一乐章中的各种美妙乐符。

(一) 以自然之声引读者入境

不少儿童文学作品都会以大自然作为音景,尤其是以其纯美或恬静之声作为主调音,这样比较容易激发孩子们的听觉感知经验,带领他们顺利地进入文本之中,进入"人物"之中,从而加深对于文本的理解。《杨柳风》讲述的是河岸边柳树林里发生在四只小动物,即鼹鼠、河鼠、獾和蛤蟆之间的故事。尽管这四个"人物"都被进行了人格化处理,具备了人的思维和行事能力,如獾具备老成持重的长者风范,但是格雷厄姆又从他们自身习性上保留了他们的个性之音,从而让这些形象更加地立体生动。从声音的表现上来说,最具个性的莫过于狂妄虚荣的蛤蟆了,他拥有河岸边最奢华舒适的生活,但是他不断追求新生事物带来的刺激,虽然屡屡受挫,甚至被关进监狱,但每次都能脱险,因此他更加自高自大,爱好自吹自擂,还经常自己填词谱曲为自己歌功颂德,这一形象的设定正是结合了蛤蟆成天"呱呱"不绝的特点,非常形象生动。而从对声音的感知层面来看,鼹鼠和河鼠这对好朋友形成了鲜明的对比。鼹鼠本应是生活在地面之下的动物,但是他受河鼠之邀在河岸边生活了一段时间。尽管鼹鼠对河岸边的景致和生活非常着迷,但是他并不熟悉地面之上的声音,因此,当他第一次独自误闯野树林时,他无法分辨"尖利的啸声"是谁发出,也无法判断"那微弱而凄厉的声音"到底来自哪里,当"整片树林都充满了此起彼伏的凄厉啸声"(格雷厄姆 43),整个野树林的音景瞬间从"高保真"转入"低保真"状态,鼹鼠开始陷入对于这些不熟悉的声音的恐慌之中。正如夏弗所言,"声音过度密集,就使得单个的声音信号变得模糊不清"(Schafer 43),本来只是动物小脚拍击地面的"嗒嗒"声,但汇聚到一起,"最后就像一阵冰雹突然砸在周围枯干的草地上"。各种声音汇聚越密集,林子里就越闹腾,"仿佛到处都有动物在奔跑,飞速地奔跑,在追逐,在包围什么东西——或者——什么猎物?"(格雷厄姆 45)鼹鼠对这些不熟悉的声音本来就不甚敏感,当这些密集而杂乱的脚步声叠加到一起也就造成了一种颇为紧张的氛围,让鼹鼠更加难以分辨任何一种声音,结果因此受到惊吓而四处逃窜。这一小插曲不仅通过听觉感知呈现了鼹鼠的鲜明形象,也为整个文本增添了一个跳动的乐符,调节叙事节奏,使读者感受了一阵紧张。与之形成鲜明对比的是以河为生的河鼠,他不仅熟悉河岸边柳林里的所有生灵,还有着独特的听觉感知力,其灵敏度是远远超过鼹鼠的。当河鼠和鼹鼠躺在小船里休息时,河鼠不仅能听见芦苇丛里的低语,还听出了舞曲里清晰的歌词,听出的是"单纯——深情——完美——"(121),而鼹鼠却只能听出个"响","像是音乐——远处飘来的音乐"(120)。这种差别源于大自然赋予两种动物的不同生活习性,河鼠遵循着自然的生存法则,坚守着最适宜自己生存的家园,他对这条河有着深厚的感情,所以能够更深层次地领略河岸边各种声音的节奏之妙与韵律之美,带着读者慢慢享受。

(二)以纯美拟声增添色彩

以大自然中各种真实存在的声音来吸引小读者入境对于作家来说并非难事,但是不容忽视的一点是大多数孩子,尤其是低年龄段的孩子们的信念是万物有灵。因此,作家们还得在儿童文学作品中展现一些特殊的声音,它们并不一定有明确的声源,甚至没有具体的音调或音高,对于这些声音,作者需要通过"拟声"来进行创作,即"可以是对原声的模仿,也可以是用描摹性的声音传达对某些事件的感觉与印象,而这些事件本身不一定都有声音发出"(傅修延 2015b:254)。例如,"家"这个概念是不可能作为声源发出具体声音的,也不可能有"原声的模仿"。但是,我们对家都有着共同的感觉与印象——家是温暖的港湾,家像母亲的怀抱。《杨柳风》中的鼹鼠在春日暖阳的召唤下离开自己的家园,被那条河引领到了河鼠的家,并开始了一段全新的生活。当鼹鼠独闯野树林遭到惊吓之后,在与解救他的河鼠一同返回的途中经过一个人类的村庄时,唤起了他对自己家园的思念。正如孩子受到了惊吓之后,都是渴望回到家,回到母亲的怀抱,以寻求一份安全和温暖。鼹鼠的家园及家中的一切都和他一样有着灵性,有着丰富的情感,并且急切地呼唤着鼹鼠的回归,"家跟他在一起显然也很愉悦,它想念他,盼着他回去,它的气息在伤感地倾诉,在温和地责备,但其中却没有怨恨,没有愤怒,只有忧郁的请求,求他回去"(格雷厄姆 77)。此时情感占据了主导,此处"声音叙事"最高明的地方便在于即使是具体的"描摹性的声音"也不用拟声词给出,而只是给读者指明了一个方向,读者能够清晰地感知到应该是哪种"声音",读者此时可以回忆起自己耳畔边母亲温柔的呼唤之音,这种"拟声"不是纯粹的"摹拟",而更多的是"虚拟"之意,让读者在自己的想象中追溯熟悉亲切的感觉。这种"拟声"在此小说的第七章"黎明前的吹笛人"之中演绎得更加淋漓尽致。河鼠和鼹鼠划着船沿河而上到柳树林里寻找水獭走丢的儿子小波特里时,正值黎明前刻,河鼠敏锐的耳朵捕捉到一种声音,"它唤起了我内心的一种痛苦的渴望,我现在什么都不想做了,只想再次听到那声音,就这样永远听下去"(114)。是什么声音如此神奇?他们循声而去,最后终于见到了"那位良友与恩祖"(116)——牧神潘。在万物有灵的可能世界里神灵现身当然意义重大,牧神潘是牧人的守护神,他的现身必将恢复田园生活的宁静与祥和,所以在他守护之下的小波特里安然无恙。牧神潘同时也是音乐的象征,这个"音乐"是一个抽象的概念,虽然有声源,但无法复制和模仿,因此也只能是一种"虚拟"的纯美之音,"那遥远的笛声,多么欢乐,多么悠扬;那呼唤,多么空灵,又多么清晰,多么诱人!这样的音乐,我在梦中都没听过,那曲子里的呼唤甚至比音乐本身更甜蜜!"(114)这种"拟声"无疑为整个声音景观添上了浓墨重彩的一笔,让文本中的这一小插曲更加生动感人。

(三) 以听声类声唤醒听觉体验

儿童的生活经历和社会阅历毕竟有限,对通过文字表达的某些声音可能无法理解,因此,一些作家会借用"听声类声"的叙事技巧,选择小读者们相对熟悉的声音来唤醒他们的听觉体验,也即是充分运用"两种声音之间的类比"(傅修延 2015b:256)让小读者们更容易理解和想象这些声音。《杨柳风》里的蛤蟆最着迷的是小汽车的"噗噗"声,也正是这一声音改变了他后半生的命运,逐步把整个故事推向高潮。蛤蟆与动物朋友们坐大篷车出游时是第一次接触到小汽车,这一经历首先是从听觉开始的,最初他们只是"听到身后很远的地方隐约传来一阵嗡嗡声,就像蜜蜂那单调的声音"(格雷厄姆 31)。小读者们当然都能轻易地想象出甚至模仿出小汽车发出的声音,但是作者在这里要表现的是一只长期生活在水边的蛤蟆第一次接触到陆地上疾驰的汽车时的听觉感知,所以首先选择了一种蛤蟆和大家都熟知的蜜蜂的声音作为类比,这种"嗡嗡"声便会萦绕在读者的耳畔。当我们连续发出"嗡"这个音时,无论是英文的还是中文的,其中包含的后鼻音会让一小股气流从我们的后口腔进入到鼻腔,形成口腔和鼻腔的共鸣,连续发出这个音时我们的鼻腔和耳腔又都会感受到震动。然而,当小汽车"正以令人惊讶的速度朝他们冲过来。从尘土里面传出微弱的噗——噗——的声音,像一只动物在痛苦地呻吟"(同上)。此时声音由远及近,在远处是高频率重复的"嗡嗡声",于近处变成了慢节奏的"噗——噗——的声音"。大家自己模仿这两种声音的发音就可以了解其中的微妙了,当我们发出"嗡"这个音时,会感觉到耳膜的震动,当这种音不断重复时就会引起越来越强的共振。而当我们发"噗"这个音时又会有一小股气流从口中轻轻喷出,而反过来,我们听到这个音时又会感觉到像是有一阵微风吹入耳郭,但作者加上了一个破折号,延长了这个音的持久性,让读者感觉这阵风也持久地吹着,并补充说道"像一只动物在痛苦地呻吟",不管何种动物,痛苦地呻吟总不会是好听的声音,而且是从喉咙深处发出的沉重的声音,这样也就加强了这种音效。这种声音的变化凸显了小汽车的速度之快,而当小汽车从三个动物朋友身边飞驰而过的那一刹那,却又是另一番声音,像"一股旋风,一阵令人晕眩的声音,朝他们飞驰过来"(同上)。继而,小汽车"噗——噗——的声音肆无忌惮地在他们耳朵里轰鸣",最后"它就缩成了地平线上的一个小黑点,重新变得像一只嗡嗡的蜜蜂"(32)在蛤蟆的心里,这些声音是"令人迷醉的声音"(36)。小汽车出现的过程由远及近,再渐行渐远,用小蜜蜂的声音、动物的呻吟声、旋风的声音来表现,利用大家熟悉的或是能够理解的声音来描写,非常有效地唤醒了读者的听觉体验。

(四)以听声类形激活视觉想象

文学作品是通过语言文字来表达和传递人类的情感,因此钱锺书所论及的"通感"或"感觉挪移"现象在很多文本中都能够有所体现,儿童文学作品中更是如此。在不少儿童文学作品中,通感的常用表现手法便是"听声类形",也即是"听到声音后将其类比为视觉形象"(傅修延 2015b:256)。这是因为儿童不仅思维活跃,而且想象力丰富,所以这种从声音到形象的听觉叙事策略,不仅符合孩子们的思维逻辑,还能够极大地激发他们的视觉想象力。此外,在儿童文学作品中,"声"和"形"都是有生命的、动态的,有时交错重叠,模糊不清,因此在"叙事中'类声'与'类形'的区别有时并不明显,或者说作者不一定都清楚地意识到自己笔下是'声'还是'形'"(同上)。在《杨柳风》中,这种模糊不清的叙述最典型的片段是当河岸边的小动物们忙着搬家到南方过冬时,本来就已经被这种氛围折磨得烦躁不安的河鼠恰巧又遇见一只正在往南方走的天涯游客海鼠,海鼠向他描述了外面的花花世界,河鼠如着魔般开始憧憬外面的世界、外面的声音:

> 那声音,那魔幻般的声音却依然流淌——那全然是言谈,还是时常变成了吟唱?——是水手们**起锚**时哼的船歌,是东北风**撕扯船索**的噼啪声,是日落后渔夫在杏色的天空下**收网**时唱的民谣,还是刚朵拉或土耳其帆船里传来的**吉他**和曼德琳的**琴弦**声?它是不是变成了**风的呼号**,开始时哀伤,继而愤怒,音调越来越高,仿佛摧枯拉朽的呼啸,又渐渐舒缓,在张满的帆缘上如音乐低回?河鼠听得入了神,所有这些声音都在他耳边萦绕,还有**海鸥**饥渴的哀诉,**海浪**温柔的拍击,**鹅卵石**低声的抱怨。然后,它又变回了言谈。(格雷厄姆 154)(黑体为笔者所加)

这段描述中有人、有动物、有物品、有风浪、有自然现象等,都是通过声音来表现其动态形象和情感溢出,此处的"声"和"形"都是有生命力的,是在不停地流淌着、变换着的,两者相互交融,互相映衬,此时还有必要对两者进行严格的区分吗?不正是这种"声形交融"给我们勾勒出了更加立体的海上图景吗？我们所要做的和应该做的就是——静心"倾听"，循着各种声音在心中描绘出一幅幅迷人的图景。

任何一部音乐篇章不可能从始至终只有一个音调和节奏，它需要有不同的音符来制造各种跌宕起伏的音乐效果，因此，一部儿童文学作品也需要有各种听觉叙事策略来实现文本的摇曳多姿与声音的此起彼伏，从而充分激发儿童与生俱来的听觉优势，让小读者们更加全面深刻地理解作品中的各种鲜活的人物和角色，感受儿童文学的乐趣。

三、以诗话和弦

儿童文学中真实的或虚拟的声音可以让一篇篇乐章美妙无极，给孩子们带来无限的乐趣，但是儿童文学的另一特性是从其开始出现的那天起就肩负着教育的使命。因此，儿童文学中的另一种特殊的声音就不容忽视，这种声音是一种隐喻意义上的声音，既不是对真实存在的声音的再现或模拟，也不是一种虚构或想象，而是一种意识，是一种教诲意义的传递。雅克·德里达在《声音与现象》一书中指出人类逐渐意识到声音能够指代语义之外更为丰富的内涵，因为"声音是在普遍形式下靠近自我的作为意识的存在。声音是（着重号为原文所有）意识"（101）。也即是说声音可以作为一种意识存在，那么它存在的意义也即是作为主体的一种表述，既可以是主体所传达出的意识，同时也可以是主体对于意识的理解和接受。因此，这种特殊的声音都有"声源"，但并非真实的声响或语音，而是存在于文字、图片或其他媒介之中的一种主体意识的表达，即"叙述声音"[2]。儿童文学正是通过这样的叙述声音向小读者们传达教诲之意，同时也传递着创作者对于孩子们的人文关怀。

这种叙述声音在儿童文学中是普遍存在的，诚如杰奎琳·罗斯所言，"儿童文本的创作一直按其一贯的方式在进步，我把它称为日益增长的儿童虚构文本的'叙事化（narrativisation）'，就是说叙事声音越来越不明显了——在早期童书中，这个声音非常明显，而且是说教和管教性的"（转引自诺德曼、雷默 337）。这种"说教和管教性的"叙述声音表现形式不同，产生的叙事和教育效果也不尽相同。较为传统的一种形式是直接说教式的，这种叙述声音有两种表现形式，一种是借故事中某个人物或角色之口直接讲道理，如长者或智者，抑或是圣贤和神仙之类，包括各种人格化了的非人角色,这种叙述方式接近我们日常生活中成人所具有的话语权威,对于一些年纪幼小点的和乖巧听话的孩子来说比较容易理解和接受;另一种是话外音,因为儿童文学是可以用来读出声的文学,所以不少父母或长辈在给孩子朗读一些作品或讲述一些故事时,会以自己对于文本的叙述声音的理解进行转述或者再创造,希望以此引导孩子对文本中所蕴含的教诲意义进行消化和吸收。再者,一些经典的儿童文学作品作为必读书目被逐步纳入学校教育体系之中,因此出现了形式多样的"导读",例如各种"小学生语文新课标"读物就会在文本中穿插各种导读、解析、鉴赏、拓展之类的补充内容,这些话外音即是从不同的角度对于原文本的教诲之叙述声音进行的重述或转述。

毋庸置疑,这种直接说教式的叙述声音虽然能够较为直接地彰显文本的教育性,但是并不利于小读者们自己对于文本的理解和感悟,所以另一种更能激发小读者主观能动性的叙事形式——以诗话入文,更便于他们自己去领悟文本中的那个叙述声音所要传达出来的教诲之意,从而进一步凸显儿童文学独有的艺术魅力。由于儿童的听觉较视觉更具优势,因此儿童对于具有节奏感、韵律感的声音也就更为敏感,对其内容更容易理解,也更乐于接受。最为有力的证据莫过于中国古代的童蒙读物,如《三字经》《千字文》《增广贤文》等,虽然这些并非我们今日所谓之儿童文学作品,但却是专为儿童所著的经典开蒙读本,不仅知识性强,而且蕴含了丰富的人生哲理及为人处世之道。这些读本对于孩子们来说最大的艺术魅力正在于其声音结构及韵律布置,各篇都自有特色,句子简短有序,并依一定的节奏和韵律编排,朗朗上口,让孩子易于熟读成诵,而孩子们正是在不断地诵读之间日渐领悟到其中所蕴含的教诲之意,正所谓"书读百遍,其义自见"。

中国当代著名的儿童文化学者朱自强在与梅子涵等几位儿童文学作家与研究者探讨儿童对童话的阅读时也指出:"童话和儿童之间有很奇妙的发生和响应的关系。它们有一种思维上的联络。好像是互相看着、互相'发生'和微笑。童话的审美里有儿童审视自己的微妙。童话不是现实生活里存在的故事,也不是每个孩子都可能去想的故事,可是童话的故事能令孩子去想"(梅子涵等 88)。所以不少儿童文学文本,尤其是晚近的作品中也充分运用了以诗话入文传达叙述声音的叙事策略,将其有意传递的教诲之意以如诗如歌的语言展现出来,节奏轻松明快,让孩子们在一种身心愉悦的韵律之中去听或读,从而自己感悟其中的道理和意义。儿歌、童谣、儿童散文、儿童戏剧之类的文本运用此叙事策略自然常见,现在越来越多的儿童小说也巧妙地将诗话融入其整体叙事之中,让孩子们清晰地捕捉到文本中的那个叙述声音,从而领悟其内涵。例如,被誉为"哈梅林的魔笛手"的 20 世纪英国儿童文学作家罗尔德·达尔就最善此道。他的代表作《查理和巧克力工厂》里,有五位幸运儿获得了参观神秘旺卡巧克力工厂的机会,达尔便"以夸张的笔法塑造了贪吃肥胖的奥古斯塔斯、自私骄纵的维鲁卡、不停地嚼口香糖的维奥莉特、整天与暴力节目为伍的迈克这样四位任性、乖张的负面儿童形象"(易丽君、王晓兰 79)。这四个孩子在参观的过程中都因为自己的性格缺陷而遭受了一定的惩罚,达尔塑造这四个儿童形象无疑是为了给孩子们提供"反面教材",让孩子们对照自省,但是为了避免有孩子错误地理解反而有样学样,所以达尔借用旺卡巧克力工厂里的神秘工人——奥帕·伦帕人的歌声来清楚明白地传达其叙述声音,从而揭示其真实的教诲之意。美国著名导演蒂姆·伯顿于 2005 年将此小说搬上电影荧幕之时,将这些融合于文本之中的诗话发挥得堪称完美,奥帕·伦帕人的歌舞成了该电影的一大亮点,深受观众们的喜爱。不仅如此,达尔这些诗话的倾听对象并非只是孩子们,他更多的是希望家长们也能够和孩子一起领悟其中的教育意义,所以奥帕·伦帕人的目标听众有时是直指家长的。例如,在父母宠溺之下养成自私偏执性格的维鲁卡不听劝阻执意要去抓挑拣核桃的松鼠时,她的父母听之任之,最后维鲁卡的父母和她一样被松鼠们当作"没脑子"的坏坚果扔进了垃圾输送槽,此时奥帕·伦帕人唱到:"难道光她一个该受罚? 难道错的只是她? 虽然她被宠得厉害,但她不会自己把自己宠坏。那么是谁宠坏她呢? ……就是她亲爱的妈妈和爸爸"(达尔 160)这些诗话将作者想要传递的教育之意娓娓道来,清楚明了,节奏欢快,完全不同于刻板严肃的传统说教,更利于读者的理解和接受,尤其是小读者们自己的感悟,让孩子们自己去捕捉那种特殊的叙述声音。

　　听故事是每个孩子的天性渴求,儿童文学不仅能够满足孩子们的这种渴求,同时通过叙述声音向他们传递着成人们对于他们的关怀和爱护,"其实每一个孩子都是在听别人的故事,讲述自己的故事,然后不断再现、重整、建构自我。这大概跟我们在每个阶段会遇到什么样的人,去关注某一个精神引领者,受其影响的道理是一样的。一个故事通过讲述所提供的情感、语言、思想的要素,会给孩子成长提供各种各样的养分"(梅子涵等 161)。将诗话嵌入文本之中,正是将这些"养分"和盘托于孩子面前,不仅比直接说教更容易让孩子们自己体会和领悟,而且还增强了文本的节奏感和音乐性,符合孩子们的听觉特质和需求,孩子们可以在欢快明朗的节奏之中逐步领悟文本所要传达的教诲之意和正面引导,这种诗话不啻为音景和弦的一种妙招,并且进一步提升了儿童文学的艺术魅力。

结语

当代美国叙事理论家玛丽-劳尔·瑞安(Marie-Laure Ryan)在探讨沉浸叙事诗学时指出,"阅读作为沉浸体验是基于一个前提的,此前提在文学批评中被调用得如此频繁,以至于我们几乎要忘记它的隐喻本性。为了沉浸的发生,文本必须提供一个广阔的区域以供沉浸其中,而此广阔的区域,用一个显见的隐喻来说,不是一片海洋,而是一个文本世界"(90)。儿童文学正是运用丰富的想象和多彩的情节为孩子们创建了一个又一个广阔的"文本世界",吸引孩子们沉浸其中。因为胎儿还在母腹之中就具备了聆听的能力,听故事也就成了儿童与生俱来的一种渴望,聆听是孩子们的一种特殊形式的阅读。所以,要想吸引孩子沉浸于一个个的"文本世界",这些文本首先就应该给孩子们提供一个他们喜闻乐见的音景,让孩子在那一"广阔的区域"中感受到亲切自然和舒适自在。但孩子的思维又是具有跳跃性的,因此,这些声音景观之中还需要有一些跳动的音符,给孩子们带来惊喜与刺激,充分调动孩子们的听觉优势,让他们到这些文本世界中去探索与发现,从而让他们沉浸于各种喜怒哀乐之中,经历一次次的精神洗礼与心灵成长。

我们无法否认儿童文学在某种程度上来说,其实是一种感性的心理学,能够在儿童的自我建构中发挥其他文学门类或艺术形式无法比拟的作用,因为儿童文学是真正能触摸到孩子内心世界深处的艺术,是能够用叙述声音向孩子们传递人类终极关怀的艺术。佛教中有语"婆娑世界,耳根最利",耳朵聆听到的不仅是故事,还有对于生命的感悟。"用声音来讲述故事,其实不仅仅提供故事本身,也提供了一种温暖和关爱。聆听对于人类来说是非常震撼的,非常有价值的……我们所说的故事和我们听到的故事,会决定我们成为什么样的人"(梅子涵等 161)。因此,聆听故事不仅是儿童的喜好,也可以说是所有人类的基本渴求,那么就让我们一起静心聆听儿童文学之声,感悟人生之美。

注解【Notes】

① R. M. 夏弗在其著《音景:我们的声音环境以及为世界调音》(*The Soundscape: Our Sonic Environment and the Tuning of the World*, 1977)的第三章中将音景分为高保真(hi-fi)和低保真(lo-fi)两种。高保真指信噪比(信号和噪声的比率)比较合宜,即在噪音程度比较低的环境下能够清晰地听出彼此不相关联的声音。而在低保真音景下,因为声音过度密集,就使得单个的声音信号变得模糊不清。具体参见该著第 43 页。

② 傅修延、刘碧珍所撰《论叙述声音》[载《江西师范大学学报》(哲社版),2017 年第 5 期]一文中对叙述声音的概念和范畴进行了具体细致的讨论,本文此处为区别于前文所讨论的声音而直接借用这一概念,限于篇幅不再赘述。

引用文献【Works Cited】

Ryan, Marie-Laure. *Narrative as Virtual Reality: Immersion and Interactivity in Literature and Electronic Media*. Baltimore: Johns Hopkins UP, 2001.

Schafer, R. Murray. *The Soundscape: Our Sonic Environment and the Tuning of the World*. New York: Knopf, 1977.

彼得·亨特主编:《理解儿童文学》(第二版),郭建玲、周思冷、代冬梅译,上海:少年儿童出版社,2011 年。

傅修延:《论音景》,《外国文学研究》,2015a 年第 5 期,第 59—69 页。

——:《中国叙事学》,北京:北京大学出版社,2015b 年。

罗尔德·达尔:《查理和巧克力工厂》,任溶溶译,济南:明天出版社,2009 年。

格雷厄姆:《杨柳风》,李永毅译,北京:中国少年儿童出版社,2006 年。

梅子涵等:《中国儿童阅读 6 人谈》,天津:新蕾出版社,2008 年。

佩里·诺德曼、梅维丝·雷默:《儿童文学的乐趣》,陈中美译,上海:少年儿童出版社,2008 年。

王静:《曹文轩儿童文学作品的海外传播及启示》,《对外传播》,2018 年第 2 期,第 56—58 页。

雅克·德里达:《声音与现象》,杜小真译,北京:商务印书馆,2010 年。

易丽君、王晓兰:《理性的呼唤——从〈查理和巧克力工厂〉看童话的教化功能》,《南昌航空大学学报(社科版)》,2015 年第 4 期,第 78—84 页。

基金项目:本文系国家社科基金项目"后人类语境下的声音叙事研究"

（18BWW012）、江西省社会科学"十三五"规划项目"儿童文学中的声音景观研究"（17WX15）、江西省高校人文项目"叙事文本中的听觉感知研究"（ZGW17108）的阶段性研究成果。

作者简介：易丽君，文学博士，南昌工程学院外国语学院副教授，主要研究方向为叙事学、比较文学、英美文学。

书　　评

建构叙事到抒情的跨文类叙事之桥:《抒情诗叙事学分析——16—20世纪英诗研究》述评

舒凌鸿

内容提要: 德国学者彼得·霍恩和詹斯·基弗的《抒情诗叙事学分析——16—20世纪英诗研究》是将叙事学基础概念和理论运用于抒情诗研究的首部力作。该书以英语抒情诗作为分析对象,结合了经典叙事学和认知叙事学的研究,对16—20世纪的英语诗歌进行序列性、媒介性和表达的理论探讨和文本分析,提出了独到的理论见解,为叙事学从小说到诗歌研究的跨文类叙事的研究奠定了理论基础,搭建了二者进行沟通的理论之桥。

关键词: 抒情诗;叙事学;跨文类叙事

21世纪以来,主要关注形式研究的经典叙事学走向多元与开放,不仅打开文本的边界,吸纳各种后现代研究方法,成了以文本研究为中心,兼顾其他,具有综合性质的后经典叙事学。近年来,对跨文类、跨媒介的叙事学研究也成为热点,抒情诗的叙事学研究则成为继女性主义叙事学、认知叙事学和非自然叙事学之后的又一大后经典叙事学理论的新拓展。

20世纪上半叶,西方诗歌研究领域掀起了英美新批评的诗学研究,其中克林斯·布鲁克斯(Cleanth Brooks)和罗伯特·佩恩·沃伦(Robert Penn Warren)的《理解诗歌》(*Understanding Poetry*:*An Anthology for College Students*,1938)贯彻了英美新批评派的观点,对英语抒情诗进行了集中于诗歌内部结构和语义的详尽分析。时间到了20世纪下半叶伊格尔顿在《如何读诗》(2016)中植入了后现代主义立场,从批评的功能、诗的形式、如何读诗等几个方面,对叶芝、弗罗斯特、奥登、狄金森等人的诗作进行了精妙的阅读。乔纳森·卡勒(Jonathan Culler)的《结构主义诗学》(1991)的诞生,则将诗歌研究的边界进行跨越式的拓展,甚至可以称之为诗歌形式主义研究走向极端之后的一种明显回调。他将诗歌对读者产生的种种意义纳入研究范畴,拓展了诗歌研究的文本边界。在此基础上,乔纳森·卡勒的《抒情诗理论》(*Theory of the Lyric*, 2015)一书,进行了更为深入的分析。他将抒情诗研究分为"浪漫主义式"和"摹仿式"两种。浪漫主义式是将抒情诗视作诗人自身经验与情感的一种强烈表达;摹仿式则是将诗歌视为诗人对某个虚构人物情感、思想的摹仿,可以运用对虚构叙事性作品的分析方法来进行文本分析。按照卡勒的分类标准,彼得·霍恩(Peter Hühn)与詹斯·基弗(Jens Kiefer)的《抒情诗叙事学分析——16—20世纪英诗研究》(以下简称"《抒情诗叙事学分析》")是在此基础上的更进一步,虽然该书从本质上讲是"摹仿式"的,但由于其借鉴了从读者角度进行研究的认知叙事学理论,可以说它既是摹仿式,又是浪漫主义式的,既立足文本形式层面,又将文化研究纳入其中,从叙事学研究的角度进行了综合性的有效整合。

一、从叙事到抒情的艰难跨越

叙事学理论可以运用于抒情诗研究吗? 这一跨越,看起来并不困难。仅仅只是在理论方法上的跨文类运用,这在其他理论拓展研究中并不少见。拿叙事学理论本身的发展来说,其研究范围已经大大拓展。从经典叙事学到后经典叙事学的发展如火如荼,跨学科、跨文类研究层出不穷,有结合修辞学的修辞性叙事学,有结合女性主义的女性主义叙事学,有结合脑科学、认知科学的认知叙事学,以及教育叙事学、医学叙事、人类学叙事学等研究。就跨文类而言,戏剧叙事学、电影叙事学都有颇为深入的研究。叙事学研究向其他领域的拓展,甚至有些收不住,存在过度扩张和泛化趋势,甚而至于形成詹姆斯·费伦所谓的"叙事帝国主义"的可能(傅修延 25)。

所以关于叙事学是否可以运用于抒情诗研究,似乎应该得到一个不证自明的肯定回答。但事实并非如此。由于其发端于叙事性文本的研究,抒情诗叙事学研究是被长期忽略的。众所周知,叙事学研究一向是以叙事性文本作为研究对象,抒情诗歌实际上是长期被排除在外的。从托多罗夫在《〈十日谈〉语法》中将对《十日谈》的探讨命名为"叙事学"开始，就已经将叙事学定义为"关于叙事作品的科学"（Todorov 10），就已经注定了叙事学研究很长时间对抒情诗歌研究忽视的命运。美国学者布赖恩·麦克黑尔（Brian McHale）也明确提到了这一状况："当代叙事理论对诗歌几乎完全保持沉默。在许多经典的当代叙事理论论著中，在如你此刻正阅读的专业学术期刊中，在诸如'国际叙事学研究会'的学术年会上，诗歌都显而易见地几乎未被提及。即便是那些对叙事理论而言必不可少的诗歌，都被倾向于当作虚构散文处理了"（11）。这就是在相当长的时间里，西方叙事学领域对待抒情诗歌的实际态度。

然而，对抒情诗的叙事学研究依然还是越过重重思想的障碍，得到了关注和发展，可以将其视为一个经典叙事学到后经典叙事学跨文类研究的重要拓展。从 2001 年到 2004 年，德国学者彼得·霍恩和杨·舍内特领导了由德国研究基金会支持的汉堡大学跨学科叙事学中心（ICN）叙事学研究组的一项研究项目"叙事学诗歌分析"。这一研究项目产生了一系列成果，2005 年和 2007 年，两部相关研究的姊妹卷著作以英语和德语在德国著名的德古意特出版社先后出版，这就是彼得·霍恩与詹斯·基弗的《抒情诗叙事学分析》和杨·舍内特与马尔特·斯坦的《抒情诗与叙事学：德语诗歌文本分析》。这两部著作在这一领域中不仅具有某种方法论的意义，而且也以其研究实践提供了可资借鉴的范例。

随着中外叙事学领域的深入交流，中国国内叙事学理论界也在思考如何看待抒情诗的叙事学研究，如何界定诗歌叙事学的问题，这一问题成了近年来叙事学研究的一大热点。《抒情诗叙事学分析》就是这样一个跨越叙事与抒情的诗歌叙事学研究的重要范例。该书是以英语抒情诗作为分析对象，运用叙事学理论与方法，探讨了如何运用叙事学方法对诗歌进行详细的描述与阐释。为了建构从叙事到抒情的叙事学理论，其研究前提正如霍恩所认为的，叙事是人类学上普遍的、超越文化与时间的符号实践，用以建构经验，生产和交流意义，即便在抒情诗中，这样的基本运作依然有效。在这里，作者是将叙事看作人类的一种基本的交流行为，它可以透过一切媒介包括抒情诗体现出来，这样一来，就赋予了抒情诗的叙事学研究以合理性。在《抒情诗叙事学分析》一书中不仅进行了英语抒情诗的叙事学分析，同时也对诗歌的叙事学研究做了扼要的理论阐述。该书旨在解决四个问题：第一，论证运用叙事学进行抒情诗跨文类研究的合理性。第二，分析抒情诗理论在文类体裁理论中的重要地位。第三，呈现对抒情诗进行分析背后的叙事理论构架和性质,尤其注重序列性与媒介层面的问题。第四,对叙事学运用于抒情诗进行理论探讨,对所选择的诗歌进行分别论述。这些研究都是在理论上层层推进,逐步实现小说叙事学研究到抒情诗叙事学理论的艰难跨越。

二、"序列性"和"媒介性":叙事学基础概念的移用

理论研究的路径离不开理论对其他理论进行借鉴的基础性研究,对相关理论的移用,既可以奠定研究的起点,也能对此理论的适用性进行广度上的拓展。所以霍恩书中的理论概念,既来自过去的叙事学理论,也是对叙事学理论研究的拓展。叙事学的概念众多,但并不是所有概念都需要在诗歌研究中一一验证,或者都可以拿来进行诗歌作品的研究阐释。该书在叙事学进行诗歌研究的跨文类应用中,主要关注与叙事学基础概念相关的两方面内容:序列性和媒介性。序列性与时间安排、结构组织与事件组合、顺序所形成的连贯序列相关。媒介性,与从一个特定视角对诗歌序列进行选择、呈现和意义阐释的调节相关。

如果用大多数叙事学模式的相关术语来进行"对称性"理解的话,"序列性"和"媒介性"大概类似 récit(故事)和 histoire(话语)、story(故事)和 discourse(话语)、story(故事)和 text(文本)以及 fabula(法布拉)和 syuzhet(休热特)这些两相对应的重要基础概念。但是从狭义上说,抒情文本更明显地具有三个基本的叙事学层面,即序列性、媒介性与表达,这与法国叙事学家热奈特的《叙述话语》中提出的"故事"(histoire)、"叙述话语"(récit)和"叙述行为"(narration)的三分有相互呼应的地方,即被述事件、文本叙述话语和叙述方式。热奈特所区分的是三个现实存在的层次,被叙述的事件存在于文本可以被重述的部分,存在于由无数的读者阅读之后形成的统一故事框架。这一层次不是显的,而是需要借助无数读者的阅读才能完成其基本框架的确定,可以说是完成于读者的构想之中,而不是文本的纸面上。文本话语只是提供了思想观念的载体,提供了观念产生的可能性,叙述方式也非常重要,尤其例如远古史诗类作品,就存在口头讲述和笔头书写的区别。口头讲述和笔头书写因其叙述行为的差异以及媒介的差异,导致了同一事件的叙事呈现出不同的样貌。热奈特尤其强调了叙述行为的重要性和首要性。如果没有讲述行为(无论是

何种方式的讲述行为），就不存在话语，也不存在故事。就如同我们在谈"生命叙事"这一关于某一个人个体经历的叙事时，如果没有讲述行为，无论是借助语言还是图像，也不可能有所谓"叙事"产生。在中国古代诗歌中，王维的《辛夷坞》中的"木末芙蓉花"，如果没有王维将其"山中发红萼"在无人知晓的寂静中自开自落的情状进行叙述，那也就不存在对这一事件的叙事及其话语。因此，可以将叙述行为视为产生"故事"与"话语"的前提条件。

本书中的"序列性"较容易理解。就广义而言，抒情诗与叙事文一样都存在叙事结构，也就是若假定存在某个"事件"需要被讲述出来，就会产生话语的顺序。对叙事文而言，这一结构往往就会涉及多个相关事件的排列顺序和排列方式的问题。对于抒情诗而言，可以将其缩小为话语中语词或意象的排列顺序和排列方式，实际上叙事文也涉及这一点，但叙事文更受人关注的结构是事件本身的排列方式。霍恩引入了"存在物"与"事"的概念。认为所有存在物和各种事形成了"叙述世界中的发生之事"。在抒情诗中，这些"存在物"和"事"是通过精神和心理的过滤反射之后形成的。这一点是抒情诗与叙事文比较显著的差异。"呈现层次通过抽取各种事之间横组合和纵聚合连接的复杂结合而产生"（霍恩、基弗5）。[①]"各种事和存在物通过选择、联结和解释的方式结合进入富于意义的连贯序列中"（同上）。

三、"事件性"：在诗歌文本阐释中进行强化

霍恩谈到序列性，认为当中也包含了事件性。在媒介性层面，不同的文本类型，诸如描写、争论、解释，均包含媒介性。在抒情诗歌媒介性层面，时间结构本身成了抒情诗文本的构成要素。因为其牵涉一系列事件的时间，这些事件既可能来自内心活动或精神心理，具有非显性特征，也可能包括外在的实存显性事件，如具有社会性质的、与作者和读者都密切相关的事件。通过从一个由媒介调节的特定视角来讲述这些发生之事，创造出作者、文本和读者的一致性与相关性。最后，还需要通过一个表达行为来实现这种联系。凭借表达行为，通过具体的媒介调节，在诗歌文本中获得将叙事学理论运用于抒情诗歌分析的目的。"事件性"实际上同时涉及以上序列性和媒介性两方面，主要针对诗歌中涉及的叙事内容和因

子。叙事理论是一个成熟理论构架,可以用于对抒情诗歌的方法论进行分析、阐释并拓展。或许,在某种程度上,这可以开辟出一条抒情诗理论的发展道路。媒介性可以依据媒介体(真实作者、抽象作者/写作主体、抒情人/叙述者、人物)和媒介调节模式(声音、聚焦)进行分析。因此,狭义的抒情诗(即不单是叙事诗)可被界定为叙述的特殊变体,其中,可能的媒介调节和媒介体被不同程度地运用着。抒情文本可以同样很好地用具体例子说明叙述进程的两个基本叙事构成:一方面,各种发生之事被安排进时间序列中;另一方面,媒介体的组成与媒介调节的操作模式。

霍恩在诗歌文本阐释中尤其强调了"事件性"的研究,主要针对的是诗歌中涉及的叙事内容和因子。从事件性的角度,以"完成的事件都不是以其原型的形式实现的"(257)的标准进行分类,这些诗歌又可以分为四种类型。1)所表现的主人公生活的部分包含一个回顾性叙述的完整和积极的变化或者转换。在《抒情诗叙事学分析》中,最能体现这一点的是劳伦斯的《人与蝙蝠》一诗,叶芝的《第二次降临》、马弗尔的《致他娇羞的情人》和博兰的《郊区颂》也有不同程度的表现。2)"其中出现了各种未实现的事件的形式,失败的事件形式,否定的事件形式"(258)。包括布朗宁《圣普拉希德教堂主教嘱咐后事》、哈代《声音》和艾略特《一位女士的画像》等。3)"一个将会是决定性的变化,由于一个期待中的事件将要实现(或隐或显地指涉被实现的事件),从而拒绝了这一变化"(259)。如罗塞蒂的《如馅饼皮般的承诺》中,抒情人明确拒绝在发生之事层次上做出从友谊到爱情重大转变的提议。拉金的《我记得,我记得》中的抒情人则在媒介事件的意义上,反讽地提到对常规事件性的期待。雷丁的《虚构》则从根本上强化了事件性的消解。4)这种类型由完全的媒介事件组成,"变化与从发生之事层次到呈现层次到重大变化,或文本与修辞呈现模式的显著转变联系在一起"(259)。如威廉·莎士比亚的十四行诗第107首中,包括了框架和脚本,完成了从友情与赞助人关系到诗人角色的转变。在怀亚特的《她们离我而去》中,从爱情话语到道德、权利话语的转变,导致力量关系挑衅性地转变。多恩的《封圣》则大胆连接了爱情与封圣的两个脚本。

四、由理论到实践的抒情诗歌叙事研究

《抒情诗叙事学分析》主要分为导论、17 首诗歌的叙事学分析和

结论三个部分。导论提出抒情诗叙事学分析的理论与方法,从理论上解决叙事学对诗歌研究的跨文类应用的叙事性与抒情诗的关系问题。首先,导论中探讨在叙事学领域抒情诗的独特性问题,指出在文类理论研究中抒情诗的重要地位。其次,从叙事进程的角度,构建叙事学意义上的抒情诗结构框架。最后,对文本选择和分析的安排进行说明。

该书的第二部分历时性地分析了 17 首从 16 世纪到 20 世纪的抒情诗,写作的脚本较为广泛而丰富,爱情、友情、死亡、回忆、历史、现实、自然、奇幻以及对人类自身的思考等都有所涉及。如开篇就讨论了抒情诗的主要类型:代表爱情主题的彼特拉克式传统诗歌,如托马斯·怀亚特的《她们离我而去》、约翰·多恩的《封圣》和安德鲁·马弗尔的《致他娇羞的情人》等。也有多首讨论死亡问题的诗歌:乔纳森·斯威夫特的《斯威夫特博士死亡之诗》和托马斯·格雷的《写于乡间教堂墓地的挽歌》和罗伯特·布朗宁的《圣普拉希德教堂主教嘱咐后事》等。此外,还有典型的史学叙事特征的诗歌:W. B. 叶芝的《第二次降临》。

除了关注内容和主题,书中分析还关注到诗歌特殊的形式特征要素,如对同题诗歌菲利普·拉金的《我记得,我记得》与托马斯·胡德的《我记得,我记得》进行互文分析,并联系历史语境,认为胡德和拉金分别代表了浪漫色彩与现代精神两种不同特质。

结论部分对上述研究的结果进行分析,并强调了这一结果对叙事学与诗歌理论分析的意义。结论总结了抒情诗中叙事要素的形式与功能特点,抒情诗理论和分析的可能意义,并且试图对特定时代诗歌的倾向进行概括:关于媒介性,在 17—20 世纪的诗歌中,抒情人与主人公融合,并在展开精神心理过程时进行直接的演示性的呈现。非全知或不可靠抒情人、抒情人与抽象作者之间的显著差异,在这些诗歌中都可以看到。关于序列性,从事件性角度分析,可以看到这一阶段的诗歌出现了事件的问题化倾向,并且随着时代变化,事件性有增加的趋势。在这里,霍恩也提出了该书主要关注的是抒情诗的特殊性,对其时代特殊性的关注则要少得多。

霍恩主要从叙事学研究的角度,分析诗歌中"序列性""媒介性"和"事件性"对抒情诗的鉴赏所产生的独特功能。并关注这些叙事学分析是否扩大了叙事形式的认知范围,是否有助于对叙事学的深入理解。其次,从建构抒情诗理论的角度,该书对抒情诗的叙事学研究进行了实践和分析。最后,在解决了这些理论问题之后,该书还对诗歌中特定的时代特点和趋势的可能性进行了扼要的论述。

对抒情诗进行的叙事学分析,侧重于描述序列性和媒介性研究,这对于抒情诗分析的细化和进一步发展是十分重要的。传统的阐释方式无法提供可资运用的令人满意的框架,这是将叙事学理论运用到抒情诗诗歌研究的重要切入点。霍恩为了避免对抒情诗进行叙事性作品研究带来的误解,就对一些潜在地为人熟知的术语进行了重新梳理和定义。"在叙事学研究的框架内,只要对热奈特所做的相关研究形式进行修改,就可以提供抒情诗叙事学研究所需要的进行媒介性研究的描述基础"(4)。而就媒介调节的研究而言,目前尚无广泛认可的分析框架可供详细说明。因此,该研究也积极汲取认知心理学与认知语言学的成果,对图式偏离模式和违反期待模式进行分析,尤其注意将图式、脚本和框架的概念整合进诗歌的分析框架中。可以说,叙述是人类普遍的交流行动,在叙事学的意义上,序列性与媒介性这两个基本层面,可以作为界定抒情诗文类研究的基础。

《抒情诗叙事学分析》力图从叙事学的基本概念入手对 16—20 世纪的英语诗歌进行深入研究,不仅从理论和分析实践上将"序列性"和"媒介性""事件性"等概念确立起来,而且明显注意到了诗歌选择的题材丰富性和类型多样化。但与其他叙事学理论发展相比较而言,其研究的深度和广度还有待大幅度提升,目前此研究还只是属于一项从叙事文本到抒情文本进行跨文类研究的基础性理论探讨,对诗歌叙事研究,乃至诗歌叙事学学科的建立还有遥远的距离,许多抒情诗歌中的时间、空间,叙述聚焦、叙述声音、抒情主体、叙述交流的核心概念问题还几乎没有涉及。就抒情诗歌类型而言,世界上非英语的抒情诗歌也并未纳入研究范畴,尤其是以抒情性闻名于世的中国抒情诗根本未被提及。从认知叙事学角度的介入还较多停留于文本阐释,对抒情诗歌的读者接受的心理机制的研究还需要进一步总结。总而言之,对抒情诗进行叙事学研究的纵深发展之路还很漫长,亟待中外学者进一步求索。

注解【Note】

① 以下本书相关引用皆出自彼得·霍恩、詹斯·基弗:《抒情诗叙事学分析——16—20 世纪英诗研究》,谭君强译,北京:北京师范大学出版社,2020 年。

引用文献【Works Cited】

Brooks, Cleanth, and Robery Penn Warren. *Understanding Poetry: An Anthology for College Students*. New York: Henry Holt and Company, 1938.

Culler, Jonathan. *Theory of the Lyric*. Cambridge, MA: Harvard UP, 2015.

McHale, Brian. "Beginning to Think about Narrative in Poetry." *Narrative* 1 (2009): 11–27.

Todorov, Tzvetan. *Grammaire du Décaméron*. The Hague: Mouton, 1969.

彼得·霍恩、詹斯·基弗:《抒情诗叙事学分析——16—20世纪英诗研究》,谭君强译,北京:北京师范大学出版社,2020年。

傅修延:《学会十年(2005—2015)工作的回顾》,《叙事研究 第1辑》,上海:上海外语教育出版社,2018年,第14—29页。

乔纳森·卡勒:《结构主义诗学》,北京:中国社会科学出版社,1991年。

特里·伊格尔顿:《如何读诗》,北京:北京大学出版社,2016年。

基金项目:本文系国家社科基金项目"中国古典抒情诗叙事学研究"(20BZW013)、云南大学"当代叙事理论研究与翻译"创新团队(C176240202010)的阶段性研究成果。

作者简介:舒凌鸿,博士,云南大学叙事学研究中心副教授。

征 稿 启 事

  《叙事研究》是中国中外文艺理论学会叙事学分会会刊,编辑部设在江西师范大学叙事学研究中心。《叙事研究》包括六个板块:海外来稿、西方叙事理论研究、中国叙事理论研究、叙事作品研究、跨学科叙事学研究、书评与会议简报。竭诚欢迎叙事学界的广大同仁向本刊投稿!

  本刊实行专家匿名审稿制。来稿请按照本刊稿件格式要求排版,寄至江西师范大学叙事学研究中心《叙事研究》编辑部(江西省南昌市紫阳大道江西师范大学瑶湖校区外国语学院,邮编 330022),或通过电子邮箱(xushiyj@163.com)投稿。勿寄个人,以免贻误。来稿不退,请作者自留底稿。审稿周期为 4 个月。

稿件格式要求

一、来稿文本构成部分

  (1)标题;(2)内容提要;(3)关键词;(4)正文;(5)注解(如有);(6)引用文献(7)基金项目信息(省级或省级以上项目的名称和编号)(如有);(8)作者简介(姓名、单位、学位或职称、研究方向、联系方式),各项按顺序编排。论文的篇幅为 10 000 字左右,不超过 15 000 字。

二、编辑体例

  标题用三号字;摘要、关键词、引用文献用 10 号字;正文统一使用 Word 文档,通栏、宋体、五号字著录;摘要、关键词、正文、引用文献内出现的英文及阿拉伯数字全部使用 Times New Roman 字体;中文字与字之间、字与标点之间不空格。

三、注释和引文规范

本刊实行基于 MLA 格式的注释和引文规范,同时参考了国家有关部门制定的通用规范,现将注释体例说明如下:

(一) 文内夹注

1. 凡在正文中直接引述他人观点和语句,均须使用与论文末尾的引用文献条目相对应的文内夹注。

2. 文内夹注采用圆括号内注释形式,由著者姓名和引用文献来源页码构成,中间空一格,英文文献只出现著者姓氏,基本形式为:(著者 引用页码)。例如:(申丹 115);(Phelan 36)。

3. 如著者为二人,著者姓名间以顿号分开,英文著者姓氏间使用"and";如著者为二人以上,可写出第一著者姓名,在后面加"等"字省略其他著者,英文著者姓氏后加"et al.";这两点也适用于译者。

4. 引用同一著者的多部作品时,则在著者姓名后提供相关作品的年份以及引用页码,同一著者同一年份的不同作品需在年份后使用小写字母进行区分,与"引用文献"中相应文献年份数字后的小写字母对应。例如:(傅修延 2015a:244);(傅修延 2015b:59);(Barthes 1981a:7);(Barthes 1981b:2)。

5. 如果句中已提及著者姓名,则后面的引文只括注页码。涉及同一著者的不同作品时,需在页码前加上年份,以示区分。

6. 如果引文在引用材料中本身就是引用材料,需要在引文后的括号中首先注明"转引自"或者"qtd. in"。

7. 引文超过 5 行时,则整段引用。需要另起一行,自页边空白整体缩进 2 字符,不用引号,末尾添加引用来源。

8. 首次提及外国人名及作品名时,除提供汉语译名外,应括注原语名。之后可以省略原语名,以汉语译名代指。

(二) 注解(Notes)

"注解"为内容性注释,目的在于向读者提供必要的解释与评论,而不是列举引文出处。"注解"采用尾注,使用圈码,全文连续编号。

（三）引用文献（Works Cited）

包括引用中文文献格式和引用外文文献格式。排序为先外文文献，后中文文献；外文文献按姓氏字母排序，中文文献按拼音排序。

1. 引用中文文献

1）普通图书（包括专著、教材等）、论文集、学位论文、参考工具书等

主要责任者：文献题名，其他责任者（如译者），出版地：出版者，出版年，起止页码（整体引用可不注）。

示例：

傅修延：《中国叙事学》，北京：北京大学出版社，2015 年。

胡兆量等：《中国文化地理概述》，北京：北京大学出版社，2001 年。

申丹、王丽亚：《西方叙事学——经典与后经典》，北京：北京大学出版社，2010 年。

苏珊·S. 兰瑟：《虚构的权威——女性作家与叙述声音》，黄必康译，北京：北京大学出版社，2002 年。

唐伟胜主编：《叙事理论与批评的纵深之路——第四届叙事学国际会议暨第六届全国叙事学研讨会论文集》，上海：上海外语教育出版社，2015 年。

张寅德编选：《叙事学研究》，北京：中国社会科学出版社，1989 年。

2）期刊文章

主要责任者：文献题名，刊名，年，卷（期），起止页码。

示例：

程锡麟：《试论布思的〈小说修辞学〉》，《外国文学评论》，1997 年第 4 期，第 16—24 页。

3）析出文献

析出文献主要责任者：析出文献题名，论文集主要责任者，（会议）论文集题名，出版地：出版者，出版年，析出文献起止页码。

示例：

麦·布鲁特勃莱、詹·麦克法兰：《现代主义的称谓和性质》，袁可嘉等编选，《现代主义文学研究》，北京：中国社会科学出版社，1989 年，第 211 页。

4）报纸文章

主要责任者：文章题名，报纸名，年—月—日（版次）。

示例：

叶廷芳：《卡夫卡与尼采》，《中华读书报》，2001 年 2 月 14 日，第 017 版。

2. 引用外文文献

1）普通图书（包括专著、教材等）、论文集、学位论文、参考工具书等

主要责任者.文献题名.其他责任者（如译者）.出版地：出版者.出版年.起止页码（整体引用可不注）。

示例：

Gilman Sander, et al. *Hysteria Beyond Freud*. Berkeley：U of California P, 1993.

Herman, David. *Narrative Theory and the Cognitive Sciences*. Stanford：CSLI, 2003.

Mills, Sara, and Lynn Pearce. *Feminist Readings/Feminists Reading*. Hemel Hempstead：Harvester Wheatsheaf, 1989.

Propp, Vladimir. *The Morphology of the Folktale*. Trans. Laurence Scott. Rev. Ed. Louis A. Wagner：U of Texas P, 1968.

Roemer, Danielle M., and Cristina Bacchilega, eds. *Angela Carter and the Fairy Tale*. Detroit：Wayne State UP, 1998.

2）期刊文章

主要责任者.文献题名.刊名及卷期（年）：起止页码.

示例：

Chatman, Seymour. "What Can We Learn from Contextualist Narratology?" *Poetics Today* 11.2 (1990)：309 – 328.

3）析出文献

析出文献主要责任者. 析出文献题名.（会议）论文集题名.论文集主要责任者.出版地：出版者,出版年. 析出文献起止页码.

示例：

Betts, Christopher. "Introduction." In Charles Perrault. *The Complete Fairy Tales*. Trans. Christopher Betts. Oxford：Oxford UP, 2010. 1 – 10.

Oats, Joyce Carol. "In Olden Times, When Wishing Was Having：Classic and Contemporary Fairy Tales." In *Mirror, Mirror on the Wall: Women Writers Explore Their Favourite Fairy Tales*. Ed. Kate Bernheimer. New York：Anchor-Doubleday, 1998. 2247 – 2272.

3. 补充说明

1）引用同一著者的多部作品,著者名字用三根虚线（英文）或破折号（中文）代替。

叙
事
研
究

第
4
辑

示例：

Warhol, Robyn R. *Gendered Interventions: Narrative Discourse in the Victorian Novel*. New Brunswick：Rutgers UP, 1989.

---. "Toward a Theory of the Engaging Narrator." *PMLA* 101 (1986)：811－818.

傅修延：《论音景》，《外国文学研究》，2015a 年第 5 期，第 59—69 页。

——：《中国叙事学》，北京：北京大学出版社，2015b 年。

2）引用网上资源时，应在引用文献中标注网上资源的主要责任者（如无作者，则不注明）、资源题名、其他主要责任者（如编者。如无编者，则不注明）、电子版版权信息（日期、版权人或组织）、网址、引用时间。

示例：

Victorian Women Writers Project. Ed. Perry Willet. June 1998. Indiana U. 26 June 1998 〈http：//www.indiana.edu/～letrs/wwwp/〉(Accessed Aug. 25, 2020).

3）在引用文献中，大学的出版社 University Press 统一简写成 UP，University 简写成 U。

4）以上投稿格式要求中没有包括在内的情况请按照 MLA 格式统一规范。

《叙事研究》编辑部